Susanne Mischke
Rosengift

Weitere Bücher von Susanne Mischke im Arena Verlag:
Zickenjagd
Nixenjagd
Waldesruh
Die schwarze Seele des Engels

In dieser Reihe sind unter anderem erschienen:
Veronika Bicker: Schmetterlingsschatten
Ulrike Bliefert: Lügenengel
Beatrix Gurian: Prinzentod
Beatrix Gurian: Höllenflirt
Beatrix Gurian: Liebesfluch
Krystyna Kuhn: Schneewittchenfalle
Krystyna Kuhn: Märchenmord
Krystyna Kuhn: Dornröschengift
Krystyna Kuhn: Aschenputtelfluch
Manuela Martini: Sommerfrost
Manuela Martini: Sommernachtsschrei
Manuela Martini: Puppenrache
Inge Löhnig: Schattenkuss

Susanne Mischke,
Jahrgang 1960, konnte mit vier »Max und Moritz« auswendig,
mit acht Jahren entschloss sie sich zu publizieren: eine Geschichte über ihren
Hamster für die Vitakraft-Packungen. Das Werk wurde nie gedruckt.
Aus Verlegenheit studierte sie BWL. Ein zweiter Schreib-Anlauf hatte
mehr Erfolg. Seit 1993 arbeitet sie als freie Schriftstellerin
und wurde 2001 mit dem Frauen-Krimipreis der Stadt Wiesbaden
ausgezeichnet. Zahlreiche ihrer Romane sind Bestseller geworden,
darunter auch »Zickenjagd«, »Nixenjagd« und »Waldesruh«,
ihre drei Jugendthriller.

Susanne Mischke

Rosengift

Arena

1. Auflage 2011
© 2011 Arena Verlag GmbH, Würzburg
Alle Rechte vorbehalten
Covergestaltung: Frauke Schneider
Gesamtherstellung: Westermann Druck Zwickau GmbH
ISBN 978-3-401-06601-1

www.arena-thriller.de
Mitreden unter forum.arena-verlag.de

»Sag mal, Matilda, wer ist der süße Typ da in der hellen Jeans und dem schwarzen T-Shirt?«

Matilda wusste sofort, wen Anna meinte. Der ältere Junge mit den braunen Locken und dem schmalen Gesicht war auch ihr sofort aufgefallen. Er stand mit Miguel, Juliane und einem blonden Mädchen in der Küche und hatte etwas ungemein Lässiges an sich – seine Haltung, seine Bewegungen, die Art, wie er redete und dabei die Worte mit seinen schmalen Händen unterstrich.

»Ein Freund von Miguel, ich sehe ihn auch zum ersten Mal«, antwortete Matilda, ohne die Augen von dem Jungen abzuwenden.

»He, so wie ihr beide guckt, brennt ihr dem Kerl gleich ein Loch in die Jeans!« Nicole war hinter sie getreten, ihr Blick folgte dem ihrer beiden Freundinnen, wobei sie etwas murmelte, das sich wie »echt geiler Arsch« anhörte. Doch ehe Matilda den Wahrheitsgehalt dieser Aussage noch einmal gründlich überprüfen konnte, klingelte das Telefon im Flur. Matilda drehte sich um und eilte zum Apparat.

Da war sie endlich, die ersehnte Stimme: »Alles Gute zum Geburtstag, Matilda.«

Obwohl fast der halbe Erdball zwischen ihnen lag, hörte sich Tante Helen an, als wäre sie ganz nah.

»Danke!« Ein Lächeln breitete sich auf Matildas Gesicht aus. Den ganzen Tag über hatte sie im Stillen befürchtet, ihre Tante könnte ihren Geburtstag vergessen haben. Deshalb war sie sehr erleichtert gewesen, als Miguel vor einer halben Stunde beiläufig erwähnt hatte, dass es in Teilen der Vereinigten Staaten jetzt gerade erst Morgen war. Natürlich! Daran hatte sie gar nicht mehr gedacht.

»Höre ich da Peter Fox im Hintergrund? Feierst du eine Party?«, fragte Helen.

»Ja, ich hab ein paar Freunde eingeladen.« Jetzt, wo sie es aussprach, merkte Matilda, wie gut sich das anhörte. Offenbar empfand das auch Tante Helen so. »Das ist schön!«, rief sie.

»Ein paar Leute aus meiner Schule sind hier«, erklärte Matilda. »Und ein paar Freunde von Miguel.«

»Freunde von Miguel?«, wiederholte Helen und plötzlich klang ihre Stimme misstrauisch.

»Die sind okay, das geht schon in Ordnung«, beruhigte Matilda ihre Tante.

Sie wollte Miguel jetzt keinen Ärger machen – auch wenn sie vorhin doch ein wenig sauer auf ihren Cousin gewesen war: Als sie zusammen mit Anna aus der Musikschule nach Hause gekommen war, um ihre kleine Party vorzubereiten, waren sie auf eine Handvoll Leute gestoßen, die das Wohnzimmer belagerten. Ein Fass Einbecker Bier hatte in der Küche gestanden und es hatte nach Rauch gestunken. Miguel wollte sich zusammen mit seinen Freunden das Eröffnungsspiel der Fußball-WM in Südafrika ansehen und hatte darüber völlig vergessen, dass Matilda heute ihren Geburtstag zu Hause feierte. »Irgendwann vergisst er mal das Atmen«, klagte Helen bisweilen halb belustigt, halb genervt über ihren Sohn. Erst war Matilda ziemlich enttäuscht von Miguels Rücksichtslosigkeit gewesen. Aber inzwischen hatten sich die Gäste gemischt und Matilda und ihre Freundinnen hatten der Tatsache, dass ein paar ältere Jungs da waren, durchaus positive Seiten abgewinnen können.

»Was macht Miguel, kümmert er sich um dich?«, erkundigte sich Helen besorgt.

»Ja, alles bestens«, behauptete Matilda. »Du musst dir wirklich keine Gedanken machen. Und Angela ist ja notfalls auch noch da.«

Angela, die sizilianische Haushälterin, kam während Helens Abwesenheit täglich für einige Stunden vorbei. Matilda und Miguel hatten vor Helens Abreise einmütig gegen diese Abmachung protestiert und versichert, diese Form der Bemutterung sei absolut nicht nötig, sie würden den Haushalt in den paar Wochen auch alleine schmeißen können. Es reiche völlig aus, wenn Angela zweimal die Woche zum Putzen käme, so wie sonst auch. Aber Helen hatte sich nicht erweichen lassen: »Solange ich weg bin, wird Angela täglich vorbeikommen und euch versorgen, basta«, hatte sie ungewöhnlich autoritär angeordnet. Wahrscheinlich war ihr wohler zumute, wenn sie wusste, dass eine verlässliche erwachsene Person regelmäßig nach dem Rechten sah. Und eigentlich kam Matilda auch gut mit Angela klar. Vorhin hatte diese eine große Geburtstagstorte mit sechzehn brennenden Kerzen aus der Speisekammer gezaubert und, während sie das Kunstwerk ins Esszimmer getragen hatte, lautstark ein italienisches Geburtstagslied geschmettert. Matilda war der Auftritt der singenden Sizilianerin, deren Figur an eine Kegelrobbe erinnerte, ziemlich peinlich gewesen, aber es hatte sie andererseits auch gerührt, dass sich Angela für sie so viel Mühe machte. Die Gäste hatten geklatscht und gejohlt und die Torte anschließend im Nu verputzt. Inzwischen war Angela nach Hause gegangen und seither floss reichlich Alkohol.

»Und wie läuft es bei dir?«, fragte Matilda ihre Tante.

Helen schnaufte. »Es ist anstrengend, aber schön. Wir sind gerade in Dallas, heute Abend treten wir auf, die Halle ist ausverkauft. Morgen früh geht es weiter nach San Antonio und dann an die Westküste. Bis jetzt waren die Konzerte sehr gut besucht. Ich kann es selber kaum fassen, dass sich die Amerikaner für deutschen Jazz begeistern können.«

Matilda hörte den Stolz in Helens Stimme und freute sich für sie. Vor der Tournee, die vor einem Monat in Amsterdam begonnen hatte, war ihre Tante noch ganz schön aufgeregt und auch ein bisschen verunsichert gewesen. Davon war nun nichts mehr zu spüren. »Die kommen alle nur wegen dir«, sagte Matilda. »Du bist die beste Saxofonistin aller Zeiten.«

»Das ist zwar maßlos übertrieben, aber es klingt gut.« Helens Lachen perlte durch den Hörer. Dann fragte sie ihre Nichte: »Was macht dein Geigenspiel, übst du fleißig?«

»Ja, tu ich.« Das konnte Matilda mit gutem Gewissen bestätigen.

»Sehr gut«, sagte Helen zufrieden. Die Musik war etwas, das Matilda mit ihrer Tante verband, auch wenn sie klassische Stücke bevorzugte, während Tante Helen sich dem Jazz verschrieben hatte. Das Geigespielen war der Rettungsring gewesen, an dem sich Matilda festgeklammert hatte, als vor einem knappen Jahr die Welt um sie herum in Trümmer zerbrochen war. Wenn sie spielte, vergaß sie alles um sich herum, dann gab es nur noch die wohlgeordnete Welt der Töne, die sie ihrem Instrument entlockte. Ihre Mutter hatte ebenfalls Geige gespielt, und wenn Matilda den Bogen über die Saiten gleiten ließ, fühlte sie sich ihr noch immer nahe. Es war in diesen Momenten, als bliebe die Zeit stehen, als sei das letzte Jahr ausgelöscht, einfach nicht geschehen. Das klang verrückt und deshalb hatte Matilda auch noch niemandem von diesem Gefühl erzählt, nicht einmal Helen wusste davon. Früher war sie eine eher mittelmäßige Geigenschülerin gewesen, die oft einen Vorwand fand, um die täglichen Übungen ausfallen zu lassen. Sie hatte damals sogar daran gedacht, das Geigespielen ganz aufzugeben. Doch seit dem Tod ihrer Eltern hatte die Musik einen ganz neuen Stellenwert in Matildas Leben bekommen. An manchen Tagen übte sie mehrere Stunden hintereinander und war selbst erstaunt, wie gut sie inzwischen spielte.

»Willst du noch mit Miguel sprechen?«, fragte Matilda.

»Ach, lass nur. Er wird sich nicht gerade freuen, wenn er jetzt ans Telefon muss. Dazu kennen wir ihn doch beide gut genug!« Helen lachte. »Grüß ihn einfach von mir.« Als sie fortfuhr, konnte Matilda durchs Telefon hören, dass ihre Tante lächelte: »Matilda, ich habe ein Geschenk für dich. Es liegt in meinem Schlafzimmer, auf dem Schrank. Aber am besten siehst du es dir erst morgen früh an, damit es nicht zu Schaden kommt auf eurer Party. Ich muss jetzt Schluss machen, Liebes, ich melde mich so bald wie möglich wieder. Amüsiert euch noch gut und lasst nach Möglichkeit die Möbel ganz.«

»Machen wir.« Matilda spürte, wie glücklich sie der späte Anruf gemacht hatte. Helen war einfach großartig! »Du bist die coolste Tante der Welt!«

»Das will ich meinen«, antwortete Helen. »Du bist ja auch meine Lieblingsnichte.«

»Ich bin deine einzige Nichte.«

»Du wärst auch meine Lieblingsnichte, wenn ich zehn Nichten hätte«, lachte Helen und dann klickte es und ihre Stimme war weg.

Matilda lächelte. Nun war ihr sechzehnter Geburtstag perfekt. Sechzehn! Schon ganz schön erwachsen! Wenn ihre Mutter sie heute sehen könnte und Papa ... Plötzlich hatte sie einen Kloß im Hals. Obwohl sie noch vor wenigen Sekunden mit ihrer Tante gesprochen hatte, fühlte sie sich auf einmal sehr allein. Um sich abzulenken, rief sie sich Helens Worte von eben wieder ins Gedächtnis: *Damit es nicht zu Schaden kommt ...* wiederholte sie im Geist die geheimnisvollen Andeutungen ihrer Tante. Am liebsten wäre Matilda sofort in Helens Schlafzimmer gegangen, um nach dem Päckchen zu sehen. Aber nein – sie durfte es ja erst morgen öffnen, wenn die Party vorbei war. Was war das wohl für ein empfindliches Geschenk? Helen hatte sie nicht nach einem Geburtstagswunsch gefragt und so war die Überraschung nun doppelt groß. Ein Gedanke, so unglaublich wie verwegen, elektrisierte Matilda: *Sie wird mir doch nicht* . . . Matildas Überlegungen wurden unterbrochen, denn Nicole tippte ihr auf die Schulter: »Gibt's noch irgendwo Prosecco?«

»Ähm, ja, klar. In der Küche, komm mit.«

Nicole folgte ihrer Freundin, kurz vor der Küchentür zog sie Matilda plötzlich an der Hand zu sich heran und flüsterte: »Sag mal, Matilda, ist die Tussi mit dem Augenbrauenpiercing die Freundin von deinem Cousin?«

»Tja. Das ist Juliane«, erklärte Matilda. »Mal ist sie seine Freundin, mal wieder nicht, da kennt sich niemand so genau aus – die beiden vermutlich auch nicht. Im Moment scheint sie es gerade mal wieder zu sein.«

Nicole zog einen Schmollmund. »Schade.«

Matilda war überrascht. Seit wann interessierte sich Nicole für Miguel? Oder war das Ganze ein Scherz? Aber nein, Nicole schien ehrlich ein bisschen enttäuscht zu sein. »Nimm es nicht tragisch«, tröstete Matilda ihre Freundin. »Miguel ist ziemlich langweilig, er sitzt Tag und Nacht am PC oder fummelt an seinen Pflanzen rum. Sein Zimmer ist der reinste Dschungel.« Kaum hatte sie die Worte ausgesprochen, bekam sie ein schlechtes Gewissen. Es war unfair, so schlecht über Miguel zu reden. Schließlich war er sehr rücksichtsvoll und nett zu ihr gewesen, als sie im letzten Sommer bei seiner Mutter und ihm eingezogen war. Er hatte sich sogar dazu bereit erklärt, mit seinem ganzen Computerkram und den Pflanzen unters Dach zu ziehen, damit Matilda im ersten Stock ein schönes, großes Zimmer bekam, das sie nach ihrem Geschmack gestalten konnte. Matilda war das damals alles ziemlich egal gewesen. Allein der Umzug nach Hannover hatte sie so viel Kraft gekostet, dass sie erst einmal überhaupt nichts unternommen hatte, um ihr neues Zuhause zu verschönern. Deshalb war es eine riesige Überraschung gewesen, als sie eines Nachmittags von der Musikschule gekommen war und festgestellt hatte, dass Helen und Miguel das Zimmer in ihrer Abwesenheit in Türkis und Zitronengelb gestrichen und türkis-weiß gestreifte Gardinen angebracht hatten. Matilda war vor Rührung in Tränen ausgebrochen und hatte sich ein paar Minuten lang gar nicht wieder beruhigen können. Ihr war eingefallen, dass Miguel sie zwei Tage zuvor etwas zusammenhanglos nach ihren Lieblingsfarben gefragt hatte. Ansonsten lebte Miguel zurückgezogen in seiner eigenen Welt. Er war neunzehn, vor wenigen Wochen hatte er mit Ach und Krach sein Abitur bestanden. Was er damit anfangen würde, wusste er allerdings noch immer nicht. Es hatte deswegen vor Helens Abreise einige ernste Diskussionen zwischen Mutter und Sohn gegeben, deren unfreiwillige Zeugin Matilda in dem hellhörigen alten Haus geworden war.

»Ich finde, er sieht knuffig aus. Man müsste ihn nur mal zum Friseur schicken«, meinte Nicole, die schon etliche Gläser Prosecco intus hatte.

»Knuffig«, wiederholte Anna, die hinzugekommen war, und schüttelte den Kopf. »Ein Typ sollte nicht knuffig aussehen! Ein Teddybär – ja, ein Kerl – nein!«

»Bei mir muss er knuffig aussehen«, beharrte Nicole, warf ihre Lockenmähne zurück und fügte hinzu: »Mit schönen Männern gibt's nur Ärger, sag ich euch.«

Anna kicherte. Unwillkürlich wanderte Matildas Blick bei diesen Worten hinüber zu Patrick. Der große, breitschultrige Junge saß zusammen mit seinem Freund Jonas und zwei von Miguels Freunden auf dem Sofa im Fernsehzimmer und verfolgte das Fußballspiel. Patrick sah ohne Zweifel sehr gut aus. Seine Gesichtszüge waren fein und wirkten so harmonisch wie die einer griechischen Statue. Lange Wimpern umrahmten die stahlblauen Augen, blonde Haarsträhnen fielen ihm über die hohe Stirn. Nicht wenige Mädchen aus Matildas Klasse waren hinter ihm her. Matilda, Anna und Nicole besuchten die 10a, die Musikklasse des Gymnasiums, in der die Mädchen deutlich in der Überzahl waren. In der Parallelklasse 10b dagegen war es umgekehrt. Natürlich wusste Patrick, dass ihn nahezu die ganze Musikklasse anschmachtete, und es war offensichtlich, dass er diese Aufmerksamkeit genoss. Auch Matilda fand Patrick attraktiv, aber da war kein Kribbeln, wenn sie ihn ansah – oder er sie. Sie konnte nicht sagen, warum, es war eben so. Eigentlich verschwendete sie ohnehin nicht allzu viele Gedanken an Patrick. Erst seit Anna im Februar auf der Klassenfahrt nach Rom behauptet hatte, Patrick sei in Matilda verliebt, war das ein bisschen anders. Okay, er hatte sich wirklich auffallend häufig in ihrer Nähe aufgehalten, sie hatten viel zusammen gelacht und herumgealbert. Aber das hieß doch eigentlich noch nichts. Und außerdem: Was sollte Patrick ausgerechnet von ihr wollen? Gut, sie sah nicht hässlich aus – sie hatte glänzendes dunkelbraunes Haar, klare blaue Augen unter schön geschwungenen Brauen und hohe Wangenknochen –, aber damit hörte es dann auch schon auf mit der Schönheit, fand Matilda. Ihre Nase war zwar schmal, besaß aber eine deutliche Wölbung nach außen. »Ein Indianerzinken«, hatte ihr Vater, von dem sie die Nase geerbt hatte, sie manchmal geneckt. Ihren Mund hielt Matilda für zu groß, das Kinn für zu eckig. »Du hast ein ausdrucksvolles, kluges Gesicht«, behauptete dagegen ihre Tante Helen. Da mochte vielleicht etwas Wahres dran sein, aber Matilda fand, dass es sehr viele deutlich hübschere Mädchen als sie an der Schule gab. Nicole zum Beispiel, mit ihren grünlichen Augen und den wilden kupferfarbenen Locken, oder auch Anna, das blonde Engelchen mit den filigranen Gesichtszügen.

Matildas etwas sprödes Äußeres spiegelte in etwa auch ihr Wesen wieder: Sie besaß durchaus Selbstbewusstsein, aber bei jedermann beliebt zu sein, war nicht ihr Ziel. Ein paar wenige, dafür aufrichtige Freunde genügten ihr. Außer ihrem Geigenspiel, das den größten Teil ihrer schulfreien Zeit in Anspruch nahm, hatte sie wenige Hobbys. Lesen vielleicht noch, aber das war auch nichts, womit man Jungs beeindrucken konnte. Ihr Kleidungsstil war eher schlicht und zurückhaltend, lag manchmal sogar an der Grenze zur Einfallslosigkeit. Matilda hielt Shopping ganz einfach für Zeitverschwendung, sie hasste Kaufhäuser, Boutiquen und Umkleidekabinen. Heute trug sie ein Kleid, das Tante Helen mit ihr zusammen ausgesucht hatte. Es war tiefblau und einfach geschnitten, der weiche, seidige Stoff floss elegant bis zu den Waden an ihr herab und betonte die Farbe ihrer Augen. »Wie schön das ist, für ein Mädchen ein Kleid zu kaufen«, hatte Helen in der Boutique ausgerufen und – vermutlich in Gedanken an Miguel – knurrend hinzugefügt: »Jedenfalls schöner als schwarze Kapuzenpullis und Schlabberjeans.«

Nein, Matilda machte sich über Klamotten und Make-up wenig Gedanken. Dabei war sie keineswegs ein stilles Wasser oder gar ein Mauerblümchen, aber auch keine Stimmungskanone wie Nicole nach ein paar Gläsern Prosecco. Und um bei Jungs Beschützerinstinkte zu wecken wie die zarte Anna, dafür wirkte sie wahrscheinlich zu unnahbar und selbstbewusst und war mit eins fünfundsiebzig auch zu groß dafür.

Vorhin hatte ihr Patrick im Flur ein kleines Geschenk überreicht, einen Moleskin-Taschenkalender. »Damit du jeden Tag an mich denkst«, hatte er dazu gesagt. Matilda fand den Kalender schön, Patricks Bemerkung dagegen war ziemlich daneben gewesen. Aber sie hatte sich ihre Verärgerung nicht anmerken lassen, hatte nur die Augenbrauen hochgezogen und spöttisch gegrinst. »Aber das tu ich doch sowieso jeden Tag.« Dann hatte sie sich beeilt, wieder zu ihren Freundinnen ins Wohnzimmer zu kommen. Seitdem war sie noch ein wenig verunsicherter, was Patricks Gefühle betraf. Andererseits – gerade jetzt unterhielt er sich angeregt mit zwei Mädchen, die Matilda nicht kannte, und es sah ganz danach aus, als hätten die drei jede Menge Spaß. Matilda seufzte. Da war ihr Miguels Geschenk doch deutlich lieber: die neue CD von Gossip, er hatte sie ihr heute Morgen beim Frühstück mit einem Grinsen überreicht.

Von Nicole und Anna hatte Matilda ein Schminkset geschenkt bekommen, das fast so groß war wie ein Werkzeugkoffer.

»Damit du gerüstet bist für den Fall der Fälle«, hatte Nicole augenzwinkernd verkündet, wohl schon ahnend, dass Matilda das meiste, was der Koffer enthielt, nie benutzen würde – und vermutlich gar nicht wusste, was man damit machte.

»So einen Scheiß hat Matilda doch gar nicht nötig.« Patrick, der zufällig in der Nähe stand, hatte abfällig den Kopf geschüttelt, was Matilda, auch wenn es ganz offensichtlich als Kompliment gemeint war, geärgert hatte. Wie kam er dazu, das Geschenk ihrer Freundinnen als »Scheiß« zu bezeichnen? Die Mädchen betraten die Küche und Matilda nahm eine Flasche Prosecco aus dem Kühlschrank.

»Soll ich ihn für euch aufmachen?«, fragte eine angenehme, tiefe Stimme. Sie gehörte dem Jungen mit den braunen Locken, er lehnte, die Arme vor der Brust verschränkt, hinter ihnen an der Spüle und beobachtete sie.

Matildas »Danke, geht schon« wurde übertönt von Annas »Och, ja, wenn du so lieb bist! Ich breche mir immer fast die Finger dabei.«

Matilda verdrehte die Augen, reichte dem Jungen dann aber doch die Flasche. Er öffnete sie gekonnt mit einem dezenten *Plopp* und goss den Inhalt in die drei frischen Gläser, die Nicole bereits aus dem Schrank geholt hatte. Dann hob er sein Bierglas und prostete Matilda zu, wobei er ihr lächelnd in die

Augen schaute: »Auf deinen Geburtstag, Matilda. Wie alt bist du noch gleich geworden?«

»Sechzehn«, antwortete Matilda und nippte an ihrem Glas. Eigentlich verabscheute sie Prosecco, aber sie konnte hier ja nicht nur Fanta trinken, wie würde das denn aussehen, noch dazu an ihrem Geburtstag?

»Wie heißt du?«, fragte Nicole den Jungen.

»Christopher, man nennt mich Chris.«

»Nicole«, sagte Nicole und kicherte.

»Und ich bin Anna, Matildas Freundin.«

»Matilda.« Christopher ließ sich ihren Namen auf der Zunge zergehen wie ein Karamellbonbon, wobei es fast schon an Unhöflichkeit grenzte, wie er Nicole und Anna, die ihm intensive Blicke zuwarfen, ignorierte. »Du sollst so ein Geigengenie sein.«

»Quatsch! Wer sagt denn so was?«, unterbrach ihn Matilda, obwohl sie es sich schon denken konnte. Sie merkte, wie sie rot wurde, und ärgerte sich darüber.

»Miguel.«

»Er übertreibt«, wehrte Matilda ab. Oder vielleicht übertrieb auch Tante Helen maßlos, wenn sie mit ihrem unmusikalischen Sohn über Matildas Talent sprach. »Anna spielt auch Geige«, erklärte sie. »Wir haben zusammen Unterricht.«

»Aber ich bin längst nicht so gut wie sie«, versicherte Anna. Normalerweise verschwieg Anna Jungs gegenüber, dass sie Violine spielte. Jungs fänden das unsexy, hatte sie neulich zu Matilda gesagt. Nicole dagegen spielte mehr schlecht als recht E-Gitarre, konnte aber sehr gut singen. Damit ließ sich Annas Meinung nach viel eher punkten als mit einer Violine. Matilda wiederum hatte sich noch keine Gedanken darüber gemacht, wie sexy oder unsexy das Geigespielen aufs andere Geschlecht wirkte.

»Bist du sauer, weil wir in deine Geburtstagsfeier geplatzt

sind?«, wurde sie nun von Christopher gefragt. »Miguel hat's natürlich wieder nicht gerafft«, fügte er entschuldigend hinzu. »Nein, ich finde es gut, dass er euch eingeladen hat. Wir sind ja nur zu fünft, das wäre ohnehin kein Mega-Event geworden«, antwortete Matilda und erklärte etwas verlegen: »Ich ... ich wohne erst seit einem Jahr hier, ich kenne noch nicht so viele Leute.«

»Ja, ich weiß, Miguel hat's mir erzählt. Das tut mir leid, das mit deinen Eltern. Muss furchtbar gewesen sein.« Christopher sah sie mit einer Mischung aus Anteilnahme und Neugierde an. Matilda hielt dem Blick seiner Augen nur einen Atemzug lang stand. Was für faszinierende Augen! Sie hatten eine eigentümliche helle Farbe, die an das Silbergrau eines Buchenstammes erinnerte.

Wenn es möglich war, vermied es Matilda, neuen Bekanntschaften gegenüber vom Unfall ihrer Eltern zu sprechen. Sie wollte weder als armes Waisenkind bedauert werden noch die Leute in Verlegenheit bringen. Sie wusste inzwischen, dass kaum jemand auf unbefangene Art mit dem Thema Tod umgehen konnte. Die meisten Menschen scheuten den Kontakt zu Trauernden, als hätten diese eine ansteckende Krankheit. Diese bittere Erfahrung hatte Matilda an ihrer alten Schule machen müssen. Ihre Klassenkameraden hatten sie zwar aufrichtig bedauert, waren ihr aber gleichzeitig auch mehr oder weniger unauffällig aus dem Weg gegangen. Nicht absichtlich, sondern aus schierer Hilflosigkeit darüber, wie sie mit einem Mädchen, das gerade beide Eltern verloren hatte, umgehen sollten. Das Verhalten ihrer Mitschüler hatte Matilda den Abschied von ihrer Schule, der Nachbarschaft und ihrer Heimatstadt sogar irgendwie erleichtert. Sie war am Ende richtig froh gewesen, Kassel zu verlassen und nach Hannover umzuziehen, wo ihre Tante Helen, aber auch ihre Großeltern mütterlicherseits wohnten. Die Mutter ihres Vaters lebte in München, sonst hatte Matilda keine Verwandten.

Verflixt noch mal, ärgerte sich Matilda nun. Was hatte Miguel, dieses Klatschmaul, seinen Freunden alles über sie erzählt? Ihre ganze Lebensgeschichte einschließlich Familiendrama? Andererseits musste er ja wohl irgendwie erklären, warum seine Cousine bei ihnen wohnte. Sie schaute hinüber zu Miguel, der am Küchenschrank lehnte und mit Juliane und dem blonden Mädchen redete. Die Blonde hatte wohl gerade etwas Witziges gesagt, alle drei lachten. Eine Flasche Jägermeister machte die Runde, gerade schenkte Miguel drei Schnapsgläser voll. Er fing Matildas Blick auf. »Auch einen?«

Sie schüttelte den Kopf, aber Nicole krähte: »Klar. Los, gib 'ne Runde aus!«

Nicoles Kopfschmerzen möchte ich morgen früh nicht haben, zum Glück ist Samstag, dachte Matilda. Aber dann probierte sie doch vorsichtig von dem Schnaps. Die braune Flüssigkeit war süßer, als sie angenommen hatte, und sie kippte den Rest auf ex hinunter. »Gar nicht so übel«, meinte sie und schüttelte sich.

Christopher, der mitgetrunken hatte, lachte. Dann wurde er schlagartig wieder ernst und fragte Matilda: »Wer hat es dir eigentlich gesagt?«

»Was gesagt?«, fragte Matilda verwirrt.

»Das mit deinen Eltern.«

Matilda war ein wenig schockiert über diese direkte und sehr persönliche Frage. Andererseits war das immer noch besser als betretenes Schweigen oder mitleidige Blicke, also antwortete sie. »Eine Polizistin, die einen Psychologen dabeihatte und den Pfarrer, der mich konfirmiert hat. Es war ganz komisch. Ich habe es erst gar nicht so richtig begriffen, ich hatte ja schon geschlafen. Sie sind auf dem Heimweg von einem Geschäftsessen beim Chef meines Vaters in einen Stau geraten, auf der Autobahn, und ein Lastwagen ist von hinten ungebremst auf sie draufgeknallt. *Wenn er schon so neugierig fragt,* dachte Matilda, *dann kriegt er auch gleich die ganze Horrorgeschichte zu hören.*

»Grässlich.«

»Ja«, antwortete Matilda. Für einen Moment herrschte Schweigen, dann sagte Matilda: »Ich bin froh, dass ich zu Helen ziehen konnte. Kennst du sie? Sie ist eine bekannte Saxofonistin.«

»Ich weiß, ich habe sie schon spielen gehört«, antwortete Christopher. »Ich spiele auch ein bisschen Saxofon, aber nur ganz schlecht.«

»Und was machst du sonst?«, wollte Matilda wissen. Sie war froh darüber, dass er das Thema gewechselt hatte.

»Im Moment nichts. Und du?«

»Ich hab noch zwei Jahre bis zum Abi. Wenn ich es schaffe, möchte ich Musik studieren.«

»Klar«, sagte Christopher und grinste. *Schöne Zähne,* dachte Matilda. *Schöner Augen, schöner Mund . . .* Er erinnerte sie an die römischen Jungs, die sie während ihrer Klassenfahrt gesehen hatte: coole, extrem gut aussehende Typen, die auf ihren Motorrollern ohne Helm durch die Straßen kurvten und vor den Cafés herumlungerten, ihr *cellulare* – ihr Handy – stets am Ohr. »Gott, sind die süß«, hatte Anna jedes Mal verzückt ausgerufen, wenn sie einen von ihnen entdeckt hatten, um sich gleich darauf zu beschweren: »Warum sehen die Jungs in Deutschland nicht so aus? Jetzt, wo ich die gesehen habe, gefallen mir diese Holzköpfe, die bei uns zu Hause rumlaufen, erst recht nicht mehr!«

»Sag Bescheid, wenn du dein erstes Konzert gibst.« Christopher lächelte sie an. Ehe Matilda etwas erwidern konnte, hatte er sich wieder Miguel und den beiden Mädchen zugewandt. Matilda seufzte. War ja klar, dass dieser Christopher sie nicht besonders interessant fand. Er war bestimmt auch schon neunzehn, so wie Miguel. Miguel interessierte sich auch nicht für Sechzehnjährige, seine Freundin Juliane war sogar schon einundzwanzig. War die Blonde Christophers Freundin? Matilda beschloss, ihren Cousin bei der nächsten Gelegenheit einmal gründlich über seinen Freund auszufragen.

Das Fußballspiel war zu Ende, im Wohnzimmer wurde die Anlage aufgedreht und der Teppich eingerollt. Matilda verließ die Küche auf der Suche nach ihren Freundinnen – Anna und Nicole hüpften schon übermütig auf dem Parkett herum. Patricks Kumpel Jonas machte linkische Verrenkungen, die mit viel Fantasie als Tanz durchgingen.

»Möchtest du tanzen?«, fragte Patrick Matilda.

»Nein, eigentlich nicht«, antwortete Matilda. Sie tanzte nur, wenn sie alleine in ihrem Zimmer war, denn sie fand, dass sie beim Tanzen zu groß und zu knochig wirkte.

»Wollen wir im Garten eine rauchen?«

»Ich rauche nicht, aber wir können gerne rausgehen.« Ein bisschen frische Luft war vielleicht keine schlechte Idee, Matilda war von dem Schnaps schon ein wenig schwummerig geworden.

Der Garten war von hohen Sträuchern umgeben. Jetzt, im Juni, konnte man dem Gras und dem Unkraut beim Wachsen beinahe zusehen. Seltsamerweise hatte Miguel, der seine unzähligen exotischen Zimmerpflanzen akribisch hegte und pflegte, für die gewöhnlichen Gartenarbeiten wie Unkraut jäten, Sträucher schneiden und Rasen mähen überhaupt nichts übrig. Er und Helen lagen sich deswegen häufig in den Haaren. Matilda beschloss spontan, am Wochenende den Garten einigermaßen in Ordnung zu bringen, damit er in den nächsten Wochen nicht vollkommen verwilderte. Andererseits mochte sie es, wenn der Garten etwas unordentlich aussah. Sie fand ihn viel schöner und romantischer als den aufgeräumten Reihenhausgarten, der zu ihrem Elternhaus gehört hatte. Und zu der alten, etwas heruntergekommenen Villa ihrer Tante passte ein verwunschener Garten sowieso ganz gut.

Sie schlenderten über die Wiese und setzten sich dann auf eine steinerne Bank, die an einem sumpfigen Gartenteich lag. Eine Statue aus Granit, die Michelangelos David nachempfunden war, bewachte den Teich. Auf dem Wasser schwammen unzählige Seerosen.

»Der hat aber 'nen winzigen Pimmel«, hatte Nicole kichernd bemerkt, als sie den Garten zum ersten Mal betreten hatten, und dann hatten Nicole, Anna und Matilda darüber spekuliert, wie realitätsnah diese Darstellung wohl war.

Patrick dagegen ignorierte den nackten Steinmann. Er sah Matilda von der Seite an. »Du musst heute bestimmt besonders oft an deine Eltern denken.«

»Ja, das stimmt«, gestand Matilda. »Aber Weihnachten war schlimmer, alle haben fast nur geheult.«

»Das kann ich mir vorstellen.« Patrick nickte. »Aber Geburtstage sind auch so kritische Tage. Meine Mutter kriegt an meinem Geburtstag jedes Mal einen sentimentalen Anfall. Neulich, an meinem sechzehnten, hat sie sich das Video von meiner Geburt angesehen. Ich bin zufällig ins Zimmer gekommen, mir war danach kotzübel!«

Matilda musste lachen. »Schön, dass ihr heute gekommen seid.«

»Ist mir ein Vergnügen«, grinste Patrick. Er drückte ihre Hand und für einen Moment hatte es den Anschein, als wollte er sie festhalten, aber Matilda entzog sie ihm rasch.

Sie schwiegen eine Weile, dann sagte Patrick: »Weißt du, ich glaube, dass es mit den Toten so ist: Sie sind gar nicht wirklich weg, sie bleiben bei den Menschen, die sie geliebt haben.«

»Du meinst, so wie Gespenster?«

»Eher wie so eine Art Geist. Eine geistige, nicht materielle Existenzform oder so was.«

»Schon möglich.« Matilda nahm ihr Glas, das sie neben sich auf die Bank gestellt hatte, und trank einen Schluck. Der Gedanke hatte etwas Tröstliches. »Hast du denn schon mal jemanden verloren, den du gemocht hast?«

»Ja, meine Oma.«

»Und die erscheint dir als Geist?«

»Nein, natürlich nicht. Aber manchmal hab ich so ein Gefühl . . . als wäre sie da.«

Matilda nickte langsam. Ja, dieses Gefühl kannte sie nur zu gut. Aber sie wollte trotzdem jetzt nicht mit Patrick darüber reden, auch wenn sie angenehm überrascht von ihm war. So tiefsinnige Gedankengänge hätte sie ihm gar nicht zugetraut.

»Ich hoffe nicht, dass mir meine Oma Eleonore nach ihrem Tod erscheint. Die reicht mir schon lebendig«, sagte sie deshalb leichthin und grinste.

»Wieso?«

Matilda winkte ab. »Wenn du sie kennen würdest, wüsstest du es. Sie ist ein alter Drachen.«

Sie plauderten eine Weile über die Schule und – natürlich – über Fußball. *Eigentlich,* dachte Matilda, *ist Patrick wirklich nett. Jedenfalls zu mir.* Gerade hatte er sich nach dem Musikwettbewerb erkundigt, an dem Anna und Matilda in vier Wochen teilnehmen wollten. Anna hatte ihm offenbar davon erzählt.

»Es ist ein Wettbewerb für Jugendliche, der im Rahmen des Internationalen Violinwettbewerbs stattfindet«, erklärte Matilda stolz. »Der eigentliche Internationale Violinwettbewerb wird alle drei Jahre in Hannover im Opernhaus ausgetragen. Dabei treffen sich die besten jungen Geigerinnen und Geiger der ganzen Welt. Es sind inzwischen fast nur noch Chinesen,

Japaner und Koreaner. Ich glaube, bei denen müssen sie schon im Kindergarten Geige lernen.«

»Du kommst bestimmt auch noch dahin«, prophezeite Patrick.

»Unsinn. Aber ich bin schon froh, dass ich beim Jugendcontest dabei bin. Allerdings sterbe ich jetzt schon vor Angst. Anna spielt übrigens auch mit, aber in einem Kammerorchester.«

»Wenn du so weit gekommen bist, dann musst du doch keine Angst mehr haben«, meinte Patrick sichtlich beeindruckt und versprach: »Ich werde auf jeden Fall hingehen und für dich johlen und klatschen.«

»Sehr nett, aber ich weiß nicht, ob das da so gut ankommt. Das ist was anderes als ein Poetry-Slam.« Sie erinnerte sich, dass Patrick ihr auf der Klassenfahrt erzählt hatte, dass er schon dreimal bei Poetry-Slams mitgemacht hatte. »Aber immer in anderen Städten, nicht hier«, hatte er erklärt. »Ich hatte keine Lust, mich vor meinen Freunden zu blamieren.« Damals, in Rom, hatte Matilda ihm versprochen, dass sie, sollte er eines Tages in der Nähe auftreten, kommen und für ihn klatschen würde.

Sie lehnte sich zurück und blinzelte träge. Sie merkte den Alkohol, den sie getrunken hatte, aber es war kein unangenehmes Gefühl. Es war noch warm, die Abendsonne schien durch das Geäst des Ginkgobaumes, eine Amsel sang. Matilda öffnete die Augen, als das Gartentor quietschte. Sie erkannte Christopher und das blonde Mädchen: Die beiden stiegen in einen roten Twingo, der vor der Einfahrt zur Villa stand. Keiner von beiden blickte in den Garten zurück. Christopher hielt dem Mädchen galant die Beifahrertür auf. Matilda stand abrupt auf. Ihre gute Laune war plötzlich verflogen. »Ich geh rein.« Patrick sah sie verdutzt an, sagte aber nichts, sondern trottete hinter ihr her. Im Wohnzimmer roch es nach Gras, die Anlage war bis zum Anschlag aufgedreht. *Zum Glück*, dachte

Matilda, *ist das Rentnerpaar, das in dem protzigen Sechzigerjahre-Bungalow links neben uns wohnt, gerade verreist. Die hätten sonst bestimmt schon die Polizei gerufen.* Helens Haus lag ein wenig abseits, am äußersten Rand eines älteren, gediegenen Wohnviertels. An die rechte Seite des Gebäudes grenzte ein Stück von Unkraut überwuchertes Brachland, dahinter stand das Lagerhaus einer Spedition, danach kam nur noch der Bahndamm. Hinter Helens Grundstück lagen Sport- und Tennisplätze, die von einem dichten Grüngürtel umgeben waren. Von dort waren wohl kaum Beschwerden zu befürchten. Allenfalls die Anlieger auf der gegenüberliegenden Seite der Straße könnten sich belästigt fühlen, aber in den Reihenhäuschen wohnten überwiegend jüngere Paare, die selbst hin und wieder eine laute Gartenparty feierten.

In der Küche waren Miguel und Juliane dabei, bunte Mixgetränke herzustellen. So wie es aussah, hatten sie dazu Helens Hausbar geplündert – auf dem Tisch standen Flaschen mit Wodka, Tequila, Campari, Korn und ein paar Obstschnäpse, im Spülbecken lagen leere Orangen- und Zitronenschalen.

»Hier, meine neueste Kreation!« Juliane hielt Matilda einen bunten Drink unter die Nase. Matilda nahm das Glas ein bisschen zögerlich entgegen. Doch dann trank sie entschlossen einen großen Schluck.

Dieser Christopher hätte sich wenigstens verabschieden können! Andererseits – wenn er uns gesehen hat? Patrick und ich allein auf der Bank am Teich ... verdammt, wie hat das denn wohl gewirkt? Als wären wir ein Liebespaar! Hätte er da mit einem Mädchen gesessen, hätte ich mich auch nicht verabschiedet!, grübelte Matilda. *Mist, wahrscheinlich denkt er jetzt, dass ich mit Patrick zusammen bin! Aber wieso mache ich mir überhaupt Gedanken darüber, was er denkt? Eigentlich ist das doch total egal, schließlich ist er ja sowieso mit der Blonden abgezogen, die wahrscheinlich seine Freundin ist. Er*

23

wird jedenfalls ganz bestimmt keinen Gedanken mehr an die kleine Cousine seines Kumpels verschwenden.
»Hast du noch so einen?«, fragte sie Juliane.
»Klar doch.«
Miguel runzelte die Stirn, aber er sagte nichts, als Juliane bereitwillig noch einen Drink für Matilda mixte. Er bestand aus mindestens drei hochprozentigen Spirituosen und einem Spritzer Orangensaft. Die beiden Mädchen prosteten sich zu. Danach überfiel Matilda ein Anfall von Übermut und sie ließ sich gegen ihre sonstige Gewohnheit von Jonas auf die Tanzfläche schleppen. Obwohl sich Jonas weitaus linkischer bewegte als Matilda, machte es Spaß, mit ihm zu tanzen. Irgendwann – sie hatte den Wechsel gar nicht richtig mitbekommen – tanzte sie mit Patrick. Erst ohne sich zu berühren, dann, bei einem langsamen Song, fand sie sich an seine Schulter geschmiegt wieder. Eigentlich fühlte er sich ganz gut an. Er roch auch gut. Zum Teufel mit diesem Christopher, der nahm sie doch gar nicht ernst! Als Patrick sie küsste, wurde ihr ein bisschen schwindelig. Matilda war nicht sicher, ob es von dem Kuss kam oder weil sie dazu die Augen zugemacht hatte oder wegen des Alkohols. Sie taumelte und wäre gestürzt, hätte Patrick sie nicht gehalten. »Magst du dich vielleicht hinsetzen?« Matilda nickte dankbar, ließ zu, dass er sie an der Hand fasste und durch die Tanzenden hindurch zu dem Sofa im Fernsehzimmer zog. Sie küssten sich erneut, seine Lippen fühlten sich warm und fest an. Seine Zunge glitt über ihre Zähne und erkundete ihren Mund und Matilda erwiderte den Kuss. Plötzlich waren auch Patricks Hände überall. Matilda war sich nicht sicher, was sie davon halten sollte. Aber sie kam gar nicht mehr dazu, darüber nachzudenken, denn auf einmal war ihr furchtbar schlecht. Sie sprang auf und rannte zum Klo, das sie gerade noch rechtzeitig erreichte, ehe sie die Mischung aus Torte und Cocktails, die sie an dem Abend zu

sich genommen hatte, in einem Schwall wieder von sich gab. Erschöpft lehnte sie sich gegen die Wand. Jemand klopfte an die Tür.

»Besetzt!«

Aber die Tür öffnete sich trotzdem. Es war nicht Patrick, wie Matilda befürchtet hatte, sondern Anna. Matilda wollte etwas sagen, aber ein neuer Brechreiz überkam sie. Während Matilda über der Kloschüssel hing, hielt Anna ihr die Haare im Nacken zusammen und sagte dabei in mütterlichem Ton. »Ja, kotz dich ruhig aus. Gut, wenn du jetzt gleich reiherst, dann geht es dir morgen wieder gut.« Sie reichte Matilda einen feuchten Waschlappen, mit dem diese sich den Mund abwischte, als es vorbei war.

»Mir geht's schon besser, ehrlich.« Matilda ließ sich auf den Boden sinken und lehnte den Kopf gegen die kühlen Kacheln der Badewanne.

»Jaja, schon klar«, grinste Anna. »Ich bring dich jetzt ins Bett. Los, ab nach oben.«

Ein Bett, oh ja, dachte Matilda, während Anna sie die Treppe hinaufbugsierte. Sie hatte das Gefühl, sich noch nie so sehr nach ihrem Bett gesehnt zu haben wie jetzt. Mit zittrigen Händen putzte sie sich rasch noch die Zähne und ließ sich dann von Anna in ihr Zimmer führen. Flüchtig nahm sie wahr, dass Patrick auftauchte und seine Hilfe anbot, aber Anna winkte ab. »Ich hab alles im Griff, wir kommen schon klar.« Dann hörte Matilda Nicole, die kichernd fragte: »Kotzen bei dir die Frauen immer, nachdem sie mit dir geknutscht haben? Wenn ja, dann solltest du mal was gegen deinen Mundgeruch tun.«

»Sehr witzig«, kam es scharf von Patrick, dann schloss sich die Tür und Matilda sank, ohne sich auszuziehen, auf ihr Bett. Es schaukelte wie ein Kahn bei Windstärke neun. Anna streifte ihr die Schuhe ab, deckte sie zu und stopfte zwei Kissen unter ihren Kopf. Prompt ließ das Schaukeln ein wenig nach,

und als Matilda auf Annas Rat hin probehalber einen Fuß auf den Boden stellte, quasi als Anker, stand das Bett sogar ziemlich ruhig. »Danke, Anna. Du bist meine allerbeste Freundin.«
»Keine Ursache. Ist ein Tipp von meinem Bruder. Soll ich heute Nacht lieber hier schlafen, auf dem Sofa?«
»Nein, musst du nicht. Ich bin okay«, wehrte Matilda mit schwacher Stimme ab. Sie wollte jetzt nur noch ihre Ruhe haben. *Schlafen,* dachte sie. *Nur noch schlafen.*
»Okay, wie du meinst. Der Eimer steht neben dem Bett – für alle Fälle«, sagte Anna und deutete auf den roten Putzeimer, den sie in der Abstellkammer gefunden hatte. »Dann mal gute Nacht.« Sie löschte das Licht und ging.
Zwei Sekunden später war Matilda schon eingeschlafen.

Matilda wurde wach. Es war dunkel, nur das Licht der Straßenlaterne warf ein mattes Viereck auf den Fußboden. *Wo bin ich? Das ist nicht mein Zimmer!* Den Schock des völlig orientierungslosen Erwachens hatte Matilda in der ersten Zeit nach dem Tod ihrer Eltern und dem Umzug hierher oft erlebt. Als hätte ihr Hirn im Schlaf alles vergessen. In den zähen Sekunden nach dem Wachwerden war die Realität dann jedes Mal mit neuer Wucht auf sie eingestürzt: *Nein, das ist nicht das Zimmer in deinem Elternhaus, deine Eltern sind tot, das ist dein Zimmer im Haus von Tante Helen.* Dieses Mal kamen noch zwei weitere Fragen hinzu: *Warum ist es so dunkel? Warum ist mir so schlecht?*
Die erste Frage klärte sich nach einem Blick auf die Digitalanzeige ihres Radioweckers: 4:10. Dem Grund der Übelkeit auf die Spur zu kommen, dauerte ein wenig länger, doch ehe sich Matilda darüber weitere Gedanken machen konnte, hatte sie schon den Putzeimer ergriffen – was immer der neben ihrem Bett zu suchen hatte, er kam ihr im Moment äußerst gelegen. Langsam sickerten die Bilder des vergangenen Abends

wieder in ihr Gedächtnis. Die Party, die Leute, die Drinks, die Musik... danach verschwamm die Erinnerung. Sie sah sich tanzen. *Völliger Schwachsinn! Ich tanze nie vor anderen Leuten.* Erschöpft sank sie auf dem Bett in sich zusammen. Die Übelkeit hatte ein wenig nachgelassen, aber sie fühlte sich noch immer schwach und zitterig. Nach einigen Minuten gewann jedoch ihr Ordnungssinn die Oberhand und sie stand auf, trug den Eimer ins Bad, leerte den Inhalt in die Toilette und spülte ihn aus. Sie putzte sich die Zähne. Im Neonlicht der Badezimmerbeleuchtung sah sie blass aus, fast grünlich, wie eine Wasserleiche. Sie schüttelte sich, angeekelt von sich selbst. Dann drehte sie den Wasserhahn auf und klatschte sich eine Ladung kaltes Wasser ins Gesicht. Schon besser. *Vielleicht sollte ich ein Stück Zwieback essen,* überlegte Matilda. »Zwieback beruhigt den Magen«, das hatte ihre Mutter immer gesagt, wenn ihr als Kind übel gewesen war. Ohne Licht zu machen, schlich sie hinaus in den Flur. Eine schmale Treppe führte ins Dachgeschoss, wo Miguel sein Reich hatte. Matilda tastete sich ein paar Schritte die Treppe hinauf, bis sie den oberen Flur einsehen konnte. Normalerweise drang nachts unter der alten, schlecht schließenden Tür zu Miguels Zimmer immer ein schwacher Lichtschein hindurch. Miguel hatte die Angewohnheit, eine schummrige Salzkristalllampe anzulassen, wenn er schlief. Er hatte Matilda einmal erzählt, dass er als Kind furchtbare Angst vor der Dunkelheit gehabt hatte. Die Gewohnheit, die Lampe anzulassen, hatte er beibehalten, auch wenn er sich inzwischen selbstverständlich im Dunkeln nicht mehr fürchtete. Nun war da oben alles schwarz, kein Lichtstreif schimmerte unter der Tür, was bedeutete, dass Miguel nicht in seinem Zimmer war. Bestimmt hatte er Juliane nach Hause gebracht und war bei ihr geblieben. Juliane bewohnte das winzige Reihenhäuschen ihrer Mutter, die, weil sie Alzheimer hatte, in einem Pflegeheim lebte. *Umso besser. Dann brauche ich auch nicht leise zu sein,* dachte Matilda, schaltete das Licht im Flur an und lief barfüßig hinunter in die Küche.

Bei dem Anblick, der sich ihr dort bot, wurde ihr erneut ein wenig übel: massenhaft schmutzige Gläser, Pizzakartons, leere Flaschen, volle Aschenbecher. Und wie das roch! Zwieback fand sie auch keinen, aber eine angebrochene Packung Knäckebrot. Sie würgte eine Scheibe davon hinunter und trank in kleinen Schlucken ein Glas Wasser dazu. Irgendwo im Haus rauschte und pfiff es leise. Die Wasserleitung? Der Wind? *So ein altes Gemäuer kann ganz schön unheimlich sein in der Nacht,* dachte Matilda nicht zum ersten Mal.

»Miguel, du bist für deine Cousine verantwortlich, solange ich weg bin«, hatte Helen ihrem Sohn vor ihrem Abflug wiederholt eingeschärft. »Vor allen Dingen möchte ich nicht, dass Matilda nachts ganz allein im Haus ist. Ist das klar?«

»Klar«, hatte Miguel jedes Mal großspurig versichert. »Ich pass schon auf die Kleine auf.«

Seitdem hatte Matilda schon zwei Nächte allein verbracht. Immerhin hatte Miguel das erste Mal noch angerufen und angeboten, er würde nach Hause kommen, falls sie sich fürchten sollte. Natürlich hatte Matilda das abgelehnt und versichert, sie sei weder ein kleines Mädchen noch ein Angsthase. Aber später, als sie im Bett gelegen und versucht hatte einzuschlafen, hatte sie sich dann doch ein wenig geängstigt. Das alte Haus machte in der Nacht Geräusche, die ihr tagsüber noch gar nicht aufgefallen waren. Es knackte und knarzte, die Rohre glucksten, das Holz ächzte, einmal schepperte ein Fensterladen, der nicht festgeklemmt war. Das letzte Mal, als Miguel außer Haus übernachtet hatte, hatte sie überhaupt nicht einschlafen können. Schließlich war sie aufgestanden und hatte Geige gespielt. Die Töne des Instruments hatten die Geräusche des Hauses verdrängt und danach war Matilda endlich beruhigt und müde eingeschlummert. Als der Wecker geklingelt hatte, waren die Schrecken der Nacht vollends verflogen. Sie war sich allein in der alten Villa sogar ein bisschen wie eine Schlossherrin vorgekommen.

Im Moment allerdings wäre es ihr lieber gewesen, Miguel im Haus zu wissen. Warum, das konnte sie gar nicht so genau sagen. Sie glaubte weder an Gespenster, noch rechnete sie wirklich damit, dass die ziemlich heruntergekommene Villa ihrer Tante attraktiv genug für Einbrecher war. Es war auch nicht direkt Furcht, was Matilda empfand, eher ein Gefühl der Schutzlosigkeit und vielleicht auch der Einsamkeit.

Als um den Jahreswechsel herum die Pläne von Tante Helens Tournee Gestalt angenommen hatten, hatte Helen lange gezögert, ob sie sie überhaupt antreten sollte – immerhin war Matilda erst vor wenigen Monaten zu ihr gezogen und Helen war der Ansicht, dass ihre Nichte nach dem schweren Schicksalsschlag, der sie getroffen hatte, dringend ihre Fürsorge brauchte. Aber Miguel und Matilda hatten Helen hartnäckig gedrängt, auf diese Tournee durch Europa und Amerika zu gehen.

»Das ist für dich der große Durchbruch! Ich will auf keinen Fall, dass du diese Chance wegen mir aufgibst«, hatte Matilda immer wieder gesagt. »Schließlich habe ich auch was davon, wenn ich mit meiner berühmten Tante angeben kann.«

Miguels Argument war wesentlich pragmatischer gewesen: »Wir brauchen doch auch die Kohle. Sonst bricht uns die Hütte irgendwann über dem Kopf zusammen.«

Ganz so schlimm war es zwar nicht, aber das Haus hätte eine Renovierung gut vertragen können, das sah auch Matilda so. Im Winter hatte es durch die hölzernen Rahmen der Fenster gezogen, die veraltete Heizungsanlage verbrauchte Unmengen an Gas und das Dach war an manchen Stellen nur notdürftig geflickt. »Nach dem nächsten heftigen Sturm habe ich wahrscheinlich freie Sicht auf den Sternenhimmel«, hatte Miguel neulich düster prophezeit. Und natürlich hatten sich sowohl er als auch Matilda insgeheim auf zwei Monate sturmfreie Bude gefreut. Aber sie waren schlau genug gewesen, es sich nicht allzu sehr anmerken zu lassen. Schließlich hatte Helen geseufzt und dann mit einem breiten Lächeln gesagt: »Also gut, dann ist es also abgemacht. Ich hoffe nur, dass das Haus noch steht, wenn ich wiederkomme.«

Einen Monat war sie jetzt schon fort und einen weiteren würde sie noch durch die Welt tingeln. Beim Gedanken an Tante Helen fiel Matilda das gestrige Telefongespräch wieder ein. Das Geschenk! Sie holte die Trittleiter aus der Speisekammer und trug sie hinauf in Helens Schlafzimmer. Es war ein quadratischer Raum mit großem Fenster und einem Futonbett, die Wand an der Stirnseite des Bettes war orangefarben gestrichen, der Rest blassgelb. Etliche geschnitzte und bemalte Holzmasken aus Afrika hingen an den Wänden. Matilda gruselte sich immer ein wenig vor diesen augenlosen Holzgesichtern, weshalb sie diesen Raum, in dem sie ohnehin nichts zu suchen hatte, so gut wie nie betrat. Die Fensterläden waren geschlossen, ebenso die orange-grün gemusterten Gardinen. Es roch dezent nach Tante Helen – vielmehr nach ihrem Parfum – und nach den Stoffsäckchen mit Sandelholzduft, mit denen sie ihre Kleidung vor Mottenfraß schützte. Bei diesem Geruch wurde Matilda ein bisschen wehmütig ums Herz, denn ihre Mutter hatte dieselben Duftsäckchen benutzt.

An einer Wand des Zimmers stand ein alter Schrank aus dunklem, fast schwarzem Holz. Wie von Helen angekündigt, fand Matilda oben auf dem Schrank einen länglichen, in blaues Geschenkpapier eingepackten Karton mit einer roten Schleife, in der eine Geburtstagskarte steckte.

Übelkeit und Erschöpfung waren verflogen, als sie hastig das Papier aufriss und den Karton öffnete. Zum Vorschein kam ein Geigenetui. Das hatte Matilda schon vermutet.

Vernünftigerweise hatten Matildas Eltern ihr vor acht Jahren, als sie mit dem Geigenunterricht begonnen hatte, ein preiswertes Anfängermodell besorgt. Kurz vor ihrem Unfall hatten sie überlegt, ihrer Tochter ein hochwertigeres Instrument zu kaufen, aber dazu war es dann nicht mehr gekommen. Auch Helen hatte kürzlich bemerkt, dass man sich für den anstehenden Jugendwettbewerb in vier Wochen um ein etwas hochwertigeres Instrument kümmern müsste, woraufhin Matilda vorgeschlagen hatte, eines auszuleihen. »Ja, mal sehen«, hatte ihre Tante geantwortet.

Matilda öffnete langsam den Deckel. »Heiliger Strohsack!«, rief sie wenig später aus – eine Redewendung, die sie von Helen übernommen hatte. Vor ihr in dem Etui lag auf blauem Samt eine Violine. Diese Violine hier, das erkannte Matilda nun, da sie sie vorsichtig aus ihrer Hülle nahm, sofort, ließ sich nicht mit ihrem alten Modell vergleichen: Das Holz war leicht und fein gearbeitet, die Decke schimmerte in einem dunklen Rötlich-Braun, besonders auffällig war die große Schnecke. Voller Ehrfurcht strich Matilda über den glänzenden Lack, mit dem das Holz überzogen war, und fuhr mit dem Finger die Windungen der Schnecke nach. Dem Instrument lag ein Umschlag bei, den sie neugierig öffnete. Ein Meistergutachten. Es handelte sich um eine einhundertfünfzig Jahre alte Mittenwälder Geige der Firma Neuner & Hornsteiner. *Bester Zustand. Alle Teile wie Boden, Zargen, Schnecke, Decke und Lack echt und zusammengehörend. Boden zweiteilig aus einheimischem Ahorn, ebenso Zargen und Schnecke, Decke zweiteilig aus engjähriger Fichte, Lack schwarzbraun . . .* Matilda stockte beim Lesen des Gutachtens der Atem. Wow! Das war ein echtes Profiinstrument. Sie war gerührt und beschämt zugleich. Eine Violine dieser Qualität kostete an die dreitausend Euro, das wusste sie von ihrem Geigenlehrer, Professor Stirner, der mehrere solcher Kostbarkeiten besaß. Wie konnte Helen nur so viel Geld für sie ausgeben? Wo doch gerade viel dringendere Ausgaben anstanden: neue Fenster, neues Dach, eine neue Heizung ...

Jetzt erst klappte Matilda Helens Geburtstagskarte auf. *Liebe Matilda, alles Liebe zum Sechzehnten. Möge dir diese Geige helfen, dein außergewöhnliches Talent zu entfalten. Deine Lieblingstante Helen.*

Matilda trug das Instrument in ihr Zimmer und stimmte es mithilfe ihrer alten Geige. Einen Augenblick hielt sie inne, konzentrierte sich, merkte, wie still es auf einmal in dem alten Haus war. Dann spielte sie eine Passage aus Vivaldis *Vier Jahreszeiten*. Was für ein Klang! Leicht glitt der Bogen über die Saiten, warm und voll flossen die Töne aus dem edlen Instrument. Matilda spielte und vergaß alles um sich herum. Schließlich ließ sie den Bogen sinken und legte die Violine fast ein bisschen widerstrebend zurück in den Kasten. Wahnsinn! Mit dieser Geige konnte sie sich beim Wettbewerb in der Oper wirklich sehen lassen. Sie gähnte und merkte auf einmal, wie müde sie war. Inzwischen war es halb fünf. *Zeit, noch ein bisschen zu schlafen,* dachte Matilda. Sie schlüpfte unter die Decke, kuschelte sich ins Bett und war wenige Minuten später eingeschlafen.

Als sie erwachte, war es fast Mittag. So ein Mist! Dabei hatte sie sich doch für heute fest vorgenommen, den Garten auf Vordermann zu bringen. Immerhin war ihr Kater so einigermaßen verflogen. Sie hatte keinen Hunger, nur Lust auf Kaffee, aber den würde sie draußen trinken, auf der Terrasse, denn im ganzen Erdgeschoss stank es noch immer ekelhaft nach erkaltetem Rauch und die Reste der Party sahen bei Tageslicht auch nicht besser aus.

Sie setzte sich in den Halbschatten einer Birke. Es war ein schöner Tag, der Flieder duftete, die Luft war weich wie Samt und Matilda fühlte sich schon fast wieder fit. Sie überlegte, was sie mit dem angebrochenen Tag anfangen sollte. Zuerst einmal würde sie wohl aufräumen, der Garten musste warten. Heute war Samstag, normalerweise blieb Angela am Wochenende zu Hause. Sie wohnte nicht weit von Helen, Miguel und Matilda entfernt, in der Südstadt. Letzten Samstag war sie zwar kurz vorbeigekommen, aber selbst wenn sie auch heute noch käme – die Schweinerei in Küche und Wohnzimmer zu beseitigen, war eindeutig nicht ihre Aufgabe, fand Matilda. Von Miguel war noch immer nichts zu sehen. Sie überlegte gerade, ob sie ihrem Cousin eine SMS mit der freundlichen Aufforderung zum Küchendienst schicken sollte, da hörte sie durch die offene Terrassentür ihr Handy, das noch in der Küche lag, piepsen. Sie trank ihren Kaffee aus und ging nachsehen, wer ihr eine SMS geschickt hatte. Vielleicht Miguel. Oder Anna. Doch die Nachricht kam von Patrick: *Hi, meine Süße, wie geht es dir? Lust auf Kino heute Abend?*

Wie bitte? Tickte der noch ganz richtig? *Meine Süße?* Matilda starrte mit gerunzelter Stirn auf die kleinen leuchtenden Buchstaben auf dem Display. Seit wann war sie *seine Süße?* Sicher ein Scherz. Anna und Nicole nannten sie manchmal so, aber das war etwas anderes. Sie schüttelte den Kopf, witzig fand sie das nicht. Hinter ihrer Schläfe pochte es plötzlich – letzte Reste des Katers. Matilda schaltete das Handy aus. Sie wusste schon jetzt, dass sie heute Abend nicht ins Kino wollte, schon gar nicht mit Patrick, aber sie verschob die Antwort auf später und machte sich erst mal ans Säubern der Küche. Zuerst fegte sie den Boden und leerte die Aschenbecher. Der Geruch der Kippen nahm ihr fast den Atem. *Dafür muss Miguel mindestens dreimal den Rasen mähen,* dachte sie grollend. Die erste Ladung Gläser verschwand in der Spülmaschine. Das alte Gerät hatte kein Sparprogramm, ein Spülgang brauchte ewig. *Vielleicht wäre es besser,* dachte Matilda, *den Rest von*

Hand abzuwaschen, sonst werde ich ja nie fertig. Seufzend füllte sie schon mal das Spülbecken mit heißem Wasser. Während sie spülte, fiel ihr Patricks Kommentar zu seinem Geburtstagsgeschenk, dem Kalender, wieder ein. »Damit du jeden Tag an mich denkst« – oder so was Ähnliches. Auch so ein blöder Spruch!

»Der hat sie echt nicht mehr alle«, schimpfte sie und fuhr zusammen, als hinter ihr eine Stimme fragte: »Wer denn?«

»Verdammt! Was schleichst du dich so an?« Vor Schreck ließ Matilda einen Bierkrug ins Spülbecken fallen, dass der Schaum bis fast an die Decke spritzte.

»Hä? Ich bin ganz normal reingekommen«, antwortete Miguel. Er lehnte lässig im Türrahmen und musterte sie amüsiert. Matilda holte tief Luft. Vermutlich stimmte das. Die Spülmaschine machte wirklich einen Höllenradau.

»Mann, hast du mich erschreckt!«, beschwerte sie sich. Miguel grinste: »Das nächste Mal zieh ich meine High Heels an, damit man es klappern hört.« Er ging ins Wohnzimmer, legte die neue CD von Gossip ein und drehte die Anlage so laut, dass man die Musik trotz des Rappelns der Spülmaschine noch gut in der Küche hörte.

»Ich hoffe, du hast dich nicht gefürchtet heute Nacht«, brüllte Miguel über die Geräuschkulisse hinweg.

»Nö«, rief Matilda zurück. »Ich werde dich auch nicht bei Helen verpetzen. Aber nur, wenn du heute endlich den Rasen mähst. Der wird sonst zu hoch.«

»Du redest schon wie meine Mutter.« Miguel schlenderte zurück in die Küche, die Hände in den Hosentaschen vergraben.

»Na logisch. Ich bin hier ja auch die Vertretung deiner Mutter«, grinste Matilda, ging aber nicht weiter auf sein Ablenkungsmanöver ein, sondern hakte nach: »Mähst du nun heute noch den Rasen?«

»Ja, reg dich ab, ich regle das«, antwortete ihr Cousin jetzt

sichtlich genervt. Er trug ein paar saubere Bierkrüge zurück in den Gläserschrank im Wohnzimmer. Als er zurückkam, fragte er: »Hast du vorhin etwa mich gemeint?«
»Wann, vorhin?«
»In deinem Selbstgespräch?«
»Welches Selbstgespräch?«
»Du hast gesagt: ›Der hat sie nicht mehr alle.‹ Oder so was in der Art.«
Matilda stemmte die Hände, die in rosa Gummihandschuhen steckten, in die Seiten und sah Miguel kopfschüttelnd an. »Typisch Mann. Denkt, dass sich die ganze Welt nur um ihn dreht. Nein, ich hab nicht von dir gesprochen, sondern von Patrick, dem Typ aus meiner Schule, der gestern auch hier war.«
»Der blonde Poser?«
»Genau der. Findest du, dass er ein Poser ist?«
»Bisschen. Hast du dir mal seine Schuhe angesehen? Diese braunen Retro-Dinger mit den weißen Litzen?«
»Ja. Und?«
»So was tragen nur Poser.«
»Hm.« Matilda waren Patricks Schuhe im Moment ziemlich egal – und auf Miguels Urteil in Sachen Mode konnte man ohnehin nichts geben. Für ihn, der ausschließlich Jeans, schwarze T-Shirts, schwarze Kapuzensweatshirts und ausgelatschte Chucks trug, waren alle Jungs, die von diesem Stil abwichen, eitel und oberflächlich.
»Er hat mir 'ne SMS geschrieben, in der er mich *seine Süße* nennt«, erzählte Matilda Miguel nun empört, jedoch gleichzeitig froh, die Neuigkeit mit jemandem teilen zu können.
»Ja, und? Ist doch süß von ihm«, fand Miguel und griff ohne Aufforderung nach einem Tuch, um die frisch gespülten Gläser abzutrocknen.
»Hey, ich bin nicht *seine Süße*, was bildet der sich ein?«, regte sich Matilda erneut auf.

35

»Na ja ...«, meinte Miguel achselzuckend, »... so, wie ihr zwei gestern rumgemacht habt, ist die Anrede jetzt auch nicht ganz so weit hergeholt.«

Matilda riss erstaunt die Augen auf. »Hä? Was meinst du mit *rumgemacht?*«

»Rumgeknutscht. Euch geküsst. Euch gegenseitig die Zungen in die Hälse gesteckt ... nenn es, wie du willst.«

Matilda tippte sich mit ihrem Gummihandschuh-Zeigefinger an die Stirn, eine Schaumflocke blieb zurück. »Jaja, schon klar. Träum weiter. Wir haben ganz artig auf der Gartenbank gesessen, weiter nichts.«

»Gartenbank?«, wiederholte Miguel, während er die große Salatschüssel abtrocknete. »Ich rede von der Couch im Fernsehzimmer, auf der ihr euch fast aufgefressen habt.«

»Schwachsinn!«

Miguel lachte. »Du hast 'nen Filmriss!«, erkannte er. »Kein Wunder, du hast ja auch ganz schön hingelangt bei den Drinks.« Ihr Cousin betrachtete sie amüsiert.

»Ich hab keinen Filmriss und ich hab nicht mit Patrick rumgeknutscht!«, widersprach Matilda, aber ihre Worte klangen schon nicht mehr ganz so überzeugt. Während sie mit heftigen Bewegungen eingetrocknete Essensreste von einem Teller schrubbte, versuchte sie, den Verlauf des gestrigen Abends zu rekonstruieren: Sie hatte mit Patrick auf der Bank gesessen, ja. Dann war da dieser Christopher gewesen, den sie so gut gefunden hatte – und der Frust darüber, dass er mit der Blonden abgezogen war. Und danach? Danach war sie in die Küche gegangen, wo Juliane ihr ein oder zwei Drinks gemixt hatte. Oder drei? Später hatte sie auch noch getanzt, fiel ihr ein. Hatte sie tatsächlich getanzt? Doch, ja, sie erinnerte sich vage daran. Du lieber Himmel, wie peinlich. Und danach ... Oh Gott! Hoffentlich schwindelte Miguel, was Patrick anging.

»Sag mal... dieser Christopher... ist das ein Freund von dir?«

»Chris? Nicht direkt. Der ging mal in meine Klasse. Wir haben ihn und Lauren gestern zufällig getroffen, sie wollten das Spiel in einer Kneipe gucken, aber dann sind sie lieber zu uns mitgekommen.«

»Ist Lauren seine Freundin?« Die Frage sollte sich möglichst beiläufig anhören, was nicht ganz gelang.

»Lauren? Was weiß ich? Auf jeden Fall machen beide gerade ein Praktikum bei Hitradio Antenne.«

»Aha.«

»Wieso fragst du?«, fragte Miguel und grinste auf einmal bis zu den Ohren.

»Nur so, aus Neugier«, behauptete Matilda.

»Wenn du mehr wissen willst, frag Juliane. Die ist mit Lauren befreundet.«

»Ist nicht so wichtig.«

Eine Weile sagte keiner von beiden etwas. Dann hielt Matilda es nicht länger aus: »Hab ich wirklich mit Patrick rumgeknutscht?«

»Frag doch deine Freundinnen, da kommen sie gerade.« Miguel wies mit dem Kopf zum Fenster. Durch die Scheibe sahen sie Anna und Nicole, die durch den Vorgarten auf die Haustür zugingen. Anna trug Shorts, ihre langen, schlanken Beine waren braun gebrannt. Obwohl sie blond war, vertrug sie erstaunlicherweise eine Menge Sonne. Nicole hatte ihr schwarzes Lieblingskleid an, sie wirkte blass und ihrem Gang fehlte die sonst übliche Dynamik.

»Machst du mal auf?«, fragte Matilda, die Probleme hatte, die feuchten Gummihandschuhe auszuziehen. Die Dinger hatten sich irgendwie an ihren Händen festgesaugt.

Miguel nickte und nutzte die Chance, um aus der Küche zu verschwinden. Aber Matilda war ohnehin mit dem Gröbsten fertig, die restlichen Teller konnten auch von alleine trocknen. Sie streifte gerade den zweiten Handschuh ab, als ihre Freundinnen die Küche betraten.

»Schon so fleißig?«, fragte Anna und grinste. Nicole ließ sich auf einen Küchenstuhl plumpsen und stützte den Kopf in die Hände. »Hast du für mich 'nen starken Kaffee? Ich hab sooo 'nen Kater!«, jammerte sie und beschrieb die Ausmaße ihres Katers mit den Händen – demnach war der Kater eher ein Kalb. »Und mach bitte diese Musik aus, das ertrage ich heute nicht, mein Kopf platzt gleich.«

Matilda ging nach nebenan und stellte die Anlage ab. Als sie zurückkam, kochte sie Nicole, Anna und sich einen Espresso. »Und, wie geht's?«, wollte Anna, die den Küchenschrank öffnete und drei kleine Tassen herausnahm, mit zuckersüßer Stimme von ihr wissen.

»Ganz gut eigentlich«, antwortete Matilda.

»Echt?« Nicole klang überrascht. »Das hätte ich nicht gedacht. So, wie du gestern drauf warst.«

»Das sagt die Richtige.« Matilda warf Anna einen Hilfe suchenden Blick zu. »Stimmt das?«

»Na ja«, meinte Anna gedehnt. »Du warst jedenfalls ganz schön fertig abends.«

»Ja, Schwester Anna hatte alle Hände voll zu tun«, bestätigte Nicole.

Das wurde ja immer schlimmer! »Vielen Dank«, sagte Matilda mit schwacher Stimme.

»Keine Ursache. Man hilft ja gern«, feixte Anna.

Es war höchste Zeit für einen Themenwechsel, fand Matilda. »Ich muss euch was zeigen.« Sie nahm ihr Handy vom Tisch und rief die letzte SMS von Patrick auf. Anna und Nicole lasen sie unter anhaltendem Gekicher, während Matilda den Kaffee in die Tassen goss.

»Meine Süße!«, kreischte Nicole. »Wie geil! Der steht total

auf dich. Ist ja auch kein Wunder, so wie ihr beide euch gestern benommen habt!«

Matilda schlug sich die Hände vors Gesicht. »Das glaub ich einfach nicht! Dann stimmt es also?«

»Wie? Du erinnerst dich nicht daran?« Anna zog ihre schmal gezupften Augenbrauen fast bis zum Haaransatz in die Höhe und sah Matilda ungläubig an. »Gar nicht?«

»Nein. Ich dachte vorhin, Miguel will mich verarschen, als er davon anfing.«

»Süße!« Nicole schüttelte sich vor Lachen. »Wie schade, dass du dich nicht mehr erinnerst. Es war ein durchaus amüsanter Abend für dich, würde ich sagen.« Doch als sie den entsetzten Gesichtsaudruck ihrer Freundin sah, wurde sie schlagartig ernst. »Hast du irgendwas genommen? War was in deinem Drink?«

»Genommen?«, wiederholte Matilda verständnislos.

»Pillen oder so.«

»Nein«, wehrte Matilda entsetzt ab. *Nein, ich hab schlicht und einfach zu viel getrunken und dann die Kontrolle über mich verloren.* Eine heiße Welle der Scham überspülte sie. Nicht, weil sie Patrick geküsst hatte. Es war schließlich nicht das erste Mal, dass sie einen Jungen küsste. Was sie erschreckte, war zum einen, dass sie sich, was den späteren gestrigen Abend betraf, wirklich an nichts mehr erinnern konnte, und zum anderen die Erkenntnis, dass sie unter Einfluss von zu viel Alkohol offenbar Dinge tat, die sie sonst nicht tun würde. Wie peinlich das war, sich von anderen Leuten davon erzählen lassen zu müssen. Wobei die sicherlich alle miteinander fürchterlich übertrieben!

Nicole nahm einen großen Schluck Kaffee und sagte, wobei sie schon wieder grinste: »Tja, eigentlich wollten wir dich fragen, ob du mit uns heute Abend zu einer Flashmob-Party kommst, im Maschpark hinter dem neuen Rathaus. Aber ich schätze, du willst bestimmt lieber mit deinem Liebsten ins Kino gehen.«

»Was läuft denn? Vielleicht eine romantische Komödie?«, säuselte Anna.

»Das ist nicht mein Liebster!« Matilda war aufgesprungen und blitzte ihre Freundinnen herausfordernd an. »Und ich will auch nicht mit ihm ins Kino! Ich komm mit euch.«

»Hast du ihm schon geantwortet?«, fragte Anna.

»Nein, noch nicht.«

»Dann tu das mal schleunigst, sonst steht er in Kürze hier auf der Matte.«

»Und knutscht dich von oben bis unten ab.« Nicole kicherte.

»Reißt dir vor unseren Augen die Kleider vom Leib«, ergänzte Anna.

»Ihr seid so was von doof! Das finde ich überhaupt nicht lustig!« Aber je mehr Matilda sich aufregte, desto amüsierter waren die beiden, und schließlich musste auch Matilda lachen. Im Beisein ihrer Freundinnen tippte sie eine freundlich distanzierte SMS an Patrick in ihr Handy. *Tut mir leid, hab heute leider schon andere Pläne.*

»*Andere Pläne* klingt gut«, meinte Nicole. »Das klingt nach *anderem Kerl*. Das kapiert er dann hoffentlich.«

»Ich weiß gar nicht, was du gegen ihn hast, er ist doch ganz niedlich.« Anna zupfte an einer Haarsträhne herum.

»Dann nimm du ihn doch«, schlug Matilda vor.

»Nee. So war das auch wieder nicht gemeint. Mir ist er zu jung, ich steh mehr auf ältere Typen.«

Nicole nickte. »Jungs, die so alt sind wie wir, sind noch so kindisch, findet ihr nicht? Wie die Zwölfjährigen.«

»Genau. Ich hab ja auch nichts gegen Patrick«, erklärte Matilda. »Ich finde ihn nett – als Kumpel. Aber ich möchte nicht . . . ich finde ihn halt . . .«

»Du findest ihn langweilig, angepasst und sexuell nicht attraktiv«, half Nicole ihr weiter. »Das kann man verstehen, mein Typ ist der auch nicht, obwohl er gut aussieht. Er ist mir zu brav. Sein Vater ist so ein reicher Finanzhai, aber wohl ziemlich streng, und die Mutter ist ziemlich abgefahren, so eine Öko-Tusse, die sich an 'nen Castor kettet und so Sachen macht.«

»Für seine Eltern kann er ja nichts«, stellte Matilda fest. Dann fing sie erneut an zu jammern: »Aber verdammt, wie konnte ich nur ...«

»Hey, jetzt komm mal wieder runter, Matilda!«, unterbrach Nicole sie energisch. »Eine Freundin meiner Schwester war nach einer Abiparty schwanger und wusste nicht, von wem. *Darüber* kann man sich aufregen, nicht über eine kleine Knutscherei. Sag ihm einfach, du warst betrunken, es stecken keine großen Gefühle dahinter, und damit basta.« Damit war das Thema für Nicole erledigt. Auch Anna hatte das Interesse an Patrick verloren. Sie war schon einen Schritt weiter: »Dieser andere Typ da, der war ja richtig schnuckelig«, erinnerte sie sich. »Chris. Leider hat er mich gar nicht beachtet, nur Matilda.«

»Quatsch«, murmelte Matilda.

»Meint ihr den mit dem sexy Arsch?«, fragte Nicole.

»Genau den.« Anna nickte.

Matilda verspürte wenig Lust, an die Begegnung mit Christopher zurückzudenken, deshalb platzte sie heraus: »He, Anna, ich habe zum Geburtstag eine neue Geige bekommen, ein Wahnsinnsteil!«

»Echt? Lass sehen!«

»Oh nein«, stöhnte Nicole und stand auf. »Dann geh ich lieber nach Hause, wenn ihr jetzt mit eurer Fiedelei anfangt.«

»Nein, du musst nicht gehen! Wir können die Geige auch ein andermal ausprobieren«, protestierte Matilda sofort. Manchmal befürchtete sie, Nicole könnte eifersüchtig auf sie werden.

Ehe Matilda an der Schule aufgetaucht war, waren Anna und Nicole unzertrennliche Freundinnen gewesen, die alles zusammen gemacht hatten. Inzwischen unternahmen Anna und Matilda ab und zu auch etwas ohne Nicole. Es geschah ganz automatisch: Ihr Hobby verband die beiden miteinander und grenzte Nicole ein Stück weit aus. Matilda hatte deswegen immer mal wieder ein schlechtes Gewissen. Sie war froh, so schnell zwei neue Freundinnen gefunden zu haben, aber sie wollte sich nicht als Störfaktor zwischen die beiden drängen. Doch es sah ganz danach aus, als seien ihre Sorgen unbegründet, denn Nicole schienen solche Überlegungen fremd zu sein. Einmal hatte sie sogar zu Matilda gesagt, sie wäre ganz froh, dass Anna nun »jemanden zum Rumfiedeln« gefunden hätte. Nicole war ein offenherziger, leichtlebiger Charakter und knüpfte schnell Kontakte. Sie war nicht auf Annas Freundschaft angewiesen. Dennoch bemühte sich Matilda, Nicoles Großzügigkeit in Sachen Anna nicht übermäßig zu strapazieren.

»Nee, ist schon gut«, winkte Nicole ab. »Ich brauche sowieso noch ein bisschen Schönheitsschlaf, bevor es heute Abend wieder losgeht.«

Anna und Matilda begleiteten Nicole bis zum Gartentor. Sie verabredeten sich für acht Uhr bei Nicole. »Zum Vorglühen«, wie Nicole verkündete, wobei Matilda sich im Stillen schwor, heute Abend bestimmt keinen Tropfen Alkohol anzurühren. Nie mehr würde sie Alkohol trinken. Jedenfalls nicht so viel wie gestern.

Dann gingen Anna und Matilda nach oben in Matildas Zimmer. Wie erwartet war auch Anna ganz begeistert von der neuen Geige. »Mensch, du hast so ein Glück mit deiner Tante!«, erklärte sie und gestand: »Verdammt, ich bin echt neidisch! Damit stichst du alle aus! Darf ich mal darauf spielen?«

»Klar!« Matilda strahlte. Sie musste heute Abend unbedingt

ihre Tante anrufen und sich bedanken! Anna hatte noch nicht den ersten Ton gespielt, da ertönte von draußen plötzlich ein lautes Rattern. Der Rasenmäher wurde angeworfen. *Braver Miguel,* dachte Matilda zufrieden und schaute aus dem Fenster.

»Das darf doch nicht wahr sein! Dieses stinkfaule Aas!«, rief sie im nächsten Moment. Jetzt war ihr auch klar, was Miguel vorhin mit der Aussage, er würde das schon *regeln,* gemeint hatte. Denn nicht er schob draußen im Garten den Rasenmäher, der blaue Rauchwolken ausspie, über das Gras, sondern Enzo, der Sohn von Angela. Als Kind hatte Enzo einen schweren Unfall gehabt, seitdem war er geistig leicht behindert und lebte bei seiner Mutter. Er hatte einen Halbtagsjob in einer Behindertenwerkstätte, in seiner Freizeit half er Tante Helen und anderen Leuten in der Nachbarschaft bei der gröberen Gartenarbeit. Er sprach wenig, meist in ganz einfachen Sätzen oder in einzelnen Worten. Wenn man ihm genau erklärte, was er tun sollte, dann führte er die Arbeit mit Akribie und Zähigkeit aus. Offensichtlich hatte Miguel, dieser Faulpelz, bei Angela angerufen und Enzo zum Rasenmähen »überredet«. Jetzt blickte Enzo vom Rasenmäher auf und winkte. Matilda winkte zurück. Dann schloss sie das Fenster. »Kerle!«, murmelte sie kopfschüttelnd.

Matilda und Anna spielten abwechselnd ein paar Stücke auf der neuen Geige, bis Anna sich schließlich verabschiedete. »Bis später, *Süße*«, grinste sie an der Haustür und ging zu Fuß davon. Sie wohnte nur eine U-Bahn-Haltestelle weiter stadtauswärts.

Zusammen mit Enzo war offenbar auch Angela vorbeigekommen, denn Matilda hörte, wie der Staubsauger durchs Wohnzimmer schnurrte. Sie lief zu Angela und bedankte sich noch einmal für die Geburtstagstorte.

»Ihr habt ja schon alles sauber gemacht!«, rief die kleine Sizilianerin. Es klang fast ein wenig enttäuscht. »Hast du Hunger, *cara mia?* Soll ich euch was kochen? Wo ist Miguel?«

Matilda beantwortete die ersten beiden Fragen mit »Nein« und die letzte mit »Ich weiß es nicht«. Schade. Sie hatte eigentlich Miguel ihre neue Geige zeigen wollen, auch wenn dieser von Instrumenten rein gar nichts verstand. Angelas Geflatter und Geschnatter war ihr im Moment ein bisschen zu viel, sie merkte schon, dass ihr Kopf wieder anfing zu schmerzen. Schnell schenkte Matilda sich ein Glas Cola ein und suchte nach einem Vorwand, um nach oben verschwinden zu können.

»Ja, leg dich hin, du bist ganz blass. War wohl ein bisschen viel gestern?« Angelas rundliches Gesicht wurde noch breiter, als sie verschwörerisch lächelte.

»Kann sein«, gab Matilda zu. In der Tür stieß sie beinahe mit einer riesigen Gestalt zusammen.

»Ah, Enzo. Du bist schon fertig im Garten? Was tust du denn hier?«, fragte seine Mutter, denn normalerweise kam der schüchterne Enzo nie unaufgefordert ins Haus.

Ihr Sohn blieb stehen und streckte Matilda seine rechte Pranke entgegen. Er war groß und so breit wie ein Kleiderschrank. Matilda fragte sich jedes Mal, wenn sie ihn neben Angela sah, wie eine so kleine Person einen so großen, kräftigen Sohn haben konnte. Sie musste sich vor fünfundzwanzig Jahren mit einem Nachfahren von Herkules eingelassen haben.

»Enzo möchte dir zum Geburtstag gratulieren«, wisperte Angela.

Matilda stellte das Glas beiseite und ergriff die riesige Hand.

»Gratuliere.« Enzo drückte ihre Hand unerwartet sanft, wobei er eine kleine Verbeugung andeutete. Dann kam seine linke Hand, die er hinter dem Rücken versteckt hatte, zum Vorschein. Sie hielt eine Schachtel, etwas kleiner als ein Schuhkarton, eingewickelt in rotes Geschenkpapier.

»Für mich?«

Enzo nickte und überreichte ihr die Schachtel. Seine sanften braunen Hundeaugen verfolgten erwartungsvoll, wie Matilda das Geschenk gleich auf dem Küchentisch auspackte. Zum Vorschein kamen zwei hölzerne Buchstützen, bunt bemalt mit lauter kleinen Tieren.

»Das hat er selbst gemacht. Geschnitzt und bemalt«, verkündete Angela stolz.

Matilda fuhr mit dem Finger über die glatten Kanten. »Das ist wunderschön.« Sie meinte es ehrlich. Enzos Geschenk rührte sie. »Danke, Enzo!« Sie umarmte ihn, wozu sie sich auf die Zehenspitzen stellen musste, und drückte ihm einen Kuss auf die Wange. Enzo errötete, nickte und eilte dann wieder nach draußen.

Auf dem Weg in ihr Zimmer entdeckte Matilda ihr Handy auf dem Küchentisch. Sie nahm es und ging damit nach oben. Das Display zeigte drei entgangene Anrufe, alle von Patrick.

»Oh nein«, murmelte Matilda.

Was jetzt? Sollte sie ihn zurückrufen? Dann würde er bestimmt wissen wollen, was sie heute Abend für *andere Pläne* hatte. Und dann? Sagte sie ihm die Wahrheit, würde er garantiert auf der Party auftauchen. Matilda hatte aber keine Lust, Patrick heute zu sehen. Also würde sie ihn anlügen müssen. Dazu hatte sie auch keine Lust. Sie konnte ihm natürlich auch einfach sagen, dass es ihn überhaupt nichts anging, was sie heute Abend vorhatte. Dann wäre er höchstwahrscheinlich beleidigt – und das vielleicht sogar zu Recht. Nein, so fies durfte sie nicht sein, immerhin hatte sie ja nichts gegen ihn. Und er mochte sie, ganz offensichtlich sogar sehr. Irgendwie schmeichelte ihr das ja auch. Als Matilda an das Gespräch mit Anna und Nicole zurückdachte, meldete sich prompt das schlechte Gewissen. *Wie würdest du es finden,* fragte sie sich, *wenn du verliebt wärst, und der Junge knutscht einen Abend lang mit dir herum und am nächsten Tag will er nichts mehr von dir wissen, zeigt deine SMS seinen Freunden und lästert mit ihnen darüber?* Patrick hatte es wirklich nicht verdient, dass sie ihn derart vor den Kopf stieß. Sie musste diplomatisch vorgehen. Entschlossen drückte sie auf die Rückruftaste.

»Endlich meldest du dich!« Wäre Matilda drei Tage am Nordpol verschollen gewesen, er hätte sich nicht erleichterter anhören können. Der vorwurfsvolle Unterton machte alle guten Vorsätze zunichte. Matilda merkte, wie der mühsam unterdrückte Ärger zurückkam. Ruppig erwiderte sie: »Entschuldige! Ich hänge nicht den ganzen Tag am Handy, ich habe noch andere Sachen zu tun. Außerdem habe ich dir geschrieben.«

»Jaja, schon klar. Tut . . . tut mir leid«, plötzlich klang Patrick verunsichert. Kleinlaut erkundigte er sich, wie es ihr ginge. Seine Stimme war nun wieder voller Anteilnahme, was Matilda ein bisschen besänftigte.

»War ein schöner Abend«, sagte Patrick.

Welchen Teil des Abends meinte er? Etwa den, an den sich Matilda nicht mehr erinnern konnte? Sie sagte lieber nichts dazu.

»Was hast du heute noch vor?«, fragte er.

»Ich mache einen Mädchenabend mit Anna und Nicole.« Das war nicht einmal gelogen, fand sie.

»Ah«, machte Patrick, und weil Matilda das darauf folgende Schweigen nicht aushielt, hörte sie sich fragen: »Und du?«

Bereits eine Millisekunde später bereute sie ihre Frage: »Ich weiß nicht. Ich wollte ja gern mit dir ins Kino . . .«

»Das geht heute nicht«, bestätigte ihm Matilda noch einmal.

»Vielleicht morgen?«

»Morgen ist Fußball«, entgegnete Matilda. Das erste WM-Spiel der deutschen Mannschaft gegen Australien – musste man einen, der selbst Fußball spielte, auch noch daran erinnern?

»Ja, klar«, sagte Patrick. »Wir könnten es doch zusammen ansehen. An der Stadionbrücke zum Beispiel.«

»Mal sehen«, wich Matilda aus.

»War das ein Ja?« Patrick blieb hartnäckig.

»Nein, das war ein Vielleicht«, sagte Matilda, die schon wieder genervt war.

»He, du bist so komisch, hab ich was falsch gemacht?«.

Du lieber Himmel, jetzt nur keine Diskussion, dachte Matilda und sagte: »Nein, es ist alles okay. Ich weiß nur noch nicht... Vielleicht bin ich ja morgen Abend zu schlapp. Ich muss auch noch Mathe lernen, wir haben am Dienstag eine Klausur.« Das war ebenfalls keine Lüge und zudem eine prima Ausrede.

»Ich könnte dir helfen«, bot Patrick an. »In Mathe bin ich echt ein Ass.«

»Nicht nötig. Bei der letzten Arbeit hatte ich vierzehn Punkte«, wehrte Matilda ab. Langsam, aber sicher hatte sie genug von dem Telefonat.

»Oh, das... das ist super. Ich wusste gar nicht, dass du so ein Crack bist.«

»Geschenkt. Wir können ja nächste Woche mal sehen, ob wir was zusammen machen.« Das war eindeutig ein Friedensangebot.

»Nächste Woche?«, rief Patrick und es klang so entsetzt, als hätte Matilda »nächstes Jahr« gesagt.

»Okay, lass uns am Montag in der Schule darüber reden«, versuchte Matilda, das Problem zu vertagen. »Also übermorgen.«

»Ja. Ist gut«, sagte Patrick. Es klang furchtbar enttäuscht, automatisch fühlte sich Matilda schlecht. »Oder meinetwegen morgen«, lenkte sie ein und ärgerte sich im nächsten Moment über sich selbst. Verdammt, war das schwer, sich in so einer Situation richtig zu verhalten!

»Okay, dann bis morgen«, hakte Patrick sofort mit munterer Stimme ein. »Dann viel Spaß heute Abend. Wo geht ihr denn eigentlich hin?«.

»Wissen wir noch nicht. Ciao«, verabschiedete sich Matilda und legte blitzschnell auf.

Nachdenklich stand sie danach am Fenster und beobachtete Enzo, der gerade den Rasenmäher in den Gartenschuppen schob. Der Garten sah nun wieder ziemlich ordentlich aus, das bisschen Unkraut in den Rosenbeeten störte nicht wirklich. *Warum eigentlich,* fragte sich Matilda, *sollte sie nicht mal mit Patrick ins Kino gehen oder etwas anderes unternehmen?* Sie musste ja nicht gleich wieder mit ihm rumknutschen, nein, auf gar keinen Fall würde sie das tun! Aber Patrick war ja im Grunde genommen nicht verkehrt. Er war durchaus ein Typ, mit dem man sich sehen lassen konnte, war intelligent und sensibel – vielleicht, was sie betraf, ein bisschen zu sehr. Das musste er sich eben noch abgewöhnen. Aber eigentlich waren das alles Eigenschaften, die Matilda bei den meisten anderen Jungs in ihrer Stufe vermisste. Und auf der Klassenfahrt in Rom hatten sie viel Spaß zusammen gehabt, auch wenn sie sich dort stets innerhalb einer größeren Clique bewegt hatten. Wenn sie ihm also klarmachen konnte, dass sie ihn zwar schätzte, aber nicht in ihn verliebt war, dann konnte Patrick vielleicht sogar ein ganz guter Freund werden.

Als Matilda, Anna und Nicole am Maschpark hinter dem neuen Rathaus eintrafen, hatten sich dort bereits an die dreihundert Leute versammelt. Sie saßen oder lagen in kleinen Grüppchen auf dem Rasen; ein paar tanzten. Die meisten waren in ihrem Alter oder knapp darüber. Matilda erkannte einige ältere Schüler und auch Leute aus ihrem Jahrgang.

»Hoffentlich ist Patrick nicht da«, sagte sie zu Anna.
»Warum?«

»Der ist sonst beleidigt. Ich hab ihm gesagt, wir machen einen Mädchenabend.«

»Das machen wir doch auch«, zwitscherte Nicole fröhlich. »Los, gehen wir tanzen!«

Drei Auto-Lautsprecherboxen und ein Generator, der den Strom für den Verstärker lieferte, waren in eine transportable Holzkiste eingebaut worden. Daran angeschlossen war ein MP3-Player – und schon konnte getanzt werden. Die meisten Gäste hatten ihre Getränke selbst mitgebracht, aber es wurden auch Bier und Cola verkauft. Matilda hielt sich an ihren Vorsatz, heute keinen Alkohol zu trinken. Ein Kater am Wochenende reichte ihr. Auch das Tanzen ließ sie lieber sein, da konnten Nicole und Anna drängeln, wie sie wollten.

»Später vielleicht«, vertröstete sie die beiden. Sie ertappte sich dabei, wie ihre Blicke suchend umherwanderten. Zum einen wollte Matilda sichergehen, dass Patrick nicht hier war, aber noch mehr hielt sie Ausschau nach Christopher. *Könnte doch sein, dass er auch auf so eine Party geht,* dachte sie, um im nächsten Moment daran zu zweifeln. Es gab an einem sommerlichen Samstagabend unzählige Partys in der Stadt, warum sollte er ausgerechnet hier sein?

»Hallo Matilda!« Matilda wandte sich um. Träumte sie? Nein. Vor ihr stand Christopher, eine Flasche Bier in der Hand.

»Äh, hi!«, war alles, was sie herausbrachte.

»Hi!«, grinste er. »Bist du allein hier?«

»Ich bin ... ich bin mit meinen Freundinnen hier. Anna und Nicole. Die tanzen gerade. Und du?«

»Bin mit ein paar Freunden unterwegs.« Christopher wies mit dem Kopf hinter sich. Ein paar Leute standen im Kreis um eine Kiste Bier und unterhielten sich angeregt. Matilda kannte niemanden davon. Unwillkürlich suchte sie nach dieser Blonden, dieser Lauren. Sie konnte sie nirgends entdecken.

49

»Und wie fühlt man sich so mit sechzehn?«, fragte Christopher.

»Gut«, Matilda nickte verunsichert. Was bedeutete diese Frage? Verarschte er sie, war sie für ihn nur ein kleines Mädchen? Fieberhaft überlegte sie, was sie Originelles von sich geben könnte. Sie war nicht besonders gut in Small Talk, war längst nicht so schlagfertig wie Nicole und selbst Anna wäre in dieser Situation bestimmt irgendetwas eingefallen, um das Gespräch am Laufen zu halten. Schließlich fragte Matilda: »Wie alt bist du?«

»Neunzehn. Im November werde ich zwanzig.«

»Ganz schön alt.« Sie versuchte ein kokettes Lächeln, das etwas schief ausfiel. »Uralt, wenn man's genau nimmt.«

»Findest du?«, fragte Christopher in gespieltem Entsetzen.

»Aber für dein Alter hast du dich ganz gut gehalten.« Matilda wunderte sich über sich selbst.

Er lachte. »Magst du ein Bier?«

»Nee, lieber nicht.« Matilda schüttelte den Kopf. »Ich hab mich noch nicht ganz von der Party erholt.«

»Es gäbe auch Cola.«

»Cola ist super!« Sie folgte ihm in den Kreis seiner Freunde – vier Jungs und zwei Mädchen in Christophers Alter. Er nannte ihre Namen, die Matilda aber gleich wieder vergaß. Sie war immer noch ein bisschen überrumpelt: Christopher war hier und er stellte sie auch noch seinen Freunden vor! Dass er das mit den Worten »die kleine Cousine von 'nem Kumpel« tat, schmälerte ihre Freude nur ein winziges bisschen. »He, Karen, gib Matilda doch mal eine Cola!« Die Angesprochene – ein großes brünettes Mädchen mit Lippenpiercing und auffällig blauen Augen – drückte ihr eine Flasche in die Hand und lächelte sie flüchtig an. Matilda trank in kleinen Schlucken, während sie das Gespräch der Gruppe verfolgte. Es drehte sich im Wesentlichen um Zukunftspläne: Studiengänge, Studienplätze, wer wann wohin gehen würde. Sie waren in derselben Situation wie Miguel: Zum ersten Mal im Leben mussten sie eine Entscheidung treffen, deren Folgen weit in ihre Zukunft reichen würde. Besonders dann, wenn es die falsche war. Matilda wurde mit einem Mal bewusst, dass auch sie in zwei Jahren so weit sein würde. Sie würde vielleicht schon wieder fort aus Hannover müssen, schon wieder ganz von vorne anfangen: neue Stadt, neue Freunde . . . Und das, wo sie doch gerade erst begonnen hatte, sich hier wohlzufühlen. Andererseits – in zwei Jahren war sie achtzehn . . . und das wiederum fühlte sich an, als sei es noch eine Ewigkeit weit weg. Sie riss sich selbst aus ihren trüben Gedanken. »Und was machst du?«, fragte sie Christopher.

»Zurzeit mache ich ein Praktikum bei Antenne«, erklärte der.

»Nur so, aus Spaß.«

Das wusste sie schon von Miguel, aber sie sagte trotzdem: »Aha. Interessant. Und danach?« *Hoffentlich bleibt er hier*, dachte sie.

Er zuckte die Achseln. »Das ist noch nicht raus. Erst mal Zivildienst, und wenn ich danach Glück habe, kriege ich vielleicht einen Studienplatz an der Medizinischen Hochschule Hannover.«

»Medizin? Wow! Ich drück dir die Daumen.«

»Und du?«, fragte er.

»Ich komme nach den Ferien erst in die Elfte.«

»Die Zeit vergeht schnell.« Christopher kickte einen Stein, der vor ihm lag, über die Wiese.

»Ja, alter Mann.«

»Sei nicht so frech«, lachte er und stupste sie in die Seite.

»Ich weiß es noch nicht. Vielleicht was mit Musik«, antwortete Matilda.

»Ach, stimmt ja«, meinte Christopher. »Du bist ja das Geigenwunderkind.«

Matilda verzichtete darauf, die Übertreibung zu korrigieren, außerdem ärgerte sie das Wunderkind. Na ja, immerhin wusste er das noch.

»He, Leute, wollen wir einen rauchen?«, unterbrach einer von Christophers Freunden ihr Gespräch.

»Keine gute Idee«, entgegnete Christopher. »Hier wimmelt es vor Bullen.«

Matilda sah sich um, konnte aber keinen einzigen Polizisten entdecken.

»Wo denn?«, fragte nun auch das andere Mädchen, es war blond und auffällig klein.

»Siehst du den Typen da, mit den dunklen Schmalzlocken und der Lederjacke?« Christopher deutete über seine linke Schulter.

»Ja, klar.«

»Das ist ein Bulle. Darauf wette ich jeden Betrag. Und die zwei dahinten, die so gelangweilt rumstehen und qualmen, die gehören auch dazu.«

»Was wollen die denn hier?«, fragte Matilda.

»Die schauen, ob gekifft wird oder andere Drogen im Umlauf sind. Und sie alarmieren ihre Kollegen, sobald sie die *öffentliche Sicherheit und Ordnung* gefährdet sehen«, erklärte einer aus der Clique. »Die letzte Party am Altwarmbüchener See haben sie aufgelöst, weil angeblich zu viel Müll am Seeufer liegen blieb.«

Darüber hatte Matilda vor ein paar Tagen einen Artikel in der Zeitung gelesen.

»Komm, lass uns zum Steintor gehen«, sagte ein anderer, der Matilda vom Typ her an Miguel erinnerte. Er stand etwas abseits von der Gruppe und hatte den Arm um das Mädchen mit dem Lippenpiercing gelegt. »Hier sind mir zu viele Kiddies.« Täuschte sich Matilda oder hatte er sie dabei angesehen? Sie wurde rot, was wegen der Dunkelheit jedoch hoffentlich niemand sah.

»Gute Idee«, rief die kleine Blonde.

»Ohne mich«, sagte Christopher nach einem kurzen Blick auf sein Handy. »Ich hau ab. Ich muss in einer halben Stunde im Sender sein, hab Nachtschicht.«

Matilda, die sich gerade ausgemalt hatte, wie sie an Christophers Seite bis in die Morgenstunden durch die Clubs in Hannover zog, seufzte innerlich. »Ich geh mal meine Freundinnen suchen«, sagte sie zu Christopher.

»Okay.« Es entstand ein Moment des verlegenen Schweigens. Matilda wich dem Blick seiner Silberaugen aus. *Er könnte mich wenigstens nach meiner Handynummer fragen. Oder soll ich ihn fragen?* Nein, das traute sie sich nicht. Nicole würde das tun, aber Matilda war eben Matilda.

»Danke für die Cola«, sagte sie.

»Keine Ursache.« Christopher lächelte. »Ja, dann . . . viel Spaß noch! Und grüß mal Miguel von mir, die alte Socke.«

»Mach ich.«

»Tschüss, Matilda.« Er verabschiedete sich von ihr mit zwei angedeuteten Wangenküssen, winkte seinen Freunden lässig zu und ging davon. Matilda stellte die Colaflasche neben den Bierkasten. Sie war enttäuscht. Das war ja super gelaufen! *Der interessiert sich nicht für mich,* dachte sie. *Der hatte nur Mitleid mit mir, weil ich gerade alleine dastand, als er mich entdeckt hat.* Zum Teufel mit Christopher! Auf Mitleid konnte sie wirklich gut verzichten, davon hatte sie die Nase gründlich voll.

Sie schlenderte zurück zu der Wiese, wo ihre Freundinnen zuletzt getanzt hatten, konnte sie aber nirgendwo entdecken. Auf der Suche nach Nicole und Anna ließ Matilda ihren Blick umherschweifen. Noch immer kamen Leute zur Party, inzwischen schätzte sie die Zahl der Anwesenden auf vierhundert. Der Park war dunkel, obwohl man etliche Fackeln aufgestellt hatte, deren Lichtschein jedoch nicht sehr weit reichte. Überall wurde getanzt. Die Menschen warfen zuckende Schatten, die sich kaum von den schwarzen Silhouetten der umstehenden Bäume abhoben. Gelächter und Musik mischten sich; ab und zu hörte man eine einzelne Stimme heraus. Plötzlich sah sie Patrick. Matilda war nicht vollkommen sicher, ob er es war, aber doch ziemlich. Ja, da stand er doch, etwa zehn Meter entfernt, auf der anderen Seite der Wiese, zwischen zwei Büschen! Einem Reflex gehorchend drehte sich Matilda um, besann sich dann aber eines Besseren und bahnte sich entschlossen einen Weg durch die Umstehenden in seine Richtung. Das wäre ja noch schöner, wenn sie sich jetzt vor ihm versteckte, als hätte er sie bei etwas Verbotenem erwischt! Schließlich war sie Patrick keine Rechenschaft schuldig, es war ihre Sache, wie sie ihre Abende verbrachte. *Ich werde ihn ganz normal begrüßen, das ist das Allerbeste.* Aber als sie dort ankam, wo sie ihn zu sehen geglaubt hatte, war er verschwunden. Plötzlich kamen Matilda Zweifel. War er es überhaupt gewesen? Sie hatte sein Gesicht ziemlich deutlich erkannt – glaubte sie zumindest. Er hatte regungslos dagestanden und sie angesehen. Aber er musste doch gemerkt haben, dass sie auf ihn zukam. Warum sollte er dann weggegangen sein? Oder war er ihr nachgeschlichen und nun war es ihm peinlich, von ihr entdeckt zu werden? Matilda kniff die Augen zusammen, doch es war einfach zu dunkel, um mehr als ein paar Meter weit zu sehen. Sie gab die Suche auf.

Was für ein Quatsch! Jetzt fing sie schon an, sich haarsträubende Geschichten zusammenzufantasieren! *Das ist wieder eines deiner Hirngespinste.* Sie erinnerte sich daran dass sie anfangs, wenige Wochen nach dem Tod ihrer Eltern, manchmal geglaubt hatte, ihre Mutter irgendwo zu sehen, meistens in einer Menschenmenge. Beim genauen Hinsehen war es dann nur eine Frau, die ihrer Mutter ein klein wenig glich, manchmal war es nur ein einzelnes Attribut gewesen: die Frisur, das Profil, die

Körperhaltung. Mit ihrem Vater war ihr das auch schon passiert, aber erst zwei oder drei Mal. In letzter Zeit waren diese Trugbilder seltener geworden, aber nun fragte sich Matilda erneut: *Bin ich verrückt? Sehe ich Leute, die gar nicht da sind? Was kommt als Nächstes, werde ich Stimmen hören?*

»Hey, Matilda!« Sie drehte sich um. Anna stand vor ihr. »Wo warst du denn die ganze Zeit? Wir suchen dich schon seit 'ner halben Stunde.«

»Nirgends. Wo ist Nicole?«

»Da drüben. Wir haben ein paar Jungs aus der Elften getroffen und wollen noch ins Zaza, kommst du mit?«

Matilda nickte. Irgendwie war sie froh, diesen Ort, an dem die Dunkelheit und wer weiß, was noch alles, hinter den Büschen lauerte, verlassen zu können.

»Sag mal, kann es sein, dass Patrick hier ist?«, fragte sie Anna.

»Sein kann vieles«, antwortete Anna mit hochgezogenen Augenbrauen. Matilda präzisierte ihre Frage: »Ich meine, hast du ihn gesehen?«

»Nein. Du etwa?«

»Ich bin mir nicht sicher. Gerade dachte ich, ich hätte ihn da drüben zwischen den Büschen gesehen, er stand einfach nur da und hat mich angestarrt.«

»Echt? Kann ich mir gar nicht vorstellen. Der hätte sich doch sofort an dich gehängt wie eine Klette«, meinte Anna. »Wahrscheinlich hast du ihn mit jemandem verwechselt, der ihm ähnlich sieht.«

Matilda nickte. Bestimmt hatte Anna recht. Sie musste sich getäuscht haben.

Der Abend mit den Elftklässlern wurde noch lustig. Matilda tanzte sogar mit einem von ihnen und entgegen ihrer Vorsätze trank sie doch noch zwei Bier. Allerdings zeigten diese längst nicht die fatale Wirkung der Longdrinks von gestern Abend. Matilda war lediglich leicht angeheitert und fand alles zum Kichern. Um zwei Uhr nahmen sich die Freundinnen zu dritt ein Taxi, denn die letzte Straßenbahn war längst weg. Matilda war die Erste, die ausstieg. Sie war müde und aufgekratzt zugleich. Immer wieder musste sie an Christopher denken, sosehr sie es sich auch verbot. Über eine Stunde lang wälzte sie sich im Bett herum. Sie war erschöpft und sehnte sich nach Schlaf, fand aber keine Ruhe. Mal war ihr die Bettdecke zu warm, dann wieder, nachdem sie sich aufgedeckt hatte, fror sie. Sie schüttelte wiederholt ihr Kissen auf, zählte Schäfchen, versuchte, an gar nichts zu denken – es nützte alles nichts, sie konnte nicht einschlafen. Um aufzustehen und Geige zu spielen, fühlte sie sich aber auch zu schlapp. Außerdem wollte sie Miguel nicht wecken – falls er überhaupt da war. Ihr fiel ein, dass sie vorhin, als sie nach Hause gekommen war, gar nicht nachgesehen hatte, ob in seinem Zimmer Licht brannte. Aber es war ihr auch egal, ob ihr Cousin da war oder nicht. Sie hatte beschlossen, sich nicht mehr vor den sonderbaren Nachtgeräuschen des alten Hauses zu fürchten.

Wieder warf sie einen Blick auf die Uhr. Inzwischen war es kurz vor fünf Uhr morgens. Manchmal half es ja, einfach kurz aufzustehen, aufs Klo zu gehen, etwas zu trinken und sich dann wieder hinzulegen. Matilda probierte es aus. Sie tastete sich hinunter in die Küche und trank ein Glas Wasser. Dann stieg sie die Treppe, die bei jedem ihrer Schritte leise knarrte, wieder hoch. Zurück in ihrem Zimmer merkte sie, dass die Dämmerung schon eingesetzt hatte, durch die Spalte zwischen den Gardinen drang der erste schwache Lichtschein. Matilda trat ans Fenster. Es zeigte nach Osten, sie könnte den Sonnenaufgang beobachten – wenn sie nicht so hundemüde gewesen wäre. Sie hatte das Gefühl, dass ihr der kleine nächtliche Ausflug in die Küche gutgetan hatte und sie jetzt wirklich schlafen konnte. Gerade drehte sie sich gähnend vom Fenster weg, als Matilda aus dem Augenwinkel eine Bewegung im Garten wahrnahm. Sie wandte sich wieder um und blickte angestrengt nach draußen. Die Umrisse der Bäume und Sträucher zeichneten sich schwarz gegen den grauen Morgenhimmel ab, dazwischen war nur schwer etwas zu erkennen. Für einen Moment hatte Matilda geglaubt, dort unten, neben dem Teich, die Silhouette eines Menschen gesehen zu haben. Eines Mannes, der Gestalt nach. Mit wenigen Schritten war sie bei ihrem Nachtschränkchen und holte die Taschenlampe heraus. Die schwere *Maglite* hatte ihrem Vater gehört, er hatte die Lampe immer mit zum Nachtangeln genommen. Matilda schlich zurück ans Fenster und öffnete es langsam, was leider nicht ohne ein dezentes Quietschen der Angeln möglich war. Dann zielte sie mit der Lampe auf die Stelle im Garten, an der sie die Gestalt vermutete. Wer immer sich dort herumtrieb, würde gleich in grelles Licht getaucht werden. Sie atmete noch einmal tief durch und schaltete die Lampe ein. Es passierte nichts. Matilda fluchte. Der Akku musste leer sein. Ruhig und dunkel lag der Garten unter ihr, nichts rührte sich mehr. Verärgert schloss Matilda das Fenster, legte die Taschenlampe zurück und ging ins Bett. *Ich benehme mich idiotisch, dachte sie. Das war sicher nur Einbildung. Genau wie vorhin im Maschpark. Nachts nehmen die Schatten von Bäumen und Sträuchern nun einmal alle möglichen Formen und Gestalten an. Vor allen Dingen, wenn man eine so lebhafte Fantasie hat, wie ich sie offenbar habe. Vielleicht sollte ich weniger trinken, ich leide schon an Wahnvorstellungen. Denn wer, bitte schön, sollte in aller Herrgottsfrühe vor der alten Villa im Garten herumstehen?*

Als Matilda gegen elf Uhr die Küche betrat, duftete es nach Kaffee und auf dem Tisch stand ein Korb mit einem Sortiment unterschiedlicher Brötchen. Hatte Miguel etwa ein schlechtes

Gewissen, weil er sie so oft nachts alleine ließ? Matilda musste grinsen. Kurz überlegte sie, ob sie ihrem Cousin von dem nächtlichen Vorfall erzählen sollte. Vorhin, beim Aufwachen, war ihr die Szene noch einmal durch den Kopf gegangen. Hatte da wirklich ein Mann gestanden oder hatte sie sich das nur eingebildet? Nein, sie würde Miguel nichts sagen. Es klang zu verrückt. Und höchstwahrscheinlich würde Miguel sich sowieso nur über sie lustig machen – und sie, wenn sie Pech hatte, noch wochenlang mit der Geschichte aufziehen.

»Ah, frische Brötchen! Das ist aber nett von dir«, lobte sie ihren Cousin stattdessen. Miguel saß am Tisch und las in einer Computerzeitschrift. Auf seinem Teller lag eine Brötchenhälfte, dick mit Nutella bestrichen. Er sah auf und antwortete mit vollem Mund: »Das war ich nicht.«

»Was? Aber wer dann?« Matilda wunderte sich. Angela? Jetzt übertrieb sie es aber mit ihrer Fürsorge.

Miguel deutete stumm auf einen hellblauen Briefumschlag, der unter dem Brötchenkorb lag. Matilda ließ sich auf einen Stuhl fallen und zog den Brief hervor. Er war verschlossen, auf der Vorderseite stand in grüner Tinte ihr Name. Sie riss den Umschlag auf. Hellblaues Briefpapier, passend zum Kuvert.

Liebe Matilda,
ich hoffe, die Brötchen schmecken dir. Ich freu mich schon wahnsinnig, dich morgen in der Schule zu sehen.
Dein Patrick.

»Oh, *dein Patrick*«, grinste Miguel, der den Hals lang gemacht und über ihre Schulter gespäht hatte. »Da hat es aber jemanden ganz schön erwischt.«

Hastig faltete Matilda den Brief zusammen und schob ihn in ihre Hosentasche. Sie war rot angelaufen, einerseits, weil sie sich vor Miguel wegen des Briefes genierte, andererseits, weil sie so wütend auf Patrick war. Was bildete der sich bloß ein? »So ein Spinner«, murmelte sie.

»Wieso Spinner? Ist doch nett von ihm, uns frische Brötchen zu bringen«, widersprach Miguel und biss herzhaft in seine Brötchenhälfte. »Sag ihm, das kann er öfter machen. Und das nächste Mal bitte auch welche mit Sesam.«

Matilda verdrehte die Augen. Sie schenkte sich Kaffee ein. Eben, im Bad, hatte ihr Magen noch geknurrt, aber jetzt hatte sie auf einmal keinen Appetit mehr. Jedenfalls nicht auf Patricks Brötchen. Ein Gedanke durchfuhr sie: War er es gewesen, den sie heute früh im Garten gesehen hatte? Vielleicht hatte er da gerade Brötchen und Brief abgeliefert und die Gelegenheit genutzt, dazustehen und zu ihrem Fenster hinaufzustarren? Sie nahm ein Brötchen mit Mohn aus dem Korb, riss es auseinander, roch daran und legte es wieder zurück. Es war ganz frisch. Kein Bäcker öffnete am Sonntagmorgen um halb fünf. Aber vielleicht eine Tankstelle?

»Mit dem Essen spielt man nicht«, mahnte Miguel beim Anblick des zerrupften Gebäcks.

»Wo hast du sie gefunden?«, wollte Matilda wissen.

»Hier, an der Küchentür.«

Das Haus hatte zwei Eingänge oder eigentlich drei, wenn man den Kellereingang mitrechnete: die normale Haustür zur Straße hin – zwischen Bürgersteig und Tür lag ein kleiner Vorgarten – und die Glastür, die von der Küche aus auf die Terrasse und in den Garten führte. Patrick musste durch die Gartenpforte, die allerdings nie abgeschlossen war, und dann um das Haus herumgegangen sein, um die Brötchen hier abzulegen. Matilda fand das ziemlich dreist.

»Frechheit, wieso hat er sie nicht vorne hingelegt?«

»Damit sie nicht geklaut werden?«, schlug Miguel, schon leicht genervt, vor. »Außerdem: Vor der Haustür hätten wir sie vielleicht erst viel später entdeckt, hier hab ich sie gleich gesehen. Der Junge denkt einfach mit.«

»Wo ist die Tüte?«, fragte Matilda.

»Welche Tüte?«

»Die, in der die Brötchen drin waren.«

»Im Mülleimer. He – es sind nur Brötchen, keine Bomben!« Kopfschüttelnd beobachtete Miguel, wie Matilda die zusammengeknüllte Tüte aus dem Abfall fischte und glatt strich. »Und sie sind auch nicht vergiftet. Jedenfalls merke ich noch nichts«, fügte er spöttisch hinzu.

Matilda antwortete nicht. Die Tüte stammte von der Bäckerei Künne am Fiedelerplatz. Matilda kannte das Geschäft, Nicole wohnte ganz in der Nähe, sie hatten sich dort schon Kuchen geholt. Auch Patrick wohnte nicht weit davon weg, etwa fünf Minuten mit dem Rad, schätzte Matilda. Und noch mal zehn Minuten brauchte er bis zu ihr. Die Bäckereifiliale hatte sonntags sicher erst ab acht oder neun Uhr geöffnet. Also konnte es eigentlich doch nicht Patrick gewesen sein, der im Garten gestanden hatte. Es war bestimmt nur ein Schatten gewesen, in den Matilda alles Mögliche hineininterpretiert hatte. *Wer hat Angst vorm schwarzen Mann . . . Unsinn,* dachte Matilda. Bestimmt hatte Miguel recht, die Brötchen waren einfach nur eine freundliche Geste von Patrick. Ein bisschen aufdringlich zwar und er hatte da auch nach wie vor etwas missverstanden, aber das würde sie ihm gleich morgen sagen. Nicht, dass das zur Gewohnheit wurde – auch wenn es Miguel so passen würde. Sie nahm das auseinandergerissene Brötchen wieder aus dem Korb, legte es auf ihren Teller und bestrich ein Stück davon mit Margarine.

»Ist noch Himbeermarmelade da?«, fragte sie Miguel.

»Nö.«

»Nutella ist auch fast leer, morgen müssen wir dringend einkaufen.«

»Mhm«, nickte Miguel kauend.

Vor allen Dingen brauche ich Batterien für die Taschenlampe, fügte Matilda in Gedanken hinzu. Sicher war sicher!

»Ach, übrigens, Oma hat vorhin angerufen, sie wollen um drei Uhr kommen und dir zum Geburtstag gratulieren«, verkündete Miguel, ohne von der Zeitschrift aufzuschauen.

»Ach, du Scheiße!« Matilda stieß einen abgrundtiefen Seufzer aus. Die hatte gerade noch gefehlt!

»Mir fiel leider nichts ein, womit ich sie hätte abwimmeln können«, Miguel hob bedauernd die Schultern.

»Aber . . . aber wir haben gar nichts da, keinen Kuchen und so!«, stammelte Matilda entsetzt. Sie wusste, welch großen Wert ihre Großmutter auf Konventionen legte.

»Sie bringt welchen mit«, sagte Miguel.

»Puh! Bestimmt so ein fettes Buttercremeteil«, orakelte Matilda, die angesichts der drohenden Sonntagnachmittags-Katastrophe Patrick und seine skurrilen Liebesbeweise augenblicklich vergaß.

Matilda war mit ihrer Großmutter nie so ganz warm geworden. Eleonore Rehberg war eine engstirnige Person, in deren Weltbild sich Frauen einen gut verdienenden Ehemann zu suchen und sich danach um Haus und Kinder zu kümmern hatten. Allenfalls eine Karriere in einem »anständigen« Beruf war noch akzeptabel – nicht aber das Leben, das ihre jüngere Tochter Helen führte. Nichts, was Helen je getan hatte, hatte die Zustimmung ihrer strengen Mutter gefunden. Ganz im Gegensatz zu Matildas Mutter Renate, die in Eleonores Augen alles richtig gemacht hatte: solide Berufsausbildung als Buchhändlerin, gut situierter Ehemann (Ingenieur), Kind, Reihenhäuschen, Halbtagsjob in einer Stadtteilbibliothek. Die leichtlebige und etwas flatterhafte Helen dagegen war von ihrer Mutter stets als »das schwarze Schaf der Familie« bezeichnet worden und ihr Sohn Miguel als »Jugendsünde«.

Trotzdem liebte Frau Rehberg ihren Enkel Miguel sehr, denn immerhin war er der einzige männliche Nachkomme. Sie verwöhnte ihn mit Geschenken, wobei die meisten davon unbrauchbar waren, bis auf den nagelneuen Ford Fiesta, den er zum Achtzehnten bekommen hatte. An Matilda hatte Eleonore Rehberg deutlich weniger Interesse.

Als Helen vor zwölf Jahren ihren Job in einem Reisebüro aufgegeben hatte, um Berufsmusikerin zu werden, hatte ihre Mutter einen Riesenaufstand gemacht und Helen den finanziellen Ruin prophezeit. Nie hatte Eleonore Rehberg seitdem ein Konzert ihrer Tochter besucht, auch nicht, als diese allmählich erfolgreich und bekannt geworden war. Und als Helen vor fünf Jahren die alte Villa gekauft hatte, war auch das auf Unverständnis gestoßen. »Warum so ein altes Ding, tut's nicht auch eine vernünftige Eigentumswohnung?«, hatte Eleonore gezetert und von »Größenwahn« gesprochen.

Von all diesen Querelen hatte Matilda durch Gespräche ihrer Eltern erfahren. Die Rehberg-Schwestern – so verschieden sie auch gewesen waren – hatten zusammengehalten. Manchmal hatte Matildas Mutter erleichtert geseufzt und erklärt, wie froh sie wäre, dass ihre Verwandtschaft in Hannover lebte und nicht in Kassel. »Ein paar Hundert Kilometer Sicherheitsabstand sind doch sehr gut!«, hatte sie gesagt und Matilda und ihr Vater hatten das genauso gesehen.

Matilda hatte ihre Großeltern deshalb meist nur zwei, drei Mal im Jahr gesehen. Ein bisschen schade war es um Opa Ferdinand, den Matilda viel lieber mochte als ihre Großmutter. Er war ein stiller, nachdenklicher und sehr herzlicher Mann, der von seiner Frau erbarmungslos dominiert wurde und ihr nur selten widersprach. Allerdings wusste Matilda von ihrer Mutter, dass er Helen zuweilen heimlich finanziell unterstützte.

Nach dem Tod von Matildas Eltern hatte Großmutter Rehberg ihre Enkelin zu sich nehmen wollen – allerdings, ohne diese überhaupt gefragt zu haben. Matilda und Helen stemmten sich jedoch beide energisch gegen diesen Plan und Matilda war Ohrenzeugin eines hässlichen Streits zwischen ihrer

Tante und der Großmutter geworden. Eleonore hatte Helen beschuldigt, sich am Erbe von Matilda und an deren Waisenrente bereichern zu wollen. Helen widersprach und stellte klar, dass sie vorhatte, das Geld ihrer Schwester, das nach dem Verkauf des Hauses, der Tilgung der Hypothek und der Begleichung der Beerdigungskosten noch übrig sein würde, als Treuhänderin anzulegen und zu verwalten – für Matildas Ausbildung. »Selbst wenn ich wollte, käme ich da nicht dran«, hatte sie klargestellt. Doch Eleonore Rehberg hatte lediglich spöttisch geschnaubt.

»Ich kann es dir einfach nicht recht machen, Mutter«, Helen hatte verletzt und enttäuscht geklungen und Matilda hielt hinter der angelehnten Tür im Nebenraum instinktiv die Luft an. »Und ich habe es seit Langem satt, es zu versuchen. Ich weiß, wie sehr du es bedauerst, dass Renate gestorben ist und nicht ich.« Eleonore hatte nicht widersprochen. Sie war wortlos aufgestanden und gegangen. Seitdem herrschte Funkstille zwischen Tante Helen und ihrer Mutter.

Nach diesem Streit hatte Matilda ihre Großeltern noch zweimal besucht, und das auch nur ihrem Großvater zuliebe. Beide Male hatte Eleonore versucht, sie auszuhorchen: ob sie auch ein anständiges Zimmer hätte, ob es im Winter »in diesem zugigen alten Kasten« warm genug wäre, ob sie ausreichend warme Mahlzeiten bekäme.

»Du bist so dünn geworden, bestimmt isst du nicht regelmäßig«, hatte sie behauptet. Dabei war Matilda immer schon dünn gewesen. Sie wusste ganz genau, dass Helen nicht auf ihr ohnehin recht kleines Erbe aus war. Als sie bei ihrer Tante eingezogen war, hatten sie ganz offen miteinander gesprochen und vereinbart, dass Matilda sich mit ihrer Waisenrente an den Kosten des Haushalts beteiligte. Das fand Matilda nur fair, schließlich kosteten allein ihre Musikstunden jeden Monat über zweihundert Euro.

»Ich hoffe nur, Oma und Opa sind bis zum Spiel Deutschland – Australien wieder weg«, überlegte Miguel und runzelte die Stirn, während er nach einem neuen Brötchen griff.

»Los, wir müssen hier aufräumen!«

»Aber es ist doch aufgeräumt! Und sogar der Rasen ist gemäht«, protestierte Miguel.

Doch Matilda sprang hektisch auf: »Hör auf zu essen, es gibt noch jede Menge zu tun: Die leeren Flaschen von der Fete müssen verschwinden. Wir müssen uns saubere Klamotten anziehen und es darf im Wohnzimmer kein Stäubchen herumliegen. Unsere liebe Großmutter ist imstande und hetzt Helen das Jugendamt auf den Hals.«

»Jetzt übertreibst du«, versuchte Miguel, seine Cousine zu beruhigen, halbierte das Brötchen und bestrich es seelenruhig mit dem letzten Rest Nutella.

Als Eleonore zu Ohren gekommen war, dass Tante Helen für zwei Monate auf Tournee gehen und ihren Sohn und ihre Nichte »mutterseelenallein« zurücklassen wollte, hatte sie Matilda mehrmals angerufen und sie bedrängt, zumindest in dieser Zeit zu ihr zu ziehen. Sie war ziemlich beleidigt gewesen, als Matilda auch dieses Angebot hartnäckig abgelehnt hatte.

»Ich sehe schon, deine Tante hat dich gründlich gegen mich aufgehetzt«, hatte sie gesagt und beinahe hätte Matilda geantwortet: Das ist gar nicht nötig, das machst du schon selbst. Aber um nicht noch mehr Öl ins Feuer zu gießen, hatte sie ihrer Großmutter lediglich aufgezählt, wer sich während Helens Abwesenheit alles um sie kümmern würde: Miguel, Angela, Enzo . . .

»Ein Halbwüchsiger, eine Ausländerin und ihr idiotischer Sohn – großartig«, hatte ihre Großmutter nur bissig bemerkt.

»Die kommen nicht nur wegen meines Geburtstags, das ist ein Kontrollbesuch«, erkannte Matilda. »Auf jetzt, hier muss alles blinken!«

So war es dann auch. Großmutter Rehberg stolzierte umher und musterte die Küche und das Wohnzimmer wie ein Gerichtsvollzieher, der die Wertgegenstände in einer Wohnung abschätzen soll. Matilda hatte noch einmal gesaugt, den Tisch im Esszimmer poliert und über den Rotweinfleck vor dem Couchtisch hatte sie einen Läufer gelegt. Miguel, der zur Feier des Tages sogar ein Hemd trug, kochte »richtigen« Filterkaffee. Natürlich gab es eine fette Sahnetorte vom Konditor: Während Matilda mühsam ein Stück hinunterwürgte, verputzte Miguel zwei davon in Rekordzeit.

»Der Garten ist ja in einem grauenhaften Zustand«, hatte Eleonore direkt beim Hereinkommen bemerkt und hinzugefügt, dass das Haus auch dringend einen frischen Anstrich benötige, es sei der »Schandfleck der Straße«.

Miguel und Matilda hatten das Genörgel einfach überhört. Als Geschenk überreichte Eleonore ihrer Enkelin einen Malkasten mit Acrylfarben und Tusche. »Vielleicht hast du ja noch andere Talente als das Geigespiel, ich konnte als junges Mädchen sehr gut zeichnen.«

Matilda bedankte sich artig. Man erkundigte sich nach ihren Erfolgen in der Schule, zum Glück gab es da nichts Negatives zu berichten. Auch über Miguels Zukunft wurde gesprochen – seine Überlegung, Biochemie zu studieren, nahmen die Großeltern beifällig nickend zur Kenntnis.

»Der Hang zu den Naturwissenschaften kommt sicher von deinem Vater«, bemerkte Opa Ferdinand.

Miguel zuckte die Schultern. Sein Vater war ein Mathematikprofessor, der deutlich älter als Helen war und keinen Kontakt mehr zu seinem Sohn hatte. Als Kind hatte Miguel ihn regelmäßig an den Wochenenden getroffen, aber seit drei Jahren lebte er in Belgien und hatte eine neue Familie. Matilda wusste nicht, ob Miguel darunter litt. Er sprach nicht darüber und sie wagte nicht zu fragen.

Insgesamt verlief die Unterhaltung schleppend. Eleonore, hager und eckig, saß die ganze Zeit mit durchgedrücktem Kreuz auf der Stuhlkante, als gälte es, jeden Moment fluchtbereit zu sein. Seit mindestens sechzig Jahren trug sie denselben Pagenschnitt, Matilda hatte neulich ein Foto von ihr gesehen, in Schwarz-Weiß, auf dem sie etwa zwölf gewesen war. Schon damals trug sie die Haare auf Kinnhöhe akkurat abgesäbelt. Nur waren sie auf dem Foto noch dunkel, vermutlich braun, während sie inzwischen weiß schimmerten, mit einem kleinen Stich Lila. Ihr von der Gartenarbeit brauner Teint hob sich scharf davon ab, sie sah aus wie das Negativ ihres eigenen Jugendfotos.

»Zeig uns doch mal dein Geburtstagsgeschenk«, sagte Opa Ferdinand nach dem Essen. Optisch war er das Gegenstück zu seiner Frau: die Figur rundlich, fast gar kein Haar mehr auf dem Kopf und das Gesicht eher blass. Er zwinkerte Matilda verstohlen zu. Er konnte wunderbar mit nur einem Auge zwinkern, Matilda hatte als Kind versucht, es ihm nachzumachen, aber sie hatte es nie so perfekt hinbekommen wie er. Die Frage ihres Großvaters offenbarte Matilda zwei Dinge – erstens: Er und Helen standen in Kontakt, denn woher hätte er sonst von der Geige gewusst? Zweitens: Vermutlich hatte er einen großen Teil davon finanziert. Matilda holte das Instrument aus ihrem Zimmer und spielte ihrem Großvater ein flottes Stück aus der Oper Carmen vor. Sie hatte Helen einmal sagen hören, dass er diese Oper besonders mochte. Er lauschte gerührt und sagte am Ende: »Das Talent hat sie von mir, genau wie Helen.« Großvater Rehberg hatte früher in einem Spielmannszug Trompete gespielt. Matilda lächelte und Eleonore kniff bei seiner Bemerkung ihren Mund zusammen, sodass ein Kranz von Falten rund um die Lippen entstand, wie bei einem fest verschnürten Lederbeutel.

»Ja, tolle Geige!«, bestätigte Miguel. Auch er sah die Geige ja gerade zum ersten Mal, fiel Matilda ein.

»Ihr müsst unbedingt zu meinem Konzert kommen, zu dem Wettbewerb in der Oper«, sagte Matilda und meinte damit in erste Linie ihren Großvater.

»Ja, bestimmt«, erwiderte der. Es entstand ein peinlicher Moment der Stille. Matilda suchte krampfhaft nach einem neuen Gesprächsthema, doch ihr fiel einfach nichts ein. Die Großmutter lächelte säuerlich, stand dann auf und sagte zu ihrem Mann. »Komm, es wird Zeit zu gehen. Ich erwarte heute noch meine Bridge-Damen zum Tee. Und du willst doch sicher Fußball schauen.« Das Wort *Fußball* brachte sie nur mit verächtlich gekräuselten Lippen heraus.

Zum Abschied überwand sich Matilda und küsste ihre Oma auf ihre pergamentenen Wangen.

»Ach, Kind«, sagte Eleonore und für einen Moment brach ihr Panzer auf und sie drückte ihre Enkelin an sich und wischte sich verstohlen über die Wangen.

»Mir geht es gut.« Matilda sah ihr ernst in die Augen, in denen es feucht glitzerte. »Wirklich. Du musst dir keine Sorgen machen, Oma.«

Die nickte tapfer, sodass ihre Perlenohrringe schaukelten, dann hakte sie sich bei ihrem Mann unter. Sich gegenseitig stützend, durchquerten sie den Vorgarten.

»Na also, ist doch gut gelaufen«, meinte Miguel.

Matilda atmete tief durch. Ihr war ein wenig übel von der Torte.

Am Montagmorgen gelang es Matilda, Patrick aus dem Weg zu gehen, da sie erst zur zweiten Stunde Unterricht hatte. Aber sie wusste, dass sie ihn höchstwahrscheinlich in der Pause treffen würde, allerspätestens aber in der fünften Stunde im Politik-Kurs, den Schüler aus der 10a und der 10b gemeinsam besuchten. Also versuchte sie nach der vierten Stunde erst gar nicht, ihm zu entwischen, sondern blieb in der Nähe der

Tischtennisplatte stehen, als sie Patrick auf sich zukommen sah. Ein wenig schmeichelte es ihr, dass er, sobald er sie sah, die drei Mädchen aus der neunten Klasse, die um ihn herumstanden und ihn anhimmelten, einfach stehen ließ.

»Na, wie geht's? Alles klar?« Es klang aufgesetzt lässig und fast erwartete Matilda, dass er ein »Süße« hinzufügte, aber er ließ es sein. Sie bedankte sich höflich für die Brötchen, schwindelte aber im selben Atemzug, indem sie behauptete, dass sie morgens eigentlich am liebsten Müsli aß und er sich deshalb Aufmerksamkeiten dieser Art in Zukunft sparen könnte. Den peinlichen Brief, der bei den Brötchen gelegen hatte, erwähnte sie mit keinem Wort.

»Wann warst du denn da?«, fragte sie ganz beiläufig.

»Um neun. Aber es war noch alles still, da habe ich mich nicht getraut zu klingeln.«

»Gute Idee«, bestätigte Matilda und fügte in Gedanken hinzu: *Es reicht schon, wenn du einfach durch unseren Garten spazierst.*

»Du hast ja bestimmt noch geschlafen, nach deinem anstrengenden Mädchenabend.« Das letzte Wort betonte Patrick besonders.

»Allerdings«, antwortete Matilda, ohne eine Miene zu verziehen.

Da Anna, Nicole und sie den größten Teil des Samstagabends zusammen mit älteren Jungs aus der Schule verbracht hatten, war es nur wahrscheinlich, dass Patrick inzwischen wusste, wo sie gewesen waren. Und da war ja auch noch immer der Verdacht, dass er zwischen den Büschen am Maschteich gestanden und sie beobachtet hatte. *Na und?*, dachte Matilda trotzig, *ich bin ihm nichts schuldig.* Aber Patrick fragte gar nicht weiter nach, er wechselte stattdessen das Thema: »Wann wollen wir denn ins Kino?«

»Wollen wir das überhaupt?«, fragte Matilda leicht genervt

zurück. Nach der Brötchenaktion bereute sie inzwischen ihr vages Versprechen, das sie ihm vorgestern am Telefon gegeben hatte.
»Du hast doch gesagt...«
»Ja, hab ich«, unterbrach ihn Matilda, ehe er womöglich noch weitere Dinge aufzählen konnte, die sie gesagt oder getan hatte. »Was läuft denn überhaupt?«
»Kommt drauf an. Wann hast du denn Zeit?«
»Morgen ginge es«, sagte Matilda, die erkannte, dass Patrick keine Ruhe geben und eine Absage nicht akzeptieren würde. Also am besten die Sache so rasch wie möglich hinter sich bringen.
»Okay, super, dann morgen. Ich hol dich um sieben ab und wir gucken einfach, auf welchen Film wir Lust haben, oder? Wir können ja vorher auch noch eine Pizza essen gehen, wenn du willst.«
»Ja, schön«, willigte Matilda ein. Gerade kam Patricks Freund Jonas auf sie zu und Matilda nutzte die Gelegenheit, um zu verschwinden. Vor der Cafeteria warteten schon Anna und Nicole.
»Und?«, fragte Anna.
»Ich geh morgen mit ihm ins Kino, aber das war's dann auch endgültig«, verkündete Matilda.
»Na, da bin ich ja gespannt, wie du ihm das verklickerst«, zweifelte Nicole.
»Mir wird schon was einfallen«, antwortet Matilda, obwohl sie auch noch nicht so genau wusste, wie sich Patrick am besten abwimmeln ließ. Ihr momentaner Plan war, sich ihm gegenüber zwar freundlich, aber zugleich distanziert zu verhalten. Dann würde er hoffentlich begreifen, dass sie nichts von ihm wollte. Er war ja nicht doof.

Patrick holte Matilda pünktlich um sieben Uhr ab. Matilda hatte sich absichtlich nicht besonders schick gemacht, sie trug die Kleider, die sie auch in der Schule angehabt hatte: eine Jeans, ihre roten Ballerinas, die sie sehr mochte, und ein einfaches blaues T-Shirt. Auf Make-up hatte sie verzichtet. Der Schminkkasten, den sie von ihren Freundinnen geschenkt bekommen hatte, lag noch immer unangetastet in ihrem Zimmer. Nur die Wimpern waren ein wenig getuscht und den kleinen Pickel rechts an der Nase hatte sie überschminkt.

Patrick sah schick aus, er trug ein weißes Hemd zu Jeans, schwarze Edelsneakers und ein schwarzes Leinenjackett. Die Kleidung ließ ihn erwachsener als sonst aussehen und fast bereute es Matilda, sich nicht auch ein wenig aufgebrezelt zu haben. Sie fuhren mit der Straßenbahn in die Stadt, aßen eine Pizza bei *Pizza Hut* und gingen danach ins Kino. Das Programm war nicht gerade umwerfend in dieser Woche.

»Wie wär's mit *A Nightmare on Elm Street?*«, schlug Patrick vor.

»Ich mag keine Horrorfilme«, wehrte Matilda ab und dachte dabei an die Nächte, in denen sie allein im Haus sein würde. Auch wenn sie sich vorgenommen hatte, nachts künftig keine Angst mehr in der Villa zu haben: Nach so einem Film würde sie sich wochenlang bei jedem nächtlichen Geräusch an irgendwelche schaurigen Szenen erinnern.

»Gib es ruhig zu: Du möchtest bestimmt in *Sex and the City 2.*«

»Nein!« Das fehlte noch! Diesen Film wollte sie sich – wenn überhaupt – mit Anna und Nicole ansehen. Schließlich einigten sie sich auf *Avatar,* den Patrick zwar schon kannte, der Matilda aber noch das kleinste Übel zu sein schien, auch wenn man dazu eine dieser dämlichen 3-D-Brillen aufsetzen musste.

Der Film war jedoch unerwartet gefühlslastig und fast unerträglich spannend. An der Stelle, als der Held Jake Sully – oder vielmehr dessen blauhäutiger Avatar – dem Na'vi-Mädchen Neytiri seine Liebe gestand, versank Matilda im Kinosessel und blinzelte hinter ihrer Pappbrille. Sie hatte Mühe, nicht vor Rührung zu heulen. Noch schlimmer wurde es, als der Heimatbaum der eingeborenen Na'vi zerstört werden sollte, und beim Tod des Häuptlings Eytukan, dem Vater von Neytiri. Da liefen bei Matilda dann wirklich die Tränen, aber sie wagte nicht, sie wegzuwischen. Verdammt, was war denn nur mit ihr los? Das fehlte noch, hier vor Patrick zu heulen. Zu ihrer Erleichterung tat Patrick jedoch dasselbe wie sie: Er hielt den Blick hinter der Brille starr auf die Leinwand gerichtet und zeigte keine Gefühlsregung. An anderer Stelle, als der Krieg zwischen Menschen und den den Na'vi zu Hilfe gekommenen Dschungeltieren besonders heftig tobte, erschrak Matilda so sehr, dass sie einen kleinen Schreckensschrei ausstieß – sie war längst nicht die Einzige im Kinosaal, der das passierte – und einem Reflex gehorchend nach Patricks Oberarm griff. Als sie merkte, was sie da tat, ließ sie ihn sofort wieder los und murmelte eine Entschuldigung.

»Keine Ursache.« Patrick grinste hinter seiner 3-D-Brille und Matilda verschränkte ihre Arme fest vor der Brust, damit sich so etwas nicht wiederholen konnte.

Patrick benahm sich während des gesamten Kinobesuchs vollkommen korrekt und gerade so, als hätte es den Abend von Matildas Geburtstag nie gegeben. Er schien zu ahnen, dass sie auf körperliche Annäherungsversuche ablehnend reagieren würde. Lediglich auf die Wangen hatte er sie zur Begrüßung geküsst.

Als sie nach drei Stunden mit rauchenden Köpfen aus dem Kino an die frische Luft traten, war Matilda erleichtert – das Ganze war viel positiver gelaufen, als sie erwartet hatte. Deshalb nickte sie zustimmend, als Patrick vorschlug, noch in der Bar nebenan eine Cola trinken zu gehen. Es konnte nicht schaden, die Eindrücke des monumentalen Films ein bisschen zu verdauen. Sie gab zu, dass *Avatar* sie positiv überrascht hatte.

»Aber ich habe dir doch gesagt, dass der gut ist!«, meinte Patrick, leicht vorwurfsvoll.

»Ja, schon«, räumte Matilda ein. »Aber was Jungs manchmal so gut finden . . .« Sie verdrehte die Augen und dachte dabei mit Schaudern an Miguels »supergeile« Filmsammlung, die er auf seinem Rechner hatte: Horror- und Actionstreifen und alberne Serien.

»Du kannst mir schon vertrauen, ich habe Geschmack«, versicherte Patrick und fügte ernst hinzu: »Sonst wäre ich ja nicht mir dir zusammen.«

»Wir sind nicht *zusammen!*« Ihre Antwort war lauter ausgefallen als geplant; an den Nebentischen drehten sich ein paar Leute zu ihnen um. Eine kleine Falte erschien zwischen ihren Augen. *Unmöglich, dieser Typ!* Gerade war alles okay, sie hatte sich gut unterhalten und sogar wohlgefühlt, schon musste er die Stimmung kaputt machen mit so einem dummen Spruch! Was hatte Patrick eigentlich für ein Problem?

»So meinte ich das auch gar nicht«, korrigierte sich Patrick rasch. »Ich wollte doch nur sagen, ich würde mich weder mit einer hässlichen Frau noch mit einer gut aussehenden, die strohdoof ist, in der Öffentlichkeit sehen lassen.«

»Ah so«, sagte Matilda gedehnt. Sie glaubte ihm zwar kein Wort, musste ihm aber immerhin zugestehen, dass er die Kurve noch recht elegant gekriegt hatte. »Ich nehme das mal als Kompliment. Und das andere hab ich gar nicht gehört.«

»Das war auch ein Kompliment«, sagte er. »Du bist schon etwas Besonderes.«

»Findest du?«, entgegnete Matilda und war gegen ihren Willen geschmeichelt. *Vorsicht, Matilda, lass dich nicht einwickeln,* befahl sie sich im Stillen.

Doch zum Glück kam in diesem Moment die Kellnerin an

den Tisch und lenkte Patrick ab. Sie bestellten zwei große Cola. Danach redeten sie über unverfänglichere Themen: die Schule, Matildas Geigen-Wettbewerb, den möglichen Aufstieg von Patricks Fußballmannschaft in die Bezirksliga. Patrick benahm sich wieder ganz normal, war witzig und unterhaltsam und Matilda amüsierte sich ziemlich gut. Auch lästern konnte man mit ihm, wenn natürlich auch nicht so gut wie mit Nicole und Anna. Die Zeit war rasch verflogen, es ging auf Mitternacht zu. Matilda gähnte verstohlen.

»Lass uns nach Hause gehen, schließlich ist morgen ja Schule«, sagte Patrick und hörte sich dabei ein wenig an wie früher Matildas Vater. Ihre Eltern hatten ihr stets vorgeschrieben, wohin sie gehen durfte, und vor allen Dingen, wohin nicht, und wann sie zu Hause sein musste. Helen dagegen machte Matilda niemals Vorschriften. »Du bist nicht dumm, du weißt, dass du in der Schule ausgeschlafen sein musst, und am Wochenende verlasse ich mich auf deinen gesunden Menschenverstand, der dir sagen wird, was du tun und was du lassen musst«, hatte sie ihr am Anfang gesagt. Matilda hatte diese Freiheit noch nie über die Maßen ausgenutzt. Ähnlich hielt es Helen mit ihrem Sohn. Allerdings war Miguel schon zweimal mit der Polizei in Konflikt geraten: Bei einer Razzia in einer Disco war er mit zwei Gramm Marihuana in der Tasche erwischt worden, als er sechzehn gewesen war, und einmal, mit siebzehn, war er am Bahnhof auf einer Bank eingeschlafen, natürlich betrunken. Die Polizei hatte ihn aufgegriffen und Helen am nächsten Tag aufgefordert, ihren Sohn in der Ausnüchterungszelle abzuholen.

»Zusammen?«, fragte die Bedienung, der Patrick ein Zeichen gegeben hatte.

»Ja«, erwiderte Patrick ohne Zögern.

»Nein!«, protestierte Matilda. Sie hatte auch vorhin darauf bestanden, ihre Pizza und die Kinokarte selbst zu bezahlen. Doch Patrick war schneller, er hatte bereits beide Getränke bezahlt, ehe Matilda ihre kleine Handtasche geöffnet und die Geldbörse herausgefischt hatte.

»Du bist dann das nächste Mal dran.«

Matilda nickte widerstrebend. *Und wenn es das gar nicht geben wird, dieses nächste Mal?* Schweigsam verließen sie die Bar und fuhren mit der Bahn nach Hause.

»Du kannst ruhig schon an deiner Station aussteigen, mich frisst schon keiner auf den paar Metern bis zu mir nach Hause!«, sagte Matilda.

Aber das ließ Patrick nicht zu. Er schien ihren Protest gar nicht zu hören: »Ich gehe oft allein von der Haltestelle nach Hause – auch nachts.« – »Stell dir vor, bei uns gibt es Straßenlaternen!« – »Ich wohne in einer guten Gegend, da werden noch nicht mal Fahrräder geklaut!«

»Im letzten Monat gab es in eurer Gegend drei Einbrüche, das stand in der Zeitung«, hielt Patrick dagegen.

»Mich klaut schon keiner.«

»Wer weiß?«

Nichts überzeugte ihn, er blieb stur sitzen bis zu ihrer Haltestelle, stieg mit ihr aus und begleitete sie durch die stillen Straßen mit den gepflegten Vorgärten nach Hause. Er schien nicht einmal zu merken, wie sehr er ihr mit seiner Fürsorge und Höflichkeit auf die Nerven ging. *Vielleicht,* überlegte sie, *ist er so erzogen worden, dass man Mädchen in jedem Fall nach Hause begleiten muss.* Hatten nicht Anna und Nicole neulich erzählt, sein Vater wäre ziemlich streng und altmodisch? Unwillkürlich musste Matilda an ihre Großmutter denken. Eleonore wäre sicher entzückt über Patrick und dessen gute Manieren. Wenn man es sich so überlegte, war er tatsächlich der reinste Schwiegermutterschwarm. Ein Gedanke, der ihn in Matildas Augen nicht unbedingt attraktiver erscheinen ließ. *Ich tu ihm unrecht,* erkannte Matilda. Es war ihr egal.

Zum Glück unternahm Patrick gar nicht erst den Versuch,

sie zum Abschied zu küssen. Auch die Frage nach einer weiteren Verabredung sparte er sich. Sie umarmten sich flüchtig vor der Gartenpforte, dann ging Matilda eilig auf die Haustür zu. Unterwegs schielte sie nach oben. Durch das Fenster von Miguels Dachgaube drang ein schwacher Lichtschein. Irgendwie war Matilda froh darüber.

*Liebe Matilda,
der Abend mit dir war wunderschön, du bist das tollste Mädchen, das mir je begegnet ist. Ich könnte dich nur immerzu ansehen, deine Stimme hören ... Ich versuche, jetzt zu schlafen, und träume von dir. Bitte lass uns so schnell wie möglich wieder zusammen etwas unternehmen, ich sterbe vor Ungeduld.
Dein Patrick*

Die SMS war um halb drei am Morgen abgeschickt worden, Matilda las sie, während sie ihr Müsli löffelte. »Dieser Spinner«, murmelte sie halblaut vor sich hin.

»Das Wort Spinner höre ich in letzter Zeit andauernd von dir«, bemerkte Miguel, der gerade Wasser in die Espressomaschine füllte. »Schon wieder dieser Patrick?«

»Ja«, knurrte Matilda.

»Was schreibt er denn?«

»Dass er mich toll findet.«

»Ist doch schön. Freu dich! Mir schreibt das keiner«, meinte Miguel gelassen.

»Auch nicht Juliane?«

»Die schon gar nicht!«

»Ist sie jetzt eigentlich deine Freundin oder nicht?«, fragte Matilda, woraufhin Miguel nuschelte, dass es im Moment ganz gut liefe, man bei ihr aber nie so genau wüsste, woran man sei.

Matilda nahm einen Notizzettel vom Tisch, schrieb darauf

die Worte *Du bist toll!* und legte den Zettel neben Miguels Teller. Der lachte und meinte: »Den werde ich mir einrahmen.« Auch Matilda musste grinsen. Dann stand sie auf, verabschiedete sich von Miguel, nahm ihre Schultasche und verließ das Haus. Sie war schon spät dran. *Nachher, in der Pause,* dachte sie, *muss ich unbedingt mal Klartext mit Patrick reden.*

Doch in der Pause war Patrick nicht im Hof und auch nicht in der Cafeteria und auch der Rest der 10b war nirgends zu sehen.

»Die sind nach der zweiten Stunde weggefahren, die machen heute eine Exkursion zur Medizinischen Hochschule«, erklärte Svenja aus ihrer Klasse, deren Zwillingsbruder die 10b besuchte. Beim Stichwort *Medizinische Hochschule* musste Matilda ganz flüchtig an Christopher denken. Hoffentlich klappte es und er konnte dort studieren. Vielleicht traf sie ihn ja demnächst mal wieder bei einer Party, vielleicht . . . Sie wurde durch Svenjas nächste Frage abrupt aus ihren Gedanken gerissen: »Hat dir dein Freund nichts davon gesagt?«

»Was? Welcher Freund?«

»Na, Patrick«, erwiderte Svenja, ohne eine Miene zu verziehen. Matilda blickte sie prüfend an. Machte die sich gerade über sie lustig? Aber eigentlich gehörte die ernsthafte, ruhige Svenja nicht zu den Mädchen, die gerne Intrigen spannen oder andere verarschten.

»Patrick ist nicht mein Freund«, antwortete Matilda irritiert.

»Nicht? Oh, ich dachte . . .«, Svenja lächelte sie flüchtig an und wandte sich zum Gehen, aber Matilda hielt sie am Ärmel fest. »Warte bitte mal!«

Ihre Klassenkameradin blieb stehen.

»Wie kommst du darauf?«

Svenja runzelte die Stirn, sie schien zu überlegen. »Äh . . . das weiß ich gar nicht so genau. Irgendwo habe ich es gehört. Vielleicht von meinem Bruder? Keine Ahnung.« Sie zuckte mit den Schultern.

Matilda blieb vor Erstaunen der Mund offen stehen. Als sie sich wieder etwas gefangen hatte, presste sie die Lippen aufeinander und ballte die Fäuste. »Das ist eine Lüge«, rief sie, aber Svenja hatte sich schon losgemacht und war weitergegangen. Sie schien der vermeintlichen Neuigkeit nicht viel Bedeutung beizumessen.

Anders als Matilda. Was für eine unglaubliche Unverschämtheit! Dieser Idiot! Was erzählte er da in der Gegend herum?

In einiger Entfernung sah sie Anna in Richtung Schulgebäude gehen. »Anna. Warte!« Mit raschen Schritten lief sie ihrer Freundin nach.

»Was ist? Ich muss aufs Klo!«

»Ja, gleich«, sagte Matilda. Sie zog Anna beiseite und zeigte ihr die letzte SMS von Patrick. Dann erzählte sie, was sie eben von Svenja erfahren hatte.

»Ja, so was habe ich vorhin auch schon gehört«, erklärte Anna zögernd.

»Von wem?«

»Von Ralf und Philipp aus unserer Klasse – glaub ich!«

»Und?«

»Was und?«, fragte Anna.

»Hast du denen nicht gesagt, dass es nicht stimmt?«, fragte Matilda, entsetzt darüber, dass das Gerücht wohl schon in der ganzen Schule herumging.

»Äh . . . nö. Ich wusste ja nicht . . . Ich meine . . . ihr wart ja gestern zusammen weg und da – es hätte doch sein können! Wenn ich diese SMS da so sehe . . .« Anna grinste.

»Na super! Vielen Dank für deine Hilfe! Jetzt fällst du mir auch noch in den Rücken«, schrie Matilda, die wütend und enttäuscht war und ein Ventil für ihr Wut brauchte. »Du bist echt 'ne tolle Freundin!«

»Entschuldige mal! Du bist heute so spät gekommen, woher

soll ich denn wissen, was gestern los war«, verteidigte sich Anna.

Das war richtig, Matilda war heute Morgen praktisch im Windschatten ihrer Englischlehrerin ins Klassenzimmer gehuscht.

»Wir reden nachher, ich muss jetzt wirklich mal pinkeln«, sagte Anna, ließ Matilda stehen und lief eilig ins Schulgebäude.

Ungläubig blieb Matilda auf dem Schulhof zurück. Das war ja super gelaufen! Die ganze Schule dachte anscheinend, sie sei mit Patrick zusammen. Dieser Mistkerl musste das Gerücht schon gestern gestreut haben oder sogar schon am Wochenende. Also noch bevor er mit ihr im Kino gewesen war. Was um alles in der Welt hatte er sich dabei gedacht? Und wie, verdammt noch mal, sollte Matilda jetzt damit umgehen?

»Du musst ganz ehrlich mit ihm reden.« Sie saßen auf Matildas Bett und hatten soeben Patricks nächtlich verfasste SMS noch einmal gelesen. Nicoles einziger Kommentar war gewesen: »Tja, den hat's schwer erwischt, der ist total in dich verliebt.«

Verliebt. Matilda seufzte. Sie erinnerte sich an Steffen. Steffen hatte mit ihr zusammen den Konfirmandenunterricht besucht. Sie war vom ersten Augenblick an fasziniert gewesen von dem Jungen, hatte an nichts anderes mehr denken können, nur noch an *ihn*. Jeder Unterrichtsstunde hatte sie entgegengefiebert, hatte sich bemüht, ihn nicht ständig anzustarren, und war rot angelaufen, wenn sich ihre Blicke zufällig kreuzten. Sie war sogar regelmäßig in die Kirche gegangen, weil ja der Hauch einer Chance bestand, *ihn* dort zu sehen. Was aber nur einmal passiert war. Die Tage ohne Konfirmandenunterricht oder Kirche waren öde gewesen, an diesen Tagen hatte sie nur funktioniert, aber nicht gelebt. Als Steffen eines Tages unverhofft in die Eisdiele gekommen war, in der sie mit ihrer damaligen Freundin Silvia gesessen hatte, hatte Matilda fast einen Herzinfarkt bekommen. Dabei hatte er ihnen nur kurz zugewinkt, gelächelt und war dann mit seiner Eiswaffel wieder hinausgegangen. Einige Tage danach hatte Matilda ihren ganzen Mut zusammengenommen und Steffen nach der Stunde gefragt, ob er Lust hätte, mal was mit ihr zu unternehmen. Ins Kino gehen, eine Radtour machen, ins Schwimmbad fahren. Silvia hatte sie dazu ermutigt: »Wir leben im einundzwanzigsten Jahrhundert, Mädchen müssen nicht mehr warten, bis die Kerle endlich mal in die Gänge kommen«, hatte sie gesagt. Steffen hatte Matilda damals abschätzend angesehen, dann gemurmelt, na ja, im Prinzip schon, er hätte aber gerade wenig Zeit. Sein zuerst überraschter, dann aber unendlich gleichgültiger Gesichtsausdruck hatte Matilda deutlich gemacht, dass ihre Gefühle nicht erwidert wurden, kein bisschen. Auch wenn inzwischen ein Jahr vergangen war, wusste Matilda noch genau, wie weh das getan hatte, wochenlang. Fast noch schlimmer als der Schmerz war das Gefühl gewesen, zurückgewiesen und gedemütigt worden zu sein. Von da an hatte sie sich zwingen müssen, zum Konfirmandenunterricht zu gehen. Die Konfirmation war an ihr vorbeigezogen wie ein Film, der sterbenslangweilig ist, den man sich aber trotzdem bis zum Schluss ansehen muss. Wochen später, kurz vor dem Unfall ihrer Eltern, war der Schmerz noch einmal zurückgekehrt, als Matilda Silvia und Steffen in der Stadt vor einem Kaufhaus hatte stehen sehen. Damals war sie schon nicht mehr so eng mit Silvia befreundet gewesen. Die beiden hatten Sonnenbrillen anprobiert und offenbar viel Spaß dabei gehabt. Von da an hatte Matilda nicht mehr mit Silvia gesprochen, und als sie nach dem Tod ihrer Eltern hierher gezogen war, hatte sie ein bisschen das Gefühl gehabt, einen Scherbenhaufen hinter sich gelassen zu haben. Die Zukunft hatte vor ihr gelegen wie ein weißes Blatt Papier oder ein frisch umgegrabenes Blumenbeet und diese Leere war einerseits beängstigend gewesen, andererseits aber auch verheißungsvoll: neue Schule, neue Freunde, neues Zuhause, neue Stadt – neues Leben. Und neben der tiefen Traurigkeit über den Verlust ihrer Eltern hatte sie die Aussicht auf all dieses Neue, noch Unbekannte auch als etwas Aufregendes und in mancher Hinsicht sogar Befreiendes empfunden. Sie hatte sich gefühlt wie eine Schlange, die sich gerade – wenn auch unter großen Schmerzen – frisch gehäutet hatte. Kein Steffen mehr, der sie zurückweisen, und keine Silvia mehr, die sie verraten konnte. Aus ihrem alten Leben hatte sie lediglich ihre Liebe zur Musik mitgenommen und die Erinnerung an ihre Eltern. Einmal hatte sie Tante Helen von diesen widersprüchlichen Empfindungen erzählt und ihrer Tante gestanden, dass sie sich deswegen schämte. Doch Helen hatte sie beruhigt. »Dafür musst du dich nicht schämen. Das zeigt doch nur, dass du einen starken Lebenswillen und einen starken Charakter hast«, hatte sie gesagt und Matilda hatte sich nach dem Gespräch tatsächlich besser gefühlt. Es war seltsam, aber ihre Tante verstand sie in vieler Hinsicht besser, als ihre Mutter und ihr Vater es je getan hatten, so kam es Matilda zumindest vor – und auch dieser schändliche Gedanke machte ihr zuweilen ein schlechtes Gewissen. Vielleicht, weil Helen acht Jahre jünger war als ihre Schwester. Helen war siebenunddreißig, Renate wäre dieses Jahr fünfundvierzig geworden, Matildas Vater sogar schon fünfzig . . .

»Huhu! Erde an Matilda! Wo bist du?«, holte Annas Stimme die Freundin ins Hier und Jetzt zurück.

»Entschuldige. Was hast du gesagt?«

»Dass du mit Patrick reden musst. So geht das nicht. Er kann nicht rumerzählen, dass du seine Freundin bist, wenn es gar nicht stimmt.«

»Vielleicht war es ja gar nicht er«, überlegte Matilda.

»Wer sollte es denn sonst sein? Ich war's nicht und Nicole hat auch Besseres zu tun, als so blöde Gerüchte in Umlauf zu bringen.«
»Jemand, der uns im Kino gesehen hat, vielleicht.«
»Aber ihr seid doch nicht händchenhaltend oder eng umschlungen durch die Stadt gelaufen, oder?«
»Natürlich nicht.«
»Na also. Ich wette, Patrick war es. Du weißt doch, wie Jungs bei ihren Kumpels rumtönen müssen. Und dass Jungs die größeren Klatschmäuler sind als die Mädchen, ist auch nichts Neues. Vielleicht will er damit ja auch Tatsachen schaffen. *Self-fullfilling prophecy* sozusagen. Du musst ihn zur Rede stellen, ehe er noch mehr Unsinn erzählt.«
»Ich will ihm aber auch nicht wehtun.«
»Mensch Matilda, sei nicht immer so gutmütig. Diesem eingebildeten Kerl kann ein kleiner Dämpfer nicht schaden«, antwortete Anna. Ganz kurz keimte bei diesen Worten in Matilda der Verdacht auf, dass ihre Freundin womöglich auch zu den Mädchen gehörte, die bei Patrick schon einmal abgeblitzt waren. Unmöglich war das nicht. Allerdings änderte es nichts an ihrem Problem und auch nichts an der Tatsache, dass Anna recht hatte: Ein klärendes Gespräch war unumgänglich. Und dabei hatte Matilda ihrer Freundin noch nicht einmal von der Sache mit den Brötchen erzählt. Und auch nicht von dem Mann im Garten. Wenn es den denn wirklich gegeben hatte.

»Mir graut vor solchen Gesprächen, ich weiß nicht, wie man das diplomatisch macht – jemandem sagen, dass man ihn zwar nett findet, aber nicht in ihn verliebt ist.«

»Du kriegst das schon hin. Und wenn er so nett ist, wie du sagst, dann wird er es akzeptieren. Und wenn nicht, dann ist er eh ein Arsch«, meinte Anna und fügte hinzu: »Wollen wir noch Geige üben oder gehen wir gleich ins Schwimmbad? Ich glaube, da draußen sind dreißig Grad.«

»Erst Geige«, sagte Matilda und Anna stöhnte gequält auf. »Du bist furchtbar!«

Das Haus, in dem Patrick mit seinen Eltern lebte, sah in etwa so aus, wie Helens Haus aussehen könnte, wenn man einen Haufen Geld in Renovierung und Gartengestaltung stecken würde. Die Einfahrt zur Doppelgarage war mit Natursteinen hübsch gepflastert, der Garten wirkte supergepflegt. Eine dünne blonde Frau in Jeans und weißer Bluse schnitt an einem Rosenbusch herum, der sich vor der weitläufigen Terrasse um ein schmiedeeisernes Gestänge rankte. Sie trug dicke Gärtnerhandschuhe. *Enzo macht das immer alles ohne Handschuhe*, fiel Matilda ein. Aber der hatte ja auch eher Pranken als Hände.

Alles wirkte hier irgendwie vornehm: Der Gartenteich war dreimal so groß wie der von Helen und nicht versumpft. Bestimmt schwammen Kois darin. Der Rasen erinnerte an einen Golfplatz. Sogar die Vögel schienen dezenter zu zwitschern – nicht so lärmend und ordinär wie hinter der alten Villa.

Nachdem Matilda aus dem Schwimmbad nach Hause gekommen war, hatte sie Patrick am frühen Abend angerufen und ihm gesagt, sie müsse ihn sprechen. Er war sofort einverstanden gewesen, hatte vorgeschlagen, sich um acht Uhr bei ihm zu treffen und dann zusammen am Maschsee entlang spazieren zu gehen. Im Moment war es bis weit nach zehn Uhr hell, aber so lange wollte Matilda den Spaziergang ohnehin nicht ausdehnen.

Sie brauchte gar nicht erst auf den vergoldeten Klingelknopf an der Pforte zu drücken, Patrick kam schon über die Terrasse aus dem Haus gestürzt, als hätte er am Fenster gestanden und auf sie gewartet. Rasch lief er über den gewundenen Gartenweg auf sie zu, während seine Mutter kurz und prüfend zu Matilda hinüberblickte, die vor der Haustür stehen geblieben war. Matilda nickte ihr zu, Frau Böhmer nickte kurz zurück und konzentrierte sich dann wieder auf ihre Rosen.

Sie radelten das kurze Stück bis zum Maschsee und stellten die Räder vor dem Strandbad ab.

»Welche Seite?«, fragte Patrick. Wäre dies ein romantisches Treffen gewesen, hätte Matilda den Weg am ruhigeren Westufer entlang gewählt, der sich in mehreren ausgedehnten Kurven unter Bäumen dahinschlängelte. Aber es sollte ja nicht romantisch werden, also entschied sie sich für die gerade Promenade auf der Ostseite. Zwischen See und Straße gab es zwei Wege, einen für Fußgänger und einen für Radfahrer und Inline-Skater. Ohne sich zu berühren, gingen sie nebeneinander den Fußweg entlang.

»Was wolltest du mir denn sagen?«, fragte Patrick.

Matilda bekam Herzklopfen. Sie war verlegen, wusste nicht, wie sie anfangen sollte. Schließlich sagte sie einfach geradeheraus: »Warum hast du in der Schule allen erzählt, dass wir zusammen sind?«

»Das habe ich gar nicht«, behauptete Patrick.

»Aber heute Morgen in der Schule haben mich mehrere Leute darauf angesprochen. Ich kam mir ganz schön blöd vor.«

»Ehrlich, ich habe nur Jonas erzählt, dass wir ins Kino gehen, das war alles. Weil ich mich so darüber gefreut habe.« Seine blauen Augen blickten sie aufrichtig an.

»Jonas ist ein altes Klatschmaul.« Matilda war erleichtert, dass das Ganze anscheinend tatsächlich nur ein Gerücht zu sein schien. Trotzdem ärgerte sie sich über Patricks Leichtsinn.

»Wäre es denn so schlimm, wenn ein paar Leute das denken?«, fragte Patrick zurück.

»Ja. Nein. Ich meine ... es stimmt halt nicht«, stotterte Matilda, der das ganze Gespräch immer unangenehmer wurde. Fast wünschte sie, sie hätte gar nicht erst davon angefangen.

»Aber es könnte doch noch so weit kommen – ich meine rein theoretisch«, bohrte Patrick weiter.

»Nein, das könnte es nicht! Niemals!«, platzte Matilda ungewollt heftig heraus. Sie sah, wie Patrick bei diesen Worten zusammenzuckte, erkannte, wie sehr sie ihn gerade gekränkt hatte, und bereute ihren Ausbruch ein bisschen. Aber andererseits war sie auch erleichtert. Jetzt war es raus, klar und deutlich.

Danach sagte keiner von ihnen mehr etwas. Schweigend liefen sie eine Weile nebeneinanderher, überholten alte Leute, Hundespaziergänger und Liebespärchen, die Arm in Arm am See entlangschlenderten.

»Es war schön mit dir im Kino«, brach schließlich Patrick das Schweigen.

»Ja, ich fand es ja auch schön«, versicherte Matilda. »Ich meine, der Film war gut und alles. Aber . . .« Sie unterbrach sich, wusste nicht, was sie sagen sollte, ohne ihn schon wieder zu verletzen.

»Hab ich was falsch gemacht?« Patrick war stehen geblieben, er sah sie mit ernstem Blick an. Matilda stand ihm gegenüber und dachte über seine Frage nach. Was war in dieser Situation falsch und was richtig? Seine bisherigen *Vergehen* – angefangen von der SMS, in der er sie »Süße« genannt hatte, über die Brötchenlieferung, die kitschige SMS mitten in der Nacht und schließlich seine mangelnde Verschwiegenheit gegenüber seinem Freund, was den gemeinsamen Kinobesuch anging – all diese Dinge waren doch eigentlich lauter Kleinigkeiten. Minimale Grenzüberschreitungen, nichts Schlimmes, nichts Weltbewegendes. Warum also stellte sie sich so an, warum hatte sie permanent den Eindruck, von ihm bedrängt zu werden? War sie vielleicht überempfindlich? War er ihr unangenehm? Nein, das war es nicht. Immerhin hatte sie mit ihm rumgeknutscht, wenn auch betrunken, und in Rom hatte ihr seine Nähe auch nichts ausgemacht. Konnte sie es ihm wirklich übel nehmen, dass er sich Hoffnungen gemacht und gedacht hatte, sie würde seine Gefühle erwidern?

Aber andererseits konnte sie seine Frage auch nicht verneinen. Immerhin hatte sie ihn ja um ein Gespräch gebeten, um einige Dinge klarzustellen.

»Na ja . . . diese SMS . . .«

»Entschuldige. Die hab ich noch in der Nacht geschrieben. Ich war etwas aufgedreht, konnte nicht schlafen. Tut mir leid. War vielleicht ein bisschen zu viel für dich. Aber ich hab es wirklich so gemeint, für mich bist du etwas ganz Besonderes. Aber wenn du das nicht willst, dann sag ich dir das einfach nicht mehr.«

»Wäre mir lieber.« Matilda nickte langsam. »Und wo wir schon dabei sind: Ich mag es auch nicht, wenn man mich *Süße* nennt.«

»Ja, verstehe. Aber Anna macht das doch auch manchmal.«

»Das ist was anderes.« Sie war ihm dankbar, dass er ihren Ausrutscher während der Party nicht erwähnte.

Sie waren am Bootsanleger angekommen, der jetzt im Sommer ein beliebtes Ziel war. Eine Clique junger Leute hatte sich auf den Holzplanken niedergelassen, sie tranken Wein aus Pappbechern und Bier aus der Flasche.

»Wollen wir uns auch hinsetzen?«

Matilda nickte. Sie fanden einen Platz abseits der lauten Gruppe. Matilda zog ihre Schuhe aus und ließ ihre Beine ins Wasser baumeln.

»Pass auf, hier gibt es riesige Karpfen!«

»Ich weiß. Aber die tun nichts.«

Patrick öffnete seinen Rucksack und holte eine Flasche Weißwein und zwei Weißweingläser, die er in ein Tuch eingewickelt hatte, hervor.

»Überraschung«, sagte er und Matilda musste lächeln. *Er hat schon Stil,* dachte sie angesichts der Gläser und der Flasche.

»Das ist ein Riesling, eigenhändig geklaut aus dem Weinkeller meines Vaters! Wenn der das wüsste, der würde ausrasten!«

Was wollte er damit sagen? Dass er ihr zuliebe Risiken einging, mutig der Gefahr entgegensah, enterbt zu werden? *Oder bin ich jetzt schon wieder völlig durch den Wind, dass ich jedes seiner Worte auf die Goldwaage lege und nach versteckten Botschaften abklopfe?*

»Bitte nur einen kleinen Schluck«, bat Matilda, nachdem Patrick gekonnt die Flasche geöffnet hatte. Er schenkte ein und hob das Glas. Der Wein funkelte, veredelt vom Licht der Abendsonne, und Matilda fiel wieder auf, wie gut Patrick aussah. Warum konnte sie sich nicht in ihn verlieben? So viele Mädchen aus der Schule würden sie um diesen Moment beneiden. *Vielleicht stimmt was nicht mit mir,* dachte sie. *Nein. Vielleicht habe ich einfach keinen Allerweltsgeschmack.*

»Lass uns anstoßen.« Patrick hielt ihr sein Glas entgegen.

Matilda hob ebenfalls ihr Glas. *Wenn er jetzt irgendetwas Blödes wie »Auf uns« sagt, dann renne ich schreiend weg!,* nahm sie sich vor. Aber Patrick lächelte nur, stieß wortlos mit ihr an und trank einen großen Schluck, während Matilda vorsichtig nippte. Der Wein war wirklich gut, das merkte sogar sie, die davon eigentlich keine Ahnung hatte.

Schweigend beobachteten sie, wie die Sonne als großer orangeroter Ball hinter dem Fußballstadion versank. Fast eine Stunde lang saßen sie so da. Eine Entenfamilie schwamm vorbei, die letzten Segelboote steuerten den Liegeplatz an. Matilda entspannte sich. Sie schätzte es, wenn Menschen auch Stille ertragen konnten.

Als es kühler wurde, packten sie ihre Sachen zusammen und standen auf. Langsam schlenderten sie am Seeufer entlang wieder zurück zu ihren Rädern.

»Das war ein schöner Spaziergang.« Sie waren bei den Rädern stehen geblieben. »Ich bin gern mit dir zusammen – egal, wie. Falls ich das sagen darf«, fügte er mit einem schiefen Lächeln hinzu.

»Jetzt tu nicht so!« Matilda boxte ihn verlegen in die Rippen. »Ich fand es auch schön.« Auf einmal kam sie sich kalt und grausam vor. »Wir können ja wirklich mal wieder was zusammen machen«, erklärte sie.

»Ja, gerne.« Patrick nickte. Dann stiegen sie auf ihre Räder. Vor Patricks Gartenpforte hielt Matilda nicht an, sie winkte nur kurz, rief »Tschüss, bis morgen« und radelte schnell weiter. Sie spürte seine Blicke in ihrem Rücken, aber sie drehte sich nicht mehr um. Als sie ihr Rad vor der Haustür abstellte, fühlte sie sich erleichtert.

Während der nächsten Tage konzentrierte sich Matilda auf die Schularbeiten und übte auf ihrer neuen Geige. Jeden Abend schickte sie eine E-Mail an Tante Helen. In jeder Nachricht stand in Abwandlungen mehr oder weniger dasselbe: dass zu Hause alles in Ordnung wäre und sich Helen keine Sorgen zu machen brauchte. *Auch der Geburtstagsbesuch unserer lieben Großeltern ☺ ist glimpflich verlaufen, außer dass mir jetzt schlecht ist von der Torte,* hatte sie ihrer Tante am Sonntagabend gemailt, worauf Helen zurückgeschrieben hatte: *Ihr habt den Drachen gebändigt? Ihr seid großartig!*

Auch für die neue Geige hatte Matilda sich inzwischen bei ihrer Tante am Telefon bedankt. »Aber ich habe auch irgendwie ein schlechtes Gewissen, weil die bestimmt sauteuer war«, hatte sie hinzugefügt. Aber Helen hatte nur gemeint, sie müsse sich deswegen keine Sorgen machen, sie habe die Violine über Beziehungen recht günstig bekommen und ihr Großvater habe auch etwas beigesteuert. »Und außerdem läuft unsere Tournee ganz wunderbar, ich werde als reiche Frau zurückkommen!«, hatte sie verkündet und dabei gelacht. Das war zwar sicherlich übertrieben, dennoch freute sich Matilda sehr über Helens Erfolg. Ob Miguel und seine Mutter ebenfalls täglich voneinander hörten, wusste sie nicht. Sie hatte sich schon ein paar Mal vorgenommen, ihren Cousin danach zu fragen, vergaß es aber dann doch immer wieder. Sehr oft bekam sie Miguel in diesen Tagen ohnehin nicht zu Gesicht. Wenn sie aufstand, um in die Schule zu gehen, schlief er noch, mittags und nachmittags wollte sie ihn nicht stören, nur gegen Abend war er manchmal kurz in der Küche anzutreffen, wo er irgendein Fertiggericht in sich hineinschlang, ehe er entweder zu Juliane fuhr oder sich mit Freunden traf. Manchmal kam Juliane auch vorbei und kochte Abendessen. Sie kochte gerne und gut – vor allem italienische Gerichte, gefüllte Gnocchi mit Pfifferlingen, Tagliatelle mit frischem Lachs, knusprig dünne Pizzen. Oft wurde es zehn Uhr oder später, bis das Essen fertig war. Jedes Mal fragte Juliane Matilda, ob sie mitessen wolle. Matilda saß bei diesen Gelegenheiten mit den beiden am Tisch, lobte das Essen und wurde irgendwie das Gefühl nicht los, dass ihr Cousin und seine Freundin lieber alleine gewesen wären und sie nur aus Höflichkeit gefragt hatten. So wie sie aus Höflichkeit mit am Tisch saß. Andererseits konnten sie ja zu Juliane gehen, wenn sie allein sein wollten, überlegte Matilda dann und kam meist zu dem Schluss, dass eine sturmfreie Bude zwar Vorteile hatte, dass sie aber auch sehr froh sein würde, wenn Helens Tournee in dreieinhalb Wochen beendet war und sie wieder nach Hause kam.

Mit Patrick wechselte Matilda täglich ein paar Worte auf dem Schulhof, man merkte ihm an, dass er sich bemühte, nicht aufdringlich zu sein. Die Woche verging auf diese Weise, ohne dass etwas Außergewöhnliches geschah.

Am Donnerstagabend ragte ein Turm aus Bierkästen neben dem Kühlschrank in Helens Haus auf, im Kühlschrank lagerten Würstchen, in Folie eingeschweißte Nackensteaks und drei Flaschen Wodka.

»Wir schauen uns morgen das Spiel hier an«, verkündete Miguel beim Mittagessen.

»Wer wir?«, fragte Matilda.

»Ein paar Freunde halt.«

»Die vom letzten Mal?« Matilda konnte nicht verhindern, dass ihr Herzschlag schneller wurde.

»Ja, so im Großen und Ganzen«, sagte Miguel, der schon wieder in eine Zeitschrift über Computer vertieft war. *Geht es vielleicht etwas genauer,* grollte Matilda, aber sie hätte sich eher die Zunge abgebissen, als ihn zu fragen, ob auch Christopher dabei sein würde.

»Und was machst du?«, fragte Miguel. Er hatte schon gesehen, dass auch Matilda ein Sixpack Bier und zwei große Flaschen Cola eingekauft hatte.

Verdammt, dachte Matilda. *Soll ich nicht lieber hierbleiben?* Die beiden zehnten Klassen planten schon seit ein paar Tagen, als größere Clique am Freitagnachmittag zum Public Viewing an der Stadionbrücke zu gehen, um sich das zweite Vorrundenspiel der deutschen Mannschaft zusammen anzusehen. Gleich nach der Schule wollte man zusammen losziehen.

Normalerweise hatten Anna und Matilda am Freitagnachmittag Geigenunterricht, aber Professor Stirner hatte ihnen gestanden, dass er selbst ebenfalls vorhabe, sich das Spiel mit ein paar Freunden anzusehen. Professor Stirner war ein gepflegter Mann um die fünfzig, mit welligen grauen Haaren, die ihm bis auf den Hemdkragen fielen. Er trug immer Hemd und Jackett, selbst mitten im Sommer. Auch wenn er sie manchmal ordentlich triezte, mochten Anna und Matilda ihren Geigenlehrer, über den sie immer mal wieder spekulierten, ob er vielleicht schwul sei. Eigentlich hatte Matilda sich schon auf das Public Viewing an der Stadionbrücke gefreut. Miguels

Neuigkeit machte sie nun allerdings unsicher. *Aber was, wenn er gar nicht dabei ist? Was, wenn die blonde Lauren auch kommt und er mich womöglich den ganzen Abend nicht beachtet? Dann sitze ich hier herum wie bestellt und nicht abgeholt.* Nein, das war definitiv unter ihrer Würde. Außerdem – selbst wenn Christopher vorbeikommen würde –, es konnte nicht schaden, wenn er mitbekam, dass auch Matilda nicht ständig nur zu Hause herumsaß. Noch dazu hatte Miguels Frage nicht gerade wie eine Einladung geklungen.

»Ich geh mit Leuten aus meiner Schule zur Stadionbrücke«, verkündete Matilda und beschloss im selben Moment, nach dem Spiel möglichst bald nach Hause zu fahren. So, wie sie Miguel und seine Freunde kannte, würden die sicherlich den ganzen Abend bei ihnen zu Hause verbringen und sich auch noch die Folgespiele hier ansehen.

Bevor Matilda an diesem Abend schlafen ging, stellte sie den Wecker auf sechs Uhr. Sie musste vor der Schule unbedingt ihre Haare waschen und fönen, damit sie auch am späten Nachmittag noch einigermaßen frisch aussahen. Und überhaupt – was sollte sie anziehen?

Matilda wurde wach, lange bevor der Wecker klingelte. Sie schaute auf das Display: 4:08. Weshalb war sie aufgewacht zu dieser aberwitzigen Uhrzeit? Warum schlief sie in letzter Zeit so schlecht? Sie versuchte, wieder einzuschlafen, aber dann fiel ihr wieder ein, was heute für ein Tag war: *Vielleicht sehe ich heute Christopher wieder, vielleicht . . .* Sie lächelte.

Der Morgen sickerte blaugrau durch die Gardinen und ein paar Vögel waren anscheinend schon munter. Ihr Gezwitscher drang durch das gekippte Fenster, es klang aufgeregt, warnend. So zwitscherten sie, wenn eine Katze durch den Garten schlich, eine Krähe oder Elster auftauchte oder eine andere Gefahr. Die Gestalt von neulich, neben dem Teich, fiel Matilda wieder ein, die sie insgeheim *den Schattenmann* nannte. Plötzlich war an Schlaf nicht mehr zu denken. Was, wenn er wieder im Garten stand? Matilda huschte aus dem Bett, öffnete die Schublade ihrer Kommode und tastete nach der Taschenlampe. *Na warte, dieses Mal bin ich vorbereitet,* dachte sie, denn sie hatte die Lampe mit frischen Batterien bestückt. Sie schlich zum Fenster, schob die Gardine zur Seite und spähte hinab ins dämmrige Grün. Ein feiner Nebel lag über dem Rasen, die schwarzen Schatten hatten sich dorthin verkrochen, wo die Sträucher dicht nebeneinanderstanden oder ein Baum seine Zweige tief herabhängen ließ. Matilda schaltete die Lampe ein. Der Lichtkegel zerrte Sträucher, Stauden, die Statue, die Seerosen und die Rosenbüsche aus dem Dämmerlicht. Nichts war zu sehen, weder ein Mensch noch eine Katze oder ein gefiederter Nesträuber. Matilda hielt den Atem an und lauschte. Auch die Vögel hatten sich wieder beruhigt. Sie seufzte, knipste die Lampe aus und legte sich wieder ins Bett. *Du spinnst,* sagte sie zu sich selbst und schloss die Augen. Aber sie konnte einfach nicht wieder einschlafen, sie war zu aufgeregt. Sie dachte an Christopher – was nicht unangenehm war. Als der Wecker klingelte, stand sie sofort auf und verschwand für fast eine Stunde im Bad. So lange hatte sie dort noch nie verbracht, zumindest erinnerte sie sich nicht daran. Zum ersten Mal öffnete sie den Schminkkasten von Anna und Nicole, kapitulierte aber angesichts des Überangebots. Außerdem wäre die ganze Kriegsbemalung bis heute Abend sicherlich zerlaufen und das sähe dann schlimmer aus als gar kein Make-up, überlegte sie. Dann würde sie eben, wenn sie nach dem Spiel nach Hause käme, schnell noch einmal im Bad verschwinden müssen, um sich frisch zu machen. Matilda wählte das blaue Kleid, das sie auch schon an ihrem Geburtstag getragen hatte, weil es ihr Lieblingsstück war und weil sie fand, dass es ihr von allem, was sie besaß, am besten stand. In der

Küche zwang sie sich, ein halbes Brot mit Orangenmarmelade zu frühstücken. Dann packte sie die allernötigsten Schulsachen ein, denn sie würde die Schultasche ja zum Public Viewing mitschleppen müssen. Als Matilda zehn Minuten später vor die Tür trat, um ihr Fahrrad aufzuschließen, das unter dem kleinen Vordach neben der Haustür stand, sah sie die Rose sofort, die auf dem Gepäckträger klemmte.

Sie war langstielig und dunkelrot. Es war keine von den Strauchrosen, die in ihrem Garten wuchsen. Matilda betrachtete die Blume. Sie wusste nicht, ob sie sich ärgern oder freuen sollte. Ihre Ansage war doch eigentlich klar und deutlich gewesen: Sie wollte nichts von Patrick. Und es sollte keine Grenzüberschreitungen mehr geben. Doch das hier war eindeutig ein neuer Annäherungsversuch. War sie in der Nacht wach geworden, weil die Gartenpforte gequietscht hatte, als Patrick die Rose hier platzierte? Was, zum Teufel, war mit diesem Kerl los, dass er zu unmöglichen Zeiten unterwegs war und Brötchen und Rosen verteilte? Hatte er die Blume gekauft oder aus dem eigenen Garten abgeschnitten? Sie versuchte, sich an die Rosen zu erinnern, an denen Patricks Mutter neulich herumgeschnitten hatte. Hatten die so ausgesehen wie diese hier? Sie wusste es nicht mehr und letztendlich war es ja auch egal, woher er sie hatte. Matilda ging noch einmal ins Haus zurück und stellte die Rose in ein Weißbierglas mit Wasser. Mit dem Gedanken, heute Abend vielleicht Christopher wiederzusehen, im Hinterkopf konnte sie Patrick nicht richtig böse sein. Außerdem war es vielleicht gar nicht so schlecht, wenn Christopher merkte, dass es durchaus Jungs gab, die auf Matilda standen. Und irgendwie war es ja auch nett, eine Rose geschenkt zu bekommen. Dennoch wurde Matilda dieses leise Gefühl des Unbehagens, das beim Anblick der Rose von ihr Besitz ergriffen hatte, nicht los, als sie sich auf ihr Fahrrad schwang und Richtung Schule radelte.

»Du siehst toll aus«, sagte Patrick in der Pause zu ihr. Matilda bedankte sich für das Kompliment. Die Rose erwähnte sie mit keinem Wort. Diese Taktik hatte sie sich auf dem Weg zur Schule überlegt: Sie würde seine Aufmerksamkeiten einfach ignorieren. Dann würde ihm die Lust an solchen Aktionen sicher bald vergehen.

Nach der Schule hieß es, sich beeilen, denn das Spiel gegen Serbien begann schon um halb zwei, also zwanzig Minuten nach Schulschluss. Die Gruppe von über dreißig Schülern schaffte es mit den Rädern gerade noch rechtzeitig: Fünf Minuten vor dem Anpfiff erreichten sie die Stadionbrücke. Der weitläufige Platz vor der Großleinwand war schon dicht bevölkert, als sie ankamen, aber mit etwas Ellbogeneinsatz fand sich für alle ein Stehplatz mit guter Sicht.

Das änderte sich, als sich in der 35. Spielminute ein hochgewachsener Typ vor Matilda und Nicole aufbaute, der ein schwarz-rot-gelbes Irokesen-Haarteil trug und ein ehemals weißes Fußballtrikot, auf dessen Rücken *Podolski* stand.

»He, Poldi! Zieh den Kopf ein oder mach die Fliege!«, rief Nicole. Der Angesprochene reagierte nicht. Matilda tippte ihm auf die Schulter und sagte: »Kannst du dich bitte woanders hinstellen, wir sehen nämlich gar nichts mehr.«

Jetzt drehte sich der Lulatsch um und blickte die zwei Mädchen aus alkoholfeuchten, geröteten Augen an. Er hatte ein Bier in der Hand und fragte: »Hä? Passt euch was nicht?«

»Ja. Wir sehen nichts mehr!«, wiederholte Nicole.

»Dein Problem«, antwortete der Typ und wandte sich wieder der Großbildleinwand zu.

»Arschloch!«, zischte Nicole.

»Komm, lass«, flüsterte Matilda. »Der ist besoffen.«

Doch so besoffen, um die Beleidigung zu überhören, war der Irokese dann auch wieder nicht. Erneut drehte er sich um, den Blick nun stier auf Matilda gerichtet.

»Was hast du gesagt, Schlampe?«

»Ich habe gar nichts gesagt!«, stellte Matilda klar und Nicole fügte hinzu: »Verpiss dich einfach.«

Patrick, der hinter ihnen gestanden hatte, schob Nicole und Matilda zur Seite und baute sich vor dem Betrunkenen auf. »Was hast du da gerade zu meiner Freundin gesagt?« Der betrunkene Irokese musterte Patrick und grunzte: »Hast du 'n Problem, Alter?«

»Allerdings. Du wirst dich jetzt bei ihr entschuldigen.«

»'nen Scheiß werd ich!«

Die beiden standen sich nun beinahe Nase an Nase gegenüber. Sie waren ungefähr gleich groß, wobei *Podolski* im Vergleich zu dem sportlich durchtrainierten Patrick eher schlaksig wirkte. Er war etwas älter als Patrick.

»Die Schlampe hat *Arschloch* zu mir gesagt!«, rechtfertigte sich *Podolski*.

»Hab ich nicht!«, entgegnete Matilda und sagte zu Patrick: »Vergiss es einfach, der ist doch besoffen.«

»Deswegen darf er dich noch lange nicht beleidigen.« Obwohl Patrick mit Matilda redete, blickte er dabei seinen Widersacher aus schmalen, hasserfüllten Augen an. Inzwischen hatte sich ein kleiner Kreis um die beiden gebildet. Auch Jonas rief jetzt seinem Freund zu: »Patrick, lass den Typ in Ruhe, der weiß doch gar nicht mehr, was er sagt.«

Doch Patrick schien ihm gar nicht zuzuhören. »Du entschuldigst dich auf der Stelle bei meiner Freundin oder ich brech dir alle Gräten im Leib«, drohte er mit eiskalter Stimme.

»Ich bin nicht deine Freundin«, widersprach Matilda, die nicht wusste, ob sie die »Schlampe« des alkoholisierten Fußballfans oder Patricks Bezeichnung »meine Freundin« wütender machte.

»Da hörst du es«, grinste der Besoffene. »Die Schlampe . . .«

Patricks Faust krachte gegen den Unterkiefer des Irokesen.

Die Wucht des Schlages bewirkte, dass der Typ das Gleichgewicht verlor, sein Bier – das stattliche vier Euro gekostet hatte – verlor und auf allen vieren landete. Ein paar Mädchen kreischten. Das schwarz-rot-goldene Haarteil flog auf die Erde und Nicole bohrte es sofort mit ihrem Absatz noch tiefer in den Dreck. Irgendjemand murmelte: »Sauber!«

Der Geschlagene wollte sich aufrichten, aber in dem Moment traf ihn ein Fußtritt von Patrick in die Rippen, begleitet von dessen erneuter Aufforderung, sich sofort bei Matilda zu entschuldigen.

»Hör auf! Hör sofort auf!«, rief Matilda und zerrte Patrick an den Schultern zurück. Vergeblich. Wie ein losgelassenes Raubtier stürzte sich Patrick jetzt in den Kampf und einen Wimpernschlag später wälzten sich die beiden Kontrahenten auf der Erde herum. Patrick war deutlich nüchterner und reaktionsschneller als sein Gegner. Dennoch bekam auch er etwas ab: Seine Nase blutete, doch er schien den Schmerz gar nicht zu spüren. Schließlich gewann er die Oberhand, hielt seinen Gegner im Schwitzkasten und keuchte: »Du entschuldigst dich jetzt bei ihr!«

»Leck mich«, forderte der andere Patrick auf. In diesem Moment stürmten drei schwarz gekleidete Männer heran. Binnen Sekunden hatten sie die Kämpfenden voneinander getrennt. Der Betrunkene beruhigte sich beim Anblick der Ordner sofort, Patrick dagegen war noch immer so aggressiv, dass zwei der Männer Mühe hatten, ihn zu bändigen. Schließlich drehten sie ihm mit einem raschen Griff die Arme auf den Rücken und schleusten die beiden Unruhestifter durch die Menge in Richtung eines Zeltpavillons des Roten Kreuzes, neben dem sich inzwischen auch ein knappes Dutzend uniformierter Polizisten eingefunden hatte. Jonas folgte seinem Freund, die meisten der Umstehenden wandten sich, jetzt, wo das Spektakel vorbei war, wieder der Leinwand zu. Matilda, Anna und Nicole sahen sich unschlüssig an.

»Sollen wir mitgehen?«, fragte Anna.

»Wozu?«, fragte Matilda, noch immer zornig. »Habe ich ihn dazu aufgefordert, sich mit dem Typen zu prügeln?«

»Er wollte halt deine Ehre verteidigen, Süße.« Nicole grinste.

Matilda schnaubte unwillig. Auf keinen Fall würde sie Patrick jetzt nachlaufen. Dann sah es ja erst recht so aus, als sei sie seine Freundin!

Ein empörter Aufschrei ging durch die Zuschauermenge. Der Grund war eine Rote Karte für Klose. Der spanische Schiedsrichter wurde kollektiv beschimpft, und als eine gute Minute später ein Tor fiel, leider nicht für Deutschland, sah man ringsum nur noch lange Gesichter.

In der Halbzeitpause zerstreuten sich die Fußballfans, vor den Getränkeständen bildeten sich Schlangen. Matilda hob ihre Schultasche auf. *Eigentlich keine schlechte Gelegenheit zu verschwinden,* dachte sie. *Patrick ist selber schuld, was führt er sich auch so auf.* Außerdem war sie durstig, aber nicht bereit, die unverschämten Preise für Getränke zu bezahlen.

»Mir reicht's, ich geh nach Hause«, sagte sie zu Anna.

»Soll ich mitkommen?«

Ganz kurz überlegte Matilda, ob sie Anna und Nicole von der Fußballfete erzählen sollte, die bei ihr zu Hause höchstwahrscheinlich schon in Gange war. Aber dann dachte sie an Christopher. Anna würde ihn womöglich wieder anschmachten und bei Nicole wusste man nie, ob sie einen mit ihrem losen Mundwerk nicht gründlich in Verlegenheit bringen würde.

»Nein, schon gut«, sagte Matilda. »Schaut ihr euch ruhig hier das Spiel fertig an. Mich interessiert Fußball sowieso nicht so besonders.«

Während sie nach Hause radelte, rief sie sich die Szene an der Stadionbrücke noch einmal ins Gedächtnis. War sie zu Unrecht sauer auf Patrick? Hätte sie doch nach ihm sehen sollen? Eigentlich war es ja nett von ihm gewesen, sie zu verteidigen. Aber war es wirklich nötig gewesen, sich gleich zu prügeln und so aggressiv zu werden? Natürlich ließ sie sich auch nicht gerne als Schlampe bezeichnen. Aber bei einem offensichtlich betrunkenen und ziemlich primitiven Typen, da musste man als intelligenter Mensch doch wissen, wie sinnlos es war, sich mit so einem anzulegen. Und außerdem hatte er sie schon wieder – und dieses Mal vor ihren Freunden – als »meine Freundin« bezeichnet. Und sich dann aufgeführt, als hätte sie überhaupt nichts zu sagen. Als könnte sie sich nicht selbst wehren, wenn sie es wollte. Matilda trat heftig in die Pedale, um die Wut loszuwerden, die schon wieder in ihr hochgekrochen war. Nein! Das durfte so nicht weitergehen!

Vor dem Haus von Tante Helen standen etliche Fahrräder, drei Autos parkten auf der Straße. Sie hielt Ausschau nach dem roten Twingo, mit dem Christopher beim letzten Mal weggefahren war. Gehörte der überhaupt ihm oder war es das Auto von dieser Lauren gewesen? Egal – der Wagen stand jedenfalls nicht in der Nähe. Matilda war enttäuscht. Sie schloss die Haustür auf. Schon im Flur schallte ihr das Getröte der Vuvuzelas entgegen, vermischt mit Gelächter und Geraschel. Dem Geräuschpegel nach waren viele Leute da. Sie warf einen Blick ins Wohnzimmer. Die Vorhänge waren geschlossen, damit die Sonne nicht ins Bild schien. Überall saßen und lagen Leute herum; auf dem Sofa, auf dem Sessel und auf dem Boden. Christopher war nicht dabei. Die Stimmung war gelöst, obwohl der Spielstand von 0 : 1 für die Serben eigentlich dagegen sprach. Eine Tüte machte die Runde, gerade gab Juliane sie an einen Jungen mit einem Ziegenbart weiter. Einige kicherten scheinbar ohne Grund vor sich hin.

Helen sah solche Dinge recht locker, Matilda hatte sogar einmal mitbekommen, wie ihre Tante mit Miguel und seinen Freunden zusammen einen Joint geraucht hatte. »Es ist nicht schädlicher als Alkohol, sofern man es nicht übertreibt«, lautete ihre Theorie dazu. Nur bei harten Drogen hörte auch bei Helen der Spaß auf. *Wenn jetzt Oma Eleonore vorbeikäme, wäre der Teufel los,* dachte Matilda und musste trotz ihrer Enttäuschung ein wenig grinsen.

Jetzt bemerkte Miguel seine Cousine. »Du schon hier?«

»Bier vier Euro!« Matilda tippte sich an die Stirn. Sie ging nach oben ins Bad, trank Wasser aus dem Hahn und wusch sich den Staub von Gesicht und Armen. Dann saß sie unschlüssig in ihrem Zimmer herum. Sie hatte keine Lust, hinunter zu Miguel und seinen Freunden zu gehen. Schließlich nahm sie ihre Geige aus dem Koffer und spielte Strawinskys *Divertimento* für Violine und Klavier. Sie hatte sich noch immer nicht entschieden, welches Stück sie beim Wettbewerb vorspielen sollte. Geschmeidig glitt der Bogen über die Saiten, nur an wenigen Stellen hakte es. Diese probte Matilda so lange, bis sie einigermaßen zufrieden war. Angeregt durch die Vuvuzelas, die selbst hier oben noch wie ein Hornissenschwarm klangen, versuchte sie sich anschließend an Rimski-Korsakows *Hummelflug*. Es klang eher kläglich. *Bei mir wären die Hummeln längst abgestürzt,* dachte Matilda, während sie sich durch das schwierige Stück quälte.

»Ich hab gehört, David Garrett spielt das in einer Minute runter«, sagte eine Stimme hinter ihr. Matilda fuhr herum. Christoper lehnte mit verschränkten Armen im Türrahmen und lächelte schief. Matildas Herz setzte eine Sekunde lang aus. Dann schlug es weiter – mit der doppelten Geschwindigkeit wie vorher.

»Genauer gesagt in 66,56 Sekunden.« Matilda legte die Geige weg. »Das sind 13 Noten pro Sekunde. Das schafft außer ihm kein Mensch.« Sie lächelte zurück. »Wie ist das Spiel ausgegangen?«

»Verloren. Podolski hat in der sechzigsten Minute 'nen Elfmeter verschossen, die Pfeife.« Christopher kam unaufgefordert ins Zimmer geschlendert.

Wie lange hatte er wohl schon dagestanden und ihren stümperhaften Bemühungen gelauscht?

Er betrachtete das CD-Regal, in dessen oberstem Fach fünf CDs von David Garrett standen.

»Ist er dein Vorbild?«

»Ich find ihn cool«, antwortete Matilda. »Wie er da mit löcherigen Jeans auf der Bühne steht und Michael Jackson spielt – das hat schon was.« *Und außerdem sieht er verdammt gut aus,* fügte sie in Gedanken hinzu.

»Und was ist mit André Rieu? Der ist doch auch nicht schlecht, oder?«

Matilda verzog das Gesicht. »Das ist nicht dein Ernst, oder? Ich meine, er kann gut spielen – aber was er spielt und vor allem, wie er das macht – das ist echt gruselig!« Sie schüttelte sich.

»Findest du?« Christopher grinste vergnügt, ihm schien zu gefallen, wie ambitioniert Matilda plötzlich war. »War ja auch nur ein Witz«, erklärte er. Matilda lachte erleichtert.

»Bist du eben erst gekommen?«, fragte sie.

Er nickte und Matilda hätte zu gern gefragt, ob er alleine hier war oder in Begleitung von Lauren, aber sie traute sich nicht. Von unten hörte man Fußgetrappel, jemand kam die Treppe herauf. Es war Miguel, der kurz darauf seinen Kopf durch Tür steckte: »Ah, hier bist du, Chris! Wir wollen zu den Ricklinger Teichen fahren, kommst du mit?«

Miguels Frage war eindeutig an Christopher gerichtet, doch dieser gab sie an Matilda weiter. Matilda nickte und hatte Mühe, nicht zu begeistert zu klingen. »Gute Idee«, sagte sie, während Miguel schon wieder verschwunden war. »Fahrrad oder Auto?«

»Du kannst bei mir mitfahren«, sagte Christopher. »Dann musst du dich nicht zu irgendeinem Bekifften ins Auto setzen. Ich warte unten auf dich.«

In fiebriger Eile packte Matilda ihre Badesachen zusammen. Eigentlich herrschte nicht unbedingt das ideale Badewetter. Zwar schien die Sonne, doch den ganzen Tag über wehte schon ein recht kühler Wind, der jetzt am späten Nachmittag noch zugenommen hatte. Matilda hatte vorhin, auf dem Fahrrad sogar ein wenig gefroren. *Aber ich muss ja nicht ins Wasser,* überlegte sie, während sie in den Badeanzug schlüpfte, um gleich darauf festzustellen: *Lieber Himmel, das sollte ich lieber lassen, ich bin ja bleich wie ein Camembert.* Ihr Handy klingelte. Es war Anna. »Wir sind am Verdursten und gehen in den Biergarten, willst du dazukommen?«

»Nein, ich fahre mit Miguel und ein paar Freunden zu den Ricklinger Teichen.«

»Ach – ist der Süße von neulich auch dabei?«, wollte Anna wissen und im Hintergrund hörte man Nicole kichern.

»Abfahrt!«, schallte Miguels Stimme von unten.

»Ich muss Schluss machen, wir sehen uns morgen!« Matilda drückte auf die Aus-Taste, stopfte das Handy in ihre Sporttasche und rannte die Treppe hinab.

Der rote Twingo parkte ein Stück weiter unterhalb des Hauses an der Straße. Außer Matilda sollten noch Miguel und Juliane bei Chris mitfahren.

»Das Auto gehört meiner Mutter«, erklärte Christopher. »Sie hat ihn gekauft weil er ›lieb guckt‹. Ich konnte sie gerade noch davon abhalten, Wimpern um die Scheinwerfer zu malen.«

»Och, das wäre doch niedlich«, säuselte Miguel und fügte kopfschüttelnd hinzu: »Frauen!«

»So was würde ich nie tun.« Juliane stieß ihren Freund in die

Seite und auch Matilda wollte gerade protestieren, als sie am Ende der Straße einen Radfahrer bemerkte, der es sehr eilig zu haben schien. Das war doch ... verdammt! War das etwa Patrick? Sie war sich nicht völlig sicher, der Radfahrer war noch zu weit weg. Aber es würde ihm durchaus ähnlich sehen, jetzt hier aufzutauchen.

Sie waren inzwischen bei Chris' Twingo angekommen. »Die Mädels nach hinten, ich brauche Platz für meine Beine«, ordnete Miguel an.

»Jaja, der Herr, schon klar.« Julianes Stimme klang giftig. Matilda sah ungeduldig zu, wie Christopher in seiner Jeanstasche nach dem Autoschlüssel kramte. Der Radfahrer kam näher. *Los, mach schon, Beeilung!* Sie wollte jetzt auf gar keinen Fall Patrick begegnen. Am Ende machte er noch eine Szene. Vor Juliane und Miguel. Und vor allem vor Christopher. Ob er sie schon gesehen hatte? Bestimmt.

Schnapp. Die zentral verriegelten Schlösser des Wagens wurden geöffnet. Matilda riss die Tür auf und schlüpfte in Windeseile auf die Rückbank. Am liebsten hätte sie sich geduckt oder sich ihr Badehandtuch über den Kopf geworfen. Aber falls Patrick sie schon entdeckt hatte, wäre ein solches Verhalten doch ziemlich würdelos. Und zusätzlich würden die anderen im Auto sie dann höchstwahrscheinlich für verrückt halten. Also saß sie stocksteif da und beobachtete im Rückspiegel, wie Patrick – ja, er war es, tatsächlich – immer näher kam. Juliane plumpste neben Matilda, während Christopher und Miguel die Badesachen und einen Kasten Bier im Kofferraum verstauten. *Schneller, los, macht schneller,* bettelte Matilda im Stillen. Wo war Patrick? Sie sah ihn nicht mehr im Rückspiegel.

Endlich stiegen auch die Jungs in den Wagen, die Türen schlugen zu. Christopher ließ den Motor an. Eine Bewegung neben dem Auto ließ Matilda zusammenzucken. Patrick stoppte sein Rad auf dem Gehweg. Matilda schielte an Juliane vorbei ganz kurz zu ihm hinüber. Unter seinem linken Auge klebte ein großes Pflaster. Er stieg ab und warf sein Rad achtlos gegen den Zaun.

»Matilda, ist das nicht ein Freund von dir?«, fragte Christopher.

»Nein«, zischte Matilda. »Fahr los, schnell!«

»Okay.« Christopher legte den Gang ein. Patrick machte ein paar rasche Schritte auf den Wagen zu, lächelte, hob die Hand und rief: »Wartet mal!«

»Fahr!«, wiederholte Matilda und schon quietschten die Reifen auf dem Kopfsteinpflaster. Mit offenem Mund starrte Patrick ihnen hinterher, Matilda sah ihn im Rückspiegel.

»War das nicht der Brötchenlieferant?«, wollte Miguel wissen. »Mit dem sollten wir es uns lieber nicht verderben.«

»Das war niemand«, erwiderte Matilda heftig und zum Glück schien Miguel endlich zu kapieren und hielt den Mund. Er beugte sich vor und drehte das Autoradio laut, der Lena-Song *Satellite* dröhnte aus den vorderen Lautsprechern. Christopher drosselte das Tempo und bog in die Hauptstraße ein. Aufatmend lehnte sich Matilda zurück.

Sie hielten an einer Tankstelle, um Grillgut zu kaufen. Matilda ertappte sich dabei, wie sie sich immer wieder unruhig umschaute.

»Ist was?«, fragte Juliane, die mit ihr im Wagen sitzen geblieben war, und blickte sie aus ihren schwarz umrandeten Augen forschend an.

Matilda gab sich einen Ruck und erzählte Juliane, wer Patrick war und was am Nachmittag vorgefallen war. Insgeheim erhoffte sie sich von dem älteren Mädchen einen Rat, wie sie sich verhalten sollte. Vielleicht hatte Juliane ja schon einmal etwas Ähnliches erlebt, vielleicht wusste sie, wie man mit allzu hartnäckigen Jungs umgehen musste, um sie sich vom Leib zu halten. Aber Juliane zog nur ihre gepiercten Augenbrauen in die Höhe und meinte: »Tja. Solche Typen können einem ganz schön auf den Keks gehen.«

Sie hatte den Satz kaum beendet, da klingelte Matildas Handy. Den Blick aufs Display hätte sie sich sparen können. Natürlich war es Patrick.

»Du sagst es«, murmelte sie und schaltete das Telefon aus.

Juliane grinste, dann fragte sie unvermittelt: »Bist du in Chris verknallt?«

Matilda spürte, wie ihr die Wärme ins Gesicht schoss. War das so offensichtlich? Verlegen schüttelte sie den Kopf. »Ich kenn den doch kaum«, murmelte sie.

»Ja und?«, erwiderte Juliane.

»Na ja, ich finde ihn schon ziemlich cool.« Mist, jetzt war sie sicher knallrot.

Juliane kaute schweigend auf ihrem Kaugummi herum. Sie wirkte, als würde sie über Matildas Worte intensiv nachdenken.

»Findest du nicht?«, fragte Matilda. Julianes merkwürdiges Verhalten verunsicherte sie.

»Oh doch. Er ist schon okay. Aber du solltest dich besser nicht in ihn verlieben.« Juliane warf Matilda einen warnenden Blick zu. »Treue ist nämlich nicht gerade seine Stärke – falls du darauf Wert legst.«

Julianes Worte legten sich auf Matildas Gemüt wie eine schwere Decke. Sie fühlte sich überrumpelt und verwirrt, wollte nicht glauben, was Juliane da gesagt hatte – und hatte dennoch insgeheim schon mit so etwas gerechnet. War Chris deshalb bei ihrem letzten Treffen so abwesend gewesen? Spielte er mit ihr – genau wie mit etlichen anderen Mädchen? Matilda starrte aus dem Fenster, sie spürte noch immer Julianes intensiven Blick auf sich. Sie hätte gern gefragt, woher Juliane ihr Wissen bezog. War sie vielleicht schon mal mit

Christopher zusammen gewesen? Aber bevor sie die Frage formulieren konnte, kamen Christopher und Miguel mit ihren Einkäufen zurück und die Gelegenheit war vorbei. Zwei Tüten mit eingeschweißten Grillwürsten, Holzkohle, Anzünder und einem zusammensteckbaren Grill für zehn Euro wanderten in den Kofferraum.

Während der Fahrt zu den Teichen beteiligte Matilda sich nicht an dem Gespräch der anderen. Ihre Gedanken kreisten um Christopher, der auf dem Fahrersitz saß und sich allem Anschein nach prächtig amüsierte. Gerade lachte er über irgendeine Bemerkung von Juliane. *Wie bescheuert bin ich eigentlich?*, dachte Matilda verzweifelt. Da interessierte sich ein netter, anständiger, ebenfalls gut aussehender Junge für sie – prügelte sich sogar für sie – und was tat sie? *Du rennst vor ihm weg wie eine Fünfjährige und läufst stattdessen einem Weiberhelden hinterher. Ganz schön doof!*

Auf dem Parkplatz trafen sie mit den anderen zusammen – fast alle, die in der Villa gewesen waren, waren mitgekommen. Gemeinsam wurde die Ausrüstung ans Seeufer geschleppt, man breitete Decken auf der schmalen Wiese aus und baute den Grill zusammen.

Außer ihnen waren nur wenige Menschen da, ins Wasser schien sich niemand zu trauen. Ein nacktes Pärchen sah missmutig zu ihnen hinüber, ehe sie ihre Sachen packten, sich anzogen und die Wiese verließen. Ein paar andere lagen lesend oder dösend im Gras – einige mit Badekleidung, andere ohne.

Matilda war während der ganzen Zeit recht still. In ihrem Badeanzug – um nichts in der Welt würde sie hier nackt herumliegen – saß sie auf einer karierten Picknickdecke, trank ab und zu einen Schluck Cola, hauptsächlich, um beschäftigt zu sein. *Treue ist nämlich nicht gerade seine Stärke* – die Worte waren wie ein Gift, das sich langsam in ihrem Inneren ausbreitete. Sie beobachtete Christopher, wie er seine blaue Segeltuchtasche zu den anderen Sachen neben einen Busch stellte, den Grill mit Kohle befüllte und anzündete, den Bierkasten zum Kühlen hinunter zum Wasser trug, sich das Hemd auszog und mit dem Hemd und einer Flasche Bier in der Hand auf sie zukam. Ein paar aus Miguels Clique hatten sich nackt ausgezogen und stürmten lachend und sich gegenseitig mit Wasser bespritzend in den See. Aber die meisten kehrten nach wenigen Schritten schon wieder um. »Ist das arschkalt!«

Nur ein paar Hartgesottene, darunter Miguel und Juliane, schwammen eine kleine Runde.

»Willst du auch schwimmen gehen?«, fragte Christopher und ließ sich neben sie auf die Decke fallen.

»Nein, lieber nicht. Du?«

Christopher schüttelte den Kopf, lächelte. »Ich leiste lieber dir Gesellschaft – wenn ich darf.«

Ein Schauder überlief Matilda, sie lächelte zurück. »Gerne.« Sie schielte auf Christophers Oberkörper. Kein schlechter Anblick.

Als hätte er ihre Gedanken erraten, fragte Christopher: »Ist dir schon mal aufgefallen, dass immer ausgerechnet die Leute nackt rumliegen, die man wirklich nicht so sehen möchte?« Er deutete mit einer knappen Kopfbewegung in Richtung eines wohlbeleibten Mannes im Rentenalter, der ein paar Meter entfernt saß und unverwandt zu ihnen herüberglotzte.

Matilda kicherte. »Du hast recht.«

»Warst du hier schon mal?«

»Nein, noch nie.«

»Als Frau würde ich mich auch nicht zwischen die ganzen Spanner legen wollen«, meinte Christopher. »Aber keine Angst. Wenn dich hier einer schief anschaut, bekommt er's mit mir zu tun.«

»Oh nein, nicht schon wieder!«, entschlüpfte es Matilda.

»Was meinst du mit ›schon wieder‹?« Neugierig sah Christopher sie an.

Matilda hätte sich ohrfeigen können für diesen unüberlegten Ausruf.

»Ach, nur so. Eben, beim Fußball, gab es eine Prügelei. Aber es war niemand, den ich kenne.«

Christopher nahm einen Schluck Bier und fragte dann: »Wer war denn eigentlich der Typ von vorhin?«

Um ein paar Sekunden Zeit zum Nachdenken zu gewinnen, fragte Matilda zurück: »Welcher Typ denn?«

»Der auf dem Fahrrad mit dem Pflaster am Auge.«

»Ach der!« Sie winkte so lässig wie möglich ab. »Den kenn ich kaum. Er geht in meine Schule.« Offenbar schien sich Christopher nicht mehr daran zu erinnern, wo er Patrick schon einmal gesehen hatte. *Glück gehabt,* dachte Matilda und sagte: »Er läuft mir manchmal nach. Das nervt ein bisschen.«

Christopher ließ sich auf die Decke fallen und sah sie mit seinen Silberaugen von unten herauf an. »Dein Lover?«

»Quatsch! Ich hab keinen Lover!«, protestierte Matilda empört.

»Möchtest du einen?«, fragte Christopher, zwinkerte ihr zu und lächelte.

Matilda spürte, wie sie feuerrot anlief. Wie meinte er das? War das ein Witz oder eine ganz plumpe Anmache? Auf einmal wünschte sie sich, sie wäre Nicole nach zwei Gläsern Prosecco. Der wäre jetzt bestimmt eine schlagfertige Antwort eingefallen. Sie wollte nicht, dass er merkte, wie verlegen sie war, deshalb stand sie auf und murmelte: »Ich teste mal das Wasser.« Rasch lief sie über die Wiese auf den See zu.

Der Sommer war bis jetzt sehr kühl gewesen und entsprechend eisig war das Wasser, aber Matilda, die sonst eher verfroren war, tauchte trotzdem kurz unter und schwamm sogar ein paar Züge, obwohl ihr die Kälte im ersten Moment den Atem nahm und sie das Gefühl hatte, dass ihr Herzschlag aussetzte. Bis zu den Hüften im Wasser stehend, legte sie danach die eiskalten Hände an ihre noch immer erhitzten Wangen, bis sich diese wieder einigermaßen normal anfühlten. Erst jetzt stieg sie ganz aus dem Wasser, ging zurück zu ihrem Platz und wickelte sich in ihr Handtuch. Sie bibberte am ganzen Körper. Christopher hatte die Decke verlassen. Er stand am Grill und stocherte mit einem Stock in den Kohlen herum. *Auch gut*, dachte Matilda. *Was glaubt der, wie er mit mir reden kann? Ich bin doch keine von seinen . . . seinen . . . was auch immer!*

Sie hatte nur einen Badeanzug mitgenommen und der war jetzt nass. Sie fror. Also zog sie ihn unter dem Handtuch umständlich aus und schlüpfte wieder in ihre Unterwäsche und das Kleid. Die Cola war inzwischen lauwarm, aber sie hatte Durst und leerte die Flasche in wenigen Zügen. Dann legte sie sich auf den Rücken und beobachtete die kleinen, fedrigen Wolken über ihr. Ein leichter Wind trieb sie voran, es sah aus, als wollte der Himmel davoneilen. Matilda genoss es, wie die Sonne ihre durchgekühlte Haut wieder erwärmte. Der altmodische Begriff »ein Sonnenbad nehmen« kam ihr in den Sinn.

Ein Schatten huschte vorbei, jemand setzte sich neben sie. »Entschuldige, wenn ich eben zu frech war«, sagte Christopher.

»Schon gut«, murmelte Matilda, ohne den Blick vom Himmel zu wenden. Sie blinzelte in die Sonne, dann schloss sie die Augen. Bunte, um sich selbst kreisende Muster tanzten hinter ihren Lidern. Sie hörte die Stimmen der anderen und atmete die Gerüche des Sommers ein: frisch gemähtes Gras, Sonnencreme, Grillwürstchen, ab und zu der schwache Rauch einer Zigarette. Wie einfach das Leben sein konnte, in solchen Momenten. Da war eine Hand, die ihr Haar berührte, Finger, die es sachte durchkämmten, Strähnen zwirbelten und wieder glätteten. Es fühlte sich angenehm an, sehr sogar. Sie lächelte, die Augen noch immer geschlossen. Seine Fingerkuppen zeichneten nun die Konturen ihres Gesichts nach, Stirn, Augenbrauen, Nase, Mund, Kinn, als wäre er blind und müsste sich auf diese Weise ein Bild von ihr machen. Jetzt nahm er ihre rechte Hand und schien jeden Finger einzeln zu prüfen, zuerst mit den Fingerspitzen, dann mit seinen Lippen. Er zupfte mit seinen Zähnen ganz, ganz sachte an der Haut über ihren Fingerknöcheln. Matilda bekam eine Gänsehaut, sie hoffte, dass er es nicht bemerken würde. Aber eigentlich war ihr auch das egal. Seine Hand fuhr über ihren Handrücken und die Handfläche, dann die Arme hinauf bis zu ihrem Schlüsselbein. Er lag nun dicht neben ihr, auf der Seite, eine Hand auf ihrem Bauch, und es kam ihr vor, als würden von dieser bewegungslos daliegenden Hand warme Wellen durch ihren Körper geschickt.

»Würstchen sind fertig«, rief eine Mädchenstimme. »Wer will ein Würstchen?«

Matilda bewegte sich nicht und wagte kaum zu atmen. Hoffentlich stand er jetzt nicht auf! Er blieb. Nach einer Ewigkeit drehte sie ganz langsam den Kopf in seine Richtung und öffnete die Augen. Sie sah sein schmales Gesicht dicht vor sich. Seine Augen waren geschlossen. Was für lange Wimpern er hatte. Sie hob die Hand, ließ sein kräftiges braunes Haar durch ihre Finger gleiten, wie er es vorhin bei ihr gemacht hatte, und berührte den zarten Haarflaum zwischen seinen Augenbrauen. Er gab ein wohliges Seufzen von sich. Dann hauchte er einen sanften, kaum spürbaren Kuss auf die Stelle unterhalb ihres Ohres, eine Berührung, so zart und flüchtig wie der Flügelschlag eines Schmetterlings.

Matilda konnte sich nicht erinnern, sich jemals so leicht, fast schwerelos, gefühlt zu haben. Sie genoss es, so neben ihm zu liegen, halb wach, halb dösend. Es wäre ihr peinlich gewesen, wenn er sie hier, vor der ganzen Clique, und vor allem vor

Miguel, geküsst hätte. Diese stumme, intensive Nähe jedoch, diese zärtliche Vertrautheit, das war viel, viel besser als jede Knutscherei. Julianes düstere Warnung, die ihr bis vor wenigen Minuten noch wie Mehltau auf der Seele gelegen hatte, war plötzlich bedeutungslos geworden. Was wusste die schon? Vorsichtig, als wollte sie sich vergewissern, dass sie das alles nicht nur träumte, drückte Matilda Christophers Hand, die immer noch warm auf ihrem Bauch lag. Nein, kein Traum! Er erwiderte den Druck und sein Daumen kitzelte ihre Handfläche. Dann lagen sie wieder still und regungslos nebeneinander und Matilda spürte seinen heißen Atem an ihrer Halsbeuge, genau dort, wo sie sonst ihre Geige anlegte. Es war ein unbeschreibliches Gefühl. Matilda hatte plötzlich nur noch einen Wunsch: dass die Zeit stehen bleiben würde. Wenigstens für ein paar Stunden.

Die anderen schienen sie nicht zu beachten oder waren mit sich selbst beschäftigt. Weder Matilda noch der Junge an ihrer Seite ahnten, dass ein Augenpaar ununterbrochen auf sie gerichtet war.

Die Sonne schien durch die staubige Scheibe der Terrassentür. Vorhin, als sie in die Küche gekommen war, hatte Matilda als Erstes einen Blick nach draußen geworfen. Aber es lag keine Brötchentüte vor der Tür. Nun saß sie am Frühstückstisch, vor sich eine Packung Cornflakes und eine Tüte H-Milch, und hielt ihr Handy in der Hand. Sie scheute sich davor, es einzuschalten. Aber es blieb ihr ja nichts anderes übrig, schließlich konnte es ja sein, dass Christopher sie heute erreichen wollte oder eine ihrer Freundinnen. Bei dem Gedanken an Chris musste sie lächeln. Sie gab sich einen Ruck und tippte entschlossen die PIN ein. Fast rechnete sie damit, dass der Apparat sofort irgendein Signal von sich geben würde, aber außer dem Begrüßungston tat sich nichts.

Christopher hatte sie gestern nach ihrer Handynummer gefragt. Als er sie in sein Handy hatte einspeichern wollen, hatte er festgestellt, dass sich dieses nicht mehr in seiner Tasche befand.

»Komisch. Ich meine, ich hätte es da reingeworfen«, hatte er vor sich hin gemurmelt.

»Geklaut?«, hatte Matilda entsetzt gefragt.

»Oder ich hab es verloren.«

Hatte sich jemand an ihren Sachen zu schaffen gemacht, vielleicht, als sie in der Dämmerung um das Lagerfeuer herumgesessen hatten? Die Taschen und Rucksäcke hatten alle auf einem Haufen im Schatten eines Busches gelegen. Aber sonst hatte nichts gefehlt, weder Handys noch Portemonnaies, die einige Leichtsinnige aus der Gruppe sogar in den Taschen gelassen hatten.

»Ist wahrscheinlich irgendwo rausgefallen«, hatte Christopher vermutet und rund um den Busch noch einmal nach dem Apparat gesucht. Vergeblich. »Oder ich hab's zu Hause vergessen, kann auch sein.«

»Und jetzt?«

»Jetzt schreibe ich deine Nummer auf einen Zettel.«

»Ich meine, das Handy . . .«

»Ist nicht so schlimm, war nur ein olles Ding mit einer aufladbaren Karte drin.«

Kurz vor Mitternacht hatte er Miguel und Matilda vor Helens Haus abgesetzt. Miguels Angebot, noch mal mit reinzukommen, hatte er abgelehnt mit dem Hinweis, er müsse noch was erledigen. Ehe er losfuhr, hatte er Matilda auf die Wange geküsst und sie hatte sich kurz gefragt, was man um diese Uhrzeit noch »zu erledigen« haben konnte.

Vor der Küchentür waren Schritte zu hören. Kurz darauf kam Miguel herein, ließ sich auf den Stuhl neben Matilda fallen und gähnte herzhaft.

Matilda blickte von ihrem Handy auf und lächelte ihn kurz an. »Was weißt du denn so über Christopher?«, fragte sie dann so beiläufig wie möglich, während sie eine SMS an Anna tippte.

»Wieso?« Miguel verschränkte die Arme hinter dem Kopf und grinste.

»Nur so.«

»Der gefällt dir wohl, was?«

Matilda schnaubte ungeduldig. »Jetzt sag schon!«

»Nicht so viel. Er ist schon in der Elften bei seiner Mutter ausgezogen und wohnt in einer WG in der Nordstadt. Er macht alle möglichen Jobs und tönt immer rum, dass er nach dem Zivildienst Medizin studieren möchte. Aber ich glaube, so gut war sein Abi gar nicht. Auf jeden Fall ist er 'ne gute Adresse, wenn du Gras kaufen möchtest.«

»Er dealt?«, fragte Matilda schockiert.

Miguel stand auf, nahm einen Becher aus dem Schrank und drückte auf den Kaffeeautomaten. Über den Lärm hinweg, den das Mahlwerk verursachte, rief er: »Irgendwer muss das Zeug ja schließlich ranschaffen, oder?«

Matilda schwieg. Gestern, am Lagerfeuer, hatten sie einen Joint kreisen lassen. Ihr war aufgefallen, dass Christopher nur einmal daran gezogen hatte, ebenso wie Matilda selbst. Genau genommen hatte sie nur so getan als ob und den Rauch gleich wieder ausgeatmet, denn sie wollte erstens keinen Hustenanfall riskieren und zweitens nicht dasitzen und grundlos in sich hineinkichern, so wie einige aus der Runde es bereits nach kurzer Zeit getan hatten. Sie fand Bekiffte ziemlich albern. Nicht so eklig wie Betrunkene, aber doch irgendwie lächerlich. Außerdem hatte sie sich auch ohne Droge schon wie berauscht gefühlt.

»Dealt er auch mit anderen Sachen?«, fragte sie jetzt.

»Kann sein, weiß ich nicht.«

Und wenn es so wäre? Würde er mir dann nicht mehr gefallen?

Als hätte Miguel ihre Gedanken gelesen, stellte er ihr genau diese Frage.

»Na ja . . .« Matilda hob die Schultern. »Es ist schon ein Unterschied, ob einer im Freundeskreis ein bisschen Gras vertickt oder Heroin an Jugendliche verkauft.« Letzteres traute sie Christopher nun wirklich nicht zu.

»Ja, klar. Aber es gibt immer eine Grauzone«, meinte Miguel nüchtern. Während Matilda über seine Worte nachdachte, klingelte ihr Handy.

Sie zuckte zusammen. *Patrick? Christopher?* Das Display zeigte jedoch *Anna* an. Erleichtert nahm sie den Anruf entgegen.

»Wo warst du denn gestern, wir haben den ganzen Abend versucht, dich zu erreichen!«

»Ich war mit Miguels Freunden unterwegs und hatte das Handy aus.«

»Hast du heute schon mal bei Facebook reingeschaut?«

»Nein. Wieso?«

Anna kicherte. »Patrick hat auf deine Pinnwand geschrieben.«

»Auf *meine* Pinnwand!?«, wiederholte Matilda, nichts Gutes ahnend, wurde aber schon von Anna unterbrochen, die sagte: ». . . und er hat seinen Beziehungsstatus geändert, da steht jetzt *in einer Beziehung.*«

»Äh . . .?«

»Damit meint er dich, meine Süße«, flötete Anna.

Das Handy noch am Ohr, war Matilda schon unterwegs nach oben, in ihr Zimmer.

»Was machst du heute?«, wollte Anna wissen.

»Weiß ich noch nicht.« Sie ließ den Rechner hochfahren.

»Es gibt 'ne Abi-Party im Faust. Nicole und ich wollten hingehen. Kommst du mit?«

»Ich sag noch mal Bescheid«, antwortete Matilda, während sie mit einer Hand ihr Passwort eintippte. Sie wollte sich nicht festlegen und ihre Freundinnen dann womöglich enttäuschen müssen. Denn falls Christopher sich meldete, würde sie den Abend ganz sicher nicht im Faust verbringen wollen.

»O-kay.« Anna klang ein wenig eingeschnappt. Matilda überlegte, ob sie ihrer Freundin von Christopher erzählen sollte. *Später,* entschied sie. Zuerst musste er sich wieder bei ihr melden. Vielleicht hörte sie ja sowieso nie mehr etwas von ihm, vielleicht war es wirklich so, wie Juliane gestern gesagt hatte: Sie war eine von vielen. Ein erschreckender Gedanke, den Matilda sofort verdrängte. Auf jeden Fall musste sie jetzt erst mal Ordnung in ihr *social network* bringen.

Es tut mir leid, ich habe überreagiert, aber ich konnte doch nicht zulassen, dass dieser Proll dich beleidigt. Du bist das tollste Mädchen der Welt, ich bin so glücklich, dass es dich gibt. Verzeih mir!
Dein Patrick

Der Eintrag stammte vom Freitagabend. Matilda las ihn dreimal hintereinander, dann ließ sie sich genervt in ihrem Stuhl zurückfallen. Zweifellos hatte Patrick allen Grund, sich bei ihr zu entschuldigen, aber warum um alles in der Welt musste er das ausgerechnet auf ihrer *Facebook*-Pinnwand tun, warum schickte er keine Nachricht, die nur sie lesen konnte? Oder eine E-Mail? Oder eine SMS? Warum musste er sein und ihr Privatleben öffentlich machen? Um, wie Anna es genannt hatte, *vollendete Tatsachen zu schaffen?* Dachte er wirklich, dass etwas eintreffen würde, nur weil alle glaubten, es sei so?

Einer von Matildas Facebook-»Freunden«, ein Typ, den sie gar nicht kannte, der aber mit Nicole und Anna und der halben Schule »befreundet« war, hatte als Kommentar *wie süüüüß* geschrieben.

Hektisch löschte Matilda Patricks Eintrag und erwog dabei, Patrick zur Strafe aus ihrer Freundesliste zu streichen, damit er gar nicht erst die Möglichkeit hatte, in Zukunft noch einmal etwas Derartiges auf ihrer Pinnwand zu posten. Allerdings hätte sie dann auch keinen Zugang mehr zu seinen Daten gehabt. Aber es konnte nicht schaden, ihm damit zu drohen, für den Fall, dass er noch einmal so einen Blödsinn vor aller Öffentlichkeit ausbreitete. Sie klickte Patricks Profil an. Das Foto zeigte ihn in Denkerpose: Das Kinn in die Hand gestützt blickte er grübelnd ins Weite. Es sah nicht schlecht aus, irgendwie intellektuell. Aber dies war nicht der Moment, sein Foto genauer zu studieren, denn Matildas Blick wurde von etwas ganz anderem magisch angezogen: Unmittelbar neben dem Porträt von Patrick sprang ihr ein Schriftzug auf seiner Pinnwand entgegen: *I* – dann kam ein rotes Herz – *Matilda*. Darunter prangte ein Foto von ihr, das während der Klassenfahrt in Rom gemacht worden war. Es zeigte Matilda und Patrick auf den Rängen des Kolosseums. Er hatte den Arm um sie gelegt und sie schmachtete ihn zum Spaß an. »Wir sind Cäsar und Kleopatra!«, hatte er damals übermütig gerufen, erinnerte sich Matilda. Sie hatte gelacht und das Foto lustig und harmlos gefunden. Jetzt wünschte Matilda sich inbrünstig, sie hätte anders reagiert. Eins von Patricks Fotoalben war mit »Rom« betitelt. Matilda klickte sich durch das Album. Man sah auf den Bildern nicht besonders viel von Rom, aber auf fast jedem Foto war Matilda abgebildet, meistens zusammen mit anderen, manchmal auch allein, wenn er den Bildausschnitt bearbeitet hatte. Auch ein paar Schnappschüsse aus der Jugendherberge waren dabei: Anna, Nicole, Mascha und Matilda saßen in ihren Nachthemden auf dem Bett, vor ihnen eine Menge leerer Flaschen und Gläser. Auf dem nächsten Foto sah man Matildas Gesicht in Großaufnahme: Es war rot, denn sie hatte sich tags zuvor einen Sonnenbrand eingefangen, ihr Mund war verzerrt, weil sie wohl gerade redete, aber im Zusammenhang mit den vorangegangenen Bildern wirkte es, als sei sie betrunken. Matilda erinnerte sich noch gut an die kleine Fete in ihrem Vierer-Zimmer am letzten Abend. Sie war kurz nach Entstehen der Bilder durch das Erscheinen ihrer Geschichtslehrerin beendet worden. Frau Gebert hatte angesichts der Flaschen beide Augen zugedrückt und gesagt, sie hätte nichts gesehen, aber nun müsse Schluss sein.

Es sind ganz normale Fotos, versuchte sich Matilda zu beruhigen, *nichts Anrüchiges oder Unanständiges.* Da gab es doch ganz andere Sachen. Sie erinnerte sich an einen Vorfall während ihrer Schulzeit in Kassel. Der abgelegte Freund eines Mädchens aus ihrer alten Klasse hatte Nacktfotos von seiner Exfreundin auf Facebook veröffentlicht. Alle paar Tage ein neues und von Mal zu Mal wurden die Fotos schlimmer. Die letzten Aufnahmen waren nicht einmal echt gewesen, sondern Fotomontagen, zusammengestellt aus Pornobildern und dem Gesicht des Mädchens. Aber zu diesem Zeitpunkt war der Ruf der Vierzehnjährigen längst ruiniert gewesen. Natürlich hatten auch ihre Eltern und die Lehrer Wind von der Sache bekommen, es gab eine Anzeige und der Junge war deswegen sogar von der Schule geflogen. Das Mädchen hatte ebenfalls die Schule verlassen, weil sie den Spott und die Beleidigungen nicht mehr ertragen konnte.

Von solchen Dimensionen waren diese Fotos Lichtjahre entfernt. Dennoch fand Matilda, dass Patrick sie hätte fragen müssen. Und einige Bilder hätte er außerdem vorher ruhig noch etwas bearbeiten können! Auf einem kam die ausgeprägte Wölbung ihrer Nase unvorteilhaft zur Geltung, auf einem anderen hatte sie die Lider halb geschlossen und den Mund offen, was irgendwie debil aussah.

Das Datum der letzten Änderung an diesem Album war der 5.

Mai. Das war kurz nach der Klassenfahrt gewesen. Offensichtlich waren diese Fotos bisher niemandem aufgefallen. Anna und Nicole waren auch nicht gerade auf jedem Bild vorteilhaft getroffen, sie hatten rote Gesichter von zu viel italienischer Sonne oder rote Augen durch das Blitzlicht. Auf einem Foto sah man ein Stück von Maschas Slip unter ihrem hochgerutschten Nachthemd. Matilda war nicht sicher, ob Maschas Eltern und ihren beiden Brüdern ein solches Fotos im Internet gefallen würde, sollten sie es dort entdecken, denn Maschas Familie stammte aus dem Iran. Hatte Patrick, dieser Idiot, denn gar nicht daran gedacht, dass er ihre Klassenkameradin mit der Aktion womöglich in Schwierigkeiten bringen könnte?

Sie sah sich die Liste seiner »Freunde« an. Es waren über hundert, meist aus der Schule, überwiegend Mädchen, viele davon aus den zwei Jahrgängen unter ihnen. *In diesem Hühnerhaufen hätte er freie Auswahl,* dachte Matilda, die vor Wut kochte. Warum musste er ausgerechnet ihr auf die Nerven fallen?

Sie schrieb ihm über Facebook eine Nachricht, die sie so kühl wie möglich formulierte:

Lieber Patrick, ich möchte dich bitten, die Fotos von mir, die du, ohne mich zu fragen, hier reingestellt hast, zu löschen.
Danke, Matilda.

Und was war mit diesem peinlichen *I – Herzchen – Matilda* auf seiner Pinnwand? Sollte sie ihn auffordern, auch das zu löschen? Aber eigentlich machte er damit ja nur sich selbst zum Affen! Andererseits musste sie schon darauf reagieren. Am besten so, dass er gar nicht merkte, wie sehr sein Verhalten sie traf. Möglichst cool und selbstbewusst. Sie dachte nach, dann schrieb sie einen knappen Kommentar auf seine Pinnwand:

Wer immer deine Beziehung ist – ich bin es nicht!!!

Energisch drückte sie auf die Return-Taste. *Jetzt bin ich mal gespannt, wie er darauf reagiert,* dachte Matilda und fühlte sich schon wesentlich besser als noch vor ein paar Minuten. Das war erledigt! Jetzt würde er hoffentlich endlich mit dem Quatsch aufhören. *Ich könnte ja mal nachsehen, ob Christopher auf Facebook ist,* fiel ihr ein, um gleich darauf festzustellen, dass sie nicht einmal seinen Nachnamen kannte. Sie könnte Miguel fragen, aber dann würde er nur wieder versuchen, sie weiter auszuquetschen. Um sich abzulenken, stand Matilda vom Schreibtisch auf und griff nach ihren Noten und der Geige. Sie hatte das Üben schon gestern ausfallen lassen, das durfte so nicht weitergehen, wenn sie den Wettbewerb gewinnen wollte. Und das wollte sie mehr denn je. Oder wenigstens eine respektable Vorstellung abliefern. Nicht so sehr für sich selbst, sondern in erster Linie für ihre Tante Helen. Sie sollte stolz auf ihre Nichte sein, wenn sie von der Tournee zurückkam. Und jetzt, da Helen ihr diese kostbare Geige geschenkt hatte, durfte sie sie erst recht auf gar keinen Fall enttäuschen.

Das Wochenende verlief ruhig, um nicht zu sagen enttäuschend. Matilda, die bisher nie zu den Mädchen gehört hatte, die ununterbrochen am Handy hingen, ertappte sich dabei, wie sie den Apparat ständig mit sich herumtrug, sogar aufs Klo nahm sie ihn mit. Ein paarmal unterbrach sie das Stück, das sie gerade auf ihrer Geige übte, weil sie sich eingebildet hatte, ihr Telefon hätte gepiepst oder geklingelt. Auf der einen Seite befürchtete sie neue SMS- und Anrufattacken von Patrick, andererseits hoffte sie von Stunde zu Stunde mehr, dass Christopher sich bei ihr melden würde. Aber von beiden kam kein Lebenszeichen. Matilda ermahnte sich immer wieder, Geduld zu haben. Christopher musste sich ja erst ein neues Handy besorgen und das konnte er frühestens am Montag erledigen, wenn die Geschäfte wieder geöffnet hatten. Außerdem taten Kerle ja gerne mal cool und ließen ein Mädchen ein paar Tage warten. Auch wenn sie Christopher eigentlich schon für reif und erwachsen genug gehalten hatte, um solche Kapriolen nicht nötig zu haben.

Patrick dagegen schien beleidigt zu sein. Das verursachte Matilda zwar ansatzweise mal wieder ein schlechtes Gewissen, aber es war andererseits auch sehr erholsam, eine Weile nichts von ihm zu hören. Auf seinem Facebook-Profil wurden wenige Stunden nach ihrer Mail kommentarlos das komplette Rom-Album und auch das Foto vom Kolosseum gelöscht. Sein Pinnwandeintrag *I – Herzchen – Matilda* und ihr Kommentar standen jedoch auch am Sonntag immer noch da. Einer seiner Fußballfreunde hatte dazugeschrieben: *Matilda, sei nicht so grausam!,* ein anderer postete: *Andere Mütter haben auch geile Töchter*. Etliche Mädchen aus der achten und neunten Klasse boten sich als Ersatz an.

Auf Matildas Pinwand gab es zum Glück keine neuen Einträge. Offenbar hatte Patrick endlich kapiert, was Sache war, auch wenn er allem Anschein nach die beleidigte Leberwurst spielte. Wenn das so bleiben würde, dann sollte ihr das recht sein, ein gekränkter Patrick war allemal bequemer als ein rasend verliebter.

Am Montagmorgen radelte Matilda wie gewohnt zusammen mit Anna und Nicole zur Schule. Kurz vor einer Unterführung, ganz in der Nähe der Schule, trat Anna plötzlich auf die Bremse, so heftig, dass Matilda um ein Haar in sie hineingefahren wäre. Auch Nicole geriet ins Schlingern, wich im letzten Moment aus und beschwerte sich: »He! Spinnst du? Warum bremst du denn auf einmal?«

»Schaut doch mal nach oben, ihr blinden Hühner!« Anna deutete auf den über einen Meter breiten Betonpfeiler zu ihrer Linken. Matilda blickte nach oben und glaubte, ihren Augen nicht zu trauen. Auf dem mit allerlei Graffitis verzierten Pfeiler prangte in zwei Metern Höhe und in knallroter Farbe ein neuer, frisch aufgesprühter Schriftzug: *I love Matilda.*

»Wie romantisch«, säuselte Anna und lachte.

Aber Matilda war überhaupt nicht zum Lachen zumute. »Was fällt diesem Blödmann eigentlich ein?«, schrie sie. »Muss der mich noch vor der ganzen Stadt blamieren?« Ein weiterer, erschreckender Gedanke durchfuhr sie: Was, wenn Christopher hier entlangfuhr und das las? Würde er ahnen, wer gemeint war? Matilda war nicht gerade ein Allerweltsname. Wie würde er auf solche Kindereien reagieren?

»Mensch, Matilda, reg dich doch nicht so auf«, versuchte Anna, die Freundin zu beruhigen. Nicole, die vom Fahrrad gestiegen war, kam herbei und legte Matilda einen Arm um die Schulter. »Sag ihm halt mal ordentlich die Meinung!«, schlug sie vor.

Matilda schnaubte. Sie löste sich aus der Umarmung und stieg mit zitternden Knien wieder auf ihr Rad.

Auf dem Rest der Strecke suchte Matilda aufmerksam die Umgebung ab, bemerkte aber zu ihrer Erleichterung keine weiteren an sie gerichteten Liebesbotschaften mehr.

Doch als sie hinter dem Schulgebäude ihr Rad abstellen wollte, stöhnte sie laut: »Ach du Scheiße!«

An der hellgrauen Mauer, vor der die Fahrradständer angebracht waren, leuchteten ihr das schon bekannte *I* samt Herz und ihrem Namen knallrot entgegen. Die Botschaft hob sich deutlich von den anderen Graffitis an der Wand ab, die schon wesentlich älter und verblasster wirkten. Hastig schob Matilda ihr Rad in die erstbeste Lücke im Fahrradständer, schloss es ab und eilte davon, ohne sich noch einmal nach dem Graffiti umzudrehen. *Hoffentlich fliegt er auf und bekommt eine saftige Strafe, weil er die Mauer beschmiert hat!*, dachte sie, um gleich darauf ein Stoßgebet zum Himmel zu schicken: *Wenn irgendjemand merkt, dass ich gemeint bin, sterbe ich!* Fieberhaft überlegte sie, wie viele Matildas es noch an der Schule gab. Sie erinnerte sich, den Namen auf einer der Listen für die letzte Projektwoche gelesen zu haben. Ansonsten fiel ihr niemand ein. Am liebsten wäre Matilda nach Hause geradelt und noch lieber hätte sie eine Farbspraydose genommen und Patricks Botschaft übersprüht.

»Gott, wie romantisch«, seufzte jetzt auch noch Nicole, die mit Anna an der Seite hinter Matilda hergelaufen war. Aber als sie Matildas Gesichtsausdruck bemerkte, fügte sie beschwichtigend hinzu: »Reg dich nicht auf über so 'nen Quatsch. Freu dich lieber – ich wünschte, mir würde mal jemand so nachlaufen! Und jetzt los, sonst kommen wir noch zu spät zu Mathe.«

Matilda war so wütend, dass sie gar nichts mehr sagte. Mit eisiger Miene betrat sie das Schulgebäude und ihr Klassenzimmer und setzte sich auf ihren Platz neben Mascha, die ihr freundlich zulächelte. Matilde lächelte schwach zurück. Einige Mitschüler kicherten. Über sie? Matilda kam nicht mehr dazu, es herauszufinden, da der Mathelehrer gleich hinter ihnen ins Klassenzimmer gekommen war.

Na warte, Patrick! Wenn ich dich nachher in der Pause erwische, dann kannst du was erleben!

Der Unterricht zog an Matilda vorbei, sie hatte Mühe, sich einigermaßen zu konzentrieren. Ihre Gedanken schweiften immer wieder ab. *Ich hätte neulich, als wir am See spazieren waren, deutlicher aussprechen sollen, was Sache ist,* überlegte sie. *Ich war viel zu zaghaft, zu rücksichtsvoll, nicht eindeutig genug. Vermutlich denkt Patrick, dass ich mich ziere, dass ich Katz-und-Maus-Spielchen mit ihm spiele. Als ob ich der Typ für so was wäre. Kann es wirklich sein, dass er mich so falsch einschätzt?* Es fiel ihr schwer, das zu glauben.

Nachdem die Mathestunde vorüber war, gab es zu Matildas Verwunderung keine hämischen Bemerkungen und niemand schenkte ihr besondere Beachtung. Alle verhielten sich ganz normal. Aber sie hatte sich die Schmiererei doch nicht nur eingebildet – Anna und Nicole hatten sie auch gesehen. War es möglich, dass außer den beiden niemand aus ihrer Klasse Patricks peinliches Liebesgeständnis bemerkt hatte? Oder konnte es sein, dass ihre Mitschüler dem Ganzen längst nicht so viel Bedeutung beimaßen, wie Matilda glaubte? Dieser Gedanke kam ihr während der zweiten Stunde – Englisch. Kam es nicht ständig vor, dass *X liebt Y* oder ähnlicher Kinderkram an irgendeiner Mauer stand? Und das waren noch die harmlosen Sachen. Die meisten Inschriften auf Mauern, Wänden und vor allen Dingen auf dem Schulklo bestanden aus anatomischen Skizzen von Geschlechtsteilen und Worten, die man sonst eher in den Raps von Bushido und Konsorten wiederfand. Dagegen waren *I love Matilda* und ein rotes Herz die reine Poesie. *Und überhaupt – habe ich mir jemals Gedanken über Wandschmierereien oder Klosprüche gemacht? Habe ich jemals andere deswegen aufgezogen?* Matilda atmete tief durch. Wahrscheinlich war das Ganze tatsächlich harmloser, als sie es zunächst empfunden hatte. Die Schüler der Unterstufe mochten so was witzig oder skandalös finden, aber sie, Matilda, würde in knapp zwei Jahren Abitur machen. In diesem Alter stand man über solchen Dingen. Wenn sich Patrick wie ein Fünftklässler benahm, dann war das ganz allein sein Problem, nicht ihres. Wahrscheinlich hatte Nicole recht, sie regte sich völlig umsonst auf. Nüchtern betrachtet waren diese gesprühten Botschaften doch nur eine lustige, vielleicht sogar romantische Geste, nichts weiter. Ein netter Versuch, der leider erfolglos bleiben würde. Ganz gewiss hatte Patrick sie damit nicht bloßstellen wollen. Er neigte eben ein bisschen zur Theatralik. Und musste lernen, dass er bei ihr keinen Erfolg haben würde, da konnte er sich noch so sehr anstrengen.

Als es zur ersten Pause klingelte, hatte sich Matilda nicht

nur beruhigt, sondern auch einen Entschluss gefasst: nämlich den, sich nicht mehr über die Graffitis aufzuregen, sondern sie einfach zu ignorieren, so wie sie die Rose auf dem Fahrrad neulich ebenfalls nicht angesprochen hatte. Irgendwann würde Patrick schon begreifen, dass solche Albernheiten bei ihr nicht zogen. Dies teilte sie Anna und Nicole nach der Stunde mit.

Die beiden waren geteilter Ansicht: Anna bekräftigte Matildas Entschluss, Nicole dagegen meinte, Matilda solle sich eine Farbsprühdose kaufen und ihren Namen durchstreichen, damit Patrick es diesmal auch wirklich kapierte. Alle drei lachten. Dennoch ging Matilda nicht wie sonst mit den Freundinnen auf den Schulhof – hier würde sie garantiert Patrick treffen –, sondern direkt in den Musiksaal, wo die nächste Stunde stattfinden sollte.

Bis zur zweiten Pause hatte sich Matilda so weit gefangen, dass ihr der Gedanke, die Ahnungslose zu spielen, sogar boshaftes Vergnügen bereitete und sie sich auf den Schulhof traute. Sie war gespannt darauf, ob Patrick sie auf seine Kunstwerke ansprechen würde. Wenn sie ihn tagelang im Unklaren darüber ließ, ob sie die Botschaften entweder nicht gesehen hatte oder ob sie ihr egal waren, dann musste er doch irgendwie reagieren – oder verrückt werden. Übertrieben lässig schlenderte er auf sie zu, begrüßte sie und entschuldigte sich für die Facebook-Geschichte. Es tat ihm leid, Matilda wegen der Fotos nicht vorher gefragt zu haben. Das Pflaster, das ihm die Sanitäter am Freitag verpasst hatten, war verschwunden, aber die Wange sah noch geschwollen aus und wurde von einem blauen Fleck verunziert.

»Schon gut, jetzt sind sie ja weg«, sagte Matilda leichthin.

»Am Freitag nehme ich übrigens an einem Poetry-Slam teil«, wechselte er das Thema. »Um acht Uhr in der Faust.«

»Schön, freut mich für dich.«

»Magst du vorbeikommen?«

»Vielleicht, ich weiß es noch nicht.«

»In Rom hast du doch gesagt, dass du dir das mal ansehen möchtest.«

Er hatte recht und normalerweise hätte sie auch nichts dagegen gehabt. Sie war noch nie auf einer derartigen Veranstaltung gewesen und eigentlich wirklich neugierig, wie so etwas ablief. Aber seit Rom hatte sich so einiges verändert; zwischen ihnen herrschte im Moment einfach kein Normalzustand und sie wollte Patrick nicht den geringsten Anlass geben, sich wieder irgendetwas einzubilden. Und außerdem war da auch immer noch die inzwischen ziemlich geschrumpfte Hoffnung, dass Christopher sich noch bei ihr melden würde. *Ich könnte ja mit Christopher hingehen*, schoss es Matilda in einem Anflug von Sadismus durch den Kopf.

»Ich würde mich wahnsinnig freuen, wenn du kommst.« Patrick blickte sie an wie ein bettelnder Hund.

»Ich hab doch gesagt, ich weiß es noch nicht«, wiederholte Matilda ungeduldig und kam sich dabei schon wieder unangemessen grausam vor. Grausam und wortbrüchig. Aber plötzlich hatte sie einen Geistesblitz. »Okay«, sagte sie zu Patrick. »Ich werde kommen.«

»Super!« Er strahlte über das ganze Gesicht.

»Unter einer Bedingung«, fügte Matilda hinzu. »Du hörst sofort mit diesem Scheiß auf.«

»Was . . . was meinst du damit?« Das Lächeln war verschwunden, unsicher sah er sie an.

»Was ich damit meine? Ich meine damit die Brötchen und den Brief, den Spruch auf deiner Facebook-Seite und dass du überall rumerzählst, ich wäre deine Freundin. Dass du dich wegen mir prügelst und natürlich diese dämliche Farbschmiererei. Das meine ich mit Scheiß. Das nervt, verstehst du? Ich finde das weder romantisch noch witzig, sondern einfach nur peinlich. Und außerdem mag ich es auch nicht, wenn man mich dauernd anruft oder mir nachläuft, so wie letzten Freitag.«

Ohne es zu wollen, hatte sich Matilda in Rage geredet. Denn nun, wo sie dies alles nacheinander aufzählte, wurde ihr auf einmal klar, dass jeder Vorfall für sich genommen zwar harmlos war, dass jedoch all diese Dinge, wenn man sie wie ein Puzzle zusammenfügte, ein beunruhigendes Gesamtbild ergaben. Ein Bild, das ihr nicht gefiel. Die Rose am Fahrrad hatte sie sogar aufzuzählen vergessen, fiel ihr ein. Und überdies gab es ja noch ein Puzzleteilchen, das sie noch nicht eindeutig zuordnen konnte: den Schattenmann im Garten.

Bei den letzten Sätzen war ihre Stimme lauter geworden, ein paar jüngere Schüler drehten sich bereits neugierig nach ihnen um.

Patrick wirkte wie vor den Kopf gestoßen. »Aber . . . aber ich habe gedacht . . .«

»Es ist mir egal, was du gedacht hast. Ich will das nicht, es nervt, es stört mich, es ist einfach total daneben«, erklärte Matilda etwas leiser und beherrschter.

»Gut, ich hab ja verstanden«, sagte Patrick mit erstickter Stimme. »Es tut mir leid. Ich hab nicht gewusst, dass dich das so aufregt. Es wird nicht wieder vorkommen. Versprochen.«

Seine Stimme klang plötzlich hohl und zitterte ein wenig.

»Dann ist es ja gut.« Matilda versuchte ein schwaches Lächeln. Es gelang ihr nicht ganz, aber sie fühlte sich wie jemand, der eine unangenehme Aufgabe endlich hinter sich gebracht hat. Klare Worte energisch ausgesprochen, das hätte sie schon viel früher tun sollen. Sie ließ ihn stehen, ging zurück ins Klassenzimmer, ließ sich auf einen Stuhl fallen, holte tief Luft. Endlich war es gesagt, endlich konnte sie sich wieder auf andere Dinge konzentrieren! Sie zog ihr Handy aus der Hosentasche. Offiziell waren Handys in der Schule nicht erlaubt, aber natürlich hatte jeder eines dabei, abgeschaltet oder auf lautlos gestellt, so wie Matilda. Nach einem Blick auf das Display schob sie es zurück in die Tasche. Keine Nachricht, kein entgangener Anruf.

Als der Unterricht vorbei war, beeilte sich Matilda. Sie wollte Patrick nicht auf dem Flur begegnen. Es reichte für heute. Er war sicherlich gekränkt, vielleicht sogar wütend. Sollte er ruhig erst mal in Ruhe über ihre Worte nachdenken, vielleicht kam er dann ja endlich zur Besinnung. Sein Klassenzimmer lag nur drei Türen weiter auf demselben Stockwerk, aber noch rührte sich nichts darin. Gut so. Matilda hastete die Treppen hinunter, eilte zu den Fahrradständern und öffnete, Patricks Graffiti ignorierend, das Fahrradschloss.

»Ach, die gute alte Schule!«

Vor Schreck wäre ihr fast die Schultasche aus der Hand gefallen. Christopher stand hinter ihr. Er trug ein enges knallgrünes T-Shirt zu modisch abgewetzten Jeans und sah umwerfend gut aus.

»Was machst du denn hier?«, fragte sie und hoffte, dass er ihr die Überraschung nicht zu sehr anmerkte.

»Fährst du mit mir ein Eis essen?«

Matilda wurde von einer Welle der Glückseligkeit überrollt. Sie brachte keinen Ton heraus. Er kam näher. »Oder musst du gleich nach Hause?«

»Äh, ja. Ich meine nein. Ich ... klar kann ich mit dir ein Eis essen gehen«, stotterte Matilda. »Bist du mit dem Auto da? Ich kann das Rad auch hier stehen lassen und morgen ...«

Sie brach ab, denn gerade kamen Nicole und Anna auf sie zu.

»Ach, da bist du. Jetzt verstehe ich, warum du es so eilig gehabt hast«, meinte Nicole. »Hi, Chris!«

Christopher winkte Anna und Nicole zu, aber Anna ließ es nicht dabei, sie musste ihn unbedingt auf beide Wangen küssen. Natürlich tat Nicole es ihr nach. Matilda fand, dass die beiden es ein wenig übertrieben. Die benahmen sich geradeso, als wären sie ganz dick mit ihm befreundet.

»Was tust du denn hier?«, wollte nun auch Anna wissen. Matilda wurde immer verärgerter. Saublöde Frage! Was tat er wohl hier? Sie abholen. War das so unvorstellbar?

»Ich hatte Sehnsucht nach dieser wunderbaren . . .«, er machte eine Pause, zwinkerte Matilda zu, ». . . Bildungsstätte.«

»Das wird mir später sicher nicht passieren«, antwortete Nicole.

»Wart's ab«, meinte Christopher.

Matilda sah ungeduldig zu, wie Anna und Nicole ihre Räder aufschlossen. Patricks blutrote Botschaft stach ihr nun doch ins Auge. Ob Christopher sie auch gelesen hatte? Bestimmt, sie war ja nur schwer zu übersehen, so frisch, wie die Farbe noch war. Hoffentlich würde er sie nicht danach fragen, sie wusste nicht, was sie dann antworten sollte. Dass es sich um die Matilda aus der Unterstufe handelte? Oder war es gerade gar nicht so schlecht, wenn er merkte, dass es auch noch andere Jungs gab, die sich für sie interessierten? Konkurrenz belebte ja bekanntlich das Geschäft.

»Ich nehme an, du fährst jetzt nicht mit uns mit?«, fragte Anna grinsend.

»Nein«, antwortete Matilda und fügte in Gedanken hinzu: *Und jetzt haut endlich ab!* Die beiden winkten noch einmal kurz und radelten davon. Matilda ging mit Christopher zu seinem Wagen, den er frech auf einem freien Lehrerparkplatz abgestellt hatte.

»Als Ehemaliger kann man sich so was ja erlauben.« Er hielt ihr die Tür auf und Matilda stieg ein. Sie fühlte sich großartig. Daran änderte sich auch nichts, als sie einen Blick über die Schulter warf und sah, dass Patrick und seine Freunde gerade mit ihren Rädern um die Ecke des Schulgebäudes bogen und

Patrick zu ihr hinüberblickte. *Egal,* dachte sie. *Oder nein, im Gegenteil: gut so!*

Das Café, das Christopher ausgesucht hatte, lag in der Altstadt. Sie ergatterten den letzten Tisch im Freien und bestellten beide Eiskaffee. Christopher wärmte Erinnerungen an die Schule auf: »Hat die Kaiser immer noch diese geringelten Leggins an, mit denen ihre krummen Dackelbeine noch dicker aussehen, als sie eh schon sind?« – »Und der Schneider, hat der immer noch ab und zu eine Fahne am Morgen?«

Matilda konnte beides bestätigen und Christopher seufzte: »Ach, das waren noch Zeiten.«

Er hörte sich an wie ein alter Mann, dabei lag das Ende seiner Schulzeit gerade mal ein paar Monate zurück.

»Was machst du, wenn es mit deinem Medizinstudienplatz nicht klappt?«, fragte Matilda.

»Keine Ahnung. Dann muss ich vielleicht einen Umweg übers Ausland machen. Oder erst mal mit was anderem anfangen.«

»Bezahlen dir deine Eltern denn so ein langes Studium?«

»Nö. Mein Vater hat eine neue Familie mit zwei kleinen Kindern, der hat keine Kohle für mich übrig, und meine Mutter hat selbst zu kämpfen. Das muss ich schon alleine finanzieren. Oder halt mit BAföG.«

»Das ist sicher schwierig.«

»Es geht. Ich hab ein paar Jobs.«

»Was denn für welche?«

»Das Praktikum zum Beispiel. Dafür gibt es zwar kein Geld, aber ich mach ab und zu eine eigene Sendung zu einem bestimmten Thema und die wird dann bezahlt. Dann arbeite ich an zwei Abenden in der Woche im Spielcasino am Blackjack-Tisch.«

»Cool.«

»Ja, und noch so dies und das. Man entwickelt mit der Zeit einige Talente und Beziehungen. Deshalb würde ich ja auch gerne in Hannover studieren, hier hab ich schon meine *connections*.«

»Ah.« Matilda wollte lieber gar nicht so genau wissen, was er damit meinte.

»Im Herbst fängt ja dann auch erst mal der Zivildienst an.«

»Hm.« So beiläufig wie möglich stellte Matilda die Frage, die sie eigentlich am brennendsten interessierte: »Und was macht eigentlich Lauren so?«

»Lauren?« Er schien einen Moment zu überlegen und sagte dann: »Angeblich will sie ab Herbst studieren. Natürlich ›irgendwas mit Medien‹, war ja klar. Aber ich glaube, in Wirklichkeit sucht die bloß 'nen Kerl, der Kohle hat und sie heiratet. Im Moment vögelt sie mit dem Moderator von der *Morning Show* rum und hofft, auf diese Art eine Festanstellung beim Sender zu kriegen. Aber insgeheim träumt sie von einer Karriere als Fernsehmoderatorin. Sie findet diese dämlichen MTV- oder VIVA-Tussen nämlich ganz toll. Ständig läuft diese Scheiße in ihrem Zimmer.«

Matilda musste wohl ein sehr verblüfftes Gesicht gemacht haben, denn Christopher lachte und erklärte: »Sie wohnt in meiner WG, wusstest du das nicht?«

Matilda schüttelte den Kopf. Nein, das hatte ihr noch niemand gesagt. Und wenn sie ehrlich zu sich selbst war, gefiel ihr dieser Gedanke auch nicht sonderlich gut.

»Wir waren mal 'ne Weile zusammen, aber das hat nicht funktioniert. Sie ist mir zu . . .« Er machte eine scheibenwischerartige Bewegung vor seinem Gesicht. »Aber als Mitbewohnerin ist sie okay. Sie hat 'nen Putzfimmel, das ist ziemlich praktisch.« Sie sahen sich ein paar Sekunden lang in die Augen, dann lächelten beide.

»Und wie kommst du mit Miguel klar?«, fragte Christopher.

»Gut, wieso?«

Erneut entstand eine kurze Pause, ehe Christopher sagte: »Na ja, in der Schule war er immer ein bisschen ... wie soll ich sagen ... einzelgängerisch.«

»Das ist er zu Hause auch.« Matilda nickte. »Wir haben nicht besonders viel gemeinsam, aber wir verstehen uns trotzdem ganz gut.«

Die Bedienung brachte zwei Gläser mit Eiskaffee. Als sie weg war, meinte Christopher: »Muss ja auch komisch für ihn gewesen sein, wenn plötzlich seine jüngere Cousine einzieht.«

Wenigstens hat er nicht »kleine Cousine« gesagt, dachte Matilda, die immer noch dabei war, die Bemerkung über Lauren zu verdauen. Sie zuckte mit den Schultern. »Ja, vielleicht. Für mich war es auch komisch, das alles.«

Christopher rührte die Sahne in seinen Eiskaffee. Matilda dachte über seine letzten Worte nach. Sie musste sich eingestehen, dass sie sich bis jetzt nie großartig Gedanken darüber gemacht hatte, ob es Miguel gefallen hatte, dass sie bei Helen und ihm eingezogen war. War er eigentlich gefragt worden?

Als kleines Mädchen hatte Matilda für ihren älteren Cousin geschwärmt, denn er war der einzige ältere Junge gewesen, zu dem sie engeren Kontakt gehabt hatte. Sie war fünf oder sechs Jahre alt gewesen, da hatte sie ihren Verwandten erklärt, dass sie Miguel später einmal heiraten würde. Diese Aussage war jahrelang bei jeder Familienzusammenkunft von Neuem ausgegraben und belacht worden. Mit zwölf oder dreizehn war Matilda der immer wieder aufgewärmte Gag dann langsam peinlich geworden und sie hatte darum gebeten, damit nun endlich aufzuhören. Anderenfalls, so hatte sie gedroht, würde sie künftig an keiner einzigen Feier mehr teilnehmen.

Als Matilda dann letztes Jahr bei Tante Helen eingezogen war, war sie zu sehr mit sich selbst beschäftigt gewesen, um sich über Miguels Empfindungen Gedanken zu machen. Die ersten Wochen hatte sie sich in einem zombiehaften Zustand befunden, hatte viel Geige gespielt und ansonsten irgendwie funktioniert. Helen hatte darauf bestanden, dass Matilda einmal in der Woche zu einer Psychologin ging. Matilda hatte das zunächst abgelehnt mit dem Hinweis, sie wäre schließlich nicht verrückt. Aber Helen war hartnäckig geblieben. »Wenigstens ein halbes Jahr lang.« Und so hatte Matilda sechs Monate lang jede Woche eine Stunde in der Praxis von Frau Dr. Hoßbach, einer molligen Mittdreißigerin, verbracht. Es wurde über alles Mögliche gesprochen – die Schule, Filme, Bücher, das Geigespielen, ihre Ängste, ihre Wünsche und ab und zu auch über ihre Eltern. Wider Erwarten hatten Matilda diese Gespräche geholfen, sich mit dem, was passiert war, allmählich abzufinden. Als das vereinbarte halbe Jahr vorbei war, hatte Matilda es fast ein wenig bedauert.

Wieso musste sie gerade jetzt an Frau Dr. Hoßbach denken? Vielleicht, weil sie sich daran erinnerte, dass es in einer der Stunden auch um Miguel gegangen war. Frau Dr. Hoßbach hatte wissen wollen, wie Matilda sich mit ihrem Cousin verstand, und Matilda hatte nachgedacht und dann festgestellt, dass sie in Miguel eine Art großen Bruder sah, wie sie ihn sich früher als Kind oft gewünscht hatte. Die Psychologin hatte daraufhin geantwortet, es wäre zwar schön, dass sie Miguel so sah, aber Matilda dürfe nicht zwangsläufig davon ausgehen, dass sich auch Miguel eine kleine Schwester wünschte. Sie müsse ihm seinen Freiraum lassen und dürfe sich ihm nicht aufdrängen.

»Miguel war jedenfalls von Anfang an nett zu mir«, sagte sie nun zu Christopher. »Er hat sogar sein Zimmer für mich aufgegeben und ist unters Dach gezogen, mit seinem ganzen Computerkram und den Pflanzen.«

»Pflanzen?« Christopher zog interessiert die Augenbrauen hoch.

»Ganz normale Zimmerpflanzen. Orchideen und so was.«
Matilda musste sich im Stillen eingestehen, dass sie da gar nicht so sicher war. Wann war sie zuletzt in Miguels Zimmer gewesen? Es musste Monate her sein. Aber Helens Toleranz würde sicherlich nicht so weit gehen, dass sie eine Hanfplantage in ihrem Haus duldete.

»Und Juliane? Wie findest du die so?«, fragte Matilda.

»Sie passt zu Miguel«, entgegnete Christopher, was immer das heißen mochte.

»Kennst du sie auch schon länger?«, forschte Matilda. Noch immer spukte ihr Julianes Warnung, was Christophers Einstellung zu Treue anging, im Kopf herum.

»Lauren und Juliane sind befreundet. Und 'ne Weile hat sie mal bei uns in der WG gewohnt. Aber nur für ein paar Wochen.« Christopher rückte ein bisschen näher an sie heran. Ihre Unterarme berührten sich, es kribbelte, als liefe eine ganze Ameisenkolonie Matildas Arm hinauf.

»Kannst du ein kleines Geheimnis für dich behalten?«, fragte Christopher.

»Klar.«

»Juliane ist vor gut einem Jahr, kaum dass sie den Führerschein bestanden hatte, völlig zugedröhnt mit neunzig Sachen über eine rote Ampel gedonnert und hat dabei noch ein Verkehrsschild mitgenommen. Dummerweise war eine Streife in der Nähe. Das war's dann erst mal mit dem Führerschein.«

»War sie betrunken?«

»Nein. Auf Ex oder Speed oder weiß der Teufel, was sie eingeworfen hatte.« Er zuckte die Schultern. »Na ja, sie hat es ja auch nicht leicht. Ihre Mutter hat Alzheimer, musste in ein Pflegeheim, so was kann einen schon aus der Bahn werfen.«

»War Miguel damals schon mit Juliane zusammen?«

»Keine Ahnung. Bei Juliane weiß man nie so genau, mit

wem die gerade zusammen ist und mit wem nicht. Die sieht das nicht so eng.«

Beinahe hätte Matilda bei dieser Bemerkung laut aufgelacht, aber sie beherrschte sich und fragte stattdessen: »Hattest du schon mal was mit ihr?«

Christopher sah sie erstaunt an. Dann schüttelte er den Kopf. »Nein, danke. Als sie in unserer WG gewohnt hat, war sie ziemlich hinter mir her. Aber sie hat mich schon damals nicht interessiert und das hab ich ihr auch deutlich zu verstehen gegeben. Seitdem ist sie ein bisschen sauer auf mich, schätze ich.«

Matilda löffelte die letzten Reste Eis aus dem Glas. Deshalb also redete Juliane dummes Zeug über Christopher. Ab sofort würde Matilda ihr kein Wort mehr glauben, das sie über ihn verlor. Sie würde überhaupt nicht mehr mit Juliane über Christopher reden.

»Aber inzwischen ist sie echt okay«, fuhr Christopher fort. »Sie musste wegen der Führerschein-Sache ein paar Sozialstunden im Krankenhaus ableisten und die waren so angetan von ihr, dass sie danach diese Praktikumsstelle gekriegt hat.«

Matilda sagte nichts dazu und Christopher schaute nachdenklich einer Gruppe Japanern dabei zu, wie sie die mittelalterliche Marktkirche fotografierten. Er fügte hinzu: »Ich finde, man sollte die Leute nicht nach dem Mist beurteilen, den sie mal gemacht haben.«

Matilda nickte. Sie zögerte, ehe sie ihre nächste Frage aussprach: »Hat Miguel eigentlich mal was über mich gesagt? Ich meine, was Schlechtes. Oder überhaupt irgendwas?«

»Nein. Jedenfalls nicht zu mir. Nur das mit deinen Eltern und dass du jetzt hier lebst. Aber wie gesagt, so besonders eng befreundet sind wir ja nicht. Wir haben mehr Kontakt, seit wir beide aus der Schule raus sind.«

»Weil du ihm Gras verkaufst?« Matilda erschrak über ihre eigenen Worte. Sie wusste selber nicht, warum sie damit herausgeplatzt war, die Worte waren ausgesprochen, ehe Matilda richtig darüber nachgedacht hatte. *Tja, das war's dann wohl,* dachte sie. *Er wird nie wieder was mit mir zu tun haben wollen.* Sie wagte nicht, ihn anzusehen. Sicher würde er jetzt aufstehen und gehen. Als nichts dergleichen geschah, hob sie doch den Blick. Christopher erwiderte ihn. Er wirkte überrascht, schien aber nicht wütend zu sein. »Woher hast du das denn?«

»Von Miguel«, antwortete Matilda wahrheitsgemäß.

Christopher machte ein schnaubendes Geräusch und sagte: »Der hat's gerade nötig.« Seine Silberaugen sahen Matilda prüfend an. »Macht dir das was aus?«

»Nö«, sagte Matilda. »Solange es nur Gras ist.«

Gott sei Dank, er lächelte. Offenbar hatte er ihr diese direkte Frage nicht übel genommen. Ganz im Gegenteil: Er beugte sich zu ihr hinüber, legte den Arm um ihre Schulter und küsste sie zart auf den Mund. »Du bist süß.«

»Du auch.«. Matilda lächelte ein bisschen verlegen zurück. Dann hakte sie doch noch einmal nach. »Wie hast du das eben gemeint: ›Der hat's gerade nötig?‹«

»Na ja, Miguel ist, was Drogen angeht, auch nicht gerade ein unbeschriebenes Blatt.«

Sie wurden abgelenkt, denn vor ihnen ließ ein Kind seine Eiswaffel fallen. Christopher zog eine mitfühlende Grimasse, aber Matilda überlief wie aus dem Nichts ein kalter Schauer. Es war lächerlich, das Geräusch, mit dem das Eis auf das Pflaster geklatscht war, hatte ganz anders geklungen. Und doch hatte es die Erinnerung an dieses zweite Geräusch hervorgerufen, an den hohlen Klang, mit dem die Erde auf die Särge ihrer Eltern gefallen war. Sie schüttelte sich. Noch immer überkamen sie ab und zu solche Flashbacks, die sich nicht kontrollieren ließen. Anfangs war sie darüber erschrocken, mittlerweile hatte sie sich schon fast daran gewöhnt. Aber warum gerade jetzt? Was sollten die düsteren Gedanken in einem Moment, in dem sie doch eigentlich glücklich sein sollte? Schließlich hatte sie gerade ein Date mit einem tollen Jungen. Sie merkte, dass sie eine Gänsehaut hatte.

In das Gebrüll des kleinen Mädchens mischte sich ein Klingelton. Er kam aus Christophers Hosentasche. Christopher zog das Handy heraus und nahm den Anruf an: »Oh, Scheiße. – Ja. – Klar, kann ich machen. – So in einer Viertelstunde? – Okay, ich bin da.«

»Musst du weg?«, fragte Matilda.

»Ja, leider. Ein personeller Engpass im Sender. Meinst du, ich kann dich . . .«

»Ich komm schon klar, ich fahre mit der Straßenbahn zurück«, Matilda versuchte, sich nicht anmerken zu lassen, wie überrumpelt sie war. »Geh nur.«

Er legte einen Zehneuroschein auf den Tisch. »Kannst du das übernehmen? Die Bedienung ist hier nicht gerade die schnellste.«

»Klar. Aber ist das nicht zu viel?«

»Du kannst mir das Wechselgeld ja beim nächsten Mal wiedergeben«, erwiderte er augenzwinkernd. Er stand auf, küsste sie und war schon im Gehen begriffen, als er sich noch einmal umdrehte und sagte: »Gib mir noch rasch deine Handynummer.«

Matilda, von dem Kuss noch ganz benommen, stotterte die Nummer herunter und Chris tippte die Zahlen ein. Offenbar hatte er den Zettel, auf dem er am Kiesteich ihre Nummer notiert hatte, verschlampt.

»Und wie ist deine?«, fragte sie.

»Ich schick dir 'ne SMS«, jetzt klang er gehetzt. »Sorry, ich muss los.«

Matilda sah ihm nach, wie er zwischen den Passanten verschwand. Der Umstand dass er ihre Handynummer verlangt und von einem »nächsten Mal« gesprochen hatte, machte die kleine Enttäuschung über seinen plötzlichen Aufbruch wieder wett. Konnte es wirklich sein, dass sich dieser Wahnsinnstyp für sie interessierte? Auf einmal war sie aufgekratzt. Sie hatte das Gefühl, keine Minute länger still sitzen zu können. Sie würde jetzt zahlen und dann den Rest des Nachmittags shoppen gehen. Sie brauchte dringend neue Klamotten. Und Schuhe! Diese flachen Kleinmädchenballerinas waren ja schon fast peinlich. Wenn man einen älteren Freund hatte, dann konnte man so nicht mehr herumlaufen. Sie musste bei dem Gedanken lächeln. Matilda und Christopher – das klang gut.

Die Bedienung kam, Matilda beglich die Rechnung. Sie stand auf und stand für einen Moment vor dem Café, noch unschlüssig, in welche Richtung sie gehen sollte. Plötzlich sah sie Patrick. Da, hinter einer Familie, die durch die Fußgängerzone schlenderte, hatte sie einen Blick auf ihn erhaschen können. Er hatte sich in derselben Sekunde, in der sie ihn entdeckt hatte, umgedreht, hastig, wie es schien. Nun ging er mit raschen Schritten davon. Matilda folgte ihm. Ja, das war er, sie erkannte seine Frisur und seinen Gang. Das konnte doch kein Zufall sein! Sie drängelte sich durch die Menschen, die letzten Meter rannte sie hinter ihm her, dann, als sie ihn erreicht hatte, stieß sie ihn unsanft an der Schulter an und rief: »Jetzt reicht's mir! Warum spionierst du mir ... Entschuldigung. Das ... das war eine Verwechslung. Tut mir leid.«

Der Angerempelte hatte sich erschrocken umgedreht.

Himmel, war das peinlich! Matilda wäre am liebsten im Boden versunken.

Der junge Mann schüttelte den Kopf, murmelte etwas, das sich wie »total durchgeknallt« anhörte, und ging rasch weiter.

Matilda sah ihm nach. Wie hatte sie diesen Mann für Patrick halten können? Er war bestimmt schon Mitte zwanzig und ein gutes Stück größer als Patrick. Okay, seine lockigen blonden Haare sahen von hinten wie die von Patrick aus und auch sein Gang war ähnlich, aber das war dann auch schon alles. Von einem Doppelgänger konnte man bei näherem Hinsehen beim besten Willen nicht sprechen. Sie musste sich wirklich mehr zusammenreißen, der Mann hatte völlig recht, sie benahm sich ja tatsächlich wie eine Irre!

Die Lust auf einen Einkaufsbummel war ihr vergangen, Matilda beschloss, nach Hause zu fahren. Auf dem Weg zur nächsten Straßenbahnhaltestelle kam sie an einem Kiosk vorbei und erstand eines dieser Girlie-Magazine, dessen Umschlag versprach: *Schminken wie die Models – die Tricks der Profis.*

Als sie etwas später die Gartenpforte aufdrückte, kam ihr Angela entgegen und erklärte ihr wortreich, dass in der Küche noch Pasta stünde. Allerdings sei sie inzwischen kalt, schließlich hätte sie sie schon viel früher zu Hause erwartet.

»Ich hatte länger Schule.« Matilda hatte keine Lust, sich von Angela ein schlechtes Gewissen einreden zu lassen.

»Morgen kommt Enzo und macht den Vorgarten«, informierte sie die Haushälterin.

»Okay, danke«, sagte Matilda. »Auch für die Pasta.«

Sie ging in die Küche, aber als sie den Kühlschrank öffnete, merkte sie, dass sie keinen Hunger hatte. Sie war viel zu aufgekratzt, um zu essen. Den peinlichen Vorfall mit dem fremden Mann hatte sie schon wieder fast vergessen. Jetzt dachte sie an Christopher. Ob ihm wirklich etwas an ihr lag? Ob er daran dachte, ihr seine Nummer zu schicken? Sie schlug die Zeitschrift mit den Schminktipps auf, musste aber feststellen, dass sie so wie die abgebildeten Mädchen nicht aussehen wollte. Und einiges, was da empfohlen wurde, kannte sie gar nicht. Was, zum Teufel, war ein *Concealer*?

Das Handy klingelte. Christopher? Es war Anna.

»Wo bist du?«

»Zu Hause.«

»Ich komm rüber. Ich muss alles wissen!« Schon hatte sie wieder aufgelegt. Matilda lächelte. Sie freute sich darauf, mit ihrer Freundin über Christopher zu reden. Und Anna konnte ihr dann auch gleich mit den Schminktipps helfen.

Miguel kam hereingeschlendert. »Wo warst du denn? Angela hat köstliche Nudeln gekocht, du hast was verpasst.«

»In der Stadt«, entgegnete Matilda und konnte nicht widerstehen zu sagen: »Mit Christopher, Eis essen.«

»Oh«, sagte Miguel nur. Auf dem Weg zur Kaffeemaschine warf er einen Blick über Matildas Schulter und feixte.

»Was gibt es zu grinsen?«

»Seit wann liest du solche beknackten Zeitschriften?«

»Schon länger«, log Matilda.

»Soso.«

»Hör sofort auf, so dämlich zu grinsen!«, rief Matilda, merkte aber, dass auch sie selbst dieses idiotisch-glückselige Lächeln gar nicht mehr aus dem Gesicht bekam.

Miguel spitzte die Lippen und sagte: »Üch grünse doch gor nücht!«

»Du bist doof!« Sie warf einen Topfuntersetzer nach ihm.

Er lachte sein Ziegenbock-Lachen, nahm seine Kaffeetasse und verschwand nach oben. Matilda schenkte sich ein Glas Wasser ein und folgte ihm. Auf dem Weg in ihr Zimmer piepte ihr Mobiltelefon und vor lauter freudigem Schrecken schwappte das Wasser aus dem Glas auf den Dielenboden. Eine SMS. Sicher von Christopher, denn die Nummer kannte sie nicht. Ungeduldig öffnete sie die Nachricht. Sie lautete: *Schlampe.*

Nur dieses eine Wort. *Schlampe.* Erschrocken und verwirrt warf Matilda das Handy auf ihr Bett. Was sollte das denn?

Wer schrieb ihr denn so eine SMS? Sie musste nicht lange darüber nachdenken, wer dahintersteckte: Patrick. Schon nachdem sie ihm in der Pause die Leviten gelesen hatte, hatte er ziemlich gekränkt gewirkt, trotz seiner Entschuldigung. Und dann hatte er sie auch noch mit Christopher wegfahren sehen. Er musste das Handy irgendeines Kumpels für diese SMS benutzt haben, dieser Feigling! *Die Mühe hätte er sich sparen können,* dachte Matilda, denn dass er ausgerechnet das Wort Schlampe gewählt hatte, verriet ihn nicht nur, es hatte sogar etwas Symbolträchtiges, wenn man bedachte, dass er drei Tage zuvor noch einen anderen wegen dieses Wortes verprügelt hatte.

Angeekelt griff Matilda nach dem Handy und löschte die SMS. Kurz dachte sie darüber nach, Patrick anzurufen und ihm die Meinung zu sagen. Aber erstens musste Anna jeden Moment eintreffen und zweitens hatte sie überhaupt keine Lust, sich den Tag, der so gut begonnen hatte, endgültig von Patrick verderben zu lassen. Nein, sie hatte sich vorgenommen, seine kindischen Aktionen in Zukunft zu ignorieren, und dabei würde sie bleiben! Matilda hatte den Gedanken kaum zu Ende gedacht, da klingelte es an der Tür. Sie rannte hinunter und öffnete Anna.

Deren Grinsen war so breit, dass es kaum durch die Tür passte. »Na? Wie sieht's aus?«

»Was meinst du?«, fragte Matilda mit scheinheiligem Lächeln zurück.

»Komm schon! Ich will alles wissen. Seit wann geht das, was läuft da, wieso weiß ich nichts davon?«

Kichernd liefen sie die Treppen hinauf in Matildas Zimmer.

»Wollen wir uns in den Garten legen und was für unsere Bräune tun?«, schlug Anna vor, nachdem sie über alles, was Christopher betraf, genauestens im Bilde war.

»Ja, gleich«, antwortete Matilda. »Du musst mir erst mal noch zeigen, wie man sich richtig schminkt.«

»Mach ich«, meinte Anna. »Wo ist der Farbkasten?«

»Aber dezent, bitte schön. Ich möchte nicht so aussehen wie eine von diesen DSDS-Tussen!«

»Sag das nicht zu Nicole«, warnte Anna sie, während sie Matildas Wimpern tuschte. »Sie überlegt ernsthaft, ob sie zum Casting für die nächste Staffel gehen soll.«

»Die spinnt«, entschlüpfte es Matilda. »Die kann so gut singen, das hat sie doch gar nicht nötig, sich von Oberproll Bohlen vorführen zu lassen.«

»Das sage ich ihr auch schon seit Tagen, aber vergeblich.«

Anna versuchte gerade, Matilda einen Lidstrich zu verpassen, was nicht einfach war, denn Matilda blinzelte immer wieder und schrie: »Ah, das kitzelt!«, als ihr Handy erneut das Eintreffen einer SMS signalisierte. Sie zuckte zusammen.

»He! Jetzt hast du 'nen Fliegenschiss auf der Backe!«, protestierte Anna.

Matilda stand auf. Sie merkte, dass ihre Hände zu zittern begannen, als sie erkannte, dass wieder eine SMS von einer unbekannten Nummer eingegangen war. Aber dann huschte ein Lächeln über ihr Gesicht, als sie den Text las: *Hab noch einen wunderschönen Tag. Kuss, Christopher.*

»War die von ihm?«, rief Anna und beantwortete sich ihre Frage gleich selbst. »Ja, klar. Sonst würdest du nicht grinsen wie ein Honigkuchenpferd. Los, lass sehen.«

Matilda streckte Anna das Handy entgegen.

»Och, wie süß«, flötete die, um gleich darauf zu jammern: »Mann, wieso krieg ich nie so einen ab?«

Matilda verstand das auch nicht. Anna war viel hübscher als sie, sie entsprach absolut dem gängigen Schönheitsideal: Sie war schlank, hatte lange blonde Haare und ein ebenmäßiges Gesicht mit schräg stehenden blauen Augen. Sie war immer nach dem neuesten Trend gekleidet und trug die gerade angesagte Frisur. Im Moment war das ein tief angesetzter Seitenscheitel, die Haare über die Stirn gekämmt und auf den anderen Seite mit einer bunten Spange festgesteckt.

Es war jedoch nicht so, dass Anna gar keine Jungs nachliefen. In Patricks Klasse gab es ein paar, die ganz deutlich zeigten, dass Anna ihnen gefiel, und in der Elften auch, aber die waren Anna zu jung. »Das sind Kinder«, pflegte sie zu sagen. »Jungs sind in ihrer geistigen Entwicklung mindestens drei Jahre zurück.« Daraus folgte, dass einer, wollte er Anna gefallen, mindestens so alt wie Christopher sein musste. Obendrein sollte er natürlich blendend aussehen und klug sein – so wie Christopher. Christopher passte geradezu ideal in Annas Beuteschema, erkannte Matilda. Vielleicht sollte sie in Zukunft besser ein Auge auf Anna haben.

Den Rest des Nachmittags verbrachten die Mädchen im Garten. Matilda hatte zwei Liegen aus dem Keller geschleppt und sich und ihrer Freundin Bitter Lemon mit Eiswürfeln serviert. Miguel würde sich hinterher wieder beschweren und sagen, dass Bitter Lemon keine Limonade und gefälligst nur in Verbindung mit Wodka zu verwenden sei. *Egal, dann soll er eben wieder einkaufen fahren, schließlich hat er ein Auto,* fand Matilda. *Außerdem würde es ihm nicht schaden, seinen Luxuskörper auch mal an die Sonne zu legen, anstatt beim schönsten Wetter da oben in seiner Bude zu hocken.*

»Ah, ist das herrlich. So ein Garten ist doch tausendmal besser als unser oller Balkon.« Anna hatte die Augen geschlossen und rekelte sich in einem knappen T-Shirt und Shorts auf der Liege. Sie wohnte mit ihren Eltern in einer renovierten Altbauwohnung in der Südstadt, die nur einen Balkon zum Hinterhof hatte. Wegen der Nachbarn musste sie sich auch immer an bestimmte Zeiten halten, in denen sie auf ihrer Geige üben durfte. Nächtliche Konzerte, wenn man nicht einschlafen konnte, würden in dem Mietshaus unweigerlich zu Problemen führen.

»Macht aber auch Arbeit«, stellte Matilda fest und dachte: *Ich sollte eigentlich lieber Unkraut jäten, anstatt hier faul rumzuliegen.* Im Nachbargarten war das Rentnerpaar Diedloff, das gestern aus dem Urlaub zurückgekommen war, eifrig dabei, seine Scholle auf Vordermann zu bringen. Aber das Wetter war einfach zu schön und in drei Tagen würden die Ferien beginnen. Dann konnte sie immer noch jeden Tag im Garten arbeiten, wenn sie wollte. Und was das Unkraut anging: Enzo würde ja morgen vorbeikommen. Matilda hatte ihre Tante einmal sagen hören, dass sie manchmal absichtlich Gartenarbeit für Enzo übrig ließ. »Er ist immer so stolz, wenn er Geld bekommt, seine Augen leuchten dann richtig. Und er gibt fast alles Angela, die es ja schließlich auch nicht leicht hat.« *Also,* dachte Matilda und grinste, *tu ich mit meiner Faulenzerei sogar noch etwas Gutes.*

»Patrick war, glaub ich, ziemlich sauer vorhin«, unterbrach Anna ihre Gedanken.

»Wann?«

»Nach der Schule, als du mit Christopher abgezogen bist.«

»Kann schon sein. Ist mir aber egal«, entgegnete Matilda.

»Hast du ihn noch getroffen?«

»Nein, aber er ist mit dem Rad an uns vorbeigezischt und hat ein Gesicht gemacht, als würde er jeden Moment Amok laufen.«

»Er hat mir 'ne SMS mit *Schlampe* geschickt.«

»Was?« Anna richtete sich in ihrem Liegestuhl auf und sah Matilda groß an. »Wann?«

»Kurz bevor du gekommen bist. Von einem anderen Handy aus.«

»Zeig her.«

»Ich hab's gelöscht.«

»Bist du sicher, dass er das war?«

»Wer soll es denn sonst gewesen sein?«

»Keine Ahnung.« Anna nahm einen großen Schluck aus ihrem Glas. »Na ja, zuzutrauen ist es ihm schon. So wie der geguckt hat. Was für ein Psycho! Erst schlägt er diesen Typen zusammen, jetzt simst er dir *Schlampe*... der ist doch krank!«

Annas heftige Reaktion verunsicherte Matilda aufs Neue. Dabei kannte ihre Freundin ja nur die Hälfte von dem, was tatsächlich alles vorgefallen war. War Patrick wirklich ein *Psycho?* Matilda wünschte, sie hätte gar nicht davon angefangen.

»Er ist eben enttäuscht. Kann man ja auch verstehen. Vor gut einer Woche knutsche ich noch mit ihm rum und heute holt mich schon ein anderer Typ von der Schule ab.« Sie wusste selbst nicht genau, warum sie Patrick in Schutz nahm.

Anna blickte ihre Freundin mit todernster Miene an, dann schüttelte sie den Kopf und sagte: »Matilda, Matilda! Das ist ja auch unmöglich von dir!«

»Ja, nicht wahr«, lachte Matilda und Anna stimmte mit ein.

»Ein Mann alleine reicht halt nicht.« Kichernd hoben sie ihre Gläser und stießen an.

Es tat Matilda richtig gut, mit Anna herumzualbern. »Was soll ich denn jetzt machen?«, fragte sie, als sie sich wieder einigermaßen beruhigt hatten.

»Wie, machen?«

»Wie soll ich reagieren? Soll ich ihn zur Rede stellen oder lieber nicht? Was würdest du an meiner Stelle tun?«

Anna dachte einen Moment nach, dann sagte sie: »Ich würde es ignorieren. Solchen Typen darf man nicht zeigen, dass sie einen mit so was treffen können.«

»Was meinst du mit ›solchen Typen‹?«

»Na, Psychos. Stalkern. Je empfindlicher ihr Opfer reagiert, desto mehr fühlen die sich bestärkt«, erklärte Anna.

Matilda schüttelte den Kopf. Was redete Anna da nur für

Unsinn? *Stalking? Opfer?* Sie war doch kein Opfer! Offensichtlich las ihre Freundin zu viele Krimis.

»Vielleicht hat sich ja auch nur einer vertippt«, überlegte sie laut.

»Vertippt. Ja, wahrscheinlich.« Anna verdrehte die Augen. Und auch Matilda glaubte, wenn sie ehrlich war, nicht wirklich an diese Möglichkeit.

Als Anna gegen Abend nach Hause gefahren war, telefonierte Matilda mit Tante Helen. Diese hatte eine Überraschung parat:

»Ich habe für das kommende Wochenende zwei günstige Flugtickets für euch nach London reserviert. Die genauen Daten habe ich dir und Miguel gerade vorhin per Mail geschickt.«

»Wow! Wahnsinn!«, jubelte Matilda. Sie war ganz aus dem Häuschen vor Freude.

»Und sonst? Wie kommt ihr zurecht?«

»Alles bestens.« Matilda überlegte für einen Sekundenbruchteil, ob sie Helen von Christopher erzählen sollte. Aber dann entschied sie sich dagegen. Das konnte sie immer noch in London tun. London! Das klang großartig. Sicher gab es dort auch coole Klamotten zu kaufen, sie würde Tante Helen zu einem Einkaufsbummel überreden, wenn sie da war.

Es folgten die üblichen Fragen, ob sich Miguel auch genug um sie kümmerte, ob im Haus alles funktionierte, ob Angela regelmäßig vorbeikäme, und Matilda beruhigte ihre Tante. Schließlich verabschiedeten sie sich voneinander. Gleich nachdem sie aufgelegt hatte, schaltete Matilda ihren Rechner ein. Ja, die Mail von Tante Helen war da. In vier Tagen, am Freitagabend, sollte es losgehen und am Sonntagmorgen zurück. Sie rief ICQ auf.

Matilda: *Weißt du schon, dass wir am Wochenende nach London fliegen?*

Es dauerte eine Minute, dann blinkte das Chatfenster auf.

Miguel: *Hab's gerade gelesen.*
Matilda: *Ist doch toll, oder?*
Miguel: *Ja, cool.*
Matilda: *Soll ich zum Abendessen was kochen?*
Miguel: *Für mich nicht. Bin bei Juliane.*
Matilda: *Viel Spaß.*
Miguel: *See u.*
Bloß nicht so viel Enthusiasmus, dachte Matilda zynisch. Immer dieses obercoole Getue bei den Jungs. Manchmal nervte das ganz schön. Und Miguel war darin besonders gut, das hatte auch Helen schon mehrfach bedauert. Warum konnte er nicht einfach zugeben, dass er sich nach so langer Zeit freute, seine Mutter zu sehen?

Wo der PC schon mal an war, fiel Matilda ein, dass sie unbedingt ihre Facebook-Seite überprüfen musste. Nicht, dass Patrick wieder irgendwelchen Blödsinn angestellt hatte. Gott sei Dank! Alles war in Ordnung.

Mittlerweile kannte Matilda auch Christophers Nachnamen, nämlich Wirtz. Sie gab ihn in die Suchmaske auf SchülerVZ und Facebook ein und hatte Glück: Obwohl das Foto auf Facebook schon etwas älter war, erkannte sie ihn sofort. Aha – er hatte mal fast schulterlange Haare und ein Bärtchen getragen. *Nein, da gefällt er mir jetzt schon deutlich besser.*

Er hatte dreiundsechzig »Freunde«. Matilda zählte vierundzwanzig männliche Wesen. Miguel war nicht dabei. Unter den neununddreißig jungen Frauen und Mädchen waren einige recht hübsche. Ein paar kamen Matilda bekannt vor, vielleicht aus Miguels und Christophers Abiturjahrgang. Da die Räume der elften und zwölften Klassen in einem separaten Gebäude mit einem eigenen kleinen Pausenhof untergebracht waren, hatte Matilda diese Schüler im zurückliegenden Schuljahr selten zu Gesicht bekommen. *Sonst wäre mir Christopher sicherlich gleich aufgefallen,* dachte sie. Auch Juliane gehörte zu Christophers »Freunden« – und natürlich Lauren. Da Matilda mit keiner von ihnen verlinkt war und die beiden, genau wie Christopher auch, ihre persönlichen Daten nur mit »Freunden« teilten, konnte sie nur sehen, dass Lauren ein bestechend schönes Foto und einhundertvierundfünfzig »Freunde« hatte. Ein gewisses Unbehagen beschlich Matilda noch immer bei dem Gedanken, dass Christophers Exfreundin mit ihm zusammenwohnte und sogar -arbeitete. *Eifersucht ist ein Zeichen von mangelndem Selbstvertrauen,* sagte sie sich. Aber leider half ihr diese Erkenntnis auch nicht groß weiter.

Sie klickte sich durch bis zu Patricks Profil. Zu ihrer Erleichterung hatte er sowohl den Eintrag *I*-Herzchen-*Matilda* gelöscht als auch die Angabe zu seinem Beziehungsstatus.

Stattdessen war auf seiner Pinnwand jetzt ein Youtube-Link zu sehen. Matilda klickte ihn an. Es war ein uralter Song von *Police,* einer Gruppe, die in den Achtzigern ihre Glanzzeit gehabt hatte. Matilda kannte das Lied aus dem Radio:

>   Every breath you take
>   Every move you make
>   Every bond you break
>   Every step you take
>   I'll be watching you
>
>   Every single day
>   Every word you say
>   Every game you play
>   Every night you stay
>   I'll be watching you
>
>   Oh, can't you see
>   You belong to me
>   How my poor heart aches

> With every step you take
> Every move you make
> Every vow you break
> Every smile you fake
> Every claim you stake
> I'll be watching you

Mitten im Lied drückte sie auf die Stopptaste. *Blöder Arsch! Damit jagst du mir keine Angst ein,* dachte sie trotzig.

Ein leises *Plong* signalisierte das Eintreffen einer neuen Nachricht.

Matilda wechselte zum Posteingang ihres Mailprogramms.
Die Mail kam von *Legnesedot@gmx.de:*
Verfluchte Schlampe, deine Tage sind gezählt.

Matilda sprang auf, als hätte man ihr eine Natter auf den Schreibtisch geworfen. Die Worte leuchteten in blutroten, ausgefransten Buchstaben auf einem Foto, das ein schmiedeeisernes Grabkreuz zeigte. Am linken Querbalken des Kreuzes hing eine tote Taube. Aber das alles war nicht das Schlimmste. Das Schlimmste war, dass das Foto das Grab ihrer Eltern zeigte.

Matildas Großeltern hatten darauf bestanden, dass ihre Tochter Renate auf dem Ricklinger Friedhof beigesetzt werden sollte. Da Matilda in Zukunft in Hannover leben würde, war das eine gute Lösung. Allerdings wünschte sich Matilda, dass ihre Eltern zusammen bestattet wurden. Matildas Großmutter väterlicherseits hätte ihren Sohn zwar lieber in ihrem Wohnort München beerdigt gewusst, aber Matilda zuliebe hatte sie schließlich schweren Herzens darauf verzichtet. So lagen nun die Särge beider Eltern in dem Hannoverschen Familiengrab. Die Art der Bestattung hatte ebenfalls zu Diskussionen geführt. Helen hatte den Standpunkt vertreten, ihrer Schwester

Renate sei eine Verbrennung sicherlich lieber, als von Würmern verdaut zu werden. Letzteres war eine Vorstellung, die auch Matilda nicht gefiel. Doch ihre Oma aus München, die sehr katholisch war, hatte sich über diesen Vorschlag ziemlich aufgeregt. Schließlich hatte man sich auf einen Kompromiss geeinigt: Erdbestattung für beide, Grab in Hannover.

Erhitzt vom schnellen Radeln kam Matilda vor dem Friedhofstor an. Am liebsten wäre sie mit dem Rad weiter bis zur Grabstelle gefahren, aber das hätte vermutlich Ärger gegeben. Also stieg sie ab, schloss das Rad an einen Laternenpfahl und hastete über die gekiesten Wege. Der Tag ging zur Neige, die alten Bäume warfen lange Schatten, allmählich wich die Wärme des Sommertages einer angenehmen Kühle. Eine ältere Frau, die zwei Gießkannen schleppte, kam ihr entgegen und an einem Grab stand ein junges Paar. Sonst war niemand zu sehen.

Das Grab sah aus wie immer. Kein toter Vogel weit und breit. Matilda atmete auf. Vielleicht war der Vogel nur eine Fotomontage gewesen? Im Kunstunterricht hatten sie vor ein paar Wochen eine solche Collage am Computer erstellen müssen und gelernt, wie man mit Bildbearbeitungsprogrammen umging. Aber dennoch musste Patrick hier gewesen sein und das Kreuz fotografiert haben, sie hatte es schließlich genau auf dem Foto erkannt, ebenso wie die Inschrift:
Peter Schliep, 12.3.1967–15.7.2010
Renate Rehberg-Schliep, 3.10.1965–15.7.2010
Matilda fröstelte, als sie an das Foto dachte. Irgendwie hatte sie das Gefühl, dass die letzte Ruhestätte ihrer Eltern beschmutzt worden war. Hätte er irgendein anderes gruseliges Arrangement für seine Drohmail fotografiert – okay. Aber das Grab ihrer Eltern! Ein Platz, der ihr heilig war. Sie spürte, wie Wut und Hass in ihr hochkochten. Sie kämpfte dagegen an. Sie würde jetzt nicht die Fassung verlieren, nicht hier und schon gar nicht wegen Patrick!

Ein paar Minuten stand sie einfach nur da und atmete tief durch. Bald würde sich der Todestag ihrer Eltern zum ersten Mal jähren. Wie viel in einem Jahr geschehen konnte! Nicht nur ihr ganzes Leben hatte sich komplett verändert, auch sie hatte sich verändert. Vor dem Tod ihrer Eltern war sie ein behütetes Kind mit den üblichen Kindersorgen und Kinderproblemen gewesen. So kam es ihr aus heutiger Sicht zumindest vor. Und jetzt? Wie ein Kind fühlte Matilda sich jedenfalls nicht mehr. Dieses eine Jahr kam ihr vor wie fünf Jahre. Sie war reifer geworden, erwachsener. Aber vielleicht auch verletzlicher.

Es war gut zwei Wochen her, dass sie zum letzten Mal hier gewesen war. Oder waren es schon drei? In der ersten Zeit nach der Beerdigung hatte ihr der Gedanke, dass hier, nur zwei Meter unter dem Boden, die Körper ihrer Eltern langsam vermoderten, Unbehagen und Albträume bereitet. Allein der Gedanke an den Friedhof hatte Panik in ihr ausgelöst. Nächtelang war sie aus dem Schlaf hochgeschreckt, verstört und verschwitzt und mit feuchten Wangen. Aber schließlich waren die furchtbaren Träume immer seltener gekommen, auch weil sie so offen mit Frau Dr. Hoßbach über die makabren Bilder, die sie heimsuchten, hatte reden können. Danach war sie alle paar Tage hierher gekommen. Sie hatte erlebt, wie der Blumenschmuck auf den Gräbern wechselte – Rosen – Sonnenblumen – Astern – Dahlien – Christrosen – Tulpen –, sie hatte beobachtet, wie das bunte Laub auf die dunkle Graberde und die Wege herabgefallen war. Dann der erste Schnee: Das schwarze Kreuz aus Schmiedeeisen hatte eine weiße Haube bekommen und damit sehr hübsch ausgesehen. Ab und zu hatte Matilda ihre Geige mitgenommen, und wenn weit und breit niemand zu sehen war, wie an besonders kalten Wintertagen, hatte sie ihren Eltern mit klammen Fingern etwas vorgespielt. Helen hatte diese häufigen Friedhofsbesuche mit

Skepsis und Besorgnis betrachtet, das wusste Matilda, auch wenn ihre Tante nichts gesagt hatte. Matilda hatte Frau Dr. Hoßbach einmal nach ihrer Meinung gefragt: Wurde sie allmählich verrückt, weil sie sich auf dem Friedhof so geborgen und ruhig fühlte wie sonst nirgendwo? Die Psychologin hatte entgegnet, sie solle mit ihrer Trauer so umgehen, wie sie es für richtig hielte, da dürfe ihr niemand reinreden, auch ihre Tante nicht. Erst nach den Weihnachtsferien, als Matilda langsam in ihrer neuen Klasse und in ihrem neuen Leben Fuß gefasst, ihre Freundschaft mit Anna und Nicole vertieft und sich in Helens Haus nicht mehr wie ein Feriengast zu fühlen begonnen hatte, waren ihre Besuche am Grab nach und nach seltener geworden.

Versunken in die Erinnerungen ließ Matilda ihren Blick über das Grab gleiten. Es war mit hellgrauem Granit eingefasst und größtenteils mit Efeu zugewachsen, nur in der Mitte stand auf einem Sockel eine Schale mit cremefarbenen Rosen und kleinen blauen Blumen. Männertreu hießen die blauen Blumen, fiel Matilda ein. Trotz der Hitze des Tages wirkten sie frisch. Wer hatte sie gegossen? Soviel Matilda wusste, kam die Gärtnerin nur einmal im Monat vorbei. Patrick? Sie stellte sich vor, wie er erst dieses gemeine Foto schoss und dann fürsorglich den schlaffen Blumen Wasser gab. Das war echt krank!

Aber vielleicht hatten auch die Angehörigen, die das üppig bepflanzte Familiengrab nebenan pflegten, Mitleid mit den Pflanzen in der Granitschale bekommen und ihnen einen Guss Wasser spendiert. Noch während Matilda diesem Gedanken nachhing, sah sie etwas Weißes zwischen den blauen Blumen aufblitzen. Hatte der Wind ein Stück Papier in die Schale geweht? Sie zog es heraus. Es war ein etwa postkartengroßes Blatt, in blutroten Druckbuchstaben stand darauf: *Warte, warte nur ein Weilchen . . .*

Matilda starrte auf das Papier. Jedes Kind in Hannover

wusste, was diese Worte bedeuteten, und auch Matilda hatte schon davon gehört. Es war die Anfangszeile eines makabren Liedes aus den Zwanzigerjahren. Damals hatte der Massenmörder Fritz Haarmann in der Stadt sein Unwesen getrieben. Das Gericht hatte ihm nachgewiesen, dass er zwischen 1914 und 1924 mindestens vierundzwanzig junge Männer ermordet und zerstückelt hatte. Er war zum Tod durch das Schafott verurteilt worden. Bis heute hielten sich Gerüchte, dass der gelernte Schlachter das Fleisch seiner Opfer verkauft haben sollte, auch wenn es nie einen Beweis dafür gegeben hatte. Matilda erinnerte sich an die erste Strophe des Liedes:

> Warte, warte nur ein Weilchen,
> bald kommt Haarmann auch zu dir,
> mit dem kleinen Hackebeilchen
> macht er Schabefleisch aus dir.
> Aus den Augen macht er Sülze,
> aus dem Hintern macht er Speck,
> aus den Därmen macht er Würste
> und den Rest, den schmeißt er weg.

Ein kalter Windstoß fuhr Matilda durch die Haare. Sie zog die Schultern hoch und sah sich um. Die Sonne war inzwischen schon fast ganz hinter den Bäumen versunken, die Schatten der Sträucher und der Grabsteine wurden dunkler. Alles um sie herum war plötzlich ganz still. Nicht einmal die Vögel, die sonst auf dem Friedhof so zahlreich und lautstark vertreten waren, zwitscherten mehr. Nur das Rauschen der nahen Ausfallstraße war ganz leise zu hören.

Matilda bekam Angst. Sie sah sich um. Weit und breit war kein Mensch mehr zu sehen, nicht einmal die alte Frau war noch da. Was, wenn Patrick wirklich ein »Psycho« war? Was, wenn er sie mit der Mail hierher gelockt hatte und schon hinter einem Grabstein auf sie lauerte, bereit, seine Drohung wahr zu machen? Und sie war prompt in diese Falle gelaufen, hektisch und dumm wie ein aufgescheuchtes Huhn! Hier war der ideale Ort und Zeitpunkt für ein Verbrechen, nirgendwo konnte man sich besser verstecken und in aller Ruhe auf sein Opfer warten als auf einem Friedhof. *Opfer.* Jetzt hatte sie es selbst benutzt, dieses Wort, wenn auch nur in Gedanken. Wieso hatte sie nicht Anna mitgenommen oder Miguel? Sie hätte sich ohrfeigen können für ihr unüberlegtes Handeln.

Was war das? Hatte sie da nicht eben das Knirschen von Schritten auf Kies gehört? Wieder schaute sie sich nach allen Seiten um, aber sie sah niemanden. Nur Grabsteine und Büsche.

Panik ergriff sie, Hals über Kopf rannte Matilda zum Ausgang. Am Friedhofstor angekommen ging ihr Atem keuchend – dabei war sie doch eigentlich gut trainiert und nicht so leicht aus der Puste zu bringen. Plötzlich war ihr übel und sie musste sich gegen eine Mauer lehnen.

»Geht's dir nicht gut?«

Matilda erschrak fast zu Tode. Sie hatte für einen, wie sie glaubte, ganz kurzen Moment nur die Augen geschlossen. Nun stand eine winzige alte Frau vor ihr. Sie war ganz in Schwarz gekleidet, das graue Haar hing ihr wirr und strähnig um den Kopf, ihr Gesicht bestand aus tausend Runzeln. Sie sah aus wie eine Hexe und Matilda war nicht einmal sicher, ob die Frau wirklich existierte oder ob sie wieder einmal fantasierte. Mit einem kleinen Aufschrei stieß sie sich von der Mauer ab und rannte davon. Erst vorne, an der dicht befahrenen Hauptstraße, kam Matilda wieder zur Besinnung und blieb stehen. *Verdammt, ich benehme mich wie eine Irre,* dachte sie. Die arme alte Frau wird von meiner Reaktion mehr erschrocken sein als ich. Langsam kehrte sie um und ging zu ihrem Fahrrad zurück. Dabei bemerkte sie, dass sie den Zettel noch immer in der Hand hielt, und zwar so fest, dass sich ihre Fingernägel schmerzhaft in die Handflächen gebohrt hatten. Wütend riss sie das Papier in viele kleine Fetzen und streute diese in ein Gebüsch.

Erst später, auf dem Heimweg, kam ihr der Gedanke, dass das womöglich ein Fehler gewesen war. Sie hatte Beweismaterial vernichtet, ohne daran zu denken, dass sie es vielleicht noch einmal brauchen würde. Matilda erinnerte sich daran, wie Nicole erwähnt hatte, dass Patricks Vater recht streng war. Und falls Patrick weitere derartige Scherze auf Lager hatte, würde sie seinen Vater darüber informieren, nahm sie sich vor. Dabei wäre der Zettel bestimmt nützlich gewesen, vielleicht hätte man sogar Patricks Schrift darauf erkannt. Wenn Herr Böhmer es mit der Erziehung seines Sohnes wirklich ernst nahm, würde er seinem missratenen Sprössling nach dem Gespräch mit Matilda sicherlich die Hölle heißmachen. Immerhin hatte sie ja noch die geschmacklose Mail, die durfte sie auf keinen Fall löschen.

Zuerst aber wollte Matilda Patrick selbst einen Besuch abstatten. Sie würde ihn jetzt sofort auf die Mail, das Foto und die Ereignisse auf dem Friedhof ansprechen, sie würde ihm verbieten, sie noch einmal derart zu erschrecken, und ihm auch damit drohen, alles seinem Vater zu sagen. Das würde ihn hoffentlich zur Vernunft bringen.

Sie trat energisch in die Pedale und spürte, dass die Angst, die sie noch vor wenigen Minuten empfunden hatte, einer grenzenlosen Wut Platz gemacht hatte. Diesmal war Patrick zu weit gegangen, diesmal würde sie sich nicht mit halbherzigen Aussagen zufriedengeben oder klein beigeben, weil ein schlechtes Gewissen sie plagte. Es war an der Zeit, ihm einmal ganz ehrlich die Meinung zu sagen. Matilda stellte sich vor, wie Familie Böhmer gerade auf der Terrasse vor ihrem aufgeräumten Garten saß und den Sommerabend genoss. Vater,

Mutter, Kind, die perfekte Familienidylle. Es sei denn, Patrick fuhr ebenfalls gerade vom Friedhof nach Hause – als verhinderter Mörder sozusagen. *Aber was hätte ihn eigentlich daran hindern sollen, mir etwas anzutun?*, fragte sich Matilda. *Und vor allem: Warum hätte er so etwas tun sollen? Wegen eines einzigen leichtsinnigen Kusses?* Matilda schüttelte entschieden den Kopf. Die Vorstellung, wie Patrick ihr hinter einem Grabstein auflauerte, um sie zu ermorden – womit überhaupt? –, hatte im Nachhinein etwas höchst Unrealistisches, um nicht zu sagen: etwas Lächerliches. Wie hatte sie sich da bloß so hineinsteigern können? Ein geschmackloses Foto, ein Zettel auf einem Grab – so etwas machte keiner, der es ernst meinte. Nein, Matilda glaubte nicht, dass Patrick ihr tatsächlich etwas antun wollte. Er war nur tief gekränkt und wollte sich an ihr rächen, ihre Gefühle verletzen, so wie sie die seinen verletzt hatte. Offenbar besaß er obendrein eine sadistische Ader und es machte ihm Spaß, ihr Angst einzujagen. Aber diese Tour würde sie ihm jetzt gründlich vermasseln!

Als sie vor Patricks Haus stand, waren dort die Fenster geschlossen und niemand war im Garten. Ohne viel Hoffnung drückte Matilda auf die Klingel an der Gartenpforte. Gerade als sie wieder aufs Rad steigen und weiterfahren wollte, ging die Haustür auf und Patricks Vater kam auf sie zu. Er trug Jeans und ein zerknittertes Hemd und wirkte auch sonst irgendwie zerknautscht. Vielleicht, weil er keine Schuhe trug. Ob er wohl immer so tiefe Ringe unter den Augen hatte?

»Was gibt's?«, fragte er. Es klang weder freundlich noch unfreundlich, nur teilnahmslos. Als wäre er mit seinen Gedanken ganz woanders. Seine grauen Augen schienen durch sie hindurchzublicken. Matilda wünschte sich plötzlich, sie hätte nicht geklingelt.

»Ich bin Matilda aus Patricks Schule und wollte ihn mal kurz sprechen.«

»Mein Sohn ist leider nicht zu Hause«, kam es sachlich zurück. Matilda hätte zu gerne gefragt, wo Patrick denn sei, aber sie traute sich nicht.

»Ah, ja dann ... danke. Dann sehe ich ihn ja morgen in der Schule.«

»Vermutlich«, antwortete der Mann knapp. Er hatte sich schon halb von ihr weggedreht, als er sich scheinbar noch einmal zu besinnen schien. Zum ersten Mal sah er Matilda wirklich an und seine Stimme klang eine Spur freundlicher, als er fragte: »Soll ich ihm etwas ausrichten?«

»Nein, danke. War nicht so wichtig. Oder vielleicht ... sagen Sie ihm bitte einfach nur, dass ich hier war. Auf Wiedersehen und entschuldigen Sie die Störung.« Matilda machte, dass sie wegkam. *Seltsamer Typ.* Irgendwie hatte sie das Gefühl, dass er ihr nicht die Wahrheit gesagt hatte. Hatte Patrick seinen Vater gebeten, ihn zu verleugnen?

Zu Hause setzte sie sich wieder an den Computer. Sie wollte mit Anna chatten oder mit Nicole. Mit irgendjemandem, um sich abzulenken. Keine ihrer Freundinnen war online. Automatisch checkte Matilda ihre Mails. Im Posteingang war eine neue Nachricht von Legnesedot. Sie hatte keinen Betreff und lautete: *War's schön auf dem Friedhof? Bald wirst du auch dort sein und verrotten.*

Die Mail war vor zehn Minuten angekommen. Dieses Mal war kein Hintergrundbild zu sehen. Matilda starrte eine ganze Weile auf die Mail. Ihr Kopf war völlig leer. Was war das überhaupt für ein blöder Name, *Legnesedot*? Das klang irgendwie französisch. Oder ... sie stutzte. Dann wusste sie, was der Name bedeutete: Man musste ihn nur rückwärts lesen.

An Schlaf war in dieser Nacht kaum zu denken. Wirre Träume plagten Matilda, sobald sie für eine Weile einnickte, immer wieder schreckte sie hoch und wusste im ersten Moment nicht, wo sie war. Die Nachtgeräusche des alten Hauses schienen schlimmer denn je zu sein: Es ächzte und knackte, einmal glaubte sie sogar, Schritte auf der Treppe zu hören. Ungeachtet der Energieverschwendung hatte sie das Licht im Wohnzimmer und im oberen Flur angelassen. Auch in ihrem Zimmer brannte die Schreibtischlampe. Sie hatte sie unter die Tischplatte gestellt, damit sie sie nicht blendete. Doch nichts half. Schlaflos wälzte sie sich von einer Seite auf die andere. Gegen zwei Uhr gab es ein kräftiges Gewitter. Noch im Halbschlaf zuckte sie zusammen, als der erste Blitz einschlug. Dann saß sie kerzengerade im Bett und atmete heftig. Kurz überlegte sie, ob sie Miguel anrufen sollte. Er war wieder einmal nicht nach Hause gekommen, wie so oft in den letzten Tagen. Aber was sollte sie ihm sagen? Dass sie sich vor dem Gewitter fürchtete wie ein kleines Mädchen? Oder sollte sie ihm lieber gleich alles erzählen, ihm von dem ganzen Mist berichten, der mit Patrick gerade ablief? Warum eigentlich nicht? Vielleicht keine schlechte Idee. Aber nicht jetzt, mitten in der Nacht. Sie legte sich wieder hin und zog die Decke bis zum Kinn hoch. Sie würde ihren Cousin morgen einweihen und ihn bitten, die Augen offen zu halten, falls Patrick wieder nachts ums Haus schlich, um Rosen, Brötchen, tote Vögel oder weiß der Teufel, was ihm sonst noch einfiel, zu hinterlegen. Oder sollte sie doch erst noch einmal Klartext mit Patrick reden, wie sie es ja heute eigentlich vorgehabt hatte? Matilda merkte, wie sich ihre Gedanken im Kreis drehten, sinnlos und ergebnislos, wie in einer Endlosschleife. Sosehr sie sich auch bemühte, das alles von sich zu schieben und nur noch an angenehme Dinge zu denken – zum Beispiel an ihr zurückliegendes Rendezvous mit Christopher –, es gelang ihr nicht.

Dreimal stand sie in dieser Nacht noch auf und leuchtete mit der Taschenlampe in den Garten hinunter. Beim dritten Mal konnte sie sich die Lampe sparen, denn Blitze erhellten die

Umgebung öfter, als ihr lieb war. Der Wind zerrte an den Baumkronen, die ersten schweren Regentropfen zerplatzten auf der Terrasse und wenig später goss es wie aus Eimern. Dazu krachte der Donner. Sie musste daran denken, wie sie früher, als kleines Kind, bei einem Unwetter ins Schlafzimmer ihrer Eltern gelaufen war und den Rest der Nacht wunderbar geborgen zwischen ihnen liegend verbracht hatte. Da konnte es draußen krachen und blitzen, wie es wollte. Später, als sie älter gewesen war, hatte sie das natürlich nicht mehr gemacht, aber dennoch war es beruhigend gewesen zu wissen, dass jemand da war, zu dem sie im Notfall gehen konnte. Im Grunde fürchtete sich Matilda nicht übermäßig vor Gewittern. Früher hatte sie oft mit ihrem Vater zusammen am Fenster gestanden und das Toben der Elemente beobachtet. Sie hatten die Sekunden zwischen Blitz und Donner gezählt und ausgerechnet, wie weit das Unwetter noch entfernt war. Dazu benoteten sie die Blitze und die Donnerschläge von eins bis zehn und obendrein gab es eine Gesamtnote für das komplette Naturschauspiel: Dabei zählten sowohl Stärke und Häufigkeit von Blitz und Donner als auch die Heftigkeit des dazugehörigen Windes und wie viel Regen oder gar Hagel dabei herunterkam. Einem Blitz der Note neun war eines Nachts der alte Kirschbaum im Nachbargarten zum Opfer gefallen. Die Zehn war für Kugelblitze reserviert, aber einen solchen hatten sie nie erlebt.

Aber nun, wo sie allein am Fenster stand und den tosenden Elementen zusah, fühlte Matilda sich so verlassen wie nie seit dem Tod ihrer Eltern. *Wenn doch Helen hier wäre,* dachte sie voller Verzweiflung und merkte, wie ihr die Tränen übers Gesicht liefen. Nicht einmal das Geigespielen würde heute etwas nützen, das wusste sie genau. Plötzlich ging das Licht ihrer Schreibtischlampe aus. Matilda stolperte zur Tür. Auch der Flur war dunkel und aus dem Wohnzimmer fiel ebenfalls kein Licht in den unteren Flur. Stromausfall. Sie tastete sich zurück ans Fenster. Die Straßenlaterne war an. Das Nachbarhaus und die Häuser auf der anderen Seite der Straße lagen in völliger Dunkelheit da, aber das hatte um diese Uhrzeit nichts zu sagen. Hatte ihr Haus eigentlich einen Blitzableiter? Wahrscheinlich nicht.

Sie schaltete die Taschenlampe ein, die griffbereit auf dem Nachttisch lag. Ob sie hinuntergehen sollte, in den Keller, um zu sehen, ob die Sicherung herausgesprungen war? Aber schon der Gedanke an den Gang durch das dunkle Haus in den noch dunkleren Keller, noch dazu bei diesem Gewitter, trieb ihr den Angstschweiß auf die Stirn. Nein, sie würde hierbleiben. Um nichts in der Welt würde sie bis zur Morgendämmerung dieses Zimmer verlassen! Entweder das Licht ging von selbst wieder an oder sie würde morgen früh nach der Sicherung sehen. Um Batterie zu sparen, machte sie die Taschenlampe aus und zündete eine Kerze an, die sie auf den Nachttisch stellte. »Ist ja direkt romantisch«, murmelte sie vor sich hin. Mit angezogenen Beinen setzte sie sich zurück ins Bett, die Decke trotz der Wärme bis ans Kinn hochgezogen. Von irgendwoher zog es und die Flamme warf unruhige Schatten an die Wand. Ein Blitz zerriss den Himmel, fast augenblicklich rollte der Donner. *Ganz ruhig.* Matilda war bei dem krachenden Donnerschlag unwillkürlich zusammengezuckt. *Es ist ein Gewitter und ein Stromausfall, nichts weiter. Das ist nichts Ungewöhnliches. Und du bist kein kleines Kind mehr!*

Ihr Handy klingelte. Matilda erschrak so sehr, dass sie spüren konnte, wie ihr Herzschlag ins Stolpern geriet. Wer rief sie jetzt an? Mitten in der Nacht? Miguel, der sich Sorgen um sie machte, oder Tante Helen, die mit der Zeitverschiebung durcheinandergeraten war? Sie sprang aus dem Bett und schaute auf das Display. Die Nummer kannte sie nicht. Eine innere Stimme sagte ihr, dass es nicht klug war, diesen Anruf entgegenzunehmen. Aber sie war zu neugierig. Wenn es Patrick war, dann könnte sie ihm gleich ordentlich die Meinung sagen, dazu war sie jetzt gerade in der richtigen Stimmung. Sie drückte die Taste mit dem grünen Hörer. »Ja?«

Nichts. Am anderen Ende blieb es still. Matilda sagte noch einmal: »Ja, hallo?«

Wieder nichts. Wobei »nichts« nicht ganz richtig war. Sie hörte jemanden atmen. Langsam und keuchend.

»Was soll das?« Ihre Stimme klang hoch und schrill. Sie hatte Angst.

Atmen.

»Patrick, wenn das einer von deinen saublöden Scherzen ist, dann kannst du was erleben!«, schrie Matilda.

Es kam keine Antwort. Nur dieser keuchende, rasselnde Atem. Wie ein Tier. Matilda legte auf und schaltete das Handy aus. Dieses Arschloch! Bestimmt war auch er von dem Gewitter wach geworden und hatte sich gedacht, dass die Gelegenheit günstig war, Matilda zu erschrecken. In Zukunft würde sie ihr Handy nachts abschalten, beschloss sie, dachte dann aber sofort: *Zukunft? Bin ich denn total irre? Von wegen Zukunft! Ich werde gleich morgen dafür sorgen, dass dieser Unfug ein für alle Mal aufhört.*

Wie zur Bekräftigung ihrer stummen Drohungen ertönte ein Donnerschlag, der die Fensterscheiben erzittern ließ. Etwas klapperte. Ein Fensterladen? Nein, das Geräusch war von unten gekommen, aus dem Inneren des Hauses. Und jetzt... Matilda erstarrte, als sie das Geräusch erkannte. Die Treppe knarrte. Jemand kam ganz langsam die Treppe herauf. Wimmernd vor Angst drückte sich Matilda in eine Zimmerecke. Sie spürte, dass sie am ganzen Körper Gänsehaut hatte. Die Kerze flackerte. Mit angehaltenem Atem lauschte sie. Ja, eindeutig, das waren Schritte auf der Treppe, Schritte, die langsam näher kamen. Ganz deutlich hörte sie nun das Ächzen der hölzernen

Stufen. Das Knarren wurde lauter, die Person war fast schon oben angekommen.

Reiß dich zusammen, Matilda! Du kannst nicht hier stehen bleiben wie das Kaninchen vor der Schlange. Du musst dich wehren! Los jetzt! Sie löste sich von der Wand, huschte zum Nachttisch und griff nach der Maglite. Das Gewicht der Lampe in ihrer Hand hatte etwas Beruhigendes. Sie war notfalls auch als Waffe zu gebrauchen, wer dieses Teil über den Schädel gezogen bekam, für denjenigen würde es zappenduster werden. Wenn es erst mal so weit kam. Matilda beschloss, dass Angriff die beste Verteidigung war.

Barfuss schlich sie zur Tür. Dann riss sie sie auf, schaltete im selben Moment die Taschenlampe ein und richtete den Lichtstrahl auf die Treppe. Miguel blinzelte erschrocken ins Licht. Sein Haar und sein T-Shirt waren nass. Er hatte eine Hand auf dem Geländer, mit der anderen schirmte er die Augen ab.

»Mensch, Matilda, hast du mich erschreckt!«, einen Augenblick stand ihm der Schreck ins Gesicht geschrieben, dann fing er sich und der alte, coole Miguel gewann wieder die Oberhand. »Leuchte bitte mal auf die Stufen, man sieht ja gar nichts, im ganzen Haus brennt das Scheißlicht nicht!«

»Wir haben einen Stromausfall«, sagte Matilda so sachlich wie möglich, wobei sie merkte, dass ihre Stimme dennoch ein wenig zitterte. »Was machst du hier?«

»Entschuldigung, ich wohne hier.«

»Nein – ich meine . . . hast du nicht gesagt, dass du heute Abend weg bist?«

»Ja, am Abend. Und jetzt ist Nacht. Oder fast schon Morgen. Außerdem dachte ich mir, bei dem Gewitter sehe ich lieber mal nach, ob du dich nicht fürchtest. Aber ich kann auch wieder gehen, wenn ich dich störe. Hast du etwa einen Kerl auf deinem Zimmer?«

»Was? Nein!«, rief Matilda entrüstet. »Was denkst du denn?«

Als sie Miguels Grinsen sah, ärgerte sie sich, dass sie überhaupt auf den Kommentar eingegangen war. Doch dann musste sie auch grinsen. »Ehrlich gesagt bin ich ganz froh, dass du da bist. Es war tatsächlich ein bisschen unheimlich«, gab sie zu.

»Das dachte ich mir doch«, Miguel streckte ihr die Hand entgegen. »Gib mir mal die Lampe. Ich schau nach der Sicherung im Keller.«

Zwei Minuten später gingen die Lichter im Haus wieder an.

»Das ist früher öfter bei Gewitter passiert. Der Schutzschalter ist etwas empfindlich, der fliegt alle naselang raus«, erläuterte Miguel. Er wünschte ihr eine gute Nacht, verschwand kurz im Bad und dann in seinem Zimmer. Auch Matilda legte sich wieder hin. Vorher stellte sie noch den blinkenden Radiowecker neu ein.

Das Gewitter, dem Matilda im Stillen die Gesamtnote Sieben gab, dauerte noch eine knappe halbe Stunde, danach fiel nur noch ein sanfter, flüsternder Regen. Matilda öffnete ihr Fenster. Mit der frischen Luft, die ins Zimmer strömte, verflogen auch ihre Ängste. Auch Miguels Anwesenheit und das Geräusch des Regens beruhigten sie. Endlich konnte sie einschlafen.

Als um halb sieben der Wecker klingelte, war Matilda hundemüde und spielte mit dem Gedanken, die Schule zu schwänzen. Viel würde sie so kurz vor den Ferien sowieso nicht versäumen und sie hatte in diesem Schuljahr noch keinen einzigen Tag gefehlt. Andererseits wollte sie unbedingt Patrick zur Rede stellen, erst recht nach diesem nächtlichen Anruf. Nein, diese Sache duldete keinen Aufschub.

Bereits fünfzehn Minuten vor Schulbeginn drückte sich Matilda in der Nähe der Fahrradständer herum, um Patrick nicht zu verpassen, aber er kam nicht. Wahrscheinlich hatte er später

Unterricht. Na, egal. Es gab ja noch die Pause. Ungeduldig wartete Matilda nach der zweiten Stunde das Klingelzeichen ab. Dummerweise überzog die Deutschlehrerin ihren Unterricht um ein paar Minuten, indem sie lang und breit den Lehrplan für das nächste Schuljahr vor der ungeduldig mit den Füßen scharrenden Klasse ausbreitete und einfach kein Ende fand. Als Matilda in den Pausenhof kam, sah sie ihn schon von Weitem. Patrick stand umringt von einer Handvoll Mädchen aus den achten und neunten Klassen in der Nähe des Schultors. Eine kleine Blonde rückte ihm ganz besonders nah auf die Pelle. Täuschte sich Matilda oder hielt sie sogar seine Hand?

Ungeachtet der Mädchentraube ging sie sofort auf Patrick zu und sagte grußlos: »Ich muss dich sprechen.«

Obwohl er sie garantiert längst gesehen hatte, tat er überrascht. »Oh, hallo Matilda.« Er lächelte.

Als sie schwieg und ihn nur aus schmalen Augen ansah, verschwand das Lächeln. Sein Blick wurde ebenso kühl. »Ich kann jetzt nicht, ich bin beschäftigt.«

Wie zur Bestätigung schmiegte sich die Blonde mit den Hasenzähnen an seine Schulter. Matilda war kurz davor, vor Wut zu platzen. Was für ein Theater! Aber sie wollte sich vor diesen Hühnern keine Blöße geben. »Wie du willst. Dann spreche ich eben gleich mit deinem Vater.«

Sie drehte sich um und ging langsam davon. Es fiel ihr schwer, die Gelassene zu spielen, sie kochte innerlich vor Wut. Wie erwartet, kam er nun doch hinter ihr her. Patrick fasste sie am Arm und drehte sie herum. Die Stelle, an der er zugegriffen hatte, schmerzte.

»Au!« Matilda rieb sich den Oberarm. »Sag mal, spinnst du?«

»Nein, du spinnst offensichtlich.« Patricks Stimme klang ebenfalls wütend. »Was sollte denn das gerade mit meinem Vater?«

»Das weißt du ganz genau!« Sie trat einen Schritt auf ihn zu. »Diese Nummer, die du da gestern abgezogen hast, die war so was von daneben. Du bist völlig gestört! Und wenn das nicht aufhört, dann rede ich mit deinen Eltern, verlass dich drauf.«

Etwas blitzte in seinen Augen auf. Schuldbewusst senkte er den Kopf, dann murmelte er: »Es tut mir leid, das war nicht nett. Aber so ein Theater musst du deswegen nun auch nicht . . .« Er unterbrach sich, denn Hasenzahn war ihm gefolgt und hing schon wieder an seinem Arm wie ein Regenschirm, wobei sie Matilda aus ihren schwarz umrahmten Augen böse anfunkelte. Sie flüsterte ihm irgendetwas zu. Matilda wurde es zu dumm. Sie hatte gesagt, was zu sagen war, also drehte sie sich um und ließ Patrick und seinen neuen Schatten einfach stehen. Auf der Toilette klatschte sie sich kaltes Wasser ins Gesicht. Glaubte Patrick wirklich, dass er sie mit diesem Huhn eifersüchtig machen konnte? Egal! Ihretwegen konnte er sich einen ganzen Harem zulegen, Hauptsache, er ließ sie endlich in Ruhe.

»Was ziehst du heute für ein Gesicht?«, fragte Anna in der Pause nach der vierten Stunde, die Matilda im Foyer der Cafeteria verbrachte. Sie hatte keine Lust auf weitere Begegnungen mit Patrick und seiner Hühnerschar.

Auch Nicole, die sich bei Anna untergehakt hatte, meinte: »Ja, du hast heute irgendwie eine Aura wie ein Pitbull. Dabei solltest du doch frisch verliebt sein und auf Wolke sieben schweben.«

»Anna, du bist so ein Klatschmaul!« Zum ersten Mal an diesem Tag musste Matilda lachen. Doch als sie ihren Freundinnen von der E-Mail, dem Zettel auf dem Friedhof und dem nächtlichen Anruf, bei dem nur Atemzüge zu hören gewesen waren, erzählte, wurden Anna und Nicole schlagartig ernst.

Einen Moment lang schienen ihnen die Neuigkeiten die

Sprache zu verschlagen. Mit Augen so groß wie Untertassen starrten sie Matilda an.

»Ich kann euch die Mail zeigen, wenn ihr mir nicht glaubt.«

»Doch, klar glaub ich dir das. So was kann man ja gar nicht erfinden. Außer, man ist völlig krank im Hirn«, versicherte Nicole rasch.

»Was für ein Albtraum«, Anna schüttelte sich angewidert.

»Wie er da vorhin im Schulhof mit dieser Tussi aus der Achten rumgemacht hat«, eiferte sich Nicole. »Was war das denn für 'ne Nummer?«

»Eins steht fest: Das mit dem Foto kannst du dir nicht einfach so gefallen lassen«, meinte Anna.

»Tu ich auch nicht. Wenn jetzt noch die geringste Kleinigkeit passiert, dann rede ich mit seinem Vater. Das habe ich ihm eben gesagt.«

»Hoffentlich nützt das was.« Anna zuckte die Schultern und auch Nicole wirkte auf einmal ungewohnt nachdenklich. »Ich an deiner Stelle würde das gar nicht mehr abwarten. Der hat sich den Anschiss jetzt schon mehr als verdient.«

»Eine Chance gebe ich ihm noch«, sagte Matilda. »Aber wirklich nur die eine.« Dann fiel ihr plötzlich ein erfreulicheres Thema ein: »Hey, wisst ihr schon, dass ich am Wochenende nach London fliege?«

Den Nachmittag verbrachte Matilda mit Anna, Nicole und etlichen anderen Leuten aus der Schule im Schwimmbad. Patrick war zum Glück nicht dabei. Nach Schulschluss war er an ihr vorbeigefahren, Hasenzahn hatte mit ihren braun gebrannten, langen Beinen in Shorts dekorativ auf dem Lenker seines Fahrrads gesessen und ihn angehimmelt. Auch Nicole und Anna waren Zeuginnen dieser Szene gewesen und Nicole hatte grinsend prophezeit: »Wetten, hinter der nächsten Kurve schubst er sie in den Graben?«

Am Abend kam eine SMS von Christopher, in der er fragte, ob Matilda ihn am Mittwoch, also morgen, zu einem Jazzkonzert begleiten wolle. Was für eine Frage. Natürlich wollte sie! Ohne zu zögern, drückte sie die Rückruftaste.

»Ich habe Freikarten. Es will nämlich keiner hin, weil ja morgen Deutschland gegen Ghana spielt. Unglückliche Planung. Oder willst du auch lieber Fußball gucken?«

Das hatte sie eigentlich vorgehabt, zusammen mit Anna bei Nicole zu Hause. Deren Vater hatte extra zur WM einen Beamer und eine Leinwand gekauft.

»Nö, Fußball interessiert mich nicht so sehr. Wir erfahren ja dann, wie es ausgegangen ist«, beeilte Matilda sich zu versichern.

Es wurde ein Gespräch von einer halben Stunde, das erst endete, als Christopher wisperte: »Ich muss aufhören, meine Chefin biegt gerade um die Ecke.«

Von Patrick sah und hörte Matilda nichts mehr. Alles blieb ruhig. Miguel und Juliane saßen auf der Terrasse und sahen von dort aus einen Film, der mit entsprechender Lautstärke im Wohnzimmer lief. Es war irgendein Thriller. Sie hatten Matilda gefragt, ob sie mitgucken wolle, aber sie hatte die Einladung dankend abgelehnt. Ihr Bedarf an Thrill war momentan mehr als gedeckt. Sie aß eine Portion Spaghetti mit Pestosoße, übte eine knappe Stunde und ziemlich lustlos Geige und ging danach früh ins Bett. Sie dachte an ihre Verabredung mit Christopher und über der Frage, was sie anziehen sollte, schlief sie ein.

Der nächste Tag war der letzte reguläre Schultag, am Donnerstag würden nur noch die Zeugnisse ausgegeben werden. Auch die Lehrer hatten keine Lust auf Unterricht, und da das Wetter schön war, trafen sich die 10a und die 10b zu einem Spaß-Fußballturnier auf dem Sportplatz. Die Aktion war bereits am Tag zuvor angekündigt worden. Aus den zwei Klassen wurden per Los vier Mannschaften gebildet, es spielten jeweils zwei Gruppen im halbstündigen Wechsel. Matilda musste gegen das Team antreten, dem Patrick angehörte. Sie war die linke Verteidigerin, Patrick spielte im Angriff. *Ganz wie im richtigen Leben,* dachte sie zynisch, während sie verfolgte, wie Patrick, angetrieben von einer unglaublichen Energie, hinter dem Ball herhechtete. An ihrer alten Schule war sie im Mädchen-Fußballteam gewesen, aber seither hatte sie nicht oft gespielt, nur ein paar Mal im Sportunterricht. Gegen Jungs wie Patrick hatte sie keine Chance. Zweimal rannte Patrick ihr und dem anderen Verteidiger, Marcel, der fast einen Kopf kleiner war als Matilda, einfach davon, einmal schoss er auch ein Tor. In der Halbzeit stand es 2 : 1 für seine Mannschaft.

In der Spielpause feuerte Matilda Anna und Nicole an, die in einem anderen Team spielten. Es nützte aber nichts, die beiden hassten es, Fußball zu spielen, und das merkte man ihnen auch an.

Gleich zu Beginn der zweiten Halbzeit stürmte Patrick wieder voran wie ein Berserker, aber der kleine flinke Marcel nahm ihm geschickt den Ball ab. Es ergab sich eine Konterchance, Matilda bekam plötzlich im Mittelfeld den Ball vor die Füße. Da kein Stürmer aus ihrer Mannschaft zugegen war, an den sie hätte abgeben können – wo waren die Kerle eigentlich immer, wenn man sie brauchte? –, rannte sie mit dem Ball selbst in Richtung gegnerisches Tor. Die Sache sah gut aus, sie überlief die Verteidigerin, die sich während des gesamten Spiels ohnehin nur innerhalb des Radius eines Bierdeckels bewegte. Während Anna und Nicole am Spielfeldrand begeistert jubelten, rannte Matilda weiter, schlug einen Haken, denn irgendjemand war ihr auf den Fersen, und auf einmal hatte sie nur noch Jonas, den Torhüter, vor sich. Schon holte sie zum Schuss aus ... da wurden ihr mitten im Lauf beide Beine weggezogen. Sie schlug hart auf dem Boden auf und noch im Fallen spürte sie, wie ihr jemand mit dem Stollen eines Fußballschuhs gegen das bloße Schienbein trat.

Der Schiedsrichter pfiff. Patrick drehte sich um und tat, als sei nichts gewesen. Die Mehrheit der Zuschauer und die anderen Spieler aus Matildas Mannschaft verlangten die Rote Karte für Patrick, aber der Sportlehrer ermahnte ihn nur und gab Elfmeter. Dann ging er zu Matilda und wollte wissen, ob alles in Ordnung sei. Es wäre eine gute Gelegenheit gewesen, sich auswechseln zu lassen. Die Schulter, auf der sie gelandet war, tat ihr weh und sie blutete unterhalb des Knies. Aber Matilda dachte gar nicht daran, jetzt aufzugeben. Nun wollte sie es erst recht wissen. Sie rappelte sich auf, versicherte dem besorgten Lehrer mehrmals, dass die Verletzung nicht so schlimm sei, und verlangte, den Elfmeter schießen zu dürfen. Patricks hämisches Grinsen beachtete sie ebenso wenig wie den Schmerz an ihrem Schienbein.

Sie nahm Anlauf und legte ihre ganze Wut in den Schuss aufs Tor. Der Ball flog mit Wucht knapp an der Querlatte vorbei in die rechte obere Ecke. Jonas hatte keine Chance, zumal er auf die falsche Seite hechtete. Ihre Mitspieler und die Zuschauer johlten und applaudierten. Es stand 2 : 2.

Natürlich spielte Patrick ab diesem Zeitpunkt wie ein Klon von Schweinsteiger und Co. Aber auch Matilda fühlte sich wie ausgewechselt. Patrick hatte keine Chance, ihr zu entkommen. Als er wieder einmal auf das Tor zustürmte, nachdem er zwei Mittelfeldspieler ausgetrickst hatte, gelang es ihr, ihm noch vor dem Strafraum den Ball abzujagen. Diese Aktion lief nicht ganz ohne Körperberührung ab – da war schließlich noch eine Rechnung offen.

Erneut pfiff der Schiedsrichter ein Foul. Matilda wandte sich um und machte eine Unschuldsmiene, die jedem italienischen Profifußballer zur Ehre gereicht hätte. Auf den Bänken wurde gepfiffen, die Zuschauer waren sichtlich begeistert von der Wendung, die das Spiel genommen hatte. Patrick krümmte sich auf dem Rasen und stöhnte.

»Tja, das war's dann mit der Familienplanung!«, rief irgendjemand.

Matilda, die genau wusste, dass sie Patrick »nur« gegen den Knöchel getreten hatte, beugte sich über ihn und brüllte ihn an: »Jetzt hör schon auf, so albern auf dem Rasen rumzukullern, das glaubt dir doch keiner!«

Der Sportlehrer drängte sich zwischen sie und Patrick.

»Die hat mir voll in Eier getreten!«, japste Patrick atemlos. Er stand nun wieder, allerdings noch immer in gekrümmter Haltung, und spuckte in Matildas Richtung auf den Boden.

»Du hast doch gar keine«, entschlüpfte es Matilda, die der Spucke ausgewichen war und nun gegenüber dem Schiedsrichter beteuerte: »Der simuliert, ich habe wirklich nur seine Füße erwischt.«

»Mir reicht es jetzt mit euch beiden«, sagte der Sportlehrer unwirsch und schickte Matilda und Patrick wegen »übertriebener Härte« vom Platz.

»Aber ich hab doch gar nichts getan!«, protestierte Patrick, der wie durch ein Wunder plötzlich wieder aufrecht gehen und mit klarer Stimme sprechen konnte.

»Da sehen Sie es! Das war 'ne Schwalbe!«, rief Matilda entrüstet. »Wieso muss ich dann vom Platz?«

Doch der Sportlehrer blieb bei seiner einmal getroffenen Entscheidung. Beide humpelten davon, jeder in eine andere Richtung. Matilda setzte sich hinter das Tor ihrer Mannschaft, spuckte in ihre Hand und drückte sie auf die Schramme am Bein, die immer noch blutete. Wenn sie Pech hatte, würde das sogar eine Narbe geben. Patrick setzte sich auf die Zuschauerbank und hielt sich den Knöchel. Sie verfolgten die letzten zehn Minuten des Spiels, wobei sie einander immer wieder böse Blicke zuwarfen. Die Partie endete unentschieden, ein paar Stimmen verlangten nach einem Elfmeterschießen, aber das gab der Zeitplan nicht mehr her.

Matilda verzichtete darauf, sich die zweite Halbzeit von Nicoles und Annas Mannschaft anzusehen, und hinkte zur Umkleidekabine.

Das Jazzkonzert war ziemlich langweilig. Auch wenn sie sich Tante Helen zuliebe schon öfter damit auseinandergesetzt hatte, konnte sie mit Jazz, vor allen Dingen mit Free Jazz, nicht viel anfangen. Christopher dagegen lauschte konzentriert und schien die schrägen Töne sehr zu genießen. Manchmal wippte er unruhig mit den Beinen oder bewegte den Kopf, als würde er die Takte mitzählen. Immer wieder sah ihn Matilda heimlich von der Seite an. Sie fand, dass er heute Abend noch besser aussah als sonst. Sein Haar war frisch gewaschen und dezent nach hinten gegelt, das weiße Hemd brachte seine gebräunte Haut gut zur Geltung und ließ die silberfarbenen Augen richtig leuchten. Aber auch Matilda sah gut aus. Zumindest hatte Christopher ihr das vorhin gesagt. »Elegant« hatte er ihr Outfit genannt. Matilda lächelte bei der Erinnerung daran.

Es schien sich also gelohnt zu haben, dass sie Anna zurate gezogen hatte. Allein das Schminken hatte fast eine Stunde gedauert. Um ihr lädiertes Schienbein, auf dem schon jetzt ein dicker blauer Fleck prangte, zu verdecken, hatte sie sich für ein wadenlanges schwarzes Kleid entschieden, das sie zuletzt zusammen mit einer Jacke zur Beerdigung ihrer Eltern getragen hatte. Eigentlich hatte sie sich damals geschworen, es nie wieder anzuziehen. Aber schließlich konnte das Kleid ja nichts dafür und es war wirklich schön: schlicht geschnitten mit einem Ausschnitt, der nicht zu tief und nicht zu hoch geschlossen war. Die brave Jacke hatte sie einfach weggelassen, stattdessen trug sie um die Hüften einen blau marmorierten Schal aus Tante Helens Kleiderschrank und dazu passend eine Halskette aus blauen Lapislazuliperlen.

Während des ganzen Konzerts fragte sich Matilda, wie der Abend wohl weitergehen würde. Bestimmt würden sie noch in irgendeine Bar gehen, oder in einen Club. Und dann? Was sollte sie tun, wenn Christopher sie fragen würde, ob sie noch mit zu ihm käme? Sie hatte keine Ahnung. Zum einen hoffte sie, dass er das tun würde, zum anderen zweifelte sie daran, ob es klug wäre mitzugehen. Das hier war ihr erstes richtiges Date, ihr erster gemeinsamer Abend. Was würde er von ihr denken, wenn sie so leicht zu haben war? Oder waren solche Gedanken spießig und uncool? Andererseits – vielleicht würde er sie gar nicht wiedersehen wollen, wenn sie Nein sagte? *Dann wäre es um ihn nicht schade,* mahnte eine Stimme in ihrem Kopf, die verdammt viel Ähnlichkeit mit der ihrer Großmutter Eleonore hatte. Aber eine andere Stimme beschwor sie, lieber kein Risiko einzugehen. So einen tollen Jungen würde sie so schnell nicht wieder kennenlernen, davon war sie vollkommen überzeugt. Sie durfte jetzt nichts falsch machen! Aber was war »falsch« und was »richtig«? *Vielleicht sollte ich einfach den Verstand beiseitelassen und auf mein Herz hören,* überlegte sie. Aber auf die Stimme ihres Herzens war auch kein Verlass. Einerseits sehnte sie seine Nähe herbei. Es war ein völlig neues Gefühl, das ihr unheimlich war, aber es war auch wunderschön. Andererseits hatte sie die Befürchtung, dass sie sich in Christopher so sehr verlieben würde, dass sie dann bestimmt keinen klaren Gedanken mehr fassen könnte. Mädchen, deren ganzes Denken und Fühlen nur noch um einen Jungen kreisten, hatte sie schon erlebt, in ihrer Klasse. *Paul hat dies gesagt, Paul hat jenes gemacht, Paul findet dies schön, Paul mag das nicht . . .* Abstoßend, diese Selbstaufgabe! Bei manchen Mädchen dauerte es Monate oder sogar Jahre, bis sie wieder einigermaßen zur Vernunft kamen – oder sich gleich an den Nächsten klammerten. Natürlich wurden diese bedauernswerten Geschöpfe früher oder später von ihrem Angebeteten verlassen, denn welcher Typ wollte schon ständig eine willenlose Marionette um sich herum haben? Nur Obermachos, und selbst die nicht immer. War die Beziehung zu Ende, gab es ein großes Drama, die Betreffende war dem Selbstmord nahe und zog ihre ganze Umgebung mit ihrer schlechten Laune runter. Matilda hatte solche Mädchen bisher immer aus tiefster Überzeugung verachtet. Nie hätte sie gedacht, dass eventuell auch aus ihr einmal solch ein Fall werden könnte. Na ja, vielleicht nicht so extrem, aber zumindest ahnte sie nun, was in diesen Mädchen vorging. *Liebe ist doof,* dachte sie und seufzte tief.

Christopher warf ihr einen aufmerksamen Blick zu und griff nach ihrer Hand. »Langweilig?«, fragte er mitten in ein schrilles Saxofonsolo hinein, das an Körperverletzung grenzte.

»Nein, nein. Ich finde es ganz toll«, versicherte Matilda und dachte erschrocken: *Da! Schon fängt es an mit der Selbstverleugnung!*

Nachdem sie den Jazzkeller verlassen hatten, führte Christopher sie in eine schicke neue Cocktailbar. »So wie du angezogen bist, können wir nicht in eine abgerockte Studentenkneipe gehen«, meinte er augenzwinkernd.

»Findest du mich overdressed?«, fragte Matilda verunsichert.

»Nein, ich finde dich wunderschön.«

Fahnengeschmückte Autos fuhren hupend durch die Straßen. Man feierte den Einzug der deutschen Mannschaft ins Achtelfinale.

Auch in der Bar war die Stimmung blendend. Matilda trank einen alkoholfreien Früchtecocktail, Christopher Cola. Sie unterhielten sich, alberten herum und lachten. Matilda fühlte sich so wohl wie schon lange nicht mehr.

Ihre Gewissensnöte, was den weiteren Verlauf des Abends anging, erwiesen sich als völlig überflüssig: Um ein Uhr brachen sie auf und Christoper fuhr sie schnurstracks nach Hause. Ehe sie sich verabschiedeten, knutschten sie allerdings noch ziemlich intensiv im Auto herum. Als Matilda mit geröteten Wangen und weichen Knien ausstieg, wünschte er ihr eine gute Nacht.

»Und viel Spaß in London«, rief er ihr hinterher.

Wieder verbrachte Matilda eine Nacht mit wenig Schlaf. Aber dieses Mal hatte die Schlaflosigkeit angenehme Gründe. Sie war verliebt!

Am nächsten Tag wurden die Zeugnisse ausgeteilt. Matilda war zufrieden mit ihrem Jahreszeugnis. Sie stand in den meisten Fächern auf Zwei, nur in Mathe und Chemie hatte sie eine Drei. In Musik und in Englisch war sie dafür sogar sehr gut. *Helen wird sich freuen,* dachte sie und merkte dabei, dass sie es kaum erwarten konnte, ihre Tante wiederzusehen.

»Das ist aber schön, da wird deine Tante aber stolz sein«, meinte auch Angela, nachdem sie Matildas Zeugnis gesehen hatte. Sie drückte Matilda einen feuchten Kuss auf die Wange und rief in den Flur: »Miguel! *Mangiare!*«

»Ah, Zeugnis. Lass mal sehen«, sagte Miguel, als er gähnend die Küche betrat. Er rieb sich die Augen und dehnte sich. Offenbar war er gerade erst aufgestanden.

»Streberin. Solche Zeugnisse hatte ich nie!«, bemerkte er wenig später, während Angela die duftende Lasagne aus dem Backofen holte. »Ich war immer nur gut in Mathe, Physik und Bio. In Englisch hatte ich immer 'ne Vier und in Latein auch mal 'ne Fünf.«

»Und in Sport?«, fragte Matilda.

»Drei, vier. Ich hab's gehasst. Besonders das Geräteturnen. Das ist nichts für Kerle, echt nicht.«

»Musik?«

»Hab ich zuletzt abgewählt. *Mum was not amused*«, fügte er mit schiefem Grinsen hinzu.

»Kann ich mir vorstellen.« Matilda fiel es schwer zu begreifen, dass der Sohn einer Musikerin nicht das geringste Interesse für dieses Fach übrig hatte.

»Na ja, jetzt hat sie ja dich«, bemerkte Miguel.

Während Angela das Essen auf den Tisch stellte, ging Matilda zum Kühlschrank und goss sich eine Cola ein.

»Was ist denn mit deinem Bein?«, fragte Miguel.

»Wieso?«

»Mir kam es so vor, als ob du hinken würdest.«

»Ach so, das.« Matilda schob ihre Jeans nach oben. Ihr rechtes Schienbein hatte inzwischen sämtliche Regenbogenfarben angenommen und schmerzte beim Gehen und bei jeder noch so kleinen Berührung.

»Mamma mia!«, schrie Angela erschrocken. »Da muss Eis drauf!« Sie eilte zum Kühlschrank und suchte im Eisfach nach einer gekühlten Kompresse.

»Das ist jetzt zu spät, Angela, das war schon gestern«, wehrte Matilda ab.

Sie hatte Miguel eigentlich bewusst nichts von Patricks letztem bösartigen Streich erzählen wollen. Denn sie befürchtete, er würde es seiner Mutter sagen und die würde sich, so kurz vor dem Wiedersehen, noch unnötige Sorgen machen.

»Sieht heftig aus! Was hast du gemacht?«, fragte Miguel mit schmerzverzerrter Miene.

»Fußball gespielt.«

»Hm . . . tja, Frauen und Fußball, das passt eben nicht zusammen.« Er grinste schief, dann drehte er sich zu Angela um. »Apropos Fußball! Angela, wenn die Squadra Azzurra heute gegen Slowenien verliert, dürfen die Jungs ihre Koffer packen«, stichelte er.

Angela, noch immer im Eisfach wühlend, murmelte einen italienischen Fluch vor sich hin, während Miguel den Kopf schüttelte und zu Matilda sagte: »Ich sage es ja schon immer: Sport ist Mord.«

Ferien! Wunderbar! Und morgen ab nach London. Matilda fuhr ihren Computer hoch, um im Internet ein wenig über London zu recherchieren. Es klopfte an der Tür.
»Herein!«
Miguel steckte seinen Kopf durch den Spalt. »Entschuldige. Was ich dich noch fragen wollte . . .«
»Ja?«
»Was sollte eigentlich das mit den Rosen auf der Treppe?«
»Was für Rosen denn?«, fragte Matilda und runzelte die Stirn.
»Ich bin gestern kurz vor dir nach Hause gekommen und da lag auf jeder Stufe eine Rose. Ich habe sie aufgesammelt, dachte mir irgendwie schon, dass die nicht für mich bestimmt waren. Aber später ist mir dann eingefallen, dass du ja mit Chris weg warst. Gehörten die zum Romantik-Setting? Wenn ja, dann tut es mir leid. Hoffentlich hab ich's nicht versaut.«
Matilda starrte ihren Cousin verwirrt an und fragte: »Wo sind die Rosen jetzt?«
»Im Wohnzimmer, Angela hat sie . . .«
Matilda stürzte an Miguel vorbei aus dem Zimmer und rannte die Treppe hinunter, so schnell es ihr lädiertes Bein zuließ. Tatsächlich, da standen mindestens zwanzig hellrote Rosen hübsch angeordnet in einer Vase.
Der Anblick der Blumen schnürte Matilda die Kehle zu. Sie spürte, wie ihr Magen plötzlich gegen die große Portion Lasagne rebellierte, die sie eben noch gegessen hatte. Er war im Haus gewesen! Womöglich – nein, bestimmt – sogar in ihrem Zimmer! Aber wie konnte das sein? Wie war er ins Haus ge-

kommen? Die Hausür war doch verschlossen gewesen. Hatte sie oder Miguel vielleicht versehentlich die Terrassentür offen gelassen? Nein, das wäre ihr heute Morgen ganz sicher aufgefallen, sie war ja die Erste in der Küche gewesen. Die Hintertür im Keller! Matilda rannte an dem überraschten Miguel, der im Türrahmen lehnte, vorbei und hastete die steile Treppe hinunter. Die Tür war über und über mit Spinnweben bedeckt und der Schlüssel, ein großes, rostiges Monstrum, steckte von innen. Matilda drückte auf die Klinke. Die Tür ließ sich öffnen. Verdammt! Die Hintertür war nicht abgeschlossen gewesen, vielleicht schon seit Tagen. Miguel oder Enzo hatten es vergessen. Oder sie selbst – allerdings hatte sie diesen Ausgang schon seit Wochen nicht mehr benutzt. Panik ergriff sie, als sie sich vorstellte, wie Patrick in ihrem Zimmer herumgeschnüffelt hatte, alles ansah, alles anfasste: ihre Geige, ihre Bücher, ihre Kleider, ihre Wäsche... Vielleicht hatte er sogar den Computer angemacht und ihre Mails gelesen, die Fotos betrachtet – ihr ganzes Privatleben. Matilda lehnte sich gegen die raue Wand des Kellers und rang nach Luft.

»Verdammte Scheiße!«, flüsterte sie, als sie sich wieder einigermaßen gefangen hatte. Sie schlug die Kellertür wieder zu und drehte den Schlüssel zweimal im Schloss herum. Ab jetzt würde sie Türen und Fenster jeden Abend sorgfältig kontrollieren, nahm sie sich vor. Vor der Haustür schwang sie sich auf ihr Fahrrad. Verzweiflung und Wut ließen sie, so schnell sie konnte, in die Pedale treten. Was bis jetzt geschehen war, war schon schlimm genug, aber mit dem Eindringen ins Haus war eine Grenze überschritten worden. Er hatte in ihrem Zuhause herumgeschnüffelt, hatte Dinge gesehen, die ihn absolut nichts angingen. Sie musste sich wehren.

Außer Atem kam sie bei Patrick an. Am Haus waren alle Rollläden heruntergelassen, kein Wagen stand in der Einfahrt. Mist! Waren die Böhmers heute schon in Urlaub gefahren, hatte sie Patrick deshalb in der Schule nicht gesehen? Oder waren die Rollos nur wegen der Hitze unten? Sie schaute sich hastig um, hoffte, dass in den Nachbargärten jemand war, den sie fragen konnte. Aber alles war menschenleer. Auf dem Heimweg konnte sie sich nicht länger beherrschen. Der Fahrtwind trocknete die Tränen der Wut und Enttäuschung, die ihr über die Wangen rollten. Ganz allmählich beruhigte sie sich wieder ein wenig. *Eigentlich ist es ja ganz gut, dass Patrick mit seinen Eltern in den Urlaub gefahren ist,* dachte sie. *Dann kann er mir zwar ein paar böse Mails und SMS schicken und ins Telefon röcheln, aber mehr auch nicht. Dann ist er ein zahnloser Tiger, wenigstens für eine Weile.* Und in gut zwei Wochen würde ja auch Helen wieder zurück sein. Wenn das Theater dann immer noch andauerte, würde Matilda sie einweihen, das nahm sie sich fest vor. Ihre Tante konnte notfalls ganz schön resolut sein, die würde Patrick schon in die Schranken weisen.

Als Matilda gerade die Haustür aufschließen wollte, rief jemand: »Fräulein Matilda! Warten Sie bitte mal!«

Die Nachbarin, Frau Diedloff, stand am Zaun.

Matilda ging ein paar Schritte auf sie zu. Hoffentlich bemerkte die Frau nicht, dass sie geweint hatte. »Guten Tag, Frau Diedloff.«

Das rundliche Gesicht der Nachbarin war gerötet, ihre Stimme klang aufgeregt, als sie sagte: »Eine Frage, junges Fräulein. Ist Ihnen oder dem jungen Mann, Ihrem Cousin, vielleicht gestern Nacht etwas aufgefallen?«

»Nein, wieso?«, fragte Matilda und dachte: *Eigentlich müsste ich diese Frage stellen.*

»Unsere Rosen sind geklaut worden! Hier aus dem Vorgarten. Ist das nicht unverschämt?« Anklagend wies Frau Diedloff hinter sich ins nur noch karg bestückte Rosenbeet. Matilda starrte die wenigen übrig gebliebenen Exemplare an. Die Blüten hatten dieselbe Farbe wie die in ihrem Wohnzimmer.

»Das ... das tut mir leid. Nein, mir ist nichts aufgefallen«, versicherte sie rasch. Anscheinend war Patrick auch noch zu geizig, um für seine schlechten Scherze Geld auszugeben!

»Ist bei Ihnen auch etwas weggekommen?«, wollte die Nachbarin wissen.

»Nein, soweit ich weiß nicht.« Matilda hob die Schultern..

Kopfschüttelnd und auf die schlimmen Zustände heutzutage schimpfend, ging Frau Diedloff ins Haus.

Im Wohnzimmer nahm Matilda sofort die Rosen aus der Vase. Sie durften auf keinen Fall auf dem Komposthaufen landen, der an der Grundstücksgrenze zu Diedloffs stand. Sonst kämen sie und Miguel noch in den Verdacht des Rosendiebstahls. Sie stopfte die Blumen in den Mülleimer, knotete den Beutel fest zu und warf ihn in die Mülltonne.

Dann rief sie Anna an und fragte sie nach der Nummer von Jonas. Der würde wissen, ob sein Freund weggefahren war oder nicht. Doch bei Jonas meldete sich nur die Mailbox und Matilda hinterließ eine Bitte um Rückruf.

Was jetzt? Nachdenklich saß sie am Küchentisch und starrte in den Garten. Sie hörte Miguel die Treppe herunterpoltern und kurz darauf kam er in die Küche. »Hast du meine Autoschlüssel ... ah, da sind sie ja!« Er steckt die Schlüssel ein, die auf der Arbeitsplatte gelegen hatten.

»Bist du ... bist du heute Abend zu Hause?«, fragte Matilda.

»Ja, ich denke schon. Wieso?«

»Nur so.«

Miguel kam näher. »Stimmt was nicht? Ist es dir nicht recht, dass ich manchmal nicht da bin?«

Ohne es zu wollen, fing Matilda erneut an zu weinen. Miguel starrte sie bestürzt an. »Was ist denn los?«

Da gingen Matilda endgültig die Nerven durch, alle Dämme schienen zu brechen, sie heulte und heulte, während Miguel sich zu ihr an den Küchentisch setzte und ihr wortlos die Küchenrolle reichte. Nach ein paar Minuten hatte sich Matilda wieder so weit im Griff, dass sie sagen konnte: »Ja, es stimmt was nicht. Patrick will mich umbringen.«

Sie erzählte Miguel alles. Angefangen von den diversen SMS-Nachrichten, der Rose auf dem Fahrrad, den Facebook-Fotos, der Prügelei beim Public Viewing, den Graffitis und den E-Mails von »Todesengel« bis hin zu dem Zettel auf dem Friedhof und dem nächtlichen Anruf.

»Und jetzt das mit den Rosen auf der Treppe... Verstehst du, das war nicht ich. Das war *er!* Er war hier, hier im Haus! Die Rosen sollte ich finden.« Ihre Stimme war laut geworden und klang hysterisch, sie merkte es selber.

Miguel schluckte. »Wie... wie ist er reingekommen?«

»Die Kellertür war offen, ich habe vorhin nachgesehen.«

Miguel starrte sie verwundert an und fragte: »Warum erzählst du mir das alles denn erst jetzt?«

»Ich... ich weiß es nicht. Ich dachte immer, es hört wieder auf«, schluchzte Matilda.

Miguel schnaubte: »Das wird es auch. Den werde ich mir vorknöpfen!«

»Ich wollte gerade zu seinem Vater und ihn bitten, seinen Sohn gefälligst zur Vernunft zu bringen.«

»Gute Idee.«

»Aber es war niemand da.«

»Und du bist absolut sicher, dass auch wirklich Patrick dahintersteckt?«, fragte Miguel.

»Wer denn sonst?«, entgegnete Matilda und deutete auf ihr Schienbein. »Das war er übrigens auch.«

»Ich dachte, das wäre beim Fußballspielen passiert?«

»Ja. Patrick hat mich gefoult und nachgetreten.«

»Zeig mir mal die Mails.«

Sie gingen nach oben.

»Der Vogel an dem Kreuz ist eine Montage«, erkannte Miguel, nachdem er einen kurzen Blick auf das Bild geworfen hatte.

»Trotzdem ist es fies und geschmacklos!«

»Allerdings.« Miguel drehte sich zu Matilda um, die wie ein Häufchen Elend auf ihrem Bett saß. »Komisch. Erst bringt er dir Brötchen, dann schickt er Todesdrohungen. Was hast du ihm denn getan?«

»Ich hab ihm gar nichts getan!«, rief Matilda aufgebracht. »Na ja«, sie zog die Schultern hoch. »Er hat am Montag gesehen, dass mich Chris von der Schule abgeholt hat. An dem Tag fing es an, da kam die SMS mit *Schlampe*.«

Matildas Telefon klingelte. Es war Jonas. Nein, er wusste nicht, wo Patrick im Augenblick war. Von einer Urlaubsreise hatte sein Freund allerdings nichts gesagt. »Aber gleich ist Training auf dem Platz von der Eintracht, da wollte er eigentlich hinkommen – obwohl er von deinem Tritt noch einen dicken Knöchel hat«, fügte Jonas hinzu. Danach wollten sie sich noch zusammen mit ihrer Mannschaft das Italien-Spiel im Vereinslokal anschauen.

Matilda bedankte sich bei Jonas und legte auf.

Miguel hatte in der Zwischenzeit offenbar nachgedacht und meinte: »Warum rufst du ihn nicht einfach an und bestellst ihn hierher?«

»Und dann?«

»Dann werde ich mal mit ihm reden. Von Mann zu Mann sozusagen.«

»Die Vorstellung, dass er dieses Haus noch einmal betritt, gefällt mir nicht besonders gut«, gestand Matilda.

»Tja, mir auch nicht«, räumte Miguel ein. »Vielleicht würde er sich bei Tageslicht ja auch gar nicht hertrauen.« Miguel grinste. »Wenn er käme, könnten wir ihn überwältigen und im Keller einmauern.«

»Ich bin dabei!« Matilda lächelte ebenfalls grimmig.

»Wer war das eben am Telefon?«, fragte Miguel.

»Patricks Freund Jonas. Er sagt, gleich ist Training und danach gucken sie Fußball im Vereinsheim. Auch Patrick. Als ob nichts wäre.«

»Gut. Planänderung. Ich geh zum Sportplatz und greife mir ihn dort.«

»Ich komme mit.« Matilda hatte, wenn sie ehrlich war, Zweifel daran, dass sich Patrick von Miguel einschüchtern lassen würde. Am Ende würde er ihm noch eine verpassen, wenn sie nicht aufpassten, so wie dem Betrunkenen neulich. Außerdem hatte er auf dem Platz seine ganzen Freunde um sich herum, sehr wahrscheinlich würde er sich in dieser Situation ziemlich stark fühlen. Matilda teilte Miguel ihre Bedenken mit.

»Stimmt«, räumte Miguel ein. »Womit ich natürlich nicht sagen will, dass Patrick mir in irgendeiner Weise Angst machen könnte. Allerdings habe ich eine bessere Idee! Du bleibst hier und ich nehme stattdessen Gonso mit.«

»Wer ist denn Gonso?«

»Ein alter Kumpel von mir, den kennst du nicht. Er arbeitet als Türsteher in einem Steintorclub. Ein Kreuz wie ein Kleiderschrank, kahl rasierter Schädel, überall Tattoos. Der muss nur dabeistehen, der braucht gar nichts zu sagen. Und seinen Bruder soll er auch gleich mitbringen, der sieht genauso aus.« Miguel grinste. »Ich garantiere dir, dieses Würstchen wird dich danach nie mehr auch nur schief anschauen.«

Matilda nickte. Sie fühlte sich viel besser als noch vor ein paar Minuten. »Klingt gut. Hoffentlich klappt es.«

Nachdem Miguel gegangen war, rief sie Anna an: »Hättest du eventuell Lust, heute bei mir zu übernachten?«

»Klar, wieso nicht? Wir könnten uns ein paar DVDs ausleihen.«

»Toll.« Matilda war erleichtert. »Komm ruhig schon um acht. Und frag Nicole, ob sie auch Lust hat«, fiel ihr gerade noch rechtzeitig ein. Eine beleidigte Freundin war das Letzte, was sie momentan gebrauchen konnte.

»Ja, super. Mach ich. Bis dann.«

Um sich bis zu dem Treffen mit Patrick abzulenken, tat Matilda etwas, das sie schon seit längerer Zeit vorgehabt hatte: Sie ging in Miguels Zimmer unter dem Dach und sah sich dort um. Es war ein lang gezogener, zeltartiger Raum, die Schrägen reichten fast bis zum Fußboden. Man kam sich vor wie in einem Gewächshaus. Dazu passte auch die Hitze, die hier oben herrschte. Kein Wunder, dass Miguel bei dem warmen Wetter öfter bei Juliane übernachtete.

Es roch feucht-muffig, auf niedrigen Regalen standen Kästen und Eimer mit Pflanzen. In manchen Gefäßen war nur Erde zu sehen, in anderen wuchsen winzige Keimlinge, die mit Plastikfolie abgedeckt waren. Eine Schlingpflanze rankte sich an der Decke entlang bis zum Fenster. Die einzige pflanzenfreie Zone war der Schreibtisch, der von zwei riesigen Bildschirmen beherrscht wurde. Auf einem anderen Tisch stand ein ziemlich großes Mikroskop.

»Mit einem Mikroskop wird die Welt größer«, hatte Miguel gesagt, als er dieses Gerät von Helen zu Weihnachten geschenkt bekommen hatte.

Matildas geheimer Verdacht, dass ihr Cousin in seinem Zimmer Marihuana anbaute, bestätigte sich nicht. Die meisten Pflanzen kannte sie nicht, vermutlich waren es Orchideen. Im Bücherregal gab es jedenfalls einige Bildbände über Orchideen und andere exotische Gewächse. Augenblicklich schämte sich Matilda, dass sie hier herumschnüffelte, während Miguel versuchte, ihre Probleme zu lösen. Mit einem ganz schlechten Gewissen ging sie aus dem Zimmer und zog die Tür hinter sich zu.

Während sie nervös auf Miguels Rückkehr wartete, malte sie sich aus, wie dieser Gonso und sein Bruder Patrick nach allen Regeln der Kunst verprügelten. Als es auf acht Uhr zuging und Anna und Nicole jeden Moment eintrudeln würden, hielt sie es nicht mehr aus und rief Miguel auf seinem Handy an.
»Hast du ihn getroffen?«
»Ja. Alles klar.«.
»Was heißt das?«
»Das heißt, dass jetzt Ruhe ist.«
Matilda wurde ungeduldig. »Jetzt lass dir doch nicht alles aus der Nase ziehen!«
Sie hörte, wie ihr Cousin leicht genervt aufseufzte und dann sagte: »Also: Gonso konnte ich nicht erreichen, also habe ich allein vor der Kneipe auf Patrick gewartet und mit ihm gesprochen, als er rauskam. Er wirkte ziemlich überrascht, aber dann war er doch ganz vernünftig. Er hat versprochen, dich in Zukunft in Ruhe zu lassen. Er hat's begriffen, denke ich.«
Matilda atmete auf. »Danke, Miguel.«
»War mir ein Vergnügen. Hey – hast du's mitgekriegt? Italien ist draußen!«
»Schön.« Fußball war Matilda im Moment herzlich egal. »Du kannst übrigens bei Juliane übernachten, wenn du willst. Anna und Nicole schlafen hier.«
»Gut, ich schau mal«, sagte Miguel. Bevor er auflegte, wünschte er ihr noch viel Spaß.
Spaß, dachte Matilda und holte tief Luft. Das klang gut. Ja, ein unbeschwerter Abend mit ihren Freundinnen war genau das, was sie jetzt brauchte. Und morgen die Reise nach London. Und danach... Doch sosehr Matilda sich auch bemühte, Miguels Worten Glauben zu schenken, richtig erleichtert fühlte sie sich nicht. Zu oft hatte sie in der letzten Zeit schon geglaubt, dass Patrick nun klein beigeben würde, und noch jedes Mal hatte sie sich getäuscht.

Bis zu ihrem Abflug am Freitagabend hörte sie jedoch tatsächlich nichts mehr von Patrick. Als die Maschine in Hannover-Langenhagen endlich vom Boden abhob, fiel Matilda schließlich doch ein Stein vom Herzen. Vielleicht war der Spuk ja nun wirklich endgültig vorbei. Und während sie in England war, konnte Patrick sowieso nichts anrichten. Miguel hatte ihr hoch und heilig versprochen, Helen nichts von den Vorfällen der letzten Tage zu erzählen. Er hatte es ihr sogar schwören müssen. Helen sollte die letzten Tage ihrer Tournee ungestört hinter sich bringen, sie machte sich auch so schon genug Sorgen. Ehe sie das Haus verlassen hatten, hatte Matilda noch einmal alle Türen und Fenster kontrolliert. Und auch Angela, die wegen des Ausscheidens der italienischen Nationalmannschaft aus der WM in etwas gedrückter Stimmung gewesen war, hatte Matilda noch einmal ans Herz gelegt, besonders darauf zu achten, dass alle Türen und Fenster während ihrer Abwesenheit geschlossen blieben. »Und sag es bitte auch Enzo. In der Gegend ist neulich mehrmals eingebrochen worden und bei Diedloffs haben sie Rosen aus dem Garten gestohlen.«

Als die Maschine gelandet war, konnte Matilda es kaum erwarten, aus dem Flugzeug zu kommen. Sie und Miguel hatten nur Handgepäck, also mussten sie nicht lange auf die Gepäckausgabe warten. Matilda erkannte Helen sofort, als sie nach der Passkontrolle in die Flughafenhalle trat, obwohl diese eine neue Kurzhaarfrisur trug. Sie flog ihrer Tante in die Arme und diese drückte ihre Nichte fast eine Minute lang an sich, ehe sie auch Miguel umarmte, der etwas linkisch danebengestanden hatte. Helen musste sich auf die Zehenspitzen stellen, um ihn auf die Wange zu küssen. »Schön, dich zu sehen, mein Großer!«

Helen war nur eins sechzig groß, weshalb sie fast immer hohe Schuhe trug. Heute waren es braune Sandaletten zu engen Jeans. Ihr schmales blasses Gesicht mit den hohen Wangenknochen wurde von den blaugrauen Augen dominiert. Das dunkle Haar und den etwas zu großen Mund hatte sie mit ihrer Nichte gemeinsam, ebenso die elegant geschwungenen Augenbrauen. Matilda entdeckte ein paar Fältchen, die ihr vorher nie aufgefallen waren, um die Augen ihrer Tante und es sah aus, als hätte Helen, die ohnehin schlank war, noch ein paar Kilo abgenommen. Bestimmt war das den Anstrengungen der Tournee zuzuschreiben.

Als sie im Taxi saßen und der pakistanische Fahrer sie in halsbrecherischer Fahrt in Richtung Innenstadt chauffierte, dachte Matilda, dass sie Miguel bei der Begrüßung vorhin vielleicht besser den Vortritt gelassen hätte. Schließlich war Helen ja seine Mutter, nicht ihre. Aber sie hatte sich einfach so über das Wiedersehen gefreut. Und außerdem tat er ja sonst auch immer so obercool, also würde er ihr den kleinen Fauxpas wohl nicht übel nehmen.

In der Hotelbar trafen sie auf zwei Mitglieder von Helens Jazzband: den Trompeter Greg, einen riesigen Schwarzen, der Matilda unweigerlich an Louis Armstrong erinnerte, und den Bassisten Ralph, einen ruhigen Typ Anfang vierzig, der eher wie ein Sparkassenangestellter aussah als wie ein Musiker. Helen stellte den beiden stolz »ihre Kinder«, wie sie sagte, vor und erwähnte auch gleich, dass Matilda sehr gut Geige spielte. »Sie ist ein echtes Naturtalent, wirklich!« Matilda fühlte sich geschmeichelt und lächelte.

Helen strahlte bis über beide Ohren und lud alle zur Feier des Tages auf einen Begrüßungsdrink ein. Miguel entschied sich für ein Guiness, Matilda bestellte eine Cola mit Eis.

»Wir müssen uns beeilen«, sagte Helen, als sie ihre Drinks geleert hatten. »Das Konzert fängt in einer Stunde an.«

»Welches Konzert? Ich denke, du spielst erst morgen«, fragte Miguel.

Das war die zweite Überraschung. Tante Helen hatte für Miguel, Matilda und sich selbst drei Karten für ein Open-Air-Konzert mit David Garrett besorgt. Matilda fiel ihrer Tante vor Begeisterung gleich noch einmal um den Hals, während Miguel enttäuscht wirkte: »Aber ich dachte, wir ziehen heute Abend noch durch ein paar coole Clubs!«

»Das können wir doch danach immer noch, so früh ist hier sowieso überall noch tote Hose«, vertröstete Helen ihren Sohn und befahl: »Jetzt aber zackig, auf eure Zimmer, frisch machen, umziehen, in einer Viertelstunde treffen wir uns im Foyer.«

Das Konzert auf der großen Open-Air-Bühne war wundervoll. Matilda und Helen schwelgten in der Musik, nur Miguel trug nach wie vor eine gelangweilte Miene zur Schau. Matilda und Helen hatten ihn im Hotel regelrecht überreden müssen mitzukommen, von Stück zu Stück schien seine Laune nun schlechter zu werden. Als der Künstler die dritte Zugabe gewährte, maulte er: »Verdammt, wann hört das Gefiedel denn endlich auf!« Seine Mutter warf ihm einen strengen Blick zu, den er jedoch finster parierte.

Danach trafen sie sich mit den restlichen Mitgliedern von Helens Band und zogen zu acht durch die Bars. Es wurde ein sehr schöner, entspannter Abend, wobei ein Thema zweifellos im Mittelpunkt stand: das Achtelfinalspiel England gegen Deutschland, das am Sonntag stattfinden würde. Helen schärfte Miguel und Matilda vor jedem Lokal aufs Neue ein: »Lasst euch nicht in Gespräche über Fußball verwickeln! Wenn euch jemand fragt, woher ihr kommt, dann sagt: *Holland*. Und um Himmels willen kein Wort gegen die englische Mannschaft. Es kann sonst leicht passieren, dass wir Probleme bekommen; was Fußball angeht, verstehen die Engländer überhaupt keinen Spaß.«

Wie recht sie hatte, zeigte sich, als gegen zwei Uhr ein betrunkener Schotte vor der Bar herumlief und »Germany! Germany!« rief. Sofort waren drei Engländer, die eben noch friedlich am Tresen gestanden hatten, hinter ihm her und begannen, ihn zu vermöbeln. Zum Glück machten die beiden Türsteher eines nahen Clubs dem Treiben ein Ende und trennten die Raufenden voneinander. Die drei englischen Fans kehrten in die Bar zurück, wo sie, friedlich und als ob nichts gewesen wäre, ihr Bier austranken und das nächste bestellten. Der Schotte rappelte sich auf und torkelte in eine andere Kneipe. Miguel, Greg und die vier anderen Musiker amüsierten sich köstlich über die Szene, während sich Helen und Matilda entsetzt ansahen und die Köpfe schüttelten.

»Das nächste Deutschlandspiel sehe ich mir am besten im Hotelzimmer an«, wisperte Helen. »Sonst geht's mir noch wie dem Schotten, falls wir gewinnen sollten.«

Matilda musste an die Schlägerei beim Public Viewing denken. Sie schob den Gedanken sofort wieder weg.

Im Hotel nahmen sie noch einen »Absacker« an der Bar ein. Matilda hatte bis dahin nur ein alkoholisches Getränk bestellt, ein Guinness, das ihr von Greg empfohlen worden war. Es hatte ihr jedoch nicht sonderlich geschmeckt. Jetzt orderte sie einen Wodka-Bitter-Lemon, genau wie Miguel und Helen. Schließlich war sie kein kleines Kind mehr. Sie fühlte sich großartig. Sie saß an einer Hotelbar in dieser tollen Stadt, mit tollen Leuten, das Konzert war umwerfend gewesen, das Leben war schön. *Nur Christopher müsste noch hier sein,* dachte sie. *Dann wäre alles perfekt.*

Es war schon drei, als sie endlich leicht angesäuselt ihre Zimmertür aufschloss. Sie zog sich aus und duschte noch kurz, denn sie fühlte sich ganz klebrig. Während sie sich die Haare frottierte, schaltete sie ihr Handy ein, das sie vor dem Abflug ausgemacht und später im Hotel vergessen hatte. Sie hatte Lust, Chris von diesem wundervollen ersten Tag in London zu erzählen. Das Display leuchtete auf und meldete den

Eingang einer neuen Nachricht. Sie stammte von einem unbekannten Teilnehmer und lautete: *Du entkommst mir nicht, du Miststück.*

Die SMS war um 00.50 angekommen, also vor gut einer Stunde. Krampfhaft versuchte Matilda, die Wut und Verzweiflung, die sofort in ihr hochkrochen, niederzukämpfen. *Bleib ruhig, Matilda! Reg dich nicht auf!*

Ihr fiel ein, dass Patrick heute Abend vermutlich seinen Auftritt beim Poetry-Slam gehabt hatte. War er sauer, weil sie nicht da gewesen war? Aber das konnte er ja wohl nicht im Ernst erwarten, nicht nach allem, was in den letzten Tagen geschehen war, und noch dazu, wo sie ja gerade gar nicht in Hannover war. Aber das wusste er ja nicht. Oder doch? Sie hatte kein Geheimnis daraus gemacht, hatte sich mit Anna und Nicole vor dem Klassenzimmer und auch auf dem Sportplatz darüber unterhalten. *Du entkommst mir nicht* klang fast so, als ob er es wüsste. *Egal,* dachte Matilda. *Soll er doch schreiben, was er will. Der wird mir das Wochenende nicht verderben! Und wenn ich wieder zurück bin, dann werde ich was gegen Patrick unternehmen.*

Sie machte das Handy wieder aus. Am besten, sie würde es bis Sonntagabend gar nicht mehr einschalten.

»Los, Beeilung! Wenn wir die nächste S-Bahn erwischen, dann schaffen wir es noch zum Spiel«, trieb Miguel Matilda zur Eile an. Sie rannten durch das Terminal des Flughafens Hannover-Langenhagen und hinunter zum Bahngleis. Der Zug stand schon bereit, zwei Minuten später fuhr er los. Am Hauptbahnhof stiegen sie um in die überfüllte Straßenbahn, drängten sich zwischen Schlachtenbummler mit Fahnen und schwarz-rot-golden bemalten Gesichtern, die unterwegs waren in die Kneipen und zu den Public-Viewing-Plätzen.

Wo Christopher wohl war? *Er hätte sich ruhig mal melden*

können. Vorhin, im Flugzeug, als sie schon gelandet waren und noch hatten sitzen bleiben müssen, hatte Matilda es nicht länger ausgehalten und ihr Handy endlich wieder eingeschaltet. Sie war erleichtert gewesen zu sehen, dass keine neue bedrohliche SMS mehr angekommen war, und zugleich enttäuscht, weil Christopher allem Anschein nach nicht ein einziges Mal versucht hatte, sie zu erreichen. *Sicher findet er mich zu jung oder ich bin für ihn zu langweilig,* dachte Matilda.

Abgesehen von ihrer Sehnsucht nach Christopher wäre sie gerne noch länger in London geblieben. Was für eine tolle Stadt! Den halben Samstag hatten sie in Camden Market verbracht. Helen hatte ihr ein neues Kleid, zwei T-Shirts und ein paar Ohrringe gekauft und Miguel bekam Sweatshirts und Hosen. Abends waren sie in Soho schick essen gegangen und am nächsten Tag hatten sie Power-Sightseeing gemacht, bis es Zeit für Miguel und Matilda gewesen war, zum Flughafen aufzubrechen. Helen reiste schon morgen weiter, nach Barcelona. Und in zwei Wochen würde sie dann auch schon wieder in Hannover sein. Matilda war froh darüber. Sie hatte ihrer Tante von Christopher erzählt und Helen hatte sich mit ihr gefreut. »Und wie benimmt sich Miguel?«, hatte sie bei ihrem Einkaufsbummel gefragt, während sie, eingehakt bei ihrer Nichte, vor einem Schaufenster stehen geblieben war, um die Auslagen zu bewundern. Matilda hatte ihr versichert, dass er sich gut um sie kümmern würde. »Als neulich ein Gewitter war, ist er sogar extra früher nach Hause gekommen, damit ich mich nicht fürchte.« Dass *früher* nachts um drei bedeutete, hatte sie wohlweislich verschwiegen. Helen hatte zufrieden gewirkt und genickt.

Nach dem quirligen London kam Matilda die alte Villa fast unheimlich still vor. Nur das Ticken der Wanduhr war in der Küche zu hören. Die Luft in den Räumen war stickig. Sie öffnete die Terrassentür und trank ein Glas Wasser aus der Leitung. Miguel stürzte sofort ins Wohnzimmer und machte den Fernseher an. Das Spiel Deutschland – England hatte gerade angefangen, noch stand es 0 : 0.

Matilda wollte erst einmal ihr Gepäck nach oben bringen und sich dann ebenfalls vor den Fernseher setzen. Sie ging die Treppe hinauf und öffnete die Tür zu ihrem Zimmer. Eine Sekunde später stieß sie einen Schrei aus und ließ ihre Tasche fallen.

Die zitronengelben Wände waren rot beschmiert. *Stirb, Schlampe* stand in annähernd meterhohen Buchstaben über ihrem Bett. Auf der anderen Seite: *Fuck you, bitch.* Ein Totenkopf grinste sie über ihrem Schreibtisch an. Neben dem Fenster war ein Kreuz aufgemalt, mit einem Schild, auf dem ihr Name stand. Matilda spürte, wie ihre Knie anfingen zu zittern. War das Farbe? Es sah eher aus wie – Blut. Ihre Wäsche war aus der Kommode gerissen worden, sie lag über den ganzen Fußboden verteilt da und war ebenfalls mit dem roten Zeug besudelt. Ebenso die Schulbücher und das Bettzeug. Das Allerschlimmste aber war, dass zwischen all dem Durcheinander ihre Geigen, sowohl die alte als auch die neue, zertrümmert auf dem Fußboden lagen.

»Ganz klar: Der Täter hat die Hintertür aufgebrochen, vermutlich mit einem Stemmeisen. Ist etwas weggekommen?«

Matilda und Miguel verneinten. Miguel hatte das ganze Haus inspiziert, aber alle anderen Zimmer wirkten völlig unangetastet. Der junge Beamte vom Kriminaldauerdienst machte sich eine Notiz. Sein älterer Kollege war noch oben in Matildas Zimmer und fotografierte. Die beiden waren entweder keine Fußballfans oder sie ließen es sich nicht anmerken, dass sie lieber das gerade laufende Spiel angeschaut hätten, anstatt diesen Einbruch zu bearbeiten. Noch dazu, wo Deutschland führte.

Matilda saß mit Miguel und dem Polizisten in der Küche. Sie war bleich wie ein Sellerie. Bis die Polizei eingetroffen war, hatte sie fast nur geweint. Hauptsächlich um ihre neue Geige. Ihre wunderbare, kostbare Geige! Sie hätte nie gedacht, dass der Verlust eines Gegenstandes so sehr schmerzen könnte. Und was würde Helen dazu sagen?

»Haben Sie denn einen Verdacht, wer das gewesen sein könnte?«

Miguel und Matilda sahen sich an. Dann antwortete Miguel: »Es gibt einen Mitschüler, der Matilda schon länger drangsaliert und bedroht.«

Da Matilda noch viel zu aufgewühlt war, schilderte Miguel dem Polizisten, was Matilda ihm vor ein paar Tagen erzählt hatte.

»Diese E-Mails würde ich gerne einmal sehen«, sagte der Polizist, nachdem er sich Patricks Namen und Adresse notiert hatte.

Es kostete Matilda zwar Überwindung, das verwüstete Zimmer erneut zu betreten, aber sie nahm sich zusammen, ging mit dem Mann nach oben und schaltete ihren Rechner an, dem zum Glück nichts passiert war.

Die Mails waren weg. Sie waren aus dem Posteingang verschwunden und auch der Papierkorb des Computers wies keine Spur von ihnen auf. »Er muss sie gelöscht haben«, stellte Matilda fest. »Hatten Sie denn kein Passwort für Ihren PC oder den Mailaccount?«, fragte der Polizist.

»Nein. Wozu denn ein Passwort, den Rechner benutze nur ich«, erwiderte Matilda. »Ich rufe die Mails über Outlook ab.« Sie merkte, dass sie zitterte, und zwang sich, ruhig durchzuatmen. »Aber ich kenne den Absender. Kann man nicht bei GMX nachfragen und rauskriegen, woher die Mails kommen?«

»Das ist möglich«, meinte der Polizist. »Aber jeder kann sich eine anonyme GMX-Adresse zulegen. Und wenn er nicht dumm ist, sendet er die Mails von einem öffentlichen PC aus. Einem Internetcafé zum Beispiel. Aber vielleicht war unser Freund ja auch unvorsichtig und hat deshalb die Mails gelöscht. Wir können das rausfinden, aber es dauert. Vielleicht kriegen wie ihn auch so.«

Matilda nickte.

Sie war froh, als sie ins Wohnzimmer zurückkehren konnte. Der Beamte wollte wissen, wer alles in dem Haus wohnte, wer einen Schlüssel hatte, wo Helen war und wann sie wiederkäme. Miguel beantwortete alle Fragen geduldig.

»Gibt es jemanden, der sich in den nächsten Tagen um euch kümmern kann?«, fragte der Polizist dann und sah dabei Matilda an.

»Wir kommen schon zurecht«, erklärte die und traute ihren Ohren kaum, als sie gleich darauf Miguel sagen hörte: »Matilda kann zu unserer Großmutter ziehen.« Er fügte noch hinzu: »Ich bin neunzehn, ich kann auf mich selber aufpassen.«

»Nein, ich gehe nicht zu Eleonore«, protestierte Matilda und funkelte ihren Cousin an. Was sollte denn die Nummer? »Ich bleibe hier. Angela kann doch hier übernachten.«

Doch Miguel gab zu bedenken, dass Angela sich um Enzo kümmern müsse, und der könne ja schließlich nicht auch noch bei ihnen einziehen. »Du weißt, wie der ist. Der braucht seine gewohnte Umgebung.«

»Wollen Sie nicht doch lieber zu Ihrer Großmutter? Wenigstens für ein, zwei Tage? Immerhin haben Sie Morddrohungen bekommen«, insistierte auch der Polizist, aber Matilda schüttelte energisch den Kopf. »Nein. Und bitte sagen Sie meiner Oma auch nichts davon.« Sie sah den Polizisten flehend an. Der zuckte die Schultern. »Das ist nicht unsere Entscheidung.« Er beugte sich über seinen Block und schrieb eifrig irgendetwas auf.

Schon wieder schaltete sich Miguel ein: »Oma erfährt das so oder so. Die Diedloff hängt sicher jetzt schon am Telefon, wenn die sieht, dass hier die Polizei aus und ein geht.«

»Die tragen doch gar keine Uniform«, widersprach Matilda leise.

»Aber sie haben ein Blaulicht auf dem Wagen.«

Der zweite Polizist kam herunter. »Ich bin so weit fertig.«

Der andere hielt Miguel ein Protokoll hin: »Ich bräuchte hier noch eine Unterschrift von Ihnen, damit wir Anzeige gegen unbekannt erstatten können.«.

»Und was passiert jetzt?«, wollte Matilda wissen. Vor ihrem inneren Auge erschienen Bilder von Patrick, wie er in Handschellen abgeführt wurde, während eine Horde Polizisten sein Elternhaus vom Keller bis zum Dach nach Beweisen durchwühlten.

»Wir geben das Protokoll an die Kripo weiter. Die zuständigen Kommissare werden sich morgen mit Ihnen in Verbindung setzen. Wahrscheinlich wird auch die Spurensicherung noch einmal alles gründlich untersuchen. Betreten Sie solange bitte nicht das obere Zimmer und auch nicht den Hintereingang und die Treppe, die nach unten führt. Am besten, Sie meiden den hinteren Teil des Gartens ganz. Sonst könnten Spuren zerstört werden.«

»Ist die Tür denn jetzt zu?«, fragte Miguel.

»Nein, das Schloss ist kaputt, das müssen Sie ersetzen. Das war ohnehin nicht besonders sicher. Und besorgen Sie sich nicht nur ein neues Schloss, sondern auch noch einen starken Riegel, den man von innen vorschieben kann.« Die beiden Beamten wünschten Matilda und Miguel noch einen guten Abend, was Matilda angesichts der Situation kurios vorkam, und fuhren davon.

»Meinst du nicht, dass der Polizist recht hat?«, begann Miguel wieder. »Wäre es nicht besser, wenn du eine Zeit lang woanders wohnen würdest? Was, wenn dieser Wahnsinnige durchdreht und noch mal hier einbricht? Er muss ja nicht mal einbrechen, er kann einfach durch die Hintertür spazieren. Und dann macht er seine Drohung vielleicht wahr!«

»Hör auf, mir Angst zu machen!« Matilda schüttelte energisch den Kopf. »Sie werden ihn ja wohl so schnell wie möglich verhaften.«.

»Das glaube ich kaum. Erst mal muss man ihm nachweisen, dass er es war. Außerdem ist er noch nicht volljährig, vermutlich nicht vorbestraft und er hat reiche Eltern und einen festen Wohnsitz. So einer wird nicht so einfach verhaftet. Sein Papi wird ihm einen super Anwalt bezahlen, der schon die richtigen Mittel und Wege kennt, um zu verhindern, dass dem Söhnchen irgendetwas passiert. Und vor morgen geschieht schon mal gar nichts, das hast du ja gehört.«

»Ich bleibe trotzdem hier«, erwiderte Matilda trotzig. »Ich kann hier unten auf dem Sofa schlafen.«

Miguel biss sich auf die Unterlippe und sagte dann: »Vielleicht sollte das lieber meine Mutter entscheiden.«

»Was? Du willst sie doch nicht anrufen? Die regt sich nur schrecklich auf, die unterbricht womöglich noch ihre Tour!«

»Ich kann ihr ja wohl schlecht verschweigen, was passiert ist, immerhin ist hier eingebrochen worden. Soll ich ihr sagen, *ja, alles ist in bester Ordnung,* wenn sie nachher anruft und fragt, ob wir gut angekommen sind? Das würde sie mir nie verzeihen. Und ich möchte, ehrlich gesagt, nicht für deine Sicherheit hier verantwortlich sein. Nicht so, wie sich die Dinge jetzt entwickelt haben.«

»Oh Gott, wenn sie das mit der Geige erfährt«, jammerte Matilda. Sie warf Miguel einen flehenden Blick zu: »Warte wenigstens, bis sie morgen Abend das Konzert in Barcelona hinter sich gebracht hat.«

»Okay. Aber nur, wenn du zu Oma ziehst, bis sie wieder da ist.«

Matilda starrte Miguel ungläubig an. Zwei Wochen bei Eleonore? Sie bekam schon Magenkrämpfe bei dieser Vorstellung. Nein, eher würde sie auf einer Parkbank übernachten oder in ein billiges Hotel ziehen.

»Ich könnte doch auch zu Anna, für ein paar Tage. Oder zu Nicole.«

»Bitte – wenn du auch noch deine Freundinnen in die Sache reinziehen möchtest.«

Matilda zögerte. Miguel hatte einen wunden Punkt getroffen: Es war seltsam, aber sie schämte sich irgendwie, vor Anna und Nicole zuzugeben, was passiert war. Dass jemand in ihrem Zimmer gewesen war, ihre Wände beschmiert und in ihrer Wäsche herumgestöbert hatte. Natürlich sagte sie sich, dass das völlig absurd war, dass sie keinen Grund hatte, sich zu schämen, dass Patrick sich wie ein Geisteskranker verhalten hatte. Doch das Gefühl war dennoch da. Aber wo sollte sie sonst hin? Im Gegensatz zu Miguel glaubte Matilda nicht, dass Frau Diedloff bei Eleonore anrufen würde. Helen pflegte keinen so engen Kontakt mit der Nachbarin, sie konnte sie nicht einmal besonders gut leiden. Und auch Eleonore plauderte allenfalls gelegentlich einmal mit der Nachbarin, wenn sie ihre Tochter und die Enkelkinder besuchte. Nein, ihre Großeltern durften nichts von dem Vorfall erfahren. Eleonore würde Helen sofort anrufen und ihr bitterste Vorwürfe machen, weil sie auf Tournee gegangen war, das war mehr als sicher. Bei jedem zukünftigen Besuch würde sie ihrer Tochter erneut unter die Nase reiben, dass diese besser von Anfang an auf sie gehört hätte, statt starrsinnig ihre egoistischen Wünsche durchzusetzen und das Leben ihrer Nichte zu gefährden.

Ihr Handy, das auf dem Kühlschrank lag, klingelte.

»Das wird Helen sein«, meinte Miguel. »Also: Du ziehst zu Oma oder ich sag ihr jetzt auf der Stelle, was hier los ist.«

Matilda wurde sauer. Was sollte das? Glaubte Miguel wirklich, dass er sie erpressen konnte? *Was du kannst, kann ich schon lange,* dachte Matilda und sagte in das anhaltende Klingeln hinein: »Schön. Aber vergiss nicht, dann auch gleich zu erwähnen, dass du während der letzten paar Wochen fast jede zweite Nacht nicht da warst, obwohl du ihr das Gegenteil versprochen hast.«

Miguel sah sie wütend an. »Mach doch, was du willst!« Er drehte sich um und stapfte die Treppe hinauf.

Matilda holte tief Atem, griff nach dem Handy und schaute auf das Display. Es war Christopher. Eilig drückte sie auf die grüne Taste.

»Bist du schon zurück? Wie war's in England? Hast du das Spiel sehen können? Wahnsinn, dass wir schon wieder gewonnen haben!«

»Ja, ich bin wieder da«, sagte Matilda. Sie konnte tatsächlich lächeln. »Und es war schön. Aber die Polizei war hier, bei uns ist eingebrochen worden.«

»Du lieber Himmel! Was wurde denn geklaut?«

Matilda zögerte, ehe sie sagte: »Gar nichts. Er . . . sie sind wohl gestört worden.«

»Na, Gott sei Dank.« Er klang erleichtert. »Hast du trotzdem Lust, noch ein wenig feiern zu gehen?«

»Klar«, sagte Matilda.

»Ich hol dich in einer halben Stunde ab. Schön, dass du wieder da bist!«

Matilda stellte sich unter die Dusche. Als sie sich abtrocknete, hörte sie, wie Miguel die Treppen hinunterpolterte. Dann schlug die Haustür zu, lauter als nötig. Es war das erste Mal, dass sie Streit mit Miguel hatte, fiel ihr auf, und sie bekam prompt Gewissensbisse. Er hatte es ja eigentlich nur gut gemeint, war besorgt um ihre Sicherheit, wollte nicht die Verantwortung tragen müssen, falls noch einmal etwas passierte. Aber sie musste doch deshalb nicht alles machen, was er sagte, oder? Er musste doch selbst wissen, wie unmöglich das war, was er von ihr verlangt hatte.

Sie fönte sich die Haare, tuschte sich die Wimpern und zog das neue türkisgrüne Kleid an, das sie in Camden Market gekauft hatte. Zum Glück war im Handkoffer noch frische Unterwäsche, die sie anziehen konnte.

In der Küche machte Matilda sich schnell noch einen Kaffee, dann war Christopher auch schon da. Noch an der Tür flog sie ihm in die Arme, als hätte sie ihn seit Monaten nicht gesehen, und so fühlte es sich auch an.

Als sie gerade gehen wollten, fiel Matilda etwas ein. »Die Kellertür! Die ist ja offen. Ich kann doch das Haus nicht offen stehen lassen.«

Zusammen stiegen sie in den Keller hinunter. Das Schloss war tatsächlich nicht mehr zu gebrauchen.

»Gibt's irgendwo ein paar Bretter und Nägel?«, fragte Christopher.

Eine Viertelstunde später war die Tür mit zwei Brettern notdürftig zugenagelt und sie fuhren in die Innenstadt.

Die Nation war wegen des gewonnenen Fußballspiels gut gelaunt und so waren die Kneipen und Clubs gut gefüllt bis tief in die Nacht. Erst als es schon dämmerte, verließen sie die letzte Disco. Christopher fragte, ob Matilda mit zu ihm in seine WG in der Nordstadt kommen wollte. »Wegen der Einbrecher«, wie er augenzwinkernd sagte.

»Okay. Aber wirklich nur wegen der Einbrecher.« Sie lächelte.

Sie wurde wach, als nebenan, im Bad, die Dusche rauschte. Die Morgensonne drang in Streifen durch die Jalousie, Staub tanzte in den Strahlen. Christopher lag neben ihr auf der breiten Matratze und schlief noch. Matilda schaute sich in dem geräumigen Zimmer um. Ihr neues Kleid lag auf dem weiß lackierten Dielenboden neben Christophers kreuz und quer verstreuten Klamotten. Auch sonst war das Zimmer nicht das ordentlichste. Ein typisches Jungszimmer: Computerkram, Sportsachen, Stereoanlage, Regale mit Büchern, CDs und DVDs. Die Möbel wirkten improvisiert. Der Schreibtisch bestand aus einer Sperrholzplatte auf zwei Böcken, als »Kleiderschrank« diente ein Gestänge, das hinter einem Vorhang verborgen war. Es war ein geräumiger Raum, mit hoher Stuckdecke und zwei Fenstern zur Straße hin. Dazwischen stand eine Kokospalme, die Hälfte der Wedel war braun und vertrocknet. Dennoch fand Matilda dieses Zimmer wunderschön. Es war hell und roch irgendwie nach Freiheit und Unabhängigkeit. Und ein bisschen nach Gras. So eine Studentenbude in einer WG wollte sie auch einmal haben, wenn sie mit der Schule fertig war, das wurde ihr in dem Moment klar.

Die Badezimmertür wurde geöffnet, dann hörte sie es in der Küche klappern und wenig später fiel die Wohnungstür ins Schloss.

Christopher teilte sich die große Altbauwohnung mit Lauren und einer chinesischen Studentin. Aus irgendeinem Grund hoffte Matilda, dass Lauren es war, die gerade gegangen war. Matilda musste pinkeln. Sie streifte sich ihr Kleid über, stand auf und ging auf Zehenspitzen in den Flur. Die Küche und das winzige Bad waren tatsächlich sehr sauber und aufgeräumt, das hatte Matilda schon in der Nacht bemerkt. Anscheinend stimmte es, dass Lauren einen Putzfimmel hatte.

Sie putzte sich die Zähne notdürftig mit Zahnpasta und den Fingern. Auf der Ablage standen Kosmetika neben Rasierzeug von Christopher. Dann stellte sie sich unter die Dusche. Als sie aus dem Bad kam, lief Musik, etwas Jazziges, aber nicht so schräg wie das Konzert von neulich.

Christopher war nicht mehr in seinem Zimmer. Matilda fand ihn in der Küche – eine Tasse Kaffee in den Händen. Neben ihm am Herd stand Lauren in einem dünnen Nachthemd und goss Wasser in eine Teekanne. Sie sah hübsch aus, obwohl sie noch nicht gekämmt und geschminkt war. Unter dem Nachthemd zeichnete sich ihre wohlgeformte Figur ab. Ob sie wohl immer so in der Wohnung herumlief?

»Guten Morgen«, grüßte Matilda verlegen.

»Morgen«, sagte Lauren zu der Teekanne.

»Magst du Kaffee? Soll ich Croissants holen?«, fragte Christopher.

Matilda sagte rasch, für sie nicht, sie müsse nach Hause.

»Na, wie war's?« Lauren löste endlich den Blick von der Kanne und Matilda kam es vor, als würde sie sie von oben bis unten prüfend mustern.

Matilda wurde rot wie eine englische Telefonzelle. Krampfhaft suchte sie nach einer schlagfertigen Entgegnung, aber natürlich fiel ihr nichts ein.

»In London«, sagte Lauren und lächelte katzenhaft. »Du warst doch in London, oder? Hat Chris jedenfalls gesagt.«

»Äh... ja, es war toll«, stammelte Matilda. *Ich dumme Pute!*

»Kann ich ins Bad?«, fragte Lauren.

Matilda nickte und Christopher brummte etwas Unverständliches. Als Lauren weg war, küsste er sie auf den Hals und sagte im selben Ton wie Lauren: »Na, wie war's?«

Matilda grinste. »Jedenfalls besser als mit Moritz im Ferienlager.«

Christopher zog fragend die Augenbrauen hoch. »Moritz?«

»Ein Junge aus meiner alten Schule.« Matilda seufzte. »Was soll ich sagen – es war nicht so schlimm wie eine Wurzelbehandlung beim Zahnarzt, aber auch nicht viel besser. Hinterher dachte ich: *Das kann ja wohl nicht wahr sein, dass die Welt darum so ein Theater macht.*«

Christopher lachte, Matilda ebenfalls.

»Ich muss jetzt aber wirklich nach Hause, die Polizei wollte sich heute noch mal melden.«

»Ich fahr dich«, sagte Christopher. »Ich trinke nur noch rasch meinen Kaffee aus.«

»Können wir unterwegs vielleicht an einem Baumarkt anhalten? Ich möchte Farbe kaufen.«

Miguel war noch nicht wieder da, als Matilda ankam. Ob er Helen tatsächlich angerufen hatte? Aber das war eher unwahrscheinlich, denn sonst hätte ihre Tante sich sicher längst auf dem Handy gemeldet und tausend Fragen gestellt. Wie lange Miguel wohl den Beleidigten spielen würde?

Anstelle von Miguel kam eine Stunde später Angela vorbei. Matilda hatte sich schon den Kopf darüber zerbrochen, wie sie der Haushälterin die Schweinerei in ihrem Zimmer verheimlichen konnte, um zu verhindern, dass diese sofort ans Telefon stürzte und Helen anrief. Für gewöhnlich machte sie ihr Zimmer selbst sauber, nur die Fenster putzte Angela alle paar Wochen. Dennoch würde es schwierig werden, denn die Italienerin war neugierig und schien ein Gespür für Lügen und Geheimnisse zu haben. Und noch dazu wollte ja auch die Polizei noch einmal vorbeikommen. Vorsichtshalber schloss Matilda ihr Zimmer erst einmal ab, bevor sie in die Küche hinunterging, um zu frühstücken. Der Zufall kam ihr zu Hilfe. Angela wirbelte nur kurz mit dem Staubsauger durch die unteren Räume, vergewisserte sich nach einem Blick in den Kühlschrank, dass ihre Schützlinge nicht verhungern würden, und verschwand dann wieder. Sie hatte um elf einen Zahnarzttermin, ein Weisheitszahn sollte gezogen werden.

»Ruh dich danach gründlich aus, das ist kein Spaß«, riet ihr Matilda, die diese Prozedur schon einmal mitgemacht hatte. »Es reicht völlig, wenn du Mittwoch oder Donnerstag wiederkommst, wir kommen schon klar.«

Die Haushälterin war kaum aus der Tür gegangen, da klingelte das Telefon: die Kriminalpolizei. Eine halbe Stunde später wuselten jede Menge Leute in Matildas Zimmer und im Garten herum, während Matilda mit einer blonden Kommissarin, die sich als Petra Gerres vorgestellt hatte, in der Küche saß. Die Frau war Mitte dreißig und wirkte sympathisch. Ein jüngerer Kommissar namens Daniel Rosenkranz saß ebenfalls mit am Tisch und machte sich Notizen. Matilda wiederholte noch einmal alles, was Miguel gestern dem Polizisten vom Kriminaldauerdienst erzählt hatte.

»Wo ist dein Cousin?«

»Bei seiner Freundin, nehme ich an. Ich habe auch bei einer Freundin übernachtet«, schwindelte Matilda.

»Das war vernünftig«, meinte Petra Gerres. »Das solltest du die nächsten Tage auch tun, wenn es möglich ist. Wir brauchen eure Fingerabdrücke zum Abgleich. Ich gebe dir die Adresse vom Erkennungsdienst, da solltet ihr am besten heute noch hingehen. Und es wäre auch gut, wenn wir die Abdrücke von den Leuten hätten, die sonst noch in deinem Zimmer waren.«

Matilda überlegte. Nicole und Anna fielen ihr ein, Angela und – Helen. Verdammt.

»Wäre es nicht einfacher, wenn Sie Patricks Fingerabdrücke nehmen und dann schauen, ob man sie in meinem Zimmer findet?«

»Falls man sie findet«, entgegnete die Kommissarin und fragte: »Deine Tante ist deine Erziehungsberechtigte?«

Matilda nickte. »Sie ist Saxofonistin und noch zwei Wochen auf Tournee. Ich möchte nicht, dass sie sich aufregt.«

»Nun, sie sollte schon davon erfahren. Immerhin hast du Morddrohungen erhalten. Stell dir vor, dir passiert etwas, und wir haben ihr nichts gesagt. Sie würde uns die größten Vorwürfe machen und das völlig zu Recht.«

Wieder nickte Matilda. Natürlich verstand sie das Argument

der Kommissarin. Dieser verfluchte Patrick! »Was ist mit Patrick Böhmer? Waren Sie schon bei dem?«, fragte sie.

»Das werden wir als Nächstes in Angriff nehmen.«

Matilda war enttäuscht. Warum wartete man denn so lange? Der Fall war doch glasklar! Wenn er nur die Mails auf ihrem Rechner nicht gelöscht hätte! Ihr fiel etwas ein. Sie zeigte den Polizisten ihr Handy: »Hier, die letzte SMS hab ich noch. Vielleicht kann man ihm damit was nachweisen. Vielleicht hat er ein zweites Handy.«

Daniel Rosenkranz, der, wie Matilda fand, ein bisschen Ähnlichkeit mit Christopher hatte, schrieb sich die Nummer auf. Dann stand er auf und sagte zu seiner Kollegin: »Ich geh mal die Nachbarn fragen, ob die was bemerkt haben.«

Matilda seufzte innerlich. Auch das noch. Ihr Zorn auf Patrick wuchs von Minute zu Minute.

Einer der Spurensicherer kam herein, grüßte Matilda mit einem Nicken und meinte: »Wir haben ein Schuhsohlenprofil in der Nähe der Kellertreppe gefunden.« Er sah Matilda fragend an. »Gibt es hier im Haus jemanden, der Schuhgröße 43 trägt?«

»Mein Cousin hat 45, das weiß ich.« Sie überlegte. *Enzo?* Aber der hatte auch Riesenfüße. »Nein, niemand.«

»Auf den Abdrücken ist ein Teil einer Zahl zu sehen. Eine 74«, wandte sich der Mann von der Spurensicherung an Petra Gerres.

»Ich weiß, wem die gehören«, platzte Matilda heraus. »Patrick. Der hat so Retro-Sneakers.«

»1974. Da waren wir Weltmeister«, grinste der Beamte.

»Und '54 und '90«, ergänzte Daniel Rosenkranz. »Und wenn es so weitergeht wie gestern Abend, dann werden wir . . .«

»Danke für die Nachhilfe in Fußballgeschichte«, unterbrach Petra Gerres ihren Kollegen. »Das mit dem Abdruck werden wir überprüfen.«

»Und wenn er es war – ich meine ... wenn man es ihm nachweisen kann – was passiert dann? Wird er eingesperrt?«

»Das haben wir nicht zu entscheiden«, antwortete Petra ausweichend.

Matilda nickte resigniert. Es wirkte ganz so, als hätte Miguel mit seiner gestrigen Bemerkung ins Schwarze getroffen. Sie würde sich nie mehr sicher fühlen können. Rasch verdrängte sie die aufkommende Panik. »Wissen Sie schon, was das an den Wänden für Zeug war?«, fragte sie.

»Der Laborbericht ist noch nicht fertig. Ich tippe auf Schweineblut. Kriegt man beim Schlachter.« Petra Gerres stand auf. »Achtet bitte in nächster Zeit auf verschlossene Türen und Fenster. Der Hinterausgang muss so schnell wie möglich repariert werden, am besten, du rufst gleich jemanden an. Und bleib nicht allein im Haus. Wenn das Telefon klingelt und du die Nummer nicht kennst, dann geh nicht ran. Antworte auf keinen Fall auf eine SMS oder eine Mail, so etwas bestärkt einen Stalker nur. Nimm keinesfalls Kontakt zu diesem Patrick auf, auch wenn du noch so wütend auf ihn bist. Das ist wichtig, hast du verstanden?«

Matilda nickte. Da war es wieder, dieses unheimliche Wort: Stalker. Die Kommissarin gab ihr ihre Visitenkarte. »Zögere nicht, mich anzurufen, wenn noch etwas passiert oder wenn dir etwas verdächtig vorkommt. Wie erreichen wir deinen Cousin und deine Tante?«

Matilda gab ihr die Handynummern der beiden. »Rufen Sie meine Tante bitte wenigstens erst morgen an. Sie hat heute Abend ein wichtiges Konzert in Barcelona«, bat sie.

»Gut, meinetwegen«, lenkte die Kommissarin ein. Einen kurzen Moment stahl sich ein Lächeln in das ernste Gesicht. »Ich verstehe ja, dass du deine Tante schonen möchtest, Matilda. Aber erfahren muss sie, was hier passiert ist. Und auch du darfst das alles nicht auf die leichte Schulter nehmen. Irgendjemand hat dich massiv bedroht und versucht, dir Angst einzujagen. Und ich bezweifle, dass er von nun an Ruhe geben wird.« Matilda musste das Entsetzen ins Gesicht geschrieben stehen, denn die Kommissarin fuhr eine Spur milder fort: »Wir kümmern uns darum, dass derjenige so schnell wie möglich gefasst wird, das verspreche ich dir. Aber du musst mir dafür versprechen, dass du in Zukunft sehr vorsichtig bist und dich bei mir meldest, sobald dich wieder etwas beunruhigt.« Matilda nickte nur stumm. »Wegen der zerstörten Geigen wird deine Tante sicherlich Anzeige erstatten wollen«, erklärte Petra Gerres schließlich. »Hat sie eine Hausratversicherung?«

Das wusste Matilda nicht. So, wie sie Helen kannte, eher nicht. Als endlich alle gegangen waren, ließ sich Matilda erschöpft in den Wohnzimmersessel fallen. Die Geige, der Wettbewerb ... Sie hatte seit Tagen nicht geübt. Ob sie sich wohl von ihrem Geigenlehrer, Professor Stirner, ein Instrument ausborgen konnte? Wenn sie nicht bald wieder mit dem Proben begann, dann konnte sie den Wettbewerb gleich in den Wind schreiben. War es das, was Patrick bezweckte? Wahrscheinlich. Er wusste nur zu gut, was ihr wichtig war und womit er sie treffen konnte.

»Nette Hütte«, bemerkte Daniel Rosenkranz, als er neben Petra Gerres vor dem Anwesen der Böhmers im Nobelstadtteil Waldhausen stand. Die Befragung der Diedloffs hatte nichts gebracht, außer dass sich Kommissar Rosenkranz eine lange Tirade über die schlimmen Zeiten heutzutage hatte anhören müssen, so wie die Vermutung, dass bestimmt eine polnische oder rumänische Diebesbande hinter dem Einbruch steckte.

»Ich fand die alte Villa eben schöner«, antwortete Petra und drückte auf den vergoldeten Klingelknopf an der schmiedeeisernen Pforte.

»Den bröseligen alten Kasten?«, vergewisserte sich Daniel Rosenkranz mit hochgezogenen Augenbrauen.

»Der hatte viel mehr Charme als dieser *palazzo prozzo* hier.«

Der Summer, der die Pforte öffnete, schnurrte. »Ah, da ist ja unser Übeltäter auch schon«, stellte Petra Gerres fest.

Ein gut aussehender, athletisch gebauter Junge mit blonden Locken kam auf sie zu. Die beiden Beamten wiesen sich aus und fragten: »Patrick Böhmer?«

»Ja.«

»Wir würden gerne mit dir sprechen, dürfen wir reinkommen?«

Der Junge nickte verunsichert. Dann führte er sie in eine blitzblanke Küche, die ganz in Weiß gehalten war. Petra Gerres warf einen Blick auf seine Füße in den Edelsneakers. *Die Größe könnte hinkommen,* dachte sie.

»Worum geht es?«

»Wir wüssten gerne, wie und wo du das letzte Wochenende verbracht hast.«

»Wieso?«

»Sag uns doch erst mal, wo du warst.«

Patrick überlegte, dann sagte er: »Nein, erst möchte ich wissen, worum es geht.«

Der Tonfall der Kommissarin veränderte sich, wurde plötzlich kühl und distanziert: »Es geht um § 238 Abs. 1 StGB in Tateinheit mit Einbruch und Sachbeschädigung und Beleidigung.«

»Was? Wie?«

»Matilda Schliep, deine Klassenkameradin. Du stellst ihr nach. Das nennt man auch Stalking. Das Wort kennst du, oder?«

Patrick blickte die beiden Kripobeamten fassungslos an.

Petra Gerres war nicht sicher, ob seine Verblüffung echt war oder gespielt. »Also. Wo warst du am Wochenende?«

Patrick gab an, die meiste Zeit zu Hause gewesen zu sein. Am Freitagabend habe er an einem Poetry-Slam teilgenommen und sei danach noch mit Freunden feiern gegangen. Am Sonntag habe man das Fußballspiel bei seinem Freund Jonas angeschaut.

»Und am Samstag?«

»Da war ich zu Hause.«

»Auch am Abend?«

»Ja. Hatte keinen Bock wegzugehen. Sie können meine Eltern fragen, die waren auch hier.«

Alibis von Eltern sind ungefähr so glaubwürdig wie die von Ehepartnern, dachte Petra und fragte: »Welche Schuhgröße hast du?«

»Zweiundvierzig.«

»Darf ich mal die Sohle sehen?«

Verwirrt drehte sich Patrick um und hob sein rechtes Bein, damit die Kommissarin die Schuhsohle betrachten konnte. Die Zahl 1974 sprang ihr sofort ins Auge. Sie und Daniel Rosenkranz tauschten einen bedeutungsvollen Blick. Daniel hatte bereits eine Digitalkamera aus der Tasche gezogen und fotografierte die Unterseite der Schuhe.

»He, was machen Sie da?« Patrick fuhr herum.

»Wir würden diese Schuhe gerne mitnehmen für einen Vergleich des Sohlenprofils mit einem Abdruck, der vor der Hintertür des Hauses von Frau Helen Rehberg gefunden wurde.«

Patrick stöhnte auf. »Was soll das? Okay, ich hab ihr einmal 'ne SMS geschickt, in der ich sie eine Schlampe genannt habe. Das hätte ich nicht machen sollen, ist mir längst klar. Ich war einfach so sauer und hatte mich einen Moment lang nicht im Griff. Aber mehr war nicht. Ehrlich! Mit Einbruch und ... was war da noch?«

»Sachbeschädigung, Vandalismus. Unter anderem wurde eine wertvolle Violine beschädigt.«

»Damit habe ich nichts zu tun. Und meine Schuhe bleiben hier! Sie ... Sie haben doch keinen Durchsuchungsbefehl oder so was?«, fügte er hinzu.

Petra Gerres schüttelte den Kopf. »Nein. Aber den brauchen wir auch vorerst nicht. Du hast zwei Möglichkeiten. Dies hier ist eine Befragung. Wir können dich aber auch mit aufs Revier nehmen und als Beschuldigten vernehmen. Das kann dauern. Wir dürfen dich bis zu vierundzwanzig Stunden festhalten, erst dann entscheidet ein Haftrichter, ob du in U-Haft genommen wirst oder nicht. Gleichzeitig beantragen wir eine Hausdurchsuchung. Darüber werden deine Eltern sicherlich nicht erfreut sein.«

Ehe Patrick antworten konnte, drehte sich ein Schlüssel im Schloss der Haustür. Nur Sekunden später betrat eine blonde, sehr dünne Frau in einem beigefarbenen Leinenkleid die Küche, einen Korb mit Lebensmitteln am Arm. Petra stand auf, Daniel ebenso.

»Frau Böhmer, nehme ich an?«, fragte die Kommissarin.

»Darf ich fragen, wer Sie sind?«

Petra stellte ihren Kollegen und sich vor und erklärte den Grund ihrer Anwesenheit.

»Aber damit habe ich nichts zu tun, Mama, ehrlich«, sagte Patrick am Ende. Seine Wangen waren gerötet, von seiner anfänglichen Coolness war nichts mehr zu spüren.

Frau Böhmers Gesicht wirkte absolut verschlossen. »Ich möchte Sie bitten, dieses Haus sofort zu verlassen. Wenn Sie mit meinem Sohn sprechen wollen, dann vereinbaren Sie einen Termin mit unserem Anwalt. Die Adresse gebe ich Ihnen.« Sie wühlte in ihrer Handtasche und förderte tatsächlich die Visitenkarte eines Anwalts zutage. Dann ging sie demonstrativ zur Tür und hielt sie den Beamten auf.

»Einen schönen Tag noch.« Ihre Stimme klang, als käme sie geradewegs aus dem Eisfach.

»Puh«, meinte Daniel, als sie in den Wagen stiegen. »Was für ein Drachen. Sag mal, hast du auch die Visitenkarte deines Anwalts in der Handtasche?«

Petra Gerres schüttelte den Kopf. »Ich hab nicht mal einen Anwalt. Ich bin ein braves Mädchen.«

Das Klingeln ihres Telefons riss Matilda aus ihrer Lethargie. Es war Anna, die wissen wollte, wie es in London gewesen sei, ob Matilda mit ins Schwimmbad käme und ob sie vielleicht mal wieder zusammen Geige üben sollten.

Matilda antwortete, Anna solle herkommen, sie müsste ihr eine Menge erzählen.

»Gut, bis gleich!«

Matilda schleppte den Farbeimer nach oben in ihr Zimmer. Sie sammelte die noch immer auf dem Fußboden verstreute, beschmutze Wäsche auf, zog das Bettzeug ab und steckte alles in die Waschmaschine. Das Blut hatte auch die Bettdecke durchdrungen, zum Glück war es nur die dünne Sommerdecke, nicht das Federbett. Matilda stopfte die Decke kurzerhand in die Mülltonne. Ihre Schulbücher waren ebenfalls nicht mehr zu retten. Die kaputten Geigen packte sie in die Etuis und schob sie unter ihr Bett. Dabei kamen ihr erneut die Tränen. Sie beschloss, Helen morgen selbst anzurufen und ihr alles zu erzählen. Dann zog sie Gummihandschuhe an und versuchte, mit einem Küchenschwamm und einer Bürste das Blut oder was immer es war von den Wänden zu waschen. Das meiste ging runter, aber Schatten blieben zurück. Die neue Wandfarbe würde das hoffentlich überdecken. Wenn es sein musste, würde sie eben zehnmal drüberstreichen. Das feuchte Blut sonderte einen ekelhaften Geruch ab. Mehrmals wechselte Matilda das Wasser im Eimer, aber dennoch kämpfte sie während der ganzen Aktion mit aufsteigender Übelkeit. Sie fühlte sich erniedrigt und zugleich war sie unglaublich wütend.

Um den Wänden ein wenig Zeit zum Trocknen zu geben, bevor sie die Farbe auftrug, ging sie nach einer halben Stunde nach unten und trank zwei Gläser kalten Pfefferminztee.

Es klingelte. Matilda eilte zur Tür. Vielleicht hatte Anna ja Lust, ihr beim Streichen zu helfen.

Draußen stand eine sehr schlanke blonde Frau. Sie musterte Matilda so gründlich, als wollte sie sie mit den Augen röntgen, ehe sie fragte: »Bist du Matilda Schliep?«

»Ja.« Von irgendwoher kannte Matilda die Frau. Es fiel ihr im selben Moment ein, in dem die Besucherin ihren Namen sagte: »Ich bin Ella Böhmer, die Mutter von Patrick. Ich möchte gerne von dir wissen, wie du dazu kommst, solche Lügen über meinen Sohn zu erzählen und uns die Polizei auf den Hals zu hetzen.«

Die letzten Worte hatten schrill geklungen. Matilda starrte in die Gletscheraugen ihres Gegenübers und brachte keinen Ton heraus.

»Na? Was ist? Warum so schweigsam?«, die Frau machte einen Schritt auf Matilda zu. Instinktiv wich Matilda zurück. »Vor der Polizei warst du doch auch recht gesprächig.«

Matilda schluckte, dann riss sie sich zusammen. »Es ist ja auch wahr!«, verteidigte sie sich. »Man hat sogar seinen Schuhsohlenabdruck vor der Kellertür gefunden.«

»Blödsinn!«, schrie Frau Böhmer, die plötzlich jede Beherrschung zu verlieren schien.

Matilda bekam Angst. Die Besucherin machte einen weiteren Schritt auf sie zu, Matilda stand nun bereits im Flur. »Ich warne dich!« Es war nicht mehr als ein Flüstern. »Wenn du weiterhin meinen Sohn verleumdest, dann bekommst du es mit meinem Mann zu tun.«

Peng! Matilda knallte der Frau, ohne zu überlegen, die schwere Haustür vor der Nase zu. Drinnen lehnte sie sich gegen die Wand. Erst jetzt merkte sie, dass sie am ganzen Leib zitterte. *Was für eine Familie, lauter Psychopathen,* dachte sie und dann: *Die Terrassentür!* Sie raste in die Küche. Fast erwartete sie, dort Frau Böhmer mit einem Fleischermesser in der Hand vorzufinden. Doch der Raum war leer. Mit wild pochendem Herzen verriegelte Matilda die Tür. Nicht dass diese Furie noch ins Haus kam! Und hoffentlich hielten die angenagelten Bretter an der Kellertür, falls sie es dort versuchen sollte. Die Haustürklingel ging erneut.

»Gehen Sie weg!«, schrie Matilda aus Leibeskräften in Richtung Tür. Einen Augenblick blieb es ruhig und Matilda atmete schon auf, doch dann läutete es wieder.

»Hauen Sie ab oder ich rufe die Polizei!«

Auf Zehenspitzen schlich Matilda zurück zur Haustür. Jemand klopfte gegen das Holz, dann hörte man Annas Stimme: »Matilda? Ich bin es, Anna. Mach doch auf!«

Vorsichtig öffnete Matilda die Tür, spähte an Anna vorbei nach draußen und fragte: »Wo ist sie?«

»Wo ist wer? Was ist denn mit dir los?«

»Patricks Mutter. Hast du sie noch gesehen?«

»So eine dürre Blonde? Die ist mir entgegengekommen und hat ein Gesicht gemacht, als wollte sie mich gleich fressen. Sie ist in einen Mini gestiegen und weggefahren. Was wollte die denn hier?«

»Mich fertigmachen.« Matilda stöhnte und zog Anna ins Haus. »Komm rein.«

Sie gingen in die Küche, wo Matilda ihre Freundin über die jüngsten Entwicklungen im Fall Patrick aufklärte. Anna lauschte mit offenem Mund. Als Matilda fertig war, schwieg sie eine ganze Weile. Dann atmete sie hörbar aus und sagte: »Zeig mir mal die Geige.«

In Matildas Zimmer waren die Wände schon ein wenig getrocknet, was die Schatten der Blutspuren wieder hervorhob.

»Was 'ne Sauerei«, murmelte Anna.

»Hilfst du mir beim Streichen?«, fragte Matilda, während sie den Geigenkasten unter dem Bett hervorholte.

»Klar.«

»Da, schau selber« Matilda konnte sich nicht überwinden, den Deckel des Geigenkastens zu öffnen. Sie würde es einfach nicht ertragen, jetzt noch einmal das zerstörte Instrument zu sehen. »Ich hole inzwischen mal ein paar alte Zeitungen, zum Abdecken.«

Als sie mit den Zeitungen zurückkam, hatte Anna die Geige aufs Bett gelegt. »Sieht aus, als wäre er draufgestiegen. Oder er hat sie mit Schwung gegen eine Kante geschlagen.«

»Hör auf«, jammerte Matilda.

»Vielleicht kann man sie noch reparieren.«

»Die? Der Boden ist gebrochen und der Hals und die Decke haben einen Riss.«

»Mein Vater kennt jemanden, der so was macht. Den könnten wir doch mal fragen«, meinte Anna. »Und solange können wir zusammen auf meiner Geige üben. Die ist immer noch besser als deine alte Anfängergeige.«

Matilda nickte dankbar. Sie glaubte zwar nicht, dass eine Reparatur möglich war, aber die Anteilnahme ihrer Freundin tröstete sie ein wenig. Sie legten den Fußboden mit Zeitungen aus und begannen, die Wände mit Pinsel und Rolle zu streichen. Aus den Lautsprechern tönte Pink und mit jedem Quadratmeter frischem Gelb an den Wänden schien Matilda sich ein kleines Stückchen ihres normalen Lebens zurückzuerobern. *So leicht kriegst du mich nicht klein, Patrick Böhmer!* Dennoch machte sie sich Gedanken über die nächsten Tage. Der Besuch von Patricks Mutter hatte ihr klargemacht, dass Patrick zwar vernommen worden war, aber nach wie vor frei herumlief. Andernfalls hätte seine Mutter sich ganz sicher noch weniger unter Kontrolle gehabt. Man hatte ihm also, so wie es aussah, noch nichts nachweisen können.

»Miguel wollte, dass ich zu meiner Oma ziehe. Aber das halte ich nicht aus. Meinst du, ich könnte ein paar Tage bei euch wohnen?«

»Sicher«, antwortete Anna, die gerade mit dem Pinsel an der mit Malerkrepp abgeklebten Fußleiste entlangfuhr. »Aber was ist damit gewonnen?«

Zeit, dachte Matilda. *Bis Tante Helen wieder da ist.*

»Ich habe eine bessere Idee«, meinte Anna. »Ich komme hierher und wir leihen uns Nicoles Hund aus. Die fliegen übermorgen nach Malle und Harri soll in eine Hundepension. Nicoles Eltern sind sicher froh, wenn wir ihn nehmen. Dadurch sparen sie Geld, dem Hund geht's hier gut und wir haben einen Wachhund.«

»Toller Wachhund! Harri geht mir gerade bis zum Knie«, gab Matilda zu bedenken. »Und zur Begrüßung schleckt er mich immer ab.«

»Täusch dich nicht. Er hat neulich einen Prospektausträger gestellt. Der Arme hat einen halben Herzinfarkt gekriegt.«

»Was ist Harri überhaupt für eine Rasse?«

»Keine Ahnung. So ein Terrier-irgendwas-Mix. Aber er macht Radau, wenn einer ins Haus eindringt, und das ist doch die Hauptsache. Ich bringe den Baseballschläger meines Vaters mit. Und wenn Patrick noch mal hier auftaucht, dann braten wir ihm ordentlich eins über«, meinte Anna kriegerisch, wobei ihre Augen aufleuchteten.

Die Aussicht, Anna im Haus zu haben, gefiel Matilda im Grunde gut. Aber was, wenn sie sich wieder mit Christopher treffen wollte? Sie konnte doch Anna nicht allein in diesem Geisterhaus lassen. Dann müsste sie Christopher entweder absagen oder sie müsste Anna mitnehmen oder sich hier im Haus von Tante Helen mit ihm treffen. Ein Date zu dritt . . . keine sonderlich reizvolle Vorstellung! Andererseits – wenn sie zu Großmutter Eleonore ziehen musste, dann konnte sie Verabredungen mit Christopher gleich ganz abhaken. Dort würde sie sicherlich um zehn Uhr zu Hause sein und über jeden ihrer Schritte Rechenschaft ablegen müssen. Nein, nur das nicht!

»Das ist total lieb von dir. Aber ich muss natürlich erst Miguel fragen, ob er damit einverstanden ist«, meinte Matilda zögernd.

»Na klar!« Manchmal war Anna einfach so herrlich unkompliziert!

Nach einem ersten Anstrich machten sie Mittagspause und kochten sich Spaghetti mit Öl und Knoblauch. Gerade war das Essen fertig, da schneiten Miguel und Juliane herein.

»Wollt ihr mitessen?«, fragte Matilda.

»Danke, wir waren schon bei Subway«, lehnte Juliane ab. Miguel war offensichtlich nicht mehr beleidigt. Er wollte wissen, warum Matilda und Anna überall so gelb wären und ob die Polizei sich schon wieder gemeldet hätte.

»Eine ganze Horde war hier. Sie haben vor der Kellertür einen Sohlenabdruck gefunden und ich fresse einen Besen, wenn der nicht von Patrick stammt«, berichtete Matilda. Dass sie eigentlich ein bisschen sauer auf Miguel war, weil er sie bei dem Verhör im Stich gelassen hatte, ließ sie sich angesichts seines Stimmungsumschwungs nicht anmerken.

»Na, ich bin mal gespannt, wie das weitergeht«, meinte Juliane, es klang, als würde sie über eine unterhaltsame Krimiserie im Fernsehen reden.

»Das wird überhaupt nicht weitergehen!«, entgegnete Matilda heftig. »Dafür wird die Polizei ja wohl sorgen.«

Juliane lachte spöttisch. »Ich sehe, du hast noch Vertrauen zu unseren Freunden und Helfern.«

»Was bleibt mir denn anderes übrig?« Matilda dachte an Julianes Führerscheingeschichte, die Christopher ihr im Vertrauen erzählt hatte. Es war also keine Überraschung, dass Juliane auf Polizisten nicht allzu gut zu sprechen war.

»Zum Beispiel, einen Wachhund anzuschaffen«, schaltete sich Anna in das Gespräch ein und begann sogleich, Miguel und Juliane über ihre Pläne in Kenntnis zu setzen.

»Ich mag Hunde nicht besonders.« Miguel klang wenig begeistert.

»Du musst ihn ja nicht mögen«, antwortete Anna frech. »Hauptsache er mag dich.«

»Es ist ja nur für zwei Wochen. Bis dahin ist Helen wieder da«, bat Matilda. Sie goss die Nudeln in ein Sieb.

»Na gut. Aber sagt mir rechtzeitig Bescheid. Nicht dass ich mal nachts hier ankomme und ein Köter hängt mir am Hals.«

»Natürlich machen wir vorher ein Harri-Kennenlern-Treffen mit euch beiden«, meinte Anna und hatte schon wieder dieses Funkeln in den Augen.

Miguel, der ein Schloss für die Kellertür gekauft hatte, verschwand im untersten Stockwerk. Juliane schenkte sich eine Cola ein und setzte sich zu den Mädchen, die mittlerweile vor dampfenden Tellern saßen.

»Ich hörte, du hast bei Chris übernachtet«, meinte sie zu Matilda. Ehe diese antworten konnte, beschwerte sich Anna mit vollem Mund: »Was? Und warum erzählst du mir das nicht?«

»Das ist schließlich *mein* Privatleben«, sagte Matilda und blickte die beiden finster an.

»Jetzt nicht mehr«, grinste Anna.

»Da haben wir ihn ja!« Daniel Rosenkranz drehte seinen Bildschirm so, dass Petra Gerres das Foto des Schuhs sehen konnte, den er im Internet gefunden hatte.

»Haben noch andere Modelle diese Jahreszahl in der Sohle?«

»Ja, aber die haben auch ein anderes Muster als Sohlenprofil. Das Schühchen kostet übrigens schlappe 289 Euro.«

Petra klappte die Kinnlade herunter. »Krass!«

»Und ich hab noch was rausgekriegt. Es gibt die Dinger in

Hannover nur in einem einzigen Laden, bei *Horstmann & Sander* in der Georgstraße.«

»Dann ist ja alles klar. Das ist mein Lieblingsladen – zum Angucken«, seufzte Petra. Sie überlegte. »Wir könnten also versuchen rauszufinden, wie viele Paare der Größen 42 und 43 dort verkauft wurden. Vielleicht erfahren wir sogar, wer sie gekauft hat, wenn die Leute nicht bar bezahlt haben.«

»Und was soll das bringen?«, fragte Daniel. »Wir wissen doch, dass Patrick Böhmer solche Dinger hat – ich hab sogar ein Foto davon!«

»Daniel! Wo bleibt dein Ermittlerinstinkt? Angenommen, es wurden nur wenige Paare dieser Größe verkauft und die anderen Käufer haben absolut keinen Berührungspunkt mit Matilda Schliep, dann ist das ein recht starkes Indiz dafür, dass der Abdruck tatsächlich von Patrick stammt«, erklärte Petra. »Außerdem hat die Spurensicherung herausgefunden, dass der Abdruck vor der Kellertreppe der Rehbergs Größe 43 hatte, Patrick Böhmer dagegen trägt 42, erinnerst du dich? Auch das spricht im Moment noch gegen eine eindeutige Beweislage. Das sollten wir auf jeden Fall noch mal genau nachprüfen.«

»Gut und ich hör mich mal in dem teuren Schuhladen um«, erklärte sich ihr Kollege bereit.

»Ach, weißt du was?«, meinte Petra rasch. »Wir machen das umgekehrt. Vielleicht gibt es ja mal eine runtergesetzte Prada-Tasche im Sommerschlussverkauf. Oder ein Paar schicke Sandaletten . . .«

»Frauen!«, stöhnte Daniel.

Petra wurde wieder ernst. »Und ich hoffe, dieser verdammte Handyprovider kommt bald mal mit der Auskunft rüber, wem diese Nummer gehört, von der die SMS stammt. Das dauert ja mal wieder ewig!«

»Das Handy zusammen mit dem Sohlenabdruck – damit hätten wir beim Haftrichter was in der Hand.« Daniel nickte.

»Wir brauchen übrigens noch Patricks Fingerabdrücke«, fiel Petra ein.

»Hab ich schon angeleiert. Sein Anwalt hat mir zugesichert, dass der Bursche heute Nachmittag beim Erkennungsdienst vorstellig wird.«

»Fleißig, fleißig«, lobte Petra ihren Kollegen. Dann schaute sie aus dem Fenster, während sie nachdenklich auf einem Bleistift herumkaute. Daniel Rosenkranz kannte seine Kollegin inzwischen gut genug, um zu fragen: »Was gefällt dir daran nicht?«

»Hm . . . Ich bin mir nicht sicher, ob dieser Patrick bei Rehbergs eingebrochen ist. Seine Überraschung war doch ziemlich echt, oder?«

»Stimmt. Andererseits wäre das nicht die erste oscarreife Darbietung von gespielter Unschuld, oder?«

»Ja, du hast recht«, räumte Petra ein. »Wenn er es war, dann hatte er ja auch jede Menge Zeit zum Üben.«

»Und der Junge ist sozusagen erblich vorbelastet«, gab Daniel zu bedenken.

»Wie meinst du das?«

»Tja, ich habe mir die Familie Böhmer mal etwas näher angesehen und da ist mir etwas aufgefallen: Im November 2009 wurden die Kollegen zu einem Einsatz wegen häuslicher Gewalt gerufen. Nachbarn hatten die Polizei alarmiert, weil sie von außen beobachtet hatten, wie Böhmer seine Frau verprügelte – er hatte vergessen, die Vorhänge zuzuziehen. Die Böhmers wollten das Ganze damals als Missverständnis abtun, aber die Beamtin von der Streife hat auf einer Anzeige bestanden.«

»Unglaublich. Inzwischen ist Körperverletzung ja zum Glück ein Offizialdelikt«, Petra schüttelte den Kopf. »Da nützt es nichts mehr, wenn die Frauen keine Anzeige machen oder die Aussage gegen ihren prügelnden Partner verweigern. Und wie ging die Sache aus?«

»Sie verpuffte. Böhmer hat sich einen Anwalt genommen, übrigens genau den, dessen Karte uns die gute Frau Böhmer gegeben hat. Es wurde alles verharmlost, Frau Böhmer log, was das Zeug hielt, und die Nachbarn wollten plötzlich keine Aussage mehr machen. Böhmer bekam eine Geldstrafe. So wenig, dass er nicht mal vorbestraft ist.«

»Armer Kerl«, meinte Petra.

»Wer? Böhmer?«

»Sein Sohn. Wer möchte in so einem Haus groß werden? Dafür sind auch die schicksten Schuhe keine Entschädigung.«

Anna richtete sich noch am Montagabend bei Matilda häuslich ein und am Dienstagvormittag brachten Nicole und ihre Eltern Harri vorbei. Nicole war von Anna unter dem Siegel strengster Verschwiegenheit über die Gründe informiert worden. Nicoles Eltern dagegen hatten die Mädchen erzählt, Matilda und Miguel würden sich überlegen, ob sie sich einen Hund anschaffen sollten, und Harri wäre sozusagen ein Hund auf Probe. Harri, ein schwarz-weiß-braun geflecktes Tier mit struppigem Fell und frech umgeklappten Stehohren, war so beschäftigt, den Garten zu erforschen und sämtliche Büsche zu markieren, dass er die Abfahrt seiner Besitzer gar nicht mitbekam. Diese hatten einen Korb und Futter mitgebracht sowie eine Liste mit Anweisungen bezüglich Nahrungsaufnahme und Umgang mit dem Tier.

Nicole wäre gerne wenigstens noch diese Nacht bei ihren Freundinnen geblieben, aber ihr Charterflug ging schon am nächsten Morgen um fünf.

»Verdammt! Jetzt, wo es hier spannend wird, muss ich nach Malle!«, beklagte sie sich.

Angela, die trotz dicker Backe vorbeikam, war überhaupt nicht begeistert. Sie fürchtete sich vor Hunden.

»Solange der Hund da ist, kann außerdem Enzo nichts im

Garten machen«, sagte sie. »Er hat schreckliche Angst vor Hunden.«

»Tja, dann ist das wohl so«, antwortete Matilda ziemlich schnippisch. Sie hatte sich inzwischen mit dem Gedanken angefreundet, einen, wenn auch kleinen Wachhund im Haus zu haben. Auf keinen Fall würde sie Harri jetzt wieder hergeben. Da musste Angela nun wohl oder übel durch. Ihretwegen könnten Enzo und Angela sowieso ruhig ein paar Tage wegbleiben; den Haushalt und das bisschen Rasenmähen schafften sie, Anna und Miguel auch selbst. Das Umgraben der Beete hatte Harri bereits in Angriff genommen, und wenn der Hund seine Grabetätigkeit weiterhin so emsig betrieb, dann würde sich auch das Rasenmähen bald vollkommen erübrigen. Matilda und Anna studierten die »Harri-Gebrauchsanweisung« fanden darin aber keinen Punkt, der das Thema *exzessives Buddeln* behandelte.

Miguel dagegen, der ja angeblich keine Hunde mochte, war innerhalb weniger Minuten der beste Freund von Harri und nannte ihn einen »coolen Köter«. Er war außerdem der Einzige, auf den Harri hörte. Der Hund himmelte Miguel regelrecht an. Allen anderen Bewohnern tanzte er schon nach wenigen Stunden mehr oder weniger auf der Nase herum. Angelas Abneigung gegenüber Harri schien, wie es aussah, auf Gegenseitigkeit zu beruhen.

Am Abend rief Helen an und fragte, was es mit dem Hund auf sich habe. Offenbar hatte sich Angela bei ihr beklagt. Miguel war am Apparat. Abgelenkt von Anna und Harri hatte Matilda völlig vergessen, dass sie heute eigentlich ihrer Tante die ganze Geschichte hatte erzählen wollen. Mit bangem Herzen stand sie im Türrahmen und hörte, was Miguel seiner Mutter berichtete.

»Harri gehört einer Freundin von Matilda. Der arme Hund hätte sonst für zwei Wochen ins Tierheim gemusst und da haben wir uns eben erbarmt...« – »Wie kommst du darauf, dass ich keine Hunde mag? Ich mag nur keine großen Hunde. Und Harri ist eher klein.« – »Ach, die übertreibt nur, weil sie Angst vor Hunden hat.« – »Quatsch, der scharrt mal ein bisschen im Beet rum, was soll's? – »Sonst? Sonst ist alles okay. Und bei dir?« – »Ja, ich grüße sie. Tschüss, Mum.«

Matilda hatte das Gespräch mit wachsendem Staunen verfolgt. Offenbar hatte die Kommissarin ihre Ankündigung, Helen über den Einbruch aufzuklären, noch nicht wahr gemacht.

»Schöne Grüße von Mum«, sagte Miguel zu Matilda, nachdem er aufgelegt hatte.

»Danke, dass du ihr nichts gesagt hast.«

»Wieso ich? Das ist dein Problem.«

Matilda nickte. Mit dieser Einstellung ihres Cousins konnte sie leben. Und zum Glück schien sich auch das Thema Eleonore endgültig erledigt zu haben. Es war ja auch nicht mehr nötig: Schließlich waren nun Anna und Harri da, und seit die Polizei mit Patrick gesprochen hatte, war auch nichts mehr geschehen: kein Anruf, keine Mail, keine SMS. Matilda traute dem Frieden nicht wirklich, aber sie wollte einfach zu gerne glauben, dass der Albtraum nun vorbei war. *Wenn die kaputte Geige nicht wäre*, dachte sie, *wäre es gar nicht notwendig, dass Helen überhaupt von der Sache erfährt. Vielleicht könnte ich Professor Stirner bitten, mir eine ähnliche Geige zu besorgen.* Aber wovon sollte Matilda die bezahlen? Um an ihr Erbe zu kommen, brauchte sie Helens Unterschrift, außerdem war das Geld fest angelegt, für ihr Studium. Nein, sie würde Helen irgendwann beichten müssen, was passiert war. Aber möglichst erst dann, wenn ihre Tante wieder zu Hause war.

Anna schlief auf einem aufblasbaren Gästebett in Matildas Zimmer. Zwischen ihnen stand Harris Korb. Der blieb jedoch leer, denn Harri bevorzugte das Fußende von Matildas Bett als Schlafplatz.

»Stand auf dem Zettel, dass der Hund im Bett schläft?«, fragte Matilda, als die drei gegen Mitternacht schlafen gingen.

»Bei Nicole liegt er auch immer im Bett«, wusste Anna.

»Das sind ja Zustände!«

»Harri, husch, ins Körbchen!«, befahl Anna, was der Hund jedoch dickfellig ignorierte.

»Lass ihn«, meinte Matilda. Sie löschte das Licht. »Vielleicht hört er da oben besser.«

»Hab keine Angst«, versuchte Anna, ihre Freundin zu beruhigen. »Patrick wäre ja blöd, wenn er noch einmal hier auftauchen würde. Jetzt, wo ihm die Polizei auf den Fersen ist.«

»Das Schlimme ist – selbst wenn sie es ihm beweisen können, werden sie ihn deswegen wohl nicht einsperren«, sagte Matilda bedrückt. Das zuversichtliche Gefühl, das sie noch vor wenigen Stunden gehabt hatte, war mit Einbruch der Dunkelheit mehr und mehr verschwunden und hatte einem Mix aus Beklemmung und ungewisser Furcht Platz gemacht.

»Wer sagt das?«

»Miguel. Und die Kommissarin hat es mehr oder weniger auch durchblicken lassen. Seine Eltern werden den Schaden ersetzen und das war's dann. Aber wer garantiert mir, dass er danach nicht wieder anfängt, mich anzurufen und zu belästigen?«

»Vielleicht kriegt er 'ne Therapie oder so was«, überlegte Anna. »Irgendwie ist das doch krank, was er da macht, oder?«

»Ja, das ist es. Das macht es ja so unberechenbar. Ich hab im Internet was über Stalking gelesen.« Matilda rollte sich auf die Seite und stützte den Kopf in eine Hand.

»Und was stand da?«, wollte Anna wissen.

»Dass man dabei immer zuerst an Prominente denkt, die von irren Fans verfolgt werden, aber das sind die allerwenigsten Fälle. Das sind nur die, die Schlagzeilen machen. Die meisten Stalking-Opfer sind ganz normale Leute. Sie werden beispielsweise von Expartnern verfolgt oder von Kollegen, die sich einbilden, der andere würde sie lieben, er oder sie wüsste es nur noch nicht. Es gibt nämlich auch genug Frauen, die so was machen. Aus Rache zum Beispiel, weil sie verlassen oder verschmäht worden sind. Die tyrannisieren dann ihren Ex. Oft stellen sie es so intelligent an, dass man ihnen nie was nachweisen kann. Manche Leute sind über Jahre verfolgt worden. Sie sind umgezogen, haben die Stelle gewechselt – alles umsonst. Sie waren total fertig. Am Ende sind manche Opfer sogar selbst straffällig geworden, weil ihnen die Nerven durchgegangen sind und sie sich gewehrt haben. Einige wurden sogar von ihrem Stalker umgebracht. Und Patrick hat ja auch . . .«

»Hey!«, unterbrach Anna sie energisch. »Jetzt mal ganz ruhig. Steigere dich da nicht so rein. So schlimm wird es nicht werden. Patrick ist doch kein Monstrum.«

»Du hast das Zimmer nicht gesehen. Das sah aus, als hätte eine Bestie darin gewütet. Und auf dem Foto hat er mir gedroht, ich würde nicht mehr lange leben.«

»Hunde, die bellen, beißen nicht«, hielt Anna dagegen. »Der wollte dir nur Angst machen, der würde dir doch nie was tun. So sehr dreht er ganz bestimmt nicht ab.«

»Da bin ich mir nicht so sicher.« Matilda fröstelte und zog die Bettdecke noch höher. Dann verzog sie den Mund zu einem kleinen Lächeln. »Aber ich bin auf jeden Fall froh, dass du da bist. Und Harri.«

Eine Weile schwiegen sie. Matilda dachte schon, Anna wäre eingeschlafen, als diese fragte: »Und wie läuft es mit Chris?«

»Gut.«

»Wann triffst du ihn wieder?«

Matilda war erleichtert, dass Anna selbst davon anfing. »Er hat mir vorhin eine Mail geschickt und gefragt, ob wir uns Freitag sehen können.«

»Ja und? Was spricht dagegen?«

»Na ja, ich will ja nicht, dass du . . .«

»Ich? Mach dir um mich keine Sorgen. Ich bin Freitag mit Tommy aus der 11a verabredet.«

»Ach, echt?« Matilda zog die Augenbrauen hoch. »Und der ist dir nicht zu jung?«, fragte sie neugierig.

»Er ist neunzehn. Ist mal sitzen geblieben.«

»Ist das der Blonde, der immer mit seiner Vespa zur Schule fährt?«

»Genau. Ich war Samstag mit ihm weg.« Anna grinste verschmitzt.

»Was? Und das erzählst du mir erst jetzt?« Matilda setzte sich im Bett auf. »Und, wie war's?«

»Schön. Wir waren im Kino und dann noch in einer Bar. Mann, der kann echt gut küssen!«

»Kann Chris auch«, verriet Matilda und lächelte.

»Dann sei froh. Das ist eine Seltenheit. Was ich da schon erlebt habe . . .« Anna winkte ab und Matilda kicherte. »Ich könnte dir Horrorgeschichten erzählen . . .«

»Mach!«, forderte Matilda.

Ihre Freundin ließ sich nicht lange bitten. »Also, am schlimmsten sind die Sabberer. Das sind die, die dir das Gesicht und den Hals und überhaupt alles mit Spucke vollsabbern. Hinterher hast du kein Make-up, keinen Lidschatten, kein gar nichts mehr im Gesicht und der Kuss fühlt sich an wie 'ne Munddusche.«

»Iiih!«, quiekte Matilda.

»Oder der Sauger – auch ganz übel. Der fällt wie ein ausgehungerter Vampir über dich her, bis dir die Lippen bluten und du überall fiese Knutschflecke hast. Der ist wie ein Hund, der sein Revier markiert – nur halt mit Knutschflecken, statt dich anzupinkeln.«

»Oh, Mann, hör auf!«, Matilda lachte.

»Und dann gibt es noch die Wühler und Bohrer: Die denken, sie müssten dir ihre Zunge bis hinter die Mandeln schieben. Und dann rühren sie damit in deinem Mund rum, was das Zeug hält, so als würden sie Eischnee schlagen. Das sind meistens auch noch die, die sich selbst für die allergrößten Küsser halten. Nee danke. Da sind mir die Unsicheren, Umständlichen noch lieber. Die, bei denen immer irgendwie die Nase im Weg ist. Oder sie biegen dir den Kopf nach hinten, bis du Genickstarre kriegst. Oh ja – und übel sind auch die, die so ganz schlaffe Lippen haben und mit der Zunge immer dieselbe Bewegung machen – ätzend! Wieder andere halten dich beim Küssen an den Oberarmen fest wie ein Schraubstock, sodass du am nächsten Tag blaue Flecken davon hast. Das sind die Klammerer. Und dann gibt es noch die, die immer die Augen offen lassen beim Küssen. Das ist auch irgendwie blöd, man fühlt sich so beobachtet.«

»Das ist ja schrecklich!« Matilda hielt sich den Bauch vor Lachen.

»Ist es auch«, bestätigte Anna und verzog das Gesicht, als litte sie unter großen Schmerzen.

»Wenigstens bin ich jetzt gewarnt«, kicherte Matilda. Sie fragte sich, ob Anna all diese Erfahrungen wirklich selbst gemacht hatte. Aber eigentlich war es auch völlig egal. Sie gähnte und kuschelte sich wieder ins Bett. »Ich schlaf gleich ein. Gute Nacht!«

»Ich auch. Schlaf gut. Nacht, Harri! Und furz bitte nicht wieder so viel!«

»Wen meinst du?«, fragte Matilda verwirrt.

»Harri. Als ich mal bei Nicole übernachtet habe – es war im Winter und das Fenster war zu –, bin ich fast ohnmächtig geworden, sosehr hat es gestunken.«

»Bist du sicher, dass es der Hund war?«, kicherte Matilda.

»Ziemlich.«

Matilda wurde wach, als Anna sie an der Schulter berührte und schüttelte.

»Matilda«, wisperte sie. »Wach auf! Harri hat was gehört!«

Wie zur Bestätigung knurrte der Hund. Matilda war mit einem Schlag wach und fuhr hoch. Das Zimmer war dunkel, nur durch das Fenster drang ein silbriger Lichtschein.

»Ich glaub, im Garten ist jemand«, flüsterte Anna.

Matilda ging zum Fenster, schob die Jalousie ganz langsam ein Stückchen auseinander und spähte vorsichtig hinaus. Tatsächlich – Anna hatte recht. Vor wenigen Tagen war Vollmond gewesen; der Garten wirkte wie mit flüssigem Silber übergossen. Neben dem Teich stand eine reglose Gestalt. Matilda wich erschrocken zurück. Automatisch griff sie nach ihrer Taschenlampe, die wie immer in letzter Zeit auf ihrem Nachttisch lag.

»Warte«, hielt Anna sie auf. »Nicht einschalten. Damit verscheuchst du ihn. Wir gehen runter und stellen ihn. Ruhig, Harri!«

Matilda drehte sich zu ihrer Freundin um und sah sie mit großen Augen an. Dann nickte sie langsam. »Okay. Aber nicht im Nachthemd.«

In Windeseile streiften sich beide Jeans und ein T-Shirt über und schlichen in den Flur. Harri schlüpfte an ihnen vorbei durch die Tür und rannte aufgeregt die Treppe hinab.

»Sollen wir nicht Miguel wecken?«, fragte Anna.

Matilda tastete sich ein paar Schritte die Stufen hinauf in Richtung Dachgeschoss. Kein Licht drang durch den Türspalt. »Der ist gar nicht da«, antwortete sie.

»Auch gut, dann bringen wir ihn eben selbst zur Strecke«, erklärte Anna. Nur das Zittern in ihrer Stimme verriet, dass sie sich fürchtete. Matilda umklammerte ihre Lampe. Das Herz schlug ihr bis zum Hals. Auch sie hatte Angst. Patrick musste wirklich komplett irre sein, wenn er es jetzt noch wagte, hierher zu kommen. Und doch war sie andererseits auch froh, dass nun auch Anna den »Schattenmann« gesehen hatte. Sie hatte sich das Ganze also nicht eingebildet. Im Dunkeln tasteten sie sich die knarrende Treppe hinunter. Harri war schon an der Haustür. Er winselte und scharrte ungeduldig.

»Warte noch«, flüsterte Matilda. Sie huschte ins Wohnzimmer und ergriff den Schürhaken, der neben dem Kamin an einem Haken hing.

Sie reichte ihn Anna. »Da!«

Anna, die entgegen ihrer Ankündigung doch keinen Baseballschläger mitgebracht hatte, nahm die Waffe entgegen. Mit der anderen Hand hielt sie Harri, der sich knurrend gegen die Haustür warf, am Halsband fest. »Still, Harri! Du vermasselst noch alles!«

Matilda drückte, so leise es ging, die Türklinke herunter. Kaum war die Tür eine Handbreit geöffnet, kannte Harri kein Halten mehr. Seine Krallen drehten auf dem Parkettboden durch, Anna ließ sein Halsband los. Wie ein Torpedo schoss der Hund nach draußen, raste um die Ecke, in Richtung Teich. Die Mädchen rannten hinter ihm her. Die Gestalt stand noch immer an derselben Stelle, an der Matilda sie vom Fenster aus gesehen hatte. Innerhalb weniger Sekunden hatte Harri sie erreicht. Die Person erschrak und fuhr herum. Harri bellte, fletschte die Zähne und knurrte furchterregend. Der Eindringling stieß einen Schrei aus, wich zurück und fiel mit einem dumpfen Platschen rücklings in den zugewachsenen Gartenteich. Den Schürhaken schwingend, rannte Anna auf den Teich zu, gefolgt von Matilda, die die Lampe einschaltete, um dem unfreiwillig Badenden ins Gesicht zu leuchten.

»Enzo!«

»Cane! Cane!« Enzos Stimme war heiser vor Angst. »Hund weg, Hund weg!«

Anna bekam den knurrenden Terrier zu fassen. »Ruhig, Harri, braver Hund.«

»Anna, bring ihn bitte ins Haus. Den hier kenne ich, der ist nicht gefährlich.«

»Bist du dir da sicher?« Anna schleuderte einen misstrauischen Blick in Enzos Richtung.

»Ja, alles gut.«

Anna nickte und zerrte den widerstrebenden Harri dann am Halsband durch den Garten zurück in Richtung Haustür.

Matilda drehte sich wieder zu Enzo um, der noch immer bis zum Bauch im Teich stand. »Der Hund ist weg, komm jetzt da raus.«

Von Schlingpflanzen und Algen bedeckt, stieg Enzo aus dem Teich, ein schauerliches Ungeheuer im Mondlicht.

»Setz dich!« Matilda wies mit dem Strahl der Lampe auf die Steinbank.

Im Nachbarhaus ging das Licht an und wenig später krächzte Herr Diedloff: »Was ist denn da drüben los?«

»Gar nichts«, rief Matilda zurück. »Alles in Ordnung.«

»Aber der Hund hat so gebellt!«

»Da war nur eine Katze. Entschuldigen Sie die Störung.« Matilda machte die Taschenlampe aus.

Der Nachbar ging zurück ins Haus, wobei er vor sich hin schimpfte: »Eine Unverschämtheit, so einen Krach zu machen, mitten in der Nacht. Das wird noch Folgen haben!«

Enzo setzte sich artig auf die Steinbank und versuchte, sich von den langen Stängeln der Seerosen zu befreien, die ihn umschlungen hielten.

Matilda musste bei seinem Anblick beinahe lachen. »Was tust du denn mitten in der Nacht in unserem Garten?«

Enzo sah sie von unten herauf an und wich dann ihrem Blick aus. »Enzo passt auf«, murmelte er schließlich.

»Du passt auf? Auf wen?«

»Frau nicht da. Miguel nicht da. Enzo muss aufpassen.«

Langsam kapierte Matilda. »Du hast schon öfter im Garten gestanden und aufgepasst, nicht wahr?«

Enzo nickte. »Enzo muss aufpassen«, wiederholte er.

»Weiß deine Mutter das?«

Sein massiger Kopf bewegte sich hin und her.

»Keine Angst, ich sage ihr nichts.« Enzo tat ihr leid. In seiner naiven Art hatte er es ja nur gut gemeint. Matilda wollte nicht, dass er Ärger mit Angela bekam.

»Mann böse«, Enzo wies auf Diedloffs Haus.

»Die Leute wollen nur ihre Nachtruhe.« Plötzlich fiel Matilda noch etwas ein. Sie flüsterte: »Enzo, sag mir die Wahrheit: Hast du letzte Woche Diedloffs Rosen im Vorgarten abgeschnitten und auf die Treppe gelegt?«

Enzo antwortete nicht, aber das musste er auch gar nicht. Unfähig, sich zu verstellen, sprach sein Bernhardinergesicht Bände. »Matilda nett!«, murmelte er.

»Du bist auch nett, Enzo«, versicherte Matilda. »Wie bist du ins Haus gekommen, war die Hintertür offen?« Oder hatte er seiner Mutter den Schlüssel geklaut?

»Tür immer offen, immer offen«, sagte Enzo anklagend. »Enzo passt auf.«

Matilda seufzte. »Du hast recht, wir waren sehr leichtsinnig. Aber das wird nicht mehr vorkommen. Du musst nicht mehr aufpassen, das macht jetzt der Hund.«

»Hund böse.« Enzo riss die Augen so weit auf, dass das Weiß der Augäpfel das Mondlicht reflektierte.

»Nein, der Hund ist nicht böse. Der passt auch nur auf.« Matilda suchte Enzos Blick, dann lächelte sie ihn an. »Danke fürs Aufpassen, Enzo. Am besten, du machst dich jetzt mit dem Gartenschlauch sauber und gehst nach Hause, bevor deine Mutter noch was merkt.«

Enzo lächelte unsicher zurück, dann stand er auf. Schmutzig

wie er war, ging er durch den Garten und dann die Straße hinunter. Matilda überlegte einen Moment lang, wie er seiner Mutter wohl das grüne Zeug an seiner Kleidung erklären würde. Raffinierte Lügen waren ja nicht gerade sein Ding. Andererseits war das sein Problem. Und vielleicht schadete es auch nicht, wenn Angela in Zukunft etwas besser darauf achtete, dass Enzo nicht in fremden Gärten herumgeisterte. Die musste ja einen guten Schlaf haben, wenn sie von den nächtlichen Eskapaden ihres Sohnes noch nie etwas mitbekommen hatte.

Matilda wollte gerade ins Haus zurückgehen, da kam ihr Anna entgegen, den Schürhaken noch immer in der Hand.

»Mensch, es hat ewig gedauert, bis ich Harri einigermaßen beruhigt hatte. Alles in Ordnung?«

»Ja«, sagte Matilda. »Das war der Sohn von Angela. Er ist geistig behindert, aber ein ganz Lieber. Er wollte mich beschützen.«

Aufgekratzt, wie sie waren, gingen sie in die Küche und schenkten sich ein Glas Limonade ein. Harri wuselte unruhig um ihre Beine herum. Matilda gab ihm einen Kauknochen, woraufhin er sich mit seiner Beute ins Wohnzimmer verzog.

»Bei euch ist ja echt was los«, stellte Anna kopfschüttelnd fest.

»Siehst du, ich hab dir nicht zu viel versprochen.« Matilda grinste.

»Vielleicht solltet ihr Zimmer vermieten. *Nächtliche Spukvorstellung des Gärtners inbegriffen.* Manche Leute zahlen viel Geld für so was.«

»Enzo hat übrigens auch zugegeben, dass er es war, der letzten Mittwoch die Rosen auf die Treppe gelegt hat.«

»Der ist wohl in dich verknallt«, stellte Anna fest und kicherte: »Du hast wirklich tolle Verehrer, das muss ich schon sagen.«

Auch Matilda musste lachen. »Wenn man es so betrachtet...« Dann seufzte sie tief und meinte: »Wenn der arme Kerl wüsste, was er mir tagelang für eine Höllenangst eingejagt hat!«

»Und das mit den SMS und den Mails...«, begann Anna.

»Das war er nicht«, unterbrach Matilda ihre Freundin. »Enzo hat keine Ahnung von Computern oder Handys. Außerdem wäre er niemals so heimtückisch und gemein.«

Aber Anna hatte eine lebhafte Fantasie. »Ich habe mal einen Film gesehen, da war ein Blinder, der tat nur so, als ob er blind wäre. In Wirklichkeit hat er immer beobachtet, was die Leute so machen, wenn sie denken, er sieht sie nicht. Es war ein Psychothriller, glaube ich. Oder war der taub?«

»Das hier ist aber kein Film, Anna!«, wehrte Matilda ab. »Diese ganzen fiesen Sachen gehen eindeutig auf Patricks Konto. Schließlich hat man ja seinen Sohlenabdruck auf der Kellertreppe gefunden.«

Am nächsten Morgen rief Matilda ihren Geigenlehrer an, um ihm von dem Einbruch und der zerstörten Geige zu berichten. Der Professor war entsetzt. Er werde Matilda selbstverständlich ein Instrument für den großen Auftritt leihen, versicherte er. Heute Nachmittag zum Unterricht würde er es gleich mitbringen.

Kaum hatte sie aufgelegt, klingelte das Telefon erneut. Da das Haus keinen ISDN-Anschluss besaß, war es nicht möglich, die Nummer des Anrufers auf dem Display zu erkennen. Deshalb konnte Matilda den Rat der Kommissarin, nur Anrufe bekannter Personen entgegenzunehmen, gar nicht beherzigen, fiel ihr jetzt auf. Mit einem flauen Gefühl im Magen ging sie an den Apparat.

»Matilda, sag mir die Wahrheit, was ist bei euch los?«

»Guten Morgen, Helen«, sagte Matilda teils erleichtert, teils erschrocken.

»Ja, guten Morgen«, sagte Helen ungehalten und wiederholte dann ihre Frage mit dem Zusatz: »Warum war die Polizei im Haus?«

Mist, Mist, Mist, dachte Matilda. *Wer hat gepetzt? Angela? Die Diedloffs wegen des Lärms in der Nacht?* Egal. Dies war der Moment, ihrer Tante reinen Wein einzuschenken. Helen würde es ihr bestimmt sehr übel nehmen, wenn sie sie jetzt anlog. Zumal Matilda auch gar keine glaubhafte Lüge einfiel und sie darüber hinaus nicht sicher war, was Helen schon wusste und was nicht.

Also erzählte Matilda von den Ereignissen der letzten Tage, allerdings in einer abgeschwächten Version. Sie ließ die Todesengel-E-Mails weg und verschwieg auch, dass die Schmierereien in ihrem Zimmer Drohungen enthalten hatten. Zuallerletzt beichtete sie, dass Patrick die Geige zerstört hatte. Danach blieb es für ein paar endlos erscheinende Sekunden still in der Leitung, ehe Helen mit leiser Stimme sagte: »Mein Gott, das ist ja furchtbar!«

»Ja. Aber Anna meint, sie kennt jemanden, der sie vielleicht reparieren kann. Und Professor Stirner leiht mir solange . . .«

»Ich meine nicht die Geige – sondern das alles.« Helen stieß hörbar den Atem aus. »Oh Gott, ich mache mir solche Vorwürfe! Ich wusste, dass es nicht gut geht. Meine Mutter hatte völlig recht, niemals hätte ich diese Tournee antreten sollen.«

»Das stimmt doch gar nicht«, protestierte Matilda heftig. Ihre Tante würde jetzt ja wohl nicht auch noch auf die Idee kommen, sie zu ihrer Großmutter zu schicken?

»Es wird höchste Zeit, dass ich wieder nach Hause komme.«

Helen schien laut zu überlegen: »Heute haben wir Mittwoch, ich muss heute Abend auftreten, aber dann erst wieder am Samstag. Ich kann versuchen, morgen einen Flug zu bekommen . . .«

»Aber wozu denn? Das ist absolut nicht nötig«, wehrte Matilda ab. »Ich . . . ich meine, ich freue mich natürlich, wenn du wieder nach Hause kommst. Aber doch erst, wenn deine Tournee zu Ende ist«, stotterte sie. »Das ist doch jetzt das Wichtigste!«

»Nein, das Wichtigste ist, dass es euch beiden gut geht. Und danach sieht es gerade nicht aus. Es wurde eingebrochen, die Polizei war hier, ein fremder Hund verwüstet systematisch den Garten . . .«, fing Helen an aufzuzählen.

»Angela übertreibt maßlos«, unterbrach sie Matilda. »Der Hund ist ganz brav und außerdem ist doch jetzt auch alles vorbei. Mein Zimmer ist schon wieder gestrichen, die Tür wurde repariert. Ach ja, die Polizei wollte wissen, ob du eine Hausratversicherung hast.«

»Was? Ach so. Ja, ich glaube schon. Das ist jetzt allerdings wirklich meine geringste Sorge. Dieser Patrick . . . Wissen seine Eltern über ihren missratenen Sprössling Bescheid?«

»Ja, sicher. Die Polizei hat ihn gleich am Montag verhört. Und seine Mutter war auch schon hier und hat mit mir gesprochen«, erzählte Matilda. Das war ja keine Lüge. Sie fuhr fort: »Patrick wird sich nicht mehr hier blicken lassen. Und dann sind ja auch noch Anna und der Hund hier und passen auf mich auf. Und Miguel natürlich!«, fügte Matilda rasch hinzu.

»Mit dem werde ich auch noch ein Wörtchen reden«, grollte Helen. »Warum hat er mir gestern Abend nichts davon gesagt?«

»Er kann nichts dafür«, versicherte Matilda hastig. »Ich wollte es nicht. Er musste es mir versprechen.«

»Gar nichts musste er«, schnaubte Helen erbost.

»Sei ihm nicht böse! Wir wollen halt nicht, dass du dir Sorgen machst und womöglich wegen der blöden Geschichte noch ein Konzert vermasselst oder gar deine Tour abbrichst.«

»Ihr seid unmöglich!«

»Es tut mir leid, dass es wegen mir solche Probleme gibt«,

jammerte Matilda. »Aber wenn du jetzt deine Konzerte absagst, dann habe ich immer ein schlechtes Gewissen.«

»Unsinn. Das ist doch nicht deine Schuld.« Helen schien Matildas letzten Einwand dennoch auf sich wirken zu lassen. Sie schwieg eine Weile. Dann atmete sie schwer durch und sagte: »Also gut, dann bleibe ich erst mal hier. Aber versprich mir, dass du vorsichtig bist und dass du bei der geringsten Kleinigkeit sofort die Polizei anrufst! Und wenn noch mal etwas passiert, setze ich mich in den nächsten Flieger nach Deutschland – ganz egal, welches Konzert gerade ansteht.«

»Okay.« Matilda war erleichtert. »Ich gehe zur Polizei, wenn wieder was ist«, versicherte sie. »Aber seit diese Kommissarin bei Patrick war, ist Ruhe. Wirklich!«

»Das will ich auch stark hoffen!«

Matilda hatte das Gefühl, dass sich ihre Tante gegen Ende des Gesprächs wieder einigermaßen beruhigt hatte. Helen war ein impulsiver Typ, sie konnte sich ziemlich aufregen, aber das dauerte meistens nicht sehr lange. Matilda hoffte nur, Miguel würde keine gruseligen Einzelheiten erwähnen, wenn sie noch einmal mit ihm redete. Er war bis jetzt nicht nach Hause gekommen, aber für seine Verhältnisse war es ja auch noch früh am Tag. Kaum hatte sie sich von Helen verabschiedet, schickte sie Miguel eine SMS, um ihn vor einem möglichen mütterlichen Anruf zu warnen. Dann ging sie zu Anna, die in der Küche den Frühstückstisch gedeckt hatte.

»Ich hab's meiner Tante gebeichtet«, berichtete sie ihrer Freundin.

»Und?«

»Begeistert war sie nicht, das ist ja wohl klar. Aber sie hat's relativ cool genommen.«

»Du hast so ein Glück mit deiner Tante. Meine Eltern würden durchdrehen!«

»Meine auch.« Plötzlich war Matilda traurig.

Anna wurde rot. »Entschuldige, verdammt! Das sollte nicht so klingen, wie es sich anhörte. Tut mir echt leid, ich bin so ein Trampel.«

»Schon gut.« Matilda zog sich einen Stuhl heran und setzte sich. Sie griff nach dem Brötchenkorb. »Du musst mich nicht behandeln wie ein rohes Ei, nur weil meine Eltern tot sind. Ich weiß schon, wie es gemeint war. Und du hast recht, ich habe wirklich Glück im Unglück mit meiner Tante. – Apropos Ei. Wie lange hast du die gekocht? Der Dotter ist ganz staubig.«

»Ich übe noch, um die perfekten Hausfrauenqualitäten zu erhalten«, gestand Anna mit todernster Miene.

Während sie frühstückten, kam Angela herein. Matilda, die sauer war, dass Angela allem Anschein nach hinter ihrem Rücken bei Helen angerufen hatte, begrüßte sie kühl und sagte dann: »Meine Tante ist übrigens einverstanden mit dem Hund.«

Angela zuckte mit den Schultern und meinte: »Sie ist der Chef.« Dann ging sie mit dem Staubsauger in der Hand die Treppe hinauf in den ersten Stock.

Matilda konnte es sich nicht verkneifen, ihr ein »Allerdings!« hinterherzurufen. Wegen Angela würde Helen sich nun vielleicht pausenlos Gedanken machen und sich nicht ausreichend auf ihre letzten fünf Konzerte in den europäischen Hauptstädten konzentrieren können.

Ich könnte mich bei Angela revanchieren, indem ich ihr erzähle, was ihr Sohn in der Nacht so treibt, überlegte Matilda boshaft, verwarf den Gedanken dann jedoch wieder. Sie wollte Enzo keinen Ärger einbrocken – er hatte es ja wirklich nur gut gemeint. Und im Grunde war Angela auch eine gute Seele – nur wegen Harri musste sie sich wirklich nicht so anstellen. Außerdem, merkte Matilda, war sie schon erleichtert, dass sie ihrer Tante endlich von den Vorfällen hatte erzählen können. Ach, es wurde einfach höchste Zeit, dass Helen wieder nach Hause kam!

Der einzige Lichtblick in dem ganzen Chaos war Christopher. Direkt nach dem Frühstück – Anna hatte sich mit Harri in den Garten verzogen – rief Matilda ihn an, um ihm zu sagen, dass sie sich gerne am Freitag mit ihm treffen würde.

»Das Auto ist leider bei meiner Mutter, die braucht es diese Woche. Wollen wir uns in der Stadt treffen?«

»Kein Problem.« Sie verabredeten sich für Freitagabend acht Uhr am Denkmal von König Ernst August vor dem Hauptbahnhof.

Da Angela die Beleidigte spielte und offenbar nicht vorhatte, etwas zu kochen, inspizierte Matilda gegen Mittag die Vorräte. Sie war noch dabei zu überlegen, was man aus Nudeln, Reis und Dosenfisch wohl zaubern könnte, als Kommissarin Gerres auf ihrem Mobiltelefon anrief.

»Gibt es was Neues?« Matilda hätte am liebsten gehört, dass man Patrick in U-Haft genommen hatte, machte sich aber diesbezüglich immer weniger Hoffnungen.

»Ja, allerdings«, antwortete Petra Gerres. »Wir haben den Besitzer des Handys ausfindig machen können, von dem man dir die letzte SMS nach London geschickt hat.«

»Ist es Patrick?«

»Nein, es ist nicht Patrick«, antwortete die Kommissarin. »Kennst du einen Christopher Wirtz, Wirtz mit tz am Ende?«

Die Worte trafen Matilda wie eine Faust in den Magen. Sie musste sich hinsetzen.

»Hallo? Matilda?«, hörte sie die Stimme von Petra Gerres.

Matilda war nicht in der Lage, der Polizistin zu antworten. Tausend Gedanken rasten durch ihr Hirn. Christopher? Ausgerechnet Christopher? Das musste ein Irrtum sein! Warum sollte der so etwas tun? Welchen Grund hätte er, ihr Droh-SMS zu schicken? War er ein Sadist? Spielte er ein perfides

Spielchen mit ihr? Erst nach einigen furchtbaren Sekunden kam ihr der rettende Gedanke: der Nachmittag an den Ricklinger Teichen. Das Handy, das Christopher beim Aufbruch vergeblich in seiner Tasche gesucht hatte. Patrick hatte sie vor dem Haus wegfahren sehen. Er musste ihnen unbemerkt gefolgt sein, durch den Stadtverkehr war das mit dem Rad kein Problem, zumal sie ja auch noch an der Tankstelle angehalten hatten. Wahrscheinlich hatte er sie den ganzen Nachmittag beobachtet, hatte gesehen, wie sie mit Christopher auf der Decke gelegen hatte ... Es war kein Kunststück, sich später, als es dunkel geworden war und alle um das Lagerfeuer herumgesessen hatten, zu den Taschen zu schleichen und das Handy zu stehlen. Aber woher hatte er gewusst, welche Tasche die von Christopher war? Andererseits – wenn er sie die ganze Zeit beobachtet hatte, hatte er bestimmt gesehen, wie Chris seine Tasche abgestellt oder mal etwas rausgenommen hatte. Vielleicht war es auch reiner Zufall, dass Patrick ausgerechnet Christophers Handy erwischt hatte, vielleicht war er einfach nur auf ein fremdes Handy aus gewesen, das er für seine widerlichen Zwecke benutzen konnte.

»Matilda? Ist alles in Ordnung? Bist du noch dran?«

Die Stimme der Kommissarin klang besorgt. Matilda bemerkte erst jetzt, dass sie das Telefon noch immer in der Hand hielt.

»Ähm ... ja. Ich rufe gleich zurück.« Sie legte auf. Ihr war heiß geworden.

Was jetzt? Die Polizei würde nun glauben, dass Christopher hinter alldem steckte. Sie würden ihn verhören. Sie musste der Polizistin unbedingt sagen, wie Patrick zu dem Handy gekommen war. Aber noch wichtiger: Sie musste Christopher vorwarnen! Er würde nicht begeistert sein über den Besuch der Polizei. Womöglich würden die Beamten bei dieser Gelegenheit auf seine Grasvorräte stoßen und dann bekäme er ihretwegen eine Menge Stress. Verdammt, sie hätte ihm schon längst von Patrick erzählen sollen! Das hatte sie nun von ihrer Geheimniskrämerei: nichts als Probleme. Das Handy klingelte. Matilda erkannte die Nummer der Polizistin und starrte regungslos auf den Apparat, bis das Klingeln aufhörte. Dann klickte sie sich hektisch durch das Menü, bis sie bei *Christopher Wirtz* angekommen war. Es klingelte, klingelte... »Verdammt, geh ran, geh schon ran!«, flehte Matilda.

Es meldete sich nur die Mailbox. Matilda blieb nichts anders übrig, als dort eine Nachricht zu hinterlassen: »Hier ist Matilda. Ich wollte dir nur schnell sagen, dass es sein kann, dass die Polizei bei dir anruft. Mit dem Handy, das dir am See geklaut worden ist, habe ich komische Nachrichten erhalten. Ich erkläre es dir später. Ich wollte nur, dass du vorbereitet bist, falls die Polizei zu dir in die Wohnung kommt! Und... ich hoffe, wir sehen uns am Freitag.« Sie legte auf.

Hoffentlich hörte er die Nachricht rechtzeitig ab. Als Nächstes rief Matilda wie versprochen die Kommissarin zurück. »Entschuldigen Sie, vorhin ging es gerade nicht. Also, ich kenne Christopher Wirtz. Er ist mein Freund. Aber er war es nicht, auf keinen Fall.« – »So?« Petra Gerres klang nicht sonderlich überzeugt. Rasch erzählte Matilda von den Ereignissen jenes Nachmittags am See. »Das Handy ist seitdem verschwunden und ich bin sicher, dass Patrick es genommen hat, um damit unerkannt SMS an mich zu verschicken«, beendete sie ihren Bericht.

»Also schön«, meinte die Kommissarin. »Wir müssen trotzdem mit deinem Freund reden.«

»Ja, natürlich«, sagte Matilda und schaute dabei aus dem Fenster. Draußen spielte Anna mit Harri. Sie warf einen Tennisball, den der Hund mit Begeisterung apportierte. »Aber er ist erst morgen wieder da. Er musste seine Mutter irgendwohin fahren. Ich glaube, nach Bayern, sie besuchen da eine Verwandte, die krank geworden ist.«

Matilda gratulierte sich insgeheim zu ihrem Geistesblitz. Dadurch würde sie Zeit gewinnen, um Christopher alles zu erklären.

»Er hat doch inzwischen sicherlich eine neue Handynummer?«, fragte Petra Gerres.

Matilda überlegte kurz, ob sie der Polizistin eine weitere Lüge auftischen sollte, entschied sich dann aber dagegen. Es wäre höchst unglaubwürdig, wenn sie behauptete, sie würde die Handynummer ihres Freundes nicht kennen. Schweren Herzens nannte sie der Polizistin die Nummer. »Wenn er Auto fährt, geht er aber nie ran«, fügte sie noch hinzu.

»Wir werden ihn schon erwischen«, meinte die Kommissarin.

Ihre Wortwahl gefiel Matilda überhaupt nicht. *Erwischen.* Das klang, als hielte sie Christopher für einen Verbrecher.

Petra Gerres wollte wissen, ob es seit ihrem letzten Treffen weitere Anrufe, E-Mails oder dergleichen gegeben hätte.

Matilda verneinte. »Außer dass Patricks Mutter hier war und mir gedroht hat.«

»Aha. Was genau hat sie gesagt?«

»Sie hat gesagt: ›Ich warne dich. Wenn du noch einmal meinen Sohn verleumdest, dann kriegst du es mit meinem Mann zu tun‹«, versuchte Matilda, die Worte von Patricks Mutter wiederzugeben. »Ich habe ihr die Tür vor der Nase zugeknallt, da ist sie gegangen.«

»Und wann war das?«

»Am Montagnachmittag.«

»Und warum, zum Teufel, erfahre ich das nicht?«, fragte die Kommissarin ungehalten.

»Entschuldigung. So wichtig kam es mir nicht vor. Sie verteidigt halt ihren Sohn, das ist doch normal.« Matilda war von der heftigen Reaktion der Kommissarin verblüfft. »Was haben Sie denn inzwischen noch rausgefunden?«, versuchte sie, das Gespräch in ruhigere Bahnen zu lenken.

»Das Zeug an der Wand in deinem Zimmer ist Schweineblut.«

»Und der Fußabdruck?«

»Der Sohlenabdruck stimmt überein mit dem Modell, das Patrick besitzt. Nur die Größe passt nicht ganz.«

»Und was soll das heißen? Ist er plötzlich nicht mehr verdächtig oder was? Wer soll es denn sonst gewesen sein?« Sie konnte ihre Empörung nur schlecht verbergen.

»Jemand könnte diese Spur absichtlich gelegt haben, um den Verdacht auf Patrick zu lenken«, erklärte die Polizistin unbeeindruckt von Matildas Gefühlsausbruch. »Die Sohlen von Patricks Schuhen haben Größe 42 und sind an manchen Stellen schon recht abgelaufen. Der Sohlenabdruck vor der Treppe hatte Größe 43 und wirkte, als stamme er von einem neuen Schuh. Bei *Horstmann & Sander* wurde vor etwa einer Woche ein einzelner Schuh der Größe 43 aus dem Regal gestohlen. Und die Sache mit dem geklauten Handy – nun, das müssen wir erst noch überprüfen. Bei den Fingerabdrücken, die wir in deinem Zimmer und an der Hintertür gesichert haben, war jedenfalls keiner von Patrick Böhmer. Das heißt nicht, dass er es nicht gewesen sein kann – aber die Beweislage ist bis jetzt eher dürftig.«

Die Kommissarin hielt inne. Matilda musste das Gehörte erst einmal verdauen. Sie wusste keine Antwort darauf.

Doch Petra Gerres sprach schon weiter: »Deshalb wollte ich dich bitten, einmal zu überlegen, wer dir eventuell außer Patrick noch schaden möchte. Gibt es jemand anderen, der ein Motiv hätte, dir das Leben schwer zu machen? Jemand, der dich nicht leiden kann, der eifersüchtig ist oder sich für irgendetwas an dir rächen möchte?«

»Nein. Ich weiß nicht . . . nur Patrick.« Matilda war völlig verwirrt. »Ich wohne ja auch noch gar nicht so lange hier. Erst seit einem Jahr.«

»Hat man dich in dieser Zeit schon einmal bedroht?«
»Nein, noch nie.«
»Hast du dir irgendjemanden zum Feind gemacht? Jemanden gekränkt, übergangen, beleidigt . . .?«
»Nein, hab ich nicht!«
»Es könnte auch ein Vorfall sein, der dir selbst ganz unbedeutend vorkommt, mit dem du aber jemand anderen, vielleicht ohne es zu wollen, verletzt hast.«
»Ich habe keine Ahnung«, rief Matilda, der die Fragerei allmählich auf die Nerven ging. »Es fing doch erst an, nachdem mich Patrick mit Christopher gesehen hat. Vorher war er zwar auch schon lästig, aber eben noch nicht so fies.«
»Der Zeitpunkt kann aber auch ein Zufall sein«, gab Petra Gerres zu bedenken.
»Ein ziemlich großer Zufall«, meinte Matilda skeptisch.
»Du musst mir nicht jetzt antworten«, lenkte die Polizistin ein. »Denk bitte noch mal in Ruhe darüber nach. Und wenn dir was dazu einfällt, egal was, dann ruf mich an, okay?«
»Okay«, lenkte Matilda ein. Ihre Wut auf die Polizistin war verraucht, stattdessen war sie bedrückt. Konnte es möglich sein, dass sie sich tatsächlich getäuscht hatte? Aber wenn Patrick wirklich unschuldig war, wer sollte ihr denn sonst all die gemeinen SMS und Mails geschickt haben? Und wer war in ihr Zimmer eingedrungen? Nein, die Kommissarin musste sich irren. Es konnte nur Patrick gewesen sein! »Und was passiert jetzt mit Patrick?«
»Erst mal gar nichts. Die Beweislage ist zu mager. Aber eines musst du mir versprechen: Falls sein Vater bei euch auftaucht – lass ihn auf keinen Fall ins Haus, öffne ihm nicht die Tür und ruf sofort die Polizei an.«
Was sollte das nun wieder bedeuten? »Ist gut. Wiedersehen«, sagte Matilda und legte auf. Wütend knüllte sie den Spüllappen zusammen und warf ihn in die Ecke. So was Blödes, so

was Gemeines! Nicht nur, dass Patrick so heimtückisch gewesen war, für seine üblen SMS ein geklautes Handy zu verwenden – jetzt lenkte er den Verdacht sogar noch auf Christopher. Und diese Kommissarin suchte doch nur nach einem anderen Verdächtigen, weil sie Patrick nichts nachweisen konnte. Weil er, so wie es aussah, zu schlau war für die Polizei.

Matilda bekam vor Aufregung einen Hustenanfall. Sie setzte sich an den Küchentisch und trank ein Glas Wasser in kleinen Schlucken. Allmählich wich die Wut der Vernunft und Matilda begann, über Petra Gerres' Worte nachzudenken. Es fiel ihr schwer, Patrick als Täter auszublenden, aber dennoch zwang sie sich zu überlegen, ob sich zu dem Zeitpunkt, als die Sache mit Christopher begann, außer Patrick jemand von ihr gekränkt hatte fühlen können. Aber ihr fiel niemand ein, außer vielleicht Großmutter Eleonore. Doch die würde ja wohl nicht ihre eigene Enkelin bedrohen, noch dazu kannte sie sich weder mit Handys noch mit Computern aus. Und die Vorstellung, wie ihre Großmutter im Gebüsch am Ricklinger Teich lauerte, um ein Handy zu klauen, besaß eine geradezu absurde Komik. Nein, es musste jemand sein, der erstens mit den modernen Medien gut umgehen konnte, zweitens, erkannte Matilda, musste die Person von Patricks aufdringlichen Liebesbeweisen gewusst haben, denn nur dann machte es ja Sinn, den Verdacht mit dem Schuhabdruck auf Patrick zu lenken. Und drittens musste der- oder diejenige Patrick so gut kennen, dass sie wusste, was für Schuhe er zurzeit öfter trug. Ach ja, und viertens musste der Täter die Möglichkeit gehabt haben, an Christophers Handy zu kommen.

Was hatte die Polizistin gleich noch mal als mögliche Motive angeführt? Kränkung, Rache . . . Rache wofür? Sie hatte doch niemandem etwas getan. Was noch? Eifersucht. Matilda musste an die Interneteinträge über Stalker denken: Frauen und Männer, die ihre Expartner oder deren neue Lebensgefährten verfolgten. Expartner. Christophers Exfreundin Lauren! Es war nicht auszuschließen, dass Lauren Christopher immer noch liebte oder es aus gekränkter Eitelkeit nicht ertragen konnte, dass er sich mit einem anderen Mädchen traf. Vielleicht war Christophers Handy gar nicht in der blauen Tasche gewesen, die er am See dabeigehabt hatte, sondern er hatte es zu Hause vergessen, wo es Lauren bequem an sich nehmen konnte. Vielleicht war sie ihnen aber auch an den Badestrand gefolgt, hatte Christopher und sie auf der Decke beobachtet, das Handy geklaut . . . und dass Matilda und Miguel nach London geflogen waren und das Haus leer war, hatte sie ebenfalls gewusst. Matilda erinnerte sich noch sehr gut an Laurens seltsamen Auftritt im hauchdünnen Nachthemd am Montagmorgen und an dieses süffisante »Wie war's?«.

Aber woher sollte sie von Patrick wissen? Sie hatte Christopher doch nichts von ihm erzählt. Von Juliane, ganz klar! Die zwei waren ja befreundet, das hatte ihr Christopher im Eiscafé anvertraut. Und das Detail mit Patricks Schuh? Vielleicht hatte sie ihn beobachtet. Die Schuhe waren ja ziemlich auffällig. Ja, so machte das alles Sinn. Matilda überlegte kurz, ob sie die Kommissarin noch einmal anrufen sollte, um ihr ihren Verdacht mitzuteilen. Der Gedanke gefiel ihr nicht sonderlich gut. War es nicht schon peinlich genug, dass die Polizei demnächst bei Christopher auftauchen würde, vielleicht gerade jetzt, in diesem Moment? Wenn Chris obendrein noch erfuhr, dass Matilda Lauren als Verdächtige genannt hatte, wäre er sicher erst recht sauer. Und würde es nicht außerdem so aussehen, als wäre Matilda eifersüchtig? Nein, solange sie keinen Beweis für Laurens Schuld hatte, hielt sie besser den Mund. Aber wie sollte sie an so einen Beweis kommen? Was wäre überhaupt ein Beweis? Nachdenklich stand Matilda auf und starrte aus dem Fenster in den Garten, wo Anna noch immer mit Harri spielte. Wenn die Polizei das Handy bei ihr finden würde.

Aber dazu müsste Matilda die Polizei erst einmal über Lauren informieren... Hm. Sie merkte, wie sie sich im Kreis drehte. Hätte sie doch nur diesen Zettel vom Friedhof aufbewahrt! Wahrscheinlich wäre es ein Kinderspiel für diese Kommissarin, anhand der Handschrift den Täter ausfindig zu machen. Der Friedhof... Woher sollte Lauren das Grab von Matildas Eltern kennen? Klar – sie hätte Miguel danach fragen können, aber das wäre ziemlich auffällig gewesen. Miguel hätte sich bestimmt daran erinnert. Ob Juliane das Grab kannte, war fraglich. Vielleicht wusste sie von Miguel, dass es auf dem Ricklinger Friedhof war, aber warum sollte sie mit Lauren darüber sprechen? Und Patrick? Wusste er es? Doch, ja, fiel Matilda ein. Sie hatten sich in Rom darüber unterhalten, als sie die Katakomben besichtigt hatten. Kannte man den Friedhof, war es lediglich eine Fleißaufgabe, das Grab auf dem weitläufigen Gelände zu finden.

»Harri, du Mistvieh, gib den Ball her«, hörte sie Anna im Garten rufen.

Die Freundin winkte zu ihr hoch, abwesend hob Matilda die Hand. Plötzlich drängte sich ihr ein anderer Gedanke auf: Eifersucht. Nicht auf einen Jungen, sondern... Nicole! War es möglich, dass Nicole Matildas enge Freundschaft zu Anna doch nicht so locker sah, wie sie tat? Vielleicht verhielt sie sich nur nach außen hin so tolerant. Wer konnte wissen, ob sie unter ihrer fröhlichen, unbeschwerten Oberfläche nicht krank vor Eifersucht war? Immerhin war sie schon seit dem Kindergarten Annas beste Freundin. Und dann war Matilda aufgetaucht, mit der Anna Geige spielte, die sich so gut mit Anna verstand. Ihr fiel jetzt erst auf, dass sie noch nie mit Nicole allein etwas unternommen hatte. Wenn sie unterwegs gewesen waren, dann immer zu dritt. Wenn man es einmal genau betrachtete, dann war Nicole mehr als verdächtig: Sie und Anna hatten die Patrick-Geschichte von Anfang an aus erster Hand miterlebt. Sie hatten gewusst, dass Matilda an dem bewussten Freitag zu den Ricklinger Teichen wollte, weil sie kurz vor der Abfahrt noch miteinander telefoniert hatten. Nicole hätte auf dem Heimweg vom Biergarten dort vorbeifahren können, das wäre kein großer Umweg gewesen. Die ganze Zeit über hatte Nicole sozusagen an der Quelle gesessen. Sie wusste, auf welchem Friedhof Matildas Eltern begraben waren, sie kannte Patrick und dessen Schuhe... Was, wenn Nicole Patricks ungeschicktes Liebeswerben ausgenutzt hatte, um Matilda zu quälen? Sie zu quälen und den Verdacht auf Patrick zu lenken? Was, wenn sie so krank vor Eifersucht war, dass sie auch vor Schlimmerem nicht zurückschrecken würde? Matilda lief es eiskalt den Rücken hinab.

»Was ist?« Sie fuhr herum und stieß einen leisen Schrei aus, als sich plötzlich eine Hand auf ihre Schulter legte. Sie hatte gar nicht gemerkt, dass Anna mit Harri hereingekommen war. »Du siehst aus, als hättest du einen Geist gesehen.«

Matildas Lächeln entgleiste, denn in diesem Moment schoss ihr ein noch schlimmerer Gedanke durch den Kopf. Anna. Alles, was auf Nicole zutraf, passte auch auf Anna. Anna war zeitweise sogar noch näher am Geschehen gewesen als Nicole. Und jetzt wohnte sie sogar noch bei ihr! *Quatsch,* dachte Matilda im selben Moment. *Das Motiv Eifersucht fehlt.* Oder halt: War es nicht Anna gewesen, die Matilda auf ihrer Geburtstagsfeier auf Christopher aufmerksam gemacht hatte? Aber nur, weil sie den Jungen ebenfalls attraktiv fand, würde sie doch noch nicht zu solchen Mitteln greifen. Was würde das bringen im Hinblick auf Christopher, der sich nun einmal nicht für Anna interessierte? Und außerdem: Anna war ihre Freundin. Sie hatte von Anfang an zu ihr gehalten und war nun sogar bei ihr eingezogen, nicht um Matilda zu belästigen, sondern um ihr zu helfen. *Hör auf, deine ganze Umgebung zu verdächtigen,* ermahnte sich Matilda, erschrocken über die eigenen Gedanken. *So was nennt man Verfolgungswahn. Anna hat recht, du siehst wirklich schon Gespenster.*

»Hast du wieder so eine komische SMS gekriegt?« Anna runzelte besorgt die Stirn und deutete auf das Handy, das Matilda noch immer in der Hand hielt. Harri hatte sich in der Küchenecke zusammengerollt und schnarchte leise.

Matilda schüttelte den Kopf. »Nein. Die Polizistin hat angerufen. Sie glaubt nicht, dass es Patrick war – das mit dem Einbruch und so.«

»Was?«, fragte Anna überrascht. »Wer denn sonst?«

»Keine Ahnung. Jedenfalls können sie es ihm nicht nachweisen.«

»Schöne Scheiße!«

Matilda hob die Schultern. Sie war auf einmal ziemlich müde. Anna strich ihr über den Arm. »Jetzt mach dir mal keine Sorgen. Die finden denjenigen, der das gemacht hat, schon. Und solange bleiben Harri und ich hier bei dir und passen auf, dass nichts mehr passiert.« Stirnrunzelnd drehte sie sich zu dem schlafenden Hund um. »Na ja, zumindest ich passe auf.« Dann schaute sie auf die Uhr. Es war kurz vor halb eins. »Ich fahr mal schnell nach Hause, okay? Ich brauche frische Klamotten und ich muss den Hamster ausmisten. Treffen wir uns im Unterricht?«

»Ja, sicher.« Matilda nickte. Irgendwie war sie froh über die Aussicht, mal ein paar Stunden für sich zu haben. »Bis dann.«

Erneut versuchte Matilda, Christopher anzurufen, aber er ging nicht ans Telefon. War er im Sender, wo er es meistens auf lautlos stellte? Hatte er nachts im Casino gearbeitet und schlief? Resigniert starrte sie auf ihr Handy. Zu oft durfte sie auch nicht bei ihm anrufen. Wenn er spät aufstehen, sein Handy einschalten und siebenundzwanzig entgangene Anrufe von ihr sehen würde, würde er sie für hysterisch halten.

Entschlossen legte sie das Telefon beiseite. Sie wollte sich schließlich nicht so benehmen wie Patrick. Eine Stunde hielt sie durch, dann versuchte sie es wieder. Es läutete. Matilda hatte sich in Gedanken schon darauf eingestellt, dass wieder die Mailbox ansprang, aber dann hörte sie ein Rauschen und dann von ganz weit seine Stimme: »Ja, hallo?«

Ein Stein fiel ihr vom Herzen. »Hi Chris. Hier ist Matilda. Ich muss dir was Wichtiges sagen. Die Polizei war bei mir und...« Es krachte am anderen Ende, dann riefen ein paar Stimmen etwas durcheinander, was man nicht verstehen konnte.

»Hallo – bist du noch dran? – Chris? Hörst du mich? Sag doch was!«

Wieder nur diese Kakofonie aus Stimmen und rätselhaften Geräuschen. Vielleicht war er irgendwo, wo er keinen Empfang hatte. Sie legte auf, damit er sie zurückrufen konnte. Abwartend saß sie am Tisch und fixierte ihr Handy, als wollte sie es hypnotisieren.

Doch es kam kein Rückruf, und als Matilda es eine Viertelstunde später noch einmal versuchte, ging wieder nur die Mailbox an. Sie verstand das nicht. War er sauer auf sie, weil die Polizei schon bei ihm gewesen war? Saß er womöglich gerade in einem Verhörraum, hatten sie größere Mengen Marihuana bei ihm gefunden und ihn gleich verhaftet?

Die Ungewissheit war fast nicht auszuhalten.

Pünktlich um halb vier erschien Matilda zum Geigenunterricht. Professor Stirner hatte, wie versprochen, zwei seiner Violinen mitgebracht und Matilda probierte beide aus, ehe sie sich für eine entschied. Das Instrument hatte einen vollen, satten Klang. Damit konnte sie sich beim Wettbewerb durchaus sehen lassen. Sie bedankte sich und versprach, gut darauf aufzupassen. Um die Geige vor weiteren Sabotageakten zu schützen, würde sie sich ein Versteck dafür überlegen müssen ... Es fiel ihr schwer, sich auf den Unterricht zu konzentrieren. Zum Glück war erst einmal Anna dran. Entgegen ihrer sonstigen Gewohnheit ließ Matilda ihr Handy sogar während der Stunde an, wohl wissend, dass ein Klingeln den Professor auf die Palme treiben würde. Es war ihr egal.

»Weißt du denn schon, welches Stück du beim Jugendcontest spielen möchtest? Allmählich solltest du dich entscheiden«, drang die Stimme ihres Lehrers zu ihr durch.

Seit Wochen zerbrach sich Matilda deswegen den Kopf, sie war aber noch zu keinem Ergebnis gelangt. Nun erschien es ihr auf einmal ziemlich unwichtig. »Den *Sommer* aus Vivaldis *Vier Jahreszeiten*«, sagte sie spontan. David Garrett hatte das Stück in London gespielt, seine eigenwillige Interpretation hatte ihr gut gefallen.

»Ah, ein Klassiker. Eine gute Wahl«, der Professor nickte beifällig. »Dann lass mal was hören.«

Matilda nahm sich zusammen. Und, oh Wunder, es gelang ihr sogar, sich voll und ganz auf das Stück zu konzentrieren. Es war beruhigend zu spüren, dass wenigstens das noch funktionierte: eine Mauer aus Tönen zu errichten, zwischen sich und der Welt.

Als sie zu Ende gespielt hatte, lobte sie der Professor: »Das war sehr gut, aber bedenke: Dieses Stück hat jedes Jurymitglied schon zig Mal gehört. Da kann man nur punkten, wenn man ihm eine individuelle Note gibt.«

Matilda nickte. »Ich überleg mir was.«

Anna hingegen meinte: »Das war doch super! Ich wünschte, ich würde es jemals so hinkriegen.«

Der Lehrer widersprach: »Du kannst das auch, Anna. Technik und Fingerfertigkeit sind da. Du musst nur mutiger sein, leidenschaftlicher, authentischer! Du klebst zu sehr am Notenblatt. Riskiere lieber mal einen schrägen Ton. Und natürlich solltest du auch ein bisschen fleißiger üben.«

Anna seufzte resigniert. »Dafür ist es zu spät. Gegen Matilda hab ich sowieso keine Chance.«

Matilda starrte ihre Freundin erschrocken an, was diese jedoch nicht mitbekam, weil sie weiter mit dem Lehrer diskutierte.

Da ist Annas Motiv, dachte Matilda. *Nicht Eifersucht, nein, etwas Ähnliches: Neid.*

»Du bist so still«, sagte Anna, als sie wieder zu Hause waren. »Denkst du über deine ›individuelle Note‹ nach?«

Matilda schüttelte den Kopf. »Nein. Ich mache mir Sorgen um Christopher. Der geht schon den ganzen Tag nicht ans Handy.«

»So sind Kerle manchmal. Die tauchen tagelang ab, wenn sie mit irgendwas beschäftigt sind, und tun dann so, als wäre das ganz normal.«

»Hoffentlich ist er nicht sauer auf mich, weil ihn die Polizei wegen des Handys befragen will.«

»Welches Handy?«, fragte Anna sichtlich verwirrt.

Während Matilda Anna aufklärte, beobachtete sie ihre Reaktion. Annas Überraschung schien echt zu sein. Oder war sie in der Lage, sich so gut zu verstellen? Matilda konnte und wollte es nicht glauben. *Nein,* dachte sie, *so geht das nicht weiter. Man kann nicht leben, wenn man niemandem mehr vertrauen kann.* Sie beschloss, ihren Verdacht gegen Anna fallen zu lassen. Anna war ihre Freundin, Punkt. Aber ein winzig kleiner Rest an Zweifeln blieb.

Später am Nachmittag fuhr Matilda ihren Rechner hoch. Vielleicht hatte Christopher ihr inzwischen eine Mail geschickt. Aber der Posteingang war leer – bis auf eine Mail von Patrick.

Liebe Matilda,
eigentlich müsste ich stinksauer auf dich sein und ich gebe zu, ich bin es auch noch ein bisschen. Was hast du der Polizei da für Blödsinn erzählt? Ja, ich habe dir einmal eine Mail geschrieben, in der ich dich »Schlampe« genannt habe. Das war, als du mit diesem Typen abgezogen bist, vor der Schule. Aber ich kann dir schwören, dass ich niemals in euer Haus eingedrungen bin. Was die Polizei mir da vorwirft, das war ich einfach nicht! Bitte, glaub mir das! So was würde ich nie tun.
Es tut mir auch leid, dass ich dich beim Fußballspielen getreten habe. (Obwohl du angefangen hast.) Ich weiß nicht, warum ich das gemacht habe, vielleicht aus Frust. Also sorry, es wird nicht wieder vorkommen. Ich hoffe, dass die Polizei den Einbrecher finden wird. Bis dahin kann ich dir nur versichern, dass ich dir nie etwas Böses antun würde. Ich verstehe nicht, was du an diesem zwielichtigen Typen findest, mit dem du jetzt zusammen bist, aber das ist ja eigentlich dein Problem. Ich werde jedenfalls versuchen, es zu akzeptieren. Und ich hoffe, wir können irgendwann wieder Freunde sein.
Dein Patrick

Matilda zeigte Anna die Mail. »Was meinst du dazu?«

Anna las, überlegte, dann sagte sie: »Es ist fast logisch, dass er dir so was schreibt. Wenn er unschuldig ist, sowieso, und wenn nicht, ist es vielleicht eine Masche, um dich einzulullen. Aber eigentlich klingt es ziemlich ehrlich. Oder? Was meinst du?«

Matilda zuckte ratlos mit den Schultern.

»Wirst du ihm antworten?«

»Die Polizistin hat gesagt, ich soll auf keinen Fall mit ihm in Kontakt treten.«

»Ist vielleicht auch besser so«, stimmte Anna ihr zu. »Aber wenn Patrick es nicht war – wer war es dann?«

Matilda berichtete von ihrem Verdacht gegen Christophers Exfreundin Lauren. Von den Überlegungen in Bezug auf Nicole sagte sie vorsichtshalber nichts.

»Sag das doch der Polizei«, schlug Anna vor.

»Erst, wenn ich mit Christopher gesprochen habe. Ich will nicht, dass er denkt, ich würde so was machen, weil ich eifersüchtig bin.«

»Mann, ist das kompliziert«, seufzte Anna.

Ein Handy signalisierte das Eintreffen einer SMS. Hastig stürzte Matilda zu ihrem Apparat, aber da war nichts. Es war Annas Handy, das gepiept hatte. Anna öffnete die Nachricht. Sie bekam große Augen, dann reichte sie das Telefon wortlos an Matilda weiter.

Wer sich in Gefahr begibt, kommt darin um. Halte dich fern von Matilda, sonst musst du auch dran glauben!

Anna weigerte sich, wieder nach Hause zu ziehen. »Ich lass mich doch von so 'ner albernen SMS nicht vergraulen, was denkst du denn?«

Matilda hatte eigentlich auch nichts anderes erwartet. Anna konnte stur sein wie ein Maulesel. *Das sollte Patrick doch eigentlich wissen,* dachte sie, *falls er die SMS geschickt hat.*

»Aber der Kommissarin müssen wir jetzt schon Bescheid geben«, meinte Matilda.

»Das kannst du meinetwegen machen. Aber ich bleibe! Jetzt erst recht. Übrigens hat mein Vater mit dem Geigenfuzzi gesprochen. Er sagt, du sollst das Ding mal vorbeibringen, anschauen kostet nichts.«

»Danke«, sagte Matilda.

»Du machst dir immer noch Sorgen wegen Chris, nicht wahr?«

»Ja.«

»Hast du seine Festnetznummer?«

»Nein. Aber ich könnte mal Miguel danach fragen.«

»Dann tu das. Und wenn er sie nicht hat, dann fahren wir zu seiner Wohnung.«

Miguel war in seinem Zimmer und spielte ein Computerspiel – das Geräusch von Schüssen und Geschrei hörte man schon auf der Treppe.

Matilda hämmerte gegen die Tür, an der ein Aufkleber mit den Worten *keep out* und einem Totenkopf darunter klebte. Miguel öffnete.

»Entschuldige, wenn ich deine Kampfhandlungen unterbreche . . .«

Miguel hatte nur Christophers Handynummer. Er rief jedoch hilfsbereit die Telefonauskunft auf. Dort war kein *Christopher Wirtz* in Hannover verzeichnet.

»Vielleicht läuft der Anschluss auf Lauren«, überlegte Matilda. »Weißt du, wie sie mit Nachnamen heißt?«

»Nein. Aber ich kann Juliane nach der Nummer fragen«, bot Miguel an.

»Super, mach das«, sagte Matilda erleichtert. Auf die Idee hätte sie ja auch selbst kommen können.

»Ich chatte dich an, wenn ich sie erreicht habe«, erklärte Miguel.

Während Anna Geige übte, saß Matilda vor dem Bildschirm und wartete darauf, dass sich das Chatfenster öffnete. Nach zwanzig Minuten, in denen nichts geschah, gab sie entnervt auf. Bestimmt hatte Miguel seine Freundin nicht erreichen können. Höchstwahrscheinlich war sie im Krankenhaus, wo man es sicher nicht gern sah, wenn Mitarbeiter ihr privates Handy mit sich herumtrugen.

Sie zuckte zusammen, als es plötzlich an ihre Tür klopfte und kurz darauf Miguel im Zimmer stand.

»Anna, hör mal bitte kurz mit dem Krach auf«, meinte er.

»Krach? Ich muss doch sehr bitten«, entgegnete Anna in

künstlicher Empörung, ließ jedoch folgsam die Geige sinken. Als sie Miguels Gesicht sah, wurde sie ernst: »Was ist los?«

»Eben hat mich Juliane angerufen. Sie hat gerade ihren Spätdienst angefangen.«

»Ja, und? Hat sie die Nummer?«, fragte Matilda gespannt. Auch sie hatte plötzlich das Gefühl, dass irgendetwas nicht stimmte.

Miguel holte tief Atem und sagte dann: »Juliane hat mir erzählt, dass Christopher heute Mittag bei ihnen in der Notaufnahme eingeliefert wurde. Er hatte einen Unfall und ist schwer verletzt. Er wurde schon operiert und liegt jetzt auf der Intensivstation . . .«

Matilda war aufgesprungen. Alle Farbe war aus ihrem Gesicht gewichen.

»Warte!« Miguel hielt sie auf, als sie an ihm vorbei durch die Tür stürmen wollte. »Das macht keinen Sinn, wenn du jetzt dorthin fährst. Er darf erst mal keinen Besuch empfangen und er ist auch gar nicht ansprechbar.«

»Was heißt: Unfall?«, fragte Anna, die ihre Geige weggelegt hatte. »Mit dem Auto oder was?«

»Keine Ahnung«, antwortete Miguel. »Die Polizei war auch schon im Krankenhaus und wollte mit ihm reden. Vielleicht wissen die mehr.«

Schweigend saßen Anna und Matilda in der Stadtbahn. Natürlich hatte sich Matilda nicht davon abbringen lassen, sofort ins Krankenhaus zu fahren. Auch wenn sie Christopher nicht sehen durfte, waren dort vielleicht Ärzte oder Krankenschwestern, die Näheres wussten.

Anna drückte stumm ihre Hand und Matilda war ihr dankbar dafür, dass sie einfach nur da war und schwieg.

Vor der großen Flügeltür mit der Aufschrift *Intensivstation – kein Zutritt* in fünf Sprachen trafen sie auf Lauren, was

Matilda einen kleinen Stich versetzte. Sie sah aus, als hätte sie geweint, jedenfalls war ihre Wimperntusche verschmiert.

»Sie sagen uns nichts. Wir sind keine Verwandten«, begrüßte sie Matilda und Anna. »Seine Mutter ist noch auf dem Weg hierher, sie war verreist.«

»Aber Juliane muss doch was wissen«, beharrte Matilda. »Hat sie mit ihm sprechen können?«

»Sie hat ihn nur ganz kurz gesehen, als man ihn aus dem OP geschoben hat. Aber da war er noch nicht bei Bewusstsein. Man hat ihr auch nur gesagt, dass er Knochenbrüche und innere Verletzungen hat und dass sein Zustand kritisch ist«, antwortete Lauren. Matilda wusste nicht, ob sie Lauren glauben sollte. Aber es blieb ihr wohl nichts anderes übrig.

»Aber was ist denn eigentlich passiert?«

»Er ist in den U-Bahn-Schacht gefallen, direkt vor eine einfahrende Bahn.«

Matilda schaffte es gerade noch, sich auf einen Stuhl zu setzen, der neben dem Getränkeautomaten stand. Ihr Atem ging keuchend, ihr Mund fühlte sich an wie ausgetrocknet. Bilder von Chris' leblosem Körper auf den Bahnschienen blitzten vor ihrem inneren Auge auf, einen Augenblick fürchtete Matilda, ohnmächtig zu werden. Anna zog rasch ein Mineralwasser für sie aus dem Automaten und zwang die Freundin, es zu trinken.

Lauren stand auf. »Ich komm später wieder«, erklärte sie und ging.

Matildas Übelkeit ließ langsam nach. Stunden, wie es ihr vorkam, saß sie neben Anna auf einem unbequemen Stuhl im Gang und sah zu, wie Schwestern und Ärzte in grünen Kitteln und mit Mundschutz durch die Flügeltür aus und ein gingen. Die Situation erinnerte sie an die Nacht, als man sie aus dem Schlaf gerissen und ihr von dem Unfall ihrer Eltern berichtet hatte. Obwohl im Grunde alles ganz anders gewesen war: Viele Leute hatten sich um sie gekümmert, niemand hatte ihr eine Auskunft verweigert. Aber das Gefühl von damals war wieder da: diese Erfahrung, machtlos zu sein, Spielball eines launischen Schicksals oder einer grausamen, höheren Gewalt.

Einmal fasste sich Matilda ein Herz, sprach eine Schwester an und fragte, ob sie wisse, wie es Christopher ginge. Die Frau war freundlich, konnte ihnen aber auch nicht mehr sagen als das, was Lauren ihnen bereits erzählt hatte. Matilda fiel ein, dass sie Lauren gar nicht gefragt hatte, woher sie das mit der U-Bahn wusste.

Offenbar hatte Anna gerade etwas Ähnliches gedacht, denn sie sagte: »Man fällt doch nicht einfach vor eine U-Bahn, oder?«

Matilda erwiderte stumm ihren fragenden Blick.

»Entweder man springt mit Absicht...«

»Was soll das denn heißen? Denkst du, er wollte sich umbringen?«, rief Matilda so laut, dass sich eine Schwester, die gerade vorbeikam, umdrehte und den Finger tadelnd an die Lippen legte.

»Nein. Ich wollte damit sagen, dass ihn jemand gestoßen haben könnte«, flüsterte Anna.

Matilda sah ihre Freundin entsetzt an. »Klar. Du hast recht.« Sie zog ihr Telefon aus der Tasche. »Ich rufe jetzt diese Kommissarin Gerres an.«

»Hier sind Handys verboten.« Anna wies auf ein entsprechendes Schild an der Wand gegenüber. »Komm, wir gehen raus.«

Die Kommissarin hatte offenbar schon mit Matildas Anruf gerechnet. »Was hältst du davon, wenn wir uns in einer halben Stunde bei euch zu Hause treffen? Und ich würde dann auch gerne mal mit deinem Cousin reden.«

Matilda erklärte sich einverstanden. Sie würde später noch einmal ins Krankenhaus fahren. Im Moment konnte sie hier wirklich nichts tun. Man würde sie in den nächsten Stunden nicht zu Christopher lassen, so viel war klar.

Eine halbe Stunde später saßen Petra Gerres, Matilda, Anna und Miguel am Küchentisch. Matilda bestürmte die Kommissarin mit Fragen, die alle nur ein Thema hatten: Christopher. Aber zunächst einmal wollte die Polizistin wissen, wie Matilda von dem Unfall erfahren hatte.

»Von Miguel.«

»Und woher wusstest du davon?« Petra Gerres drehte sich zu Matildas Cousin um.

»Meine Freundin arbeitet in dem Krankenhaus, in das er eingeliefert wurde.«

»Ihr Name?«

»Juliane Lösch.«

»Adresse?«

Miguel nannte Julianes Adresse in Laatzen, einem Vorort von Hannover.

Die Kommissarin schrieb die Angaben in ihr Notizbuch, dann wandte sie sich wieder an Matilda. »Wann und wo hast du Christopher kennengelernt?«

»Hier. Er war hier zum Fußballschauen, als ich meinen Geburtstag gefeiert habe, am 11. Juni.«

»Er ist ein ehemaliger Schulkamerad von mir«, erklärte Miguel. »Wir haben uns an dem Tag zufällig im Supermarkt wiedergetroffen und er ist mitgekommen, zusammen mit seiner Freundin.«

»Exfreundin«, korrigierte Matilda.

»Meinetwegen«, sagte Miguel.

Petra Gerres nickte, notierte wieder etwas und dann, endlich, berichtete sie, was sie über Christophers Unfall wusste: »Es passierte um 13.40 Uhr an der Haltestelle Christuskirche, die in der Nähe seiner Wohnung liegt. Es gibt eine Videokamera in der Station, eine erste Sichtung ergab, dass er offensichtlich von jemandem vor die einfahrende Bahn gestoßen worden ist. Zum Glück hat ihn die Bahn nicht frontal überrollt, sondern nur gestreift und ein Stück mitgeschleift.«

Die Kommissarin hielt inne, als wollte sie die Wirkung ihrer Worte überprüfen. Matilda schluckte, Anna verzog das Gesicht. Nur Miguel mimte den Coolen, aber Matilda fand, dass er ein bisschen blasser war als sonst.

»Leider erkennt man auf dem Band kein Gesicht. Der mutmaßliche Täter ist etwas kleiner als Christopher, trug dunkle Hosen und ein dunkles Kapuzensweatshirt. Die Kapuze hatte der oder die Unbekannte aufgesetzt und tief ins Gesicht gezogen, also gehen wir davon aus, dass der Täter mit Vorsatz gehandelt hat. Wir ermitteln jedenfalls wegen Mordversuchs. Das LKA wird das Band noch genauer auswerten, vielleicht findet sich noch ein Detail, das uns weiterhilft.«

»Gibt es denn keine Zeugen?«, fragte Miguel.

Petra Gerres quittierte die Frage mit einem anerkennenden Nicken. »Doch, schon. Es gibt über ein Dutzend Zeugenaussagen, aber wie das eben oft so ist: Sie weichen stark voneinander ab. Der eine meint, die Person sei ein großer Mann gewesen, der andere sagt, es könnte auch eine zierliche Frau gewesen sein... Es muss alles sehr schnell gegangen sein. Die Leute haben natürlich erst einmal auf Christopher geachtet und der Täter konnte unerkannt entkommen.«

Die Polizistin wandte sich nun an Matilda und wollte alles Mögliche über Christopher wissen: seine Freunde, seine Jobs, ob er Feinde hatte. Viel konnte ihr Matilda allerdings nicht sagen, ein paar Dinge behielt sie vorsichtshalber auch lieber für sich. »Wir sind doch erst seit zwei Wochen zusammen«, erinnerte sie die Ermittlerin, die keinen Hehl aus ihrer Verwunderung machte, wie wenig Matilda über ihren Freund wusste. Nur einen einzigen Feind von Christopher konnte Matilda klar benennen: Patrick.

Anna mischte sich ein: »Fragen Sie doch auch mal Lauren, seine Exfreundin. Die haben wir im Krankenhaus getroffen. Sie wohnt mit Christopher in einer WG.«

»Und sie machen beide ein Praktikum bei Antenne«, ergänzte Matilda. Es konnte nicht schaden, wenn die Polizei dieser arroganten Schnepfe mal ein bisschen auf den Zahn fühlte! Matilda hätte der Kommissarin gerne noch mehr über Lauren erzählt – zum Beispiel dass sie gleich nach Patrick die Nummer zwei in ihrer Hitparade der Verdächtigen war –, wollte dies aber nicht in Miguels Gegenwart tun. Also vertraute sie darauf, dass die Kommissarin genug Fantasie besaß, um sich selbst einen Reim auf gewisse Dinge zu machen.

»Wie heißt Lauren mit Nachnamen?«

Matilda zuckte die Schultern. »Juliane müsste das wissen«, schaltete sich Miguel ein. »Die beiden sind befreundet, sie haben auch schon mal zusammen in dieser WG in der Nordstadt gewohnt.«

»Interessant.« Wieder glitt der Stift der Kommissarin über das Papier.

»Was?«, fragte Miguel.

»Wie das alles so zusammenhängt. Wer mit wem ... Das erinnert mich glatt an meine Schulzeit.« Petra Gerres lächelte. »Und dass jetzt keiner von euch sagt, was er denkt: nämlich, dass das schon eine Ewigkeit her sein muss.«

Als keiner der Anwesenden auf ihren Scherz einging, fragte sie Anna: »Und du bist jetzt für ein paar Tage hier eingezogen?«

»Ja. Als Wachhund sozusagen.«

»Und der da?« Die Polizistin deutete auf die Terrassentür, an der sich Harri schon seit geraumer Zeit die Nase platt drückte.

»Wachhund Nummer zwei. Bis meine Tante wiederkommt«, ergänzte Matilda.

»Kann dein Cousin nicht auf dich aufpassen?«, fragte Petra

Gerres und sah dabei Miguel an. »Ist doch ein großer, kräftiger Kerl.«

Der zuckte die Achseln. »Doch, klar.«

»Ich leiste ihr eher seelischen Beistand.« Anna fiel noch etwas ein: »Ach, übrigens – ich habe auch so eine SMS bekommen. Mit Drohungen.«

»Zeig mal her.« Stirnrunzelnd las die Polizistin die Nachricht, notierte sich Text, Nummer und Uhrzeit.

»Es ist dieselbe Nummer, wir haben sie verglichen«, warf Matilda ein.

Die Kommissarin schaute Anna ernst an: »Seit wann bist du hier zu Gast?«

»Seit Montagabend.«

»Wer weiß davon?«

Anna begann aufzuzählen: »Na, wir hier. Und Nicole, das ist die Freundin, der der Hund gehört. Sie ist heute Morgen mit ihren Eltern nach Mallorca geflogen.«

»Meine Tante, die Haushälterin, Juliane, die Nachbarn«, führte Matilda die Reihe fort.

»Dass ich hier bin, weiß jeder, der am Haus vorbeigeht und uns im Garten sieht«, ergänzte Anna und Matilda fügte hinzu: »Also könnte es auch Patrick mitgekriegt haben.«

»Wusste es Christopher?«, fragte die Kommissarin, ohne auf Annas Wink mit dem Zaunpfahl einzugehen.

»Nein, noch nicht. Wir wollten uns am Freitag treffen. Er weiß noch gar nichts über diese ganze . . . Sache.«

»Wie? Du hast deinem Freund nichts von diesen Mails und der Verwüstung deines Zimmers und der Zerstörung deiner Geige erzählt?«, wunderte sich Petra Gerres erneut.

»Nein. Es war mir peinlich«, erklärte Matilda leise und senkte verlegen den Blick. Was würde die Polizistin jetzt von ihr denken? Schon wie sie das Wort »Freund« betont hatte – als zweifelte sie daran, dass sie mit Christopher zusammen war.

Am Ende dachte sie noch, dass sich Matilda das nur einbildete.

Die Kommissarin stand auf und nickte den Anwesenden zu. »Ich möchte euch drei bitten, morgen Vormittag in die Polizeidirektion zu kommen und euch das Überwachungsband aus der Bahnstation anzusehen. Vielleicht habt ihr ja eine Idee, wer Christopher Wirtz gestoßen haben könnte.«

Kaum war die Kommissarin gegangen, nahm Matilda ihr Handy. Sie öffnete das Menü und scrollte sich durch die Liste der letzten Anrufe. Da war es, das Telefonat, das sie suchte. Ein schrecklicher Verdacht wurde Gewissheit: Der Anruf von ihr an Christopher war heute, am 30. Juni, um 13.39 erfolgt.

Anna konnte Matilda davon überzeugen, dass es sinnlos war, schon wieder zum Krankenhaus zu fahren und dort auf dem Gang herumzusitzen. »Die sagen uns doch sowieso nichts.«

Doch Matilda blieb unruhig. Stündlich bedrängte sie ihren Cousin, Juliane anzurufen, um zu fragen, ob es etwas Neues über Christophers Zustand gab.

»Matilda, hör auf. Sie ist eine kleine Praktikantin, kein Arzt«, stöhnte Miguel beim dritten Mal. »Und sie arbeitet auf der Inneren, nicht auf Intensiv. Außerdem darf sie auch nicht ständig privat telefonieren!« Entschieden schob er seine Cousine zur Tür hinaus.

Matilda kämpfte mit den Tränen. Wie ein eingesperrtes Tier lief sie in ihrem Zimmer auf und ab.

»Wollen wir ein bisschen Geige üben?«, schlug Anna vor. »Vielleicht lenkt dich das ab. Bis zum Wettbewerb sind es nur noch zehn Tage.«

Matilda blieb stehen und sah ihre Freundin nur entgeistert an. Wie konnte Anna jetzt an so etwas denken? »Du kannst ja üben. Ich scheiß auf den ganzen blöden Wettbewerb!«, rief sie aufgebracht.

Wortlos ging Anna ins Wohnzimmer und schaltete den Fernseher an. Es lief ein Bericht über die deutsche Nationalmannschaft, die sich auf das Spiel Deutschland gegen Argentinien am Samstag vorbereitete.

Matilda ließ sich auf ihr Bett sinken. Das Gespräch mit der Polizistin kam ihr wieder in den Sinn. Ihr war dabei erschreckend klar geworden, dass sie wirklich kaum etwas von Christopher wusste. Ob er tatsächlich so verliebt in sie war, wie sie glaubte? Oder war sie nur eine flüchtige Affäre für ihn, ein sommerliches Intermezzo, das man mal eben so mitnahm, weil das Angebot gerade verlockend war? Matilda schloss die Augen. Und sie? Sie fand ihn toll, ohne Zweifel. Aber sie hatte ihm nicht vertraut, ihm nicht von ihren Problemen und Ängsten erzählt. Sie hatte sich verstellt, hatte immer nur versucht, vor ihm einen coolen, erwachsenen Eindruck zu machen. Die richtige Matilda kannte Christopher eigentlich gar nicht.

Aber wir haben uns doch erst vor knapp drei Wochen zum ersten Mal gesehen, hielt sie sich vor Augen. *Wie sollen wir uns denn da schon wirklich kennen?* Matilda seufzte. In ihrem Hals saß ein Kloß, der mit jeder Erinnerung größer und größer wurde.

An ihrem sechzehnten Geburtstag war die Welt noch in Ordnung gewesen. Sie erinnerte sich, wie Christopher in der Küche gestanden und gestenreich mit Miguel, Juliane und Lauren geredet hatte. Wie schön er ausgesehen hatte! Nie würde sie den Blick seiner Silberaugen vergessen, als er sie zum ersten Mal anlächelte... *Und dann muss ich dumme Kuh zu viel trinken und mit diesem Psychopathen Patrick rumknutschen! Und das Ergebnis ist, dass Christopher jetzt im Krankenhaus liegt und vielleicht stirbt oder sein Leben lang unter den Folgen des Unfalls leiden wird.* Matilda begann, hemmungslos zu heulen. Nach ein paar Minuten spürte sie, dass sich jemand neben sie auf das Bett setzte und ihr sanft über den Rücken strich, aber sie drehte sich nicht um. Irgendwann fiel sie in einen bleischweren Schlaf.

Der nächste Tag begann mit einer guten Nachricht. Juliane hatte am Ende ihrer Spätschicht mit einem Arzt sprechen können und der hatte gemeint, Christopher wäre wohl »über dem Berg«. Allerdings müsse er noch mindestens zweimal operiert werden, aber das wären »nur« Knochenbrüche und man würde den Patienten, so der Arzt, »schon wieder irgendwie zusammennageln«. Diese frohe Kunde teilte Miguel Matilda mit, wobei er noch mit seinem typischen Humor bemerkte: »Besser überm Berg als überm Jordan.«

Matilda, die so erschöpft gewesen war, dass sie bis zehn Uhr geschlafen hatte, lag eine scharfe Antwort auf der Zunge, aber sie zügelte sich. So war Miguel nun mal. Und er konnte ja auch nichts dafür, dass Christopher schwer verletzt im Krankenhaus lag. Auch bei Anna entschuldigte Matilda sich für ihr ruppiges Benehmen am gestrigen Abend.

»Kein Problem, ist schon vergessen«, meinte die und schlug dann vor: »Komm, wir gehen mit Harri spazieren.«

»Wir müssen auch noch aufs Polizeirevier«, fiel Matilda ein.

»Nur keine Hektik. Erst mal gehen wir drei jetzt ein bisschen an die frische Luft.«

Sie liefen mit Harri in den nahen Stadtwald. »Ich glaube, ich habe zurzeit wirklich keinen Bock auf diesen Wettbewerb«, gestand Matilda, nachdem sie bereits eine Viertelstunde schweigend gelaufen waren. »Ich wollte den eigentlich eh nur gewinnen, um meiner Tante eine Freude zu machen.«

»Und das willst du jetzt nicht mehr?«

»Doch, aber ... ich kann mich im Moment, glaube ich, gar nicht richtig auf die Musik konzentrieren.«

»Doch, das kannst du«, sagte Anna. »Gerade du.«

Matilda schüttelte den Kopf. »Soll ich dir ein Geheimnis verraten? Bevor das mit meinen Eltern passiert ist, habe ich sogar daran gedacht, mit dem Geigespielen aufzuhören.«

»Echt? Du?«

»Ja. Ich bin seit der ersten Klasse von meiner Mutter zum Unterricht verdonnert worden. Weil sie auch Geige spielte und weil sie irgendwie dachte, ich hätte so viel Talent. Das denken Eltern ja immer von ihren Kindern.«

»Du sagst es«, seufzte Anna. »Bei mir ist es mein Vater. Der wäre auch furchtbar enttäuscht, wenn ich aufhören würde. Dabei würde ich viel lieber mit Schlagzeug anfangen und in einer Rockband spielen.«

»Wirklich?« Matilda staunte.

»Ja!« Anna zog einen Flunsch. »Ich war kurz davor, das Ganze hinzuwerfen, aber dann bist du gekommen. Mit dir hat der Unterricht wieder mehr Spaß gemacht. Und dein Ehrgeiz und deine Disziplin haben mich auch wieder ein bisschen angestachelt.«

»Bei mir war das aber gar kein Ehrgeiz«, bekannte Matilda. »Nachdem meine Eltern gestorben waren, habe ich sehr viel gespielt, weil es mich abgelenkt hat und weil ich irgendwie dachte, das sei ich meiner Mutter schuldig. Das Geigespielen war wie ein Panzer, in den ich mich zurückziehen konnte. Dadurch wurde ich automatisch immer besser. Dazu kam Tante Helen, die mich zu Professor Stirner schickte und überall erzählte, ich wäre das Megatalent, das neue Wunderkind ... Und schon steckte ich mittendrin in der Sache. Miguel hat schon ganz früh klargestellt, dass er mit Musik nichts am Hut hat. Sonst hätte Helen wahrscheinlich auch aus ihm ein kleines Genie machen wollen. So ist sie zwar enttäuscht von ihm, aber andererseits hat er wenigstens seine Ruhe.«

»Ich hab eine Idee«, Anna war stehen geblieben. Sie kicherte. »Wir verkacken beide den Wettbewerb, dann haben wir auch unsere Ruhe.«

»Das wäre eine Möglichkeit«, grinste Matilda.

Anna wurde wieder ernst. »Nein. Wir treten da an und geben unser Bestes – du und ich. Egal, wer gewinnt. Und danach nehmen wir unsere Lorbeerkränze und treten in Würde ab – wenn wir das dann noch wollen.«

Gegen Mittag fuhren Anna, Miguel und Matilda zur Polizeidirektion am Waterlooplatz und fragten sich bis zum Büro von Petra Gerres durch. Sie hatten Harri dabei, der immer anhänglicher wurde und sich seit Neuestem weigerte, alleine zurückgelassen zu werden.

Die Kommissarin, die ihr blondes Haar heute apart aufgesteckt trug, führte sie in einen Raum, in dem ein Beamer und eine Leinwand aufgebaut waren. Daniel Rosenkranz kam dazu und setzte die Technik in Gang. Die Aufnahme war in Schwarz-Weiß, unten lief die Uhrzeit mit: 13:37. Man sah den Bahnsteig und wie er sich langsam mit wartenden Menschen füllte. Matilda erkannte Christopher. Er trug ein helles T-Shirt, ein kleiner Rucksack hing über seiner linken Schulter. Sie konnten sehen, wie er zwischen den Wartenden auf und ab schlenderte. War er nervös?

13:39. Der Bahnsteig füllte sich, die Menschen nahmen ihre Taschen, Tüten und Rucksäcke an sich und gingen ein paar Schritte nach vorn. Eine Gruppe von Jugendlichen war dabei, sie drängelten und schubsten. Offenbar sahen oder hörten sie die Bahn kommen. Christopher stand ungefähr einen Meter von der Kante des Bahnsteigs entfernt. Er blickte an sich hinunter, zog sein Handy aus der Hosentasche und hielt es ans rechte Ohr. Plötzlich war eine Person mit einem Kapuzenpulli dicht hinter ihm und dann ging alles blitzschnell. Zwei Hände wurden ausgestreckt, Christopher geriet ins Taumeln, er stürzte und war verschwunden. Obwohl Matilda ja wusste, dass es so gewesen sein musste, presste sie erschrocken die Hände vor ihren Mund, um nicht laut aufzuschreien. Zwei Sekunden später fuhr die Bahn ins Bild. Die Leute am Bahnsteig gestikulierten wild. Kein Ton war zu hören, was die Aufnahmen noch gruseliger wirken ließ. Matilda stellte sich vor, wie die Menschen erschrocken durcheinanderschrien. Die Gestalt im Kapuzenpulli drängelte sich gegen den Strom der Menschen aus dem Bild, der Kopf war noch immer gesenkt, sodass das Gesicht nie in den Fokus der Kamera geriet. Die Anzeige unten auf dem Videoband zeigte 13:40.

Hätte Christopher den Angreifer bemerkt, wenn er nicht durch ihren Anruf abgelenkt worden wäre?, fragte sich Matilda verzweifelt. Warum war er nicht schon früher rangegangen? Wohin war er unterwegs gewesen?

Sie sahen sich die Szene noch einmal in Zeitlupe an.

»Noch mal?«, erkundigte sich Daniel Rosenkranz, der heute ziemlich aufdringlich nach Rasierwasser roch.

»Nein danke«, sagte Anna. Sie war blass geworden.

Miguel schüttelte den Kopf, ebenso wie Matilda. Keiner von ihnen hatte die Gestalt erkannt. Matilda musste zugeben, dass Patrick nicht infrage kam. Er war ungefähr so groß wie Christopher und die Person auf dem Video war deutlich kleiner gewesen.

»Darf ich Sie noch mal kurz sprechen?«, fragte Matilda die Kommissarin, als sie sich schon erhoben hatten, um sich zu verabschieden.

»Das wollte ich auch gerade vorschlagen«, sagte Petra Gerres.

Anna wollte mit Harri unten im Hof warten. Miguel verabschiedete sich mit der Ankündigung, er würde zum Essen nicht zu Hause sein.

»Welches Essen?«, fragte Matilda trocken. Angela hatte sich seit Tante Helens Anruf und Matildas anschließender schnippischer Bemerkung nicht mehr bei ihnen blicken lassen.

Das Büro war nüchtern eingerichtet: zwei Schreibtische, auf denen je ein Bildschirm stand, Aktenschränke, ein Plakat mit Fahndungsfotos. Matilda setzte sich auf einen Besucherstuhl, Petra Gerres nahm hinter einem der Schreibtische Platz.

»Wie ich hörte, geht es deinem Freund wieder etwas besser. Zumindest ist er außer Lebensgefahr.«

»Ja. Ich weiß.«

»Stimmt. Du hast ja deine eigenen Informationsquellen. Wann kommt eigentlich deine Tante wieder?«

»Nächsten Samstag, zu meinem Wettbewerb.«

»Was für ein Wettbewerb?«, fragte Petra Gerres.

Matilda erklärte es ihr in wenigen Worten.

»Aufregend«, die Kommissarin lächelte. »Wie verstehst du dich denn mit deiner Tante?«

»Sehr gut.«

»Ich war mal auf einem Konzert von ihr. Es war wirklich beeindruckend.«

»Ja, sie ist toll.«

»Sie freut sich sicher, dass du Geige spielst.«

»Ja.« Matilda fragte sich allmählich, was diese Fragen zu bedeuten hatten.

»Es war sicher nicht leicht für dich nach dem Tod deiner Eltern – neues Zuhause, neue Schule...«

»Ging so«, antwortet Matilda. »Tante Helen hat mir sehr geholfen. Und meine Freundinnen, Anna und Nicole.«

»Anna spielt auch Geige?«

»Ja. Wir treten zusammen beim Wettbewerb an.«

»Und wie verstehst du dich mit deinem Cousin?«

»Gut.«

»Er kam mir etwas introvertiert vor.«

»Der ist immer so.« Matilda zuckte die Schultern. Unruhig rutschte sie auf ihrem Stuhl herum. Was sollte das alles?

»Raucht er ab und zu Gras?«

Die Frage verblüffte Matilda. »Weiß ich nicht.«

»Ich bitte dich! Das riecht man doch im ganzen Haus.«

»Er ist aber ganz oft nicht zu Hause«, entgegnete Matilda schärfer als beabsichtigt.

»So? Wo ist er denn, wenn er nicht zu Hause ist?«

»Bei seiner Freundin.«

»Ach ja, stimmt. Die Freundin der Exfreundin deines Freundes. So war das doch, oder?«

Matilda nickte. Verdammt, worauf wollte die Polizistin hinaus? Petra Gerres sah ihr forschend in die Augen. Matilda fühlte sich auf einmal ziemlich unwohl. Noch mehr, als die nächste Frage kam: »Matilda, nimmst du Drogen?«

»Wie bitte?«

»Du hast mich schon verstanden.«

»Nein. Natürlich nicht! Wie kommen Sie darauf?«

»Du weißt aber, dass dein Freund in dieser Hinsicht kein unbeschriebenes Blatt ist, nicht wahr?«

Matilda fiel Patricks Entschuldigungsmail ein, in der er Christopher als »zwielichtigen Typen« bezeichnet hatte. Sie stieß ein wütendes Schnauben aus. »Den Quatsch hat Ihnen bestimmt Patrick erzählt!«

Die Kommissarin schüttelte den Kopf. »Dein Freund ist bei uns aktenkundig. Er ist schon zweimal wegen des Besitzes von Betäubungsmitteln mit dem Gesetz in Konflikt geraten.«

»Betäubungsmitteln?«, wiederholte Matilda begriffsstutzig.

»Drogen auf gut Deutsch.«

»Blödsinn. Er raucht vielleicht ab und zu mal Gras. Das machen doch alle«, murmelte Matilda.

»Bei Christopher geht es nicht nur um ein bisschen Kiffen. Er wurde 2008 mit fünf Gramm Kokain bei einer Razzia in einem Steintorclub erwischt und einmal im Herbst 2009 mit einer größeren Menge Marihuana bei einer Personenkontrolle.«

Matilda schwieg.

Petra Gerres seufzte: »Das geht mich im Grunde nichts an, ich bin für Delikte am Menschen zuständig, nicht für Rauschgift, und eigentlich dürfte ich dir das alles gar nicht sagen. Aber ich finde, du solltest das wissen.«

Matilda nickte nur. Am liebsten wäre sie auf der Stelle aufgestanden und hätte das Zimmer verlassen, aber sie zwang sich, sitzen zu bleiben. Erst wollte sie der Kommissarin noch etwas Wichtiges sagen. »Der Täter auf dem Band – das war wahrscheinlich nicht Patrick. Der ist ungefähr so groß wie Christopher.«

»Ja, ich weiß. Er hat außerdem auch ein Alibi – allerdings nur von seinen Eltern«, erklärte Petra Gerres. Dann sah sie Matilda ernst an. »Matilda, wir dürfen nicht den Fehler machen und grundsätzlich davon ausgehen, dass der Anschlag auf deinen Freund etwas mit den Drohungen zu tun hat, die du erhalten hast. Es kann auch mit seinem ... Lebenswandel zu tun haben. Oder er ist das zufällige Opfer irgendeines gemeingefährlichen Spinners geworden.«

»Haben Sie schon mit seiner Exfreundin Lauren gesprochen?«

»Ja, haben wir. Sie war gestern Mittag im Sender – konnte also in der Zeit nicht ihren Exfreund vor die U-Bahn stoßen.«

»Ich meine, wegen der anderen Sache. Sie hätte ganz leicht an Christophers altes Handy kommen können.«

»Warum, meinst du, sollte sie dich bedrohen?«

»Eifersucht.«

Ein kleines Lächeln huschte über das Gesicht der Kommissarin. »Kann es sein, dass du auf sie eifersüchtig bist?« Matilda merkte, wie sie rot wurde, dann sagte sie: »Möglich. Aber ich bedrohe niemanden deswegen.«

»Das heißt, du glaubst jetzt auch nicht mehr, dass es unbedingt Patrick gewesen sein muss?«

»Ich weiß langsam gar nicht mehr, was ich glauben soll«, gestand Matilda. Sie stand auf. »Kann ich jetzt gehen?«

»Ja, natürlich«, sagte die Kommissarin und wies auf die Tür. »Ich halte dich nicht auf.«

Matilda, Anna und Harri gingen zu Fuß nach Hause. »Ich glaube, ich kann so bald nicht mehr U-Bahn fahren«, sagte Anna und sprach damit Matilda aus der Seele.

Als sie in ihrer Straße um die Ecke bogen, hielt gerade ein Taxi vor ihrem Haus. Helen stieg aus. Matilda blieb einen Moment lang wie angewurzelt stehen. Dann rannte sie auf ihre Tante zu, während Anna den aufgeregten Harri mit aller Kraft zurückhalten musste.

»Tante Helen! Du solltest doch nicht kommen!«, rief Matilda überglücklich.

Helen musterte Matilda besorgt und ließ ihren Blick dann über Anna und Harri schweifen. »Es schien mir angeraten.«

Helen hatte umdisponiert. Anstatt wie bisher von Ort zu Ort zu reisen, würde sie von Hannover aus zu den letzten vier Konzerten fliegen und danach wieder zurückkommen.

»Aber das ist doch total umständlich und teuer«, protestierte Matilda.

»Das macht nichts. Es gibt Billigflüge.«

Noch während Helen ihre Sachen auspackte, erzählte Matilda ihr von dem Mordanschlag auf Christopher.

Ihre Tante erbleichte. »Das ist ja furchtbar!«

»Und sie lassen mich nicht zu ihm und keiner sagt mir was. Kannst du nicht nachher mit ins Krankenhaus kommen?«

»Natürlich. Ich glaube aber nicht, dass ich dort mehr ausrichten kann als ihr«, versuchte Helen, Matildas Erwartungen zu dämpfen. Dann widmete sie sich erst einmal den praktischen Dingen des Lebens: »Wieso ist der Kühlschrank leer? Wo ist Angela? Wo ist Miguel?«

Am späten Nachmittag fuhren Matilda und Helen noch einmal in die Klinik. Anna hatte vorgeschlagen, in der Zeit Harri auszuführen. Helen schaffte es immerhin, einen Arzt zu fragen, wie es dem Patienten ginge. Er erzählte etwas von einer Leberquetschung, einem Milzriss und »diversen Knochenfrakturen«, doch der Zustand des Patienten sei stabil. Er sollte am nächsten Tag ein weiteres Mal operiert werden. Wenn diese Operation gut verliefe, käme Christopher in zwei bis drei Tagen schon auf die normale Station, wo er auch Besuch empfangen dürfe. Momentan würde er ohnehin die meiste Zeit schlafen, wegen der hoch dosierten Schmerzmittel, die ihm verabreicht wurden. Einigermaßen beruhigt fuhren Matilda und Helen nach dem Gespräch nach Hause, wo Miguel schon auf sie wartete. Er umarmte seine Mutter und meinte dann: »Gut, dass du da bist. Das ist vielleicht ein Zirkus hier in letzter Zeit!«

Die nächsten Tage verliefen ruhig. Helen flog samstags zu ihrem Konzert nach Paris und kehrte am Sonntag wieder zurück. Anna und Matilda übten wie versprochen zusammen und mit Professor Stirner für ihren Wettbewerb. Die kaputte Geige hatte Helen zu der von Annas Vater empfohlenen Adresse gebracht, man konnte sie wiederherstellen, die Reparatur würde aber voraussichtlich dreihundert Euro kosten. Matilda erklärte, sie wolle das von ihrem gesparten Taschengeld bezahlen, aber Helen schüttelte den Kopf: »Das ist ein Fall für die Versicherung«, sagte sie.

Am Montag traf Matildas Tante sich mit Kommissarin Gerres. Matilda hätte danach zu gern gewusst, ob Petra Gerres Christophers aktenkundiges Vorleben angesprochen hatte, aber Helen sprach das Gespräch von sich aus nicht an und Matilda hatte zu große Scheu davor. Auch sie selbst hatte es bisher vermieden, weiter über die letzten Neuigkeiten, die sie über Christopher erfahren hatte, nachzudenken. Sie konnte sich jetzt einfach nicht auch noch damit beschäftigen, scheute sich vor den Konsequenzen, die diese Auseinandersetzung mit sich bringen würde.

Miguel war in diesen Tagen viel zu Hause. Matilda dachte schon, Helen hätte ihn dazu verdonnert, aber dann erfuhr sie, dass Juliane für eine Woche auf einem Lehrgang in Bielefeld war. Auch Patrick war mit seiner Mutter für eine Woche verreist, das hatte Anna über Jonas erfahren.

»Man munkelt, dass sich seine Eltern scheiden lassen«, vertraute sie Matilda an. Die Freundin war inzwischen wieder nach Hause gezogen, Harri wohnte nach wie vor bei Matilda, Miguel und Helen.

Am Dienstag durfte Matilda ganz kurz Christopher besuchen. Er sah schrecklich aus, Matilda musste sich zusammennehmen, um bei seinem Anblick nicht loszuheulen. Sein Gesicht war bleich und an einer Seite mit Schürfwunden übersät. Ein mit Blut gefüllter Schlauch führte unter seine Bettdecke. Seitlich am Kopf hatte man ihm die Haare abrasiert, dort klebte eine Mullbinde. Er trug eine Halskrause, der linke Arm und das linke Bein waren eingegipst, am rechten Handgelenk hing ein Infusionsschlauch. Er durfte sich so gut wie nicht bewegen, denn seine rechte Hüfte und zwei Rippen waren ebenfalls gebrochen, wie Matilda inzwischen von einer Schwester erfahren hatte. Dennoch konnte Christopher bei Matildas Anblick schon ein wenig lächeln. Sie zog sich einen Stuhl zu seinem Bett und lächelte zurück. Ein bisschen ungeschickt nahm sie seine Hand. Dann platzte es aus ihr heraus: »Weißt du, wer dich vom Bahnsteig gestoßen hat?«

»Keine Ahnung. Konnte ich nicht sehen.« Seine Stimme klang heiser und gepresst. Mühsam erzählte er, dass Petra Gerres auch schon hier gewesen war und ihm dieselbe Frage gestellt hatte. Danach redeten sie nicht mehr viel. Matilda strich über seine Finger, sanft umschloss er ihre Hand. Sie hatte so viele Fragen, doch dies war eindeutig nicht der richtige

Zeitpunkt dafür. Der Besuch schien ihn sehr anzustrengen, schon nach wenigen Minuten fielen ihm die Augen zu. Auf leisen Sohlen schlich Matilda nach einer halben Stunde hinaus. Auf dem Flur begegnete ihr Lauren. Diese trug ein tief ausgeschnittenes, weißes Sommerkleid und dazu viele bunte Ketten und hohe Schuhe, die auf dem Gang laut klackerten. *Als ginge sie zu einer Party*, dachte Matilda verächtlich. Sie grüßten sich mit einem kurzen Nicken.

»Er schläft«, sagte Matilda und ging weiter.

Annas Eltern fuhren Matilda, Anna und Helen bis zum Opernplatz. Es waren noch eineinhalb Stunden Zeit bis zum Beginn des Jugendcontests, aber die Mädchen sollten sich in Ruhe mit der Atmosphäre vertraut machen. Das hatte ihnen Professor Stirner angeraten, der natürlich im Publikum sitzen würde. Helen und Annas Eltern wollten noch einen Kaffee trinken gehen und dann kurz vor Beginn des Konzerts ihre Plätze in der ersten Reihe einnehmen. Auch Matildas Großeltern hatten sich angekündigt.

»Du machst das schon, du wirst es allen zeigen«, flüsterte Helen ihrer Nichte ins Ohr, ehe sie sie umarmte und ihr nachsah, wie sie neben Anna über den Platz auf das imposante Gebäude zuging.

Eine Dame von der Musikhochschule, die den Wettbewerb betreute, brachte die Mädchen zu den Künstlergarderoben. Dort standen Erfrischungsgetränke und Weingummi bereit. Von den zwölf zugelassenen Teilnehmern war außer ihnen bis jetzt ein zwölfjähriger, asiatisch aussehender Junge anwesend und ein Mädchen, das etwa in ihrem Alter zu sein schien. Matilda und Anna inspizierten die Bühne und stimmten ihre Instrumente. Danach war immer noch eine Stunde Zeit.

»Ich geh mal kurz raus an die Luft«, sagte Matilda und nahm ihre kleine Handtasche vom Haken. Der wahre Grund, weshalb sie vor die Tür ging, war, dass sie noch einmal mit Christopher telefonieren wollte. Seine Genesung war in den letzten Tagen langsam, aber stetig vorangeschritten. Inzwischen telefonierte er auch schon wieder und schaffte es, längere Zeit wach zu bleiben. Morgen sollte er noch einmal am Knie operiert werden, zum letzten Mal, so wie es aussah. Während der letzten acht Tage war Matilda täglich bei ihm im Krankenhaus gewesen.

Als sie ihr Handy einschaltete, sah sie, dass jemand auf ihre Mailbox gesprochen hatte. Vielleicht hatte ihr Christopher noch viel Glück wünschen wollen. Die Nachricht war um 17.45 Uhr eingegangen, da hatte sie gerade ehrfürchtig auf der Bühne der Oper gestanden. Sie hörte die Stimme einer Frau. Sie klang dumpf und gehetzt, als sie sagte: »Hallo! Hier spricht Schwester Inge von der Intensivstation. Ich rufe an wegen dem Patienten Wirtz. Er möchte, dass Sie kommen, es geht ihm sehr schlecht. Wenn Sie ihn noch einmal sehen wollen, sollten Sie sich beeilen.« Es piepte.

Matilda starrte fassungslos auf das Handy. Ihr Herz begann zu rasen, plötzlich war ihr so schlecht, dass sie das Gefühl hatte, sich auf der Stelle übergeben zu müssen. Was war das? Ein schlechter Scherz? Sie hatte doch erst heute Morgen mit ihm telefoniert, da hatte er ganz munter geklungen. Was war in der Zwischenzeit passiert? Mit wild klopfendem Herzen rief sie Christophers Handynummer an, aber er ging nicht an den Apparat.

Was jetzt? Matilda schaute auf die Uhr. Es war fünf nach sechs. Noch eine knappe Stunde bis zum Konzert. Sie war die Fünfte, die auftreten würde... Ohne noch länger zu zögern, rannte sie über den Platz. Vor der Oper war ein Taxistand, Matilda stieg in den Wagen, der ganz vorne in der Reihe stand. Der Fahrer legte seine Zeitung weg und drehte sich um. »Na, wo soll's denn hingehen, junge Frau?«

»Zum Nordstadtkrankenhaus bitte. Und könnten Sie so schnell fahren wie möglich?« Der Fahrer ließ den Motor an, nur Sekunden später setzte sich der Wagen in Bewegung. Dass Anna vor dem Haupteingang der Oper stand und ihr nachschaute, bemerkte Matilda ebenso wenig wie die Tatsache, dass es noch eine zweite Person gab, die ihre Abfahrt aufmerksam beobachtete.

Petra Gerres nutzte den dienstfreien Samstag, um einen Stadtbummel zu machen, sich eine neue Hose zu kaufen und danach ihre Dreizimmerwohnung auf Vordermann zu bringen. Es machte ihr nicht wirklich Spaß, die fettigen Oberseiten der Küchenschränke mit Scheuermittel abzuschrubben, aber es war eine Arbeit, bei der man wunderbar nachdenken konnte.

Die vergangene Woche war unbefriedigend verlaufen. Was den Mordanschlag auf Christopher Wirtz anging, waren sie keinen Schritt weitergekommen. Sie wussten inzwischen, dass Christopher selbst zwar kaum Drogen konsumierte, stattdessen aber damit handelte. Die Auswertung der Verbindungsdaten seines angeblich geklauten Handys hatte ergeben, dass er Kontakte zu einigen polizeibekannten Drogenabhängigen unterhielt. Inzwischen war die Kommissarin fast überzeugt, dass der Mordanschlag seinen Ursprung in diesen Kreisen hatte. Eine weitere Verbindung war interessant gewesen: Sowohl Miguel Rehberg als auch dessen Freundin Juliane Lösch pflegten ab und zu mit Christopher Wirtz zu telefonieren. Freundschaftliche Gespräche? Beide waren schon wegen des Besitzes von Betäubungsmitteln aufgefallen, allerdings nur einmal. Der Gedanke lag nahe, dass sie Kunden von Christopher Wirtz waren.

Petra hatte mit Miguels Freundin Juliane Lösch sprechen wollen, musste aber erfahren, dass diese bis Freitag an einem Lehrgang für Pflegekräfte in Bielefeld teilnahm. Sie würde sie also am Montag befragen, erwartete sich allerdings nicht allzu viel Aufschlussreiches von dieser Unterhaltung.

Und in diese Clique war nun also die deutlich jüngere Matilda Schliep geraten und erhielt seither bedrohliche Botschaften. Was hatte das zu bedeuten? Wenn Miguel wusste, dass sein Freund Christopher ein Drogendealer war, warum warnte er seine Cousine dann nicht vor ihm? Hatte er so wenig Verantwortungsgefühl gegenüber dem Mädchen? War ihm ihr Schicksal so gleichgültig? Oder hatte er es versucht und sie wollte ihm nicht glauben, verliebt wie sie war? Dabei hatte das Mädchen auf die Kommissarin eigentlich einen recht vernünftigen Eindruck gemacht. Es wäre schade, wenn sie in die falschen Kreise geriet. Petra Gerres hatte das Drogenproblem auch gegenüber Matildas Tante, Helen Rehberg, angesprochen, als diese bei ihr auf der Dienststelle gewesen war. Die Musikerin hatte ihr versichert, sie würde mit Matilda ein ernstes Wort reden – nächste Woche, wenn die Nichte ihren wichtigen Geigenwettbewerb hinter sich gebracht hätte. Petra hegte allerdings im Stillen die Befürchtung, dass Frau Rehberg die ganze Sache auf die leichte Schulter nahm. Ihrer Erfahrung nach hatten die meisten Künstler ohnehin ein eher entspanntes Verhältnis zu Drogen.

Das Telefon läutete, Petra Gerres stieg von der Haushaltsleiter. Es war Daniel Rosenkranz.

»Ich habe frei«, sagte Petra. »Ich putze.«

»Schmeiß den Lappen weg. Eben hat sich noch ein Zeuge gemeldet, der die geheimnisvolle Kapuzengestalt in der U-Bahn näher beschreiben konnte. Ich hole dich ab . . .«

Matilda hetzte den Gang hinunter. Vorhin, als sie im Taxi gesessen hatte, hatte Anna angerufen und voller Entsetzen gefragt, was das zu bedeuten habe, wohin sie fahren würde.

»Zu Christopher. Es geht ihm schlecht«, hatte Matilda nur

geantwortet und Anna alles Gute für ihren Auftritt gewünscht. »Gewinn für mich«, hatte sie gesagt – und es auch so gemeint. Das war Annas große Chance, sie sollte sie nutzen.

Vor Christophers Zimmer hielt sie inne und wappnete sich innerlich. Sie hatte keine Ahnung, was sie hinter der Tür erwartete. Vielleicht lag Christopher schon im Sterben – oder es war schon zu spät. Ohne anzuklopfen, ging sie hinein. Das Bett war leer. Vor Angst schnürte sich ihr die Kehle zu. War sie zu spät gekommen? War er schon tot, befand sich sein Leichnam schon irgendwo in den Kellern dieses Gebäudes...? Matilda fuhr herum, als die Tür hinter ihr geöffnet wurde. Eine blonde Schwester drehte ihr den Rücken zu und versuchte umständlich, einen leeren Rollstuhl ins Zimmer zu ziehen.

»Wissen Sie, wo Christopher ist?«, fragte Matilda aufgeregt. »Der Patient, der bis gestern hier lag.« Die Schwester wandte sich um, machte einen Schritt auf Matilda zu und ehe sie wusste, wie ihr geschah, wurde ihr ein weißes Tuch vor Mund und Nase gepresst. Sie öffnete instinktiv den Mund, um zu schreien, da wurde ihr auch schon schwindelig und sie taumelte gegen das Bett. Das war das Letzte, was sie spürte, ehe sich die Konturen um sie herum auflösten.

Patrick stand in der Schlange vor dem Kartenvorverkauf und schalt sich einen Idioten. Matilda, das Mädchen, das er vom ersten Moment an umwerfend gefunden hatte, weil sie so anders war als die anderen, hatte ihn immer wieder enttäuscht. Und nicht nur das. Sie hatte ihn wie einen Verbrecher behandelt, hatte ihm unsägliche Dinge unterstellt. Mordversuch an ihrem dämlichen Freund! Sie hatte dafür gesorgt, dass die Polizei schon zweimal ins Haus gekommen war und er nun eine Menge Ärger mit seinem Vater hatte. Der wagte es inzwischen allerdings nicht mehr, seinen Sohn oder seine Frau zu schlagen, nachdem Patrick vor sechs Monaten einmal zurückgeschlagen hatte. Die Platzwunde an der Augenbraue seines Vaters hatte man sogar nähen müssen. Dennoch herrschte seit Wochen eine eisige Stimmung zu Hause. Was also tat er hier? Wieso wollte er trotzdem Matildas großen Auftritt sehen? Sie war schließlich auch nicht zu seinem Poetry-Slam gekommen, obwohl sie es versprochen hatte.

Er wusste es nicht. *Bin ich ein Masochist? Hoffentlich denkt sie nicht wieder, ich verfolge sie, nur weil ich sie gerne spielen hören möchte. Ja und ich hoffe sogar immer noch, dass sie gewinnt.*

»Junger Mann, wollen Sie nun eine Karte kaufen oder nicht?«, hörte er eine verärgerte Stimme hinter sich. Er hatte gar nicht bemerkt, dass er schon dran war.

»Einmal für Schüler«, sagte er zu der Dame hinter der Glaswand und steckte wenig später seine Eintrittskarte ins Portemonnaie. Er schaute auf die Uhr. Es war noch fast eine Stunde Zeit, viel zu früh, um sich schon in den Saal zu setzen. Aber er hatte unbedingt noch eine Karte bekommen wollen, deshalb war er so zeitig gekommen. Patrick beschloss, sich in eines der Cafés an der Georgstraße zu setzen und eine eiskalte Cola zu trinken, bis das Konzert anfing.

Er hatte sich gerade an einem kleinen Tisch niedergelassen, der zu einem Lokal mit italienischen Spezialitäten gehörte, als er aus den Augenwinkeln eine heftige Bewegung wahrnahm. Jemand rannte über den Opernplatz. Es war ein Mädchen, sie wirkte festlich gekleidet, allem Anschein nach gehörte sie zu dem Wettbewerb. Patrick sah genauer hin. Aber... Er traute seinen Augen nicht. Das war doch Matilda. Wohin wollte sie denn jetzt noch, so kurz vor Wettbewerbsbeginn? Warum stieg sie in ein Taxi?

Patrick stand auf und beobachtete, wie der Mercedes mit Matilda auf dem Rücksitz an ihm vorbeifuhr.

»Wollen Sie was bestellen?«, fragte die Bedienung

»Nein«, antwortet Patrick. Er wollte jetzt nur noch eines: wissen, wo Matilda hinfuhr.

Daniel Rosenkranz steuerte den Dienstwagen durch die Stadt, während er berichtete: »Heute war ein Mann da, der die Gestalt im Kapuzensweatshirt etwas besser und glaubwürdiger beschrieben hat als die anderen Zeugen. Er ist nämlich auf der Treppe mit ihr zusammengestoßen.«

»Warum kommt er damit erst jetzt, nach über einer Woche, und ausgerechnet während meines Hausputzes?«, unterbrach Petra Gerres ihren Kollegen.

»Weil er verreist war und erst gestern Abend die alten Zeitungen, die sein Nachbar für ihn gesammelt hatte, durchgesehen hat. Und da hat er unseren Zeugenaufruf gelesen und sich erinnert. Kann ich jetzt weitererzählen?«

»Bitte.«

»Also: Er meinte, die Person, die ihn auf der Treppe fast umgerannt hätte, sei weiblich und dunkelhaarig gewesen. Und er erinnerte sich außerdem an ein Augenbrauenpiercing. Ich habe dann alle unsere Pappenheimer an meinem geistigen Auge vorbeiziehen lassen, aber mich an kein Blech im Gesicht erinnert. Dann fiel mir ein, dass wir eine Person ja noch gar nicht gesehen haben, nämlich Miguel Rehbergs Freundin Juliane Lösch. Da die junge Frau zu unseren Kunden gehört, habe ich mir mal das Foto aus ihrer Akte rausgezogen – und was soll ich dir sagen ...«

»Sie hat ein Augenbrauenpiercing«, ergänzte Petra Gerres.

»Du bist genial.« Daniel Rosenkranz grinste.

Das Navigationssystem lotste sie in eine Reihenhaussiedlung aus den Sechzigerjahren. Vor einem ziemlich heruntergekommenen Endhaus, in dessen Vorgarten das Unkraut ungehindert wucherte, hielt Daniel an. »Da haben wir ja schon das traute Heim.«

Sie stiegen aus und klingelten. Es tat sich nichts.

»Keiner da«, murmelte Petra. Sie gingen um das Haus herum. »Mit Gartenarbeit hat sie's jedenfalls nicht«, bemerkte die Kommissarin, denn der hintere Garten sah nicht viel besser aus als der Vorgarten. Auf der Terrasse standen etliche Töpfe und Kübel, in denen mehr oder weniger vertrocknete Pflanzen wuchsen. »So kümmerliche Hanfpflanzen habe ich ja schon lange nicht mehr gesehen.« Die Stimme von Daniel Rosenkranz klang richtig mitfühlend. »Dafür kann man sie nicht mal bestrafen, höchstens wegen Misshandlung von Pflanzen. Sag mal, was treibst du da eigentlich?« Mit Befremden beobachtete der junge Kommissar, wie sich seine Kollegin an der Terrassentür, die auf Kipp stand und von deren Rahmen die Farbe blätterte, zu schaffen machte. Sekunden später hing sie nur noch in der unteren Angel.

»Hereinspaziert!«, sagte Petra.

»Äh – darf ich dich darauf hinweisen, dass wir keinen Durchsuchungsbeschluss für dieses Anwesen haben?«

»Den reichen wir nach. Du wirst mich doch wohl nicht verpetzen?«, fragte Petra, die schon in einem mit scheußlichen Möbeln aus den Sechzigern ausgestatteten Wohnzimmer stand.

Fluchend folgte ihr Daniel. »Und was genau suchen wir hier?«

»Och, wir sehen uns nur mal um«, antwortete Petra.

»Hast du eigentlich eine Ahnung, wie sehr du deinem Cousin auf die Nerven gegangen bist? Dieses ständige Gefiedel, manchmal sogar mitten in der Nacht! Und wie du dich bei seiner Mutter eingeschleimt hast, so sehr, dass sie ihn sogar aus seinem Zimmer vertrieben hat, damit du es bekommst. Seit du im Haus bist, existiert er doch gar nicht mehr für sie, es gibt nur noch Matilda hier, Matilda da, Matilda, das Geigenwunderkind! Dass Miguel ein echtes Genie in Mathe ist und dass er sich mit Pflanzen auskennt wie sonst keiner, das hat ja nie jemanden interessiert. Zumindest seine Mutter, die ach so begabte Musikerin, nicht. Und dann kauft sie dir auch noch diese sündhaft teure Geige. Warum ist ihr eigentlich nie der Gedanke gekommen, wie weh ihm so was tut?«

Selbst wenn Matilda darauf eine Antwort gewusst hätte, hätte sie sie nicht kundtun können. Ihr Mund war mit Klebeband verschlossen. Damit man es nicht sah, hatte ihr Juliane einen Mundschutz umgebunden. Sie trug ein weites Flügelnachthemd, wie man sie in Krankenhäusern vor Operationen bekam. Darunter waren ihre Hände und Füße mit Klebeband an den Rollstuhl fixiert, den Juliane über den Flur und in den Aufzug schob. Sie waren allein im Fahrstuhl. Juliane drückte auf den Knopf für das Erdgeschoss.

»Mir wäre so was ja egal – meine Mutter hat sich auch nie für mich interessiert. Scheiß drauf! Aber Jungs hängen an ihren Müttern, das ist nun mal so. Ich konnte es einfach nicht mehr länger mit ansehen, wie er gelitten hat. Und als du mir das von diesem Patrick erzählt hast, da kam ich auf ein paar Ideen... Miguel fand das mit den SMS von Chris' Handy ganz witzig. Er hat übrigens das Foto auf dem Friedhof gemacht. Und ich habe dein Zimmer ein bisschen verschönert, als ihr in London gewesen seid, und den Sohlenabdruck vor der Tür hinterlassen. Ziemlich genial, was?«

Die Tür des Aufzugs öffnete sich.

»Alles wäre gut gewesen, wenn du danach zu deiner verdammten Großmutter gegangen wärst. Dann wäre endlich einmal Ruhe gewesen. Vielleicht hätte Eleonore dich auch gar nicht mehr weggelassen, wenn du erst einmal bei ihr eingezogen wärst. Das hätten wir schon hinbekommen, Miguel und ich. Aber nein, du musstest ja auf stur schalten. Hast sogar noch deine Geigen-Freundin und diesen Köter ins Haus geholt.«

Sie durchquerten die Eingangshalle. Matilda zerrte mit aller Kraft an ihren Fesseln und rutschte auf der Sitzfläche des Rollstuhls hin und her, aber niemand beachtete sie. Warum auch? Die Leute sahen eine Schwester, die eine Patientin im Krankenhausnachthemd und mit einem Mundschutz durch das Foyer der Klinik schob. Was sollte daran an diesem Ort Besonderes sein? Ein älterer Herr im Bademantel auf Krücken sah zu ihnen herüber.

»Mmmmmm«, machte Matilda, so laut sie konnte, und schaute den Mann mit weit aufgerissenen Augen an.

»Halt die Klappe!« Julianes Fingernägel bohrten sich wie Krallen in Matildas Nacken, ehe sie sie rasch durch die Tür nach draußen schob. Die zwei Raucher, die vor dem Eingang standen, schienen ebenfalls nichts Auffälliges zu bemerken, einer sagte sogar: »Na, macht ihr zwei einen Spaziergang?«

»Genau. Frische Luft muss auch mal sein«, sagte Juliane in munterem Krankenschwesterntonfall und schob Matilda weiter.

»Folgen Sie dem Taxi da vorne!«

Der Fahrer drehte sich um und schaute Patrick fragend an. »Kein Witz?«

»Kein Witz«, schnaubte Patrick. »Jetzt fahren Sie schon, sonst verlieren wir sie.«

Der Mann schüttelte sein ergrautes Haupt, legte den ersten Gang ein und fuhr los. »So was sieht man ja immer in Filmen, aber passiert ist es mir noch nie«, meinte er grinsend. »Dabei fahr ich schon seit dreißig Jahren Taxi!«

»Ja, was haben wir denn da?«, triumphierte Petra Gerres. Sie hielt ein Handy in die Höhe. Sie hatte es mitten auf dem Küchentisch gefunden, es hing am Ladegerät. Die Kommissarin klickte sich durch das Menü. »Bingo«, sagte sie wenig später.

»Das ist das alte Handy von Christopher Wirtz. Und die SMS an Matilda sind sogar noch im Speicher. Ein perfekter Beweis, würde ich sagen.«

»Schön. Und jetzt?«, fragte Daniel Rosenkranz.

»Jetzt legen wir das schön zurück und besorgen uns einen hochoffiziellen Durchsuchungsbeschluss.«

»Du bist so was von durchtrieben!«

»Aber erst mal fahren wir zu ihrer Arbeitsstelle, nehmen sie aufgrund der Zeugenaussage vorläufig fest und bereiten eine Gegenüberstellung mit dem Zeugen vor. Oder hast du eine andere Idee?«

»Nein, nein, alles klar.« Daniel Rosenkranz hob abwehrend die Hände.

»Nach der Sache mit deinem Zimmer wollte Miguel, dass wir aufhören. Er ist halt doch ein Weichei, ist viel zu gutgläubig. Aber ich bin nicht der Typ, der aufgibt oder auf halbem Weg umkehrt. Das wird er schon noch merken. Er wollte dich loswerden und er wird dich loswerden, basta. Wer A sagt, muss auch B sagen. Wir machen jetzt einen kleinen Ausflug, du und ich. Und anschließend wirst du in der Leine baden gehen. Die Brücke habe ich mir schon ausgesucht.«

Sie rollten in Richtung Parkplatz. Verzweifelt bäumte sich Matilda gegen ihre Fesseln auf, doch nichts geschah. Juliane redete unbeirrt weiter: »Ich will ehrlich zu dir sein. Ich hätte aufgehört, wie Miguel es wollte, wenn es nur darum gegangen wäre, dich aus dem Haus zu kriegen. Das ist ja schließlich sein Problem und nicht meins. Ich hab nur aus Spaß mitgemacht und zum Beispiel Chris' Handy geklaut. Aber als du angefangen hast, mit Chris rumzumachen, da bin ich richtig stinkig geworden!«

Sie hatten den Parkplatz erreicht und Julianes Stimme hatte sich inzwischen eine Oktave nach oben geschraubt. »Weißt du eigentlich, dass ich in Chris mal ganz heftig verliebt war? Aber der wollte mich nicht, ich war ihm nicht gut oder nicht sexy genug, was weiß ich? Der hält sich neuerdings für was Besseres. Medizin will er studieren, mit seinem Zwei-Komma-irgendwas-Abitur. Möchte wissen, wovon der nachts träumt. Aber dass er auf so fade höhere Töchterchen wie dich steht – darauf wär ich echt nie gekommen. Als ich dann von Lauren gehört habe, dass du jetzt auch noch mit dem pennst, da bin ich echt ausgerastet. Und wie er da so stand, in der U-Bahn – ich hatte ihn angerufen, dass ich ein bisschen was zum Rauchen brauche –, da hatte ich einen Aussetzer. Ich hab nur noch gedacht: *Du arroganter Scheißkerl, dir zeig ich's!* Na ja, jetzt bin ich ganz froh, dass er nicht tot ist. Wär irgendwie doch schade um ihn gewesen. Sie haben übrigens seine Knieoperation vorgezogen, deshalb war sein Zimmer leer. Du Schaf hast gedacht, der liegt im Sterben, was? Und bist gleich mit fliegenden Fahnen zu deinem Liebsten geeilt, wie in so einer Pilcher-Schmonzette. Ja, jeder macht mal Fehler. Jetzt muss ich nur noch Lauren loswerden, mit der er immer noch ab und zu herummacht. Hast du das gewusst? Ich wette, nicht. Um manche Männer muss man eben kämpfen, weißt du. Und wenn ich eins kann, dann ist es kämpfen. Das musste ich schon immer, mir wurde nie was geschenkt so wie dir. So, da sind wir: die alte Schleuder von meiner durchgeknallten Mutter. Ich habe extra ein bisschen abseits geparkt. Du musst jetzt leider in den Kofferraum, Süße!«

Das ist meine Chance, dachte Matilda, die Juliane mit wachsendem Entsetzen zugehört hatte. *Mit dem Rollstuhl passe ich nicht in den Kofferraum. Also muss sie mich losbinden . . .*

Aber auch hier hatte »Schwester Inge« vorgesorgt. Sie trat vor Matilda. Ihre blonde Perücke war ein wenig verrutscht. Blond steht dir nicht, hätte Matilda am liebsten gesagt, wenn sie hätte sprechen können. So musste sie mit schreckgeweiteten Augen zusehen, wie Matilda eine Spritze aufzog, wobei sie erklärte: »Das ist nur, damit du nicht rumzappelst.«

Das Geräusch rennender Schritte ließ Juliane herumfahren. Auch Matilda drehte den Kopf, soweit sie konnte. Patrick kam auf sie zugerannt.

»Bleib stehen!«, schrie Juliane mit sich überschlagender hoher Stimme. Die Einwegspritze fiel ihr aus der Hand und landete auf Matildas Schoß. Doch schon stand Juliane wieder hinter ihr und Matilda spürte etwas Kaltes an ihrem Hals.

»Lass sie los! Das hat doch keinen Sinn«, schrie Patrick Juliane an. Er hatte sie fast schon erreicht, noch im Laufen brüllte er: »Hilfe! Hilfe! Hierher!«

»Halt's Maul oder ich stech sie ab!«

Die Messerklinge am Hals, blickte Matilda Patrick an, der zwei Meter vor ihnen stand und über sie hinweg in Julianes Gesicht starrte. Beschwörend hob er die Hände. »Mensch, beruhig dich doch, das ist doch total verrückt. Leg das Messer weg!«

»Du willst hier den Helden spielen? Das kannst du haben. Los, nimm die Spritze«, hörte sie Juliane sagen.

Patrick zögerte.

»Mach schon.«

Matilda spürte, wie warmes Blut ihren Hals hinunterrann. Den Schnitt hatte sie gar nicht bemerkt. Patrick dagegen schon, er blickte erschrocken auf ihren Hals. Mit ausgestrecktem Arm kam Patrick näher und nahm die Spritze von Matildas Schoß.

»Und jetzt rein damit in deine Vene!«

»Das kann ich nicht.«

»Dann versuch es gefälligst! Mach schon, ich hab nicht ewig Zeit!«

Juliane hatte kaum ausgeredet, da schwirrte etwas über Matildas Kopf hinweg durch die Luft. Sie hörte Juliane aufschreien, das Messer fiel zu Boden. Blitzschnell hob Patrick es auf, mit drei Schritten war er bei Juliane. Matilda konnte hören, wie die beiden hinter ihrem Rücken miteinander rangen. Dann sah sie auf einmal Anna, die über den Parkplatz spurtete, verfolgt von einem älteren Mann, der immerzu schrie: »Bleib gefälligst stehen! Ich krieg noch fünfzehn Euro!«

Nun kam auch Patrick wieder in ihr Blickfeld. Er hatte Juliane die Arme auf den Rücken gedreht und presste ihren Oberkörper auf den Kofferraumdeckel des alten Opel Vectra, in dem Matilda hätte transportiert werden sollen.

Keuchend blieb Anna vor ihnen stehen. »Rufen Sie die Polizei!«, brüllte sie den Taxifahrer an, der jetzt auch den Tatort erreichte. »Sie sehen doch, dass das ein Notfall ist.«

Der Mann blickte verwirrt von Matilda im Rollstuhl zu Patrick hinüber, der noch immer Juliane auf den Kofferraumdeckel presste.

»Tun Sie, was sie sagt«, Patrick nickte dem Taxifahrer zu, während er seine ganze Kraft brauchte, um Juliane unter Kontrolle zu halten.

»Mmmmmm«, machte Matilda, die fand, dass man sie nun allmählich von ihren Fesseln befreien könnte.

»Nimm das Messer und schneide sie los«, sagte Patrick zu Anna und Juliane zischte er zu: »Du hältst jetzt lieber still. Sonst könnte es sein, dass ich mich vergesse.«

Noch während Anna mit Julianes Springmesser in gefährlicher Weise an Matildas Fesseln herumsäbelte, erschienen Petra Gerres und Daniel Rosenkranz auf dem Parkplatz. Wenig später klickten ein Paar Handschellen.

Juliane tobte und brüllte ununterbrochen, sie müsse sofort ins Krankenhaus, Patrick habe ihr eine Spritze in den Arm gestoßen.

»Ruf eine Streife«, sagte die Kommissarin ungerührt zu ihrem Kollegen.

Endlich hatte Anna Matildas rechte Hand freibekommen. Matilda riss sich den Mundschutz und das Klebeband vom Gesicht. Mit strenger Miene sah sie ihre Freundin an. »Was tust du denn hier? Warum bist du nicht beim Wettbewerb?«

»Du bist doch auch nicht da.« Anna grinste. »Und ohne dich macht es keinen Spaß.«

Lieber Patrick,
nächste Woche fängt schon die Schule wieder an und ich habe mich noch immer nicht richtig bei dir bedankt. Immerhin hast du mir das Leben gerettet. DANKE!!! Wer weiß, wie die Sache sonst ausgegangen wäre. Wahrscheinlich würde ich jetzt auf dem Grund der Leine liegen. Ich muss mich auch noch bei dir für die falsche Verdächtigung entschuldigen. Ich hatte wirklich geglaubt, dass du das alles gewesen bist, es tut mir schrecklich leid. Wenn ich bedenke, was ich dir alles unterstellt habe ... und trotzdem wolltest du zu meinem Konzert kommen. Ich habe dich, so wie es aussieht, ziemlich unterschätzt.
Mir geht es gut, der Schnitt am Hals war nicht tief und es ist auch keine Narbe zurückgeblieben.
Meine Tante war zuerst furchtbar entsetzt, als sie von der Polizei alles erfahren hat, und wütend auf Miguel. Sie hat ihn rausgeschmissen, er musste ein paar Wochen bei meiner Großmutter wohnen. Dann hat sie sich selber die Schuld an allem gegeben und sich Vorwürfe gemacht, dass sie Miguel im letzten Jahr wohl tatsächlich ziemlich vernachlässigt hat. Inzwischen hat sie ihm verziehen, glaube ich. Na ja, wenn man es sich genau überlegt, stimmt es ja auch – sie hat ihn wirklich ein bisschen vernachlässigt in den letzten Monaten. Und wahrscheinlich ist auch was dran an der Behauptung, ich hätte mich zwischen ihn und seine Mutter gedrängelt. Aber das wollte ich nie. Ich habe mir ganz einfach nur keine Gedanken darum gemacht. Aber andererseits ist Miguel auch kein Kleinkind mehr. Warum hat er

nicht mit mir geredet, statt gleich seine ganze angesammelte Wut an mir auszulassen? Das kann ich immer noch nicht verstehen. Inzwischen wohnt er wieder bei uns, aber wir gehen einander aus dem Weg. Da kommen so viele Gefühle in mir hoch, wenn ich ihn sehe: Wut, Fassungslosigkeit, aber irgendwie auch so was wie Mitleid. Ich weiß nicht, wie er darüber denkt – und im Augenblick interessiert mich so ein Gespräch auch nicht. Vielleicht später mal, wenn mehr Zeit vergangen ist. Im Oktober beginnt er jedenfalls sein Studium in Köln, ich glaube, Mikrobiologie. Ich bin froh, wenn er ein bisschen weiter weg ist. Und auch Helen findet es, glaube ich, besser, als wenn er hierbleibt.

Mit Juliane hat Miguel seit dem Vorfall im Krankenhaus keinen Kontakt mehr. Sie ist immer noch in U-Haft. Miguel muss sogar als Zeuge gegen sie aussagen und ich natürlich auch. Miguel muss demnächst auch noch vor Gericht, die Staatsanwaltschaft wirft ihm Bedrohung und Stalking vor, aber ich werde nicht gegen ihn aussagen, das kann ich einfach nicht – schon wegen Tante Helen. Ihre Verhandlung wird aber erst im Winter stattfinden, so wie es aussieht. Das hat mir die Kommissarin neulich erzählt, als sie mich besucht hat und wissen wollte, wie ich die ganze Sache verkraftet habe. Ganz ehrlich: Ich hoffe, Juliane bekommt ein paar Jahre aufgebrummt oder wandert in die Klapse!

Meine Geige ist repariert worden. Ich versuche es dann nächstes Jahr beim Jugendwettbewerb, falls ich Lust dazu habe. Anna hat mit Schlagzeug angefangen und Nicole möchte tatsächlich bei DSDS vorsingen, obwohl Anna und ich das ziemlich bescheuert finden. Hey – gerade wo ich das schreibe, kommt mir eine Idee: Wir sollten vielleicht lieber eine eigene Band gründen: Anna, Nicole und ich. Wie fändest du das?

Wir haben jetzt einen Hund, einen braunen Retriever. Er heißt Paul, ist zwei Jahre alt und kommt aus dem Tierheim. Angela hat sich an ihn gewöhnt, nur wenn Enzo da ist, müssen wir ihn wegsperren.

Ich schicke dir im Anhang ein Foto von Paul, damit du weißt, wie er aussieht.

Im Moment ist hier Chaos, ein Gerüst steht um das ganze Haus herum. Tante Helen hat auf der Tournee so viel Geld verdient, dass unser Haus jetzt neue Fenster kriegt und frisch verputzt wird.

Lieber Patrick, ich wünsche dir eine ganz tolle Zeit bei deinem Auslandsschuljahr in Kanada. Das war bestimmt eine gute Entscheidung. Ich weiß nicht, wie es ist, wenn sich Eltern trennen, aber nach dem, was du mir über deinen Vater gemailt hast, hat deine Mutter sicher das Richtige getan.

Berichte mir bald, wie es dir geht und ob du in Kanada Freunde gefunden hast. Freunde sind ganz wichtig, das habe ich gemerkt.

Hab viel Spaß!
Deine Matilda

PS: Diese Woche kommt Christopher aus dem Krankenhaus und in eine Reha-Klinik. Er wird zum Glück wieder ganz gesund werden. Wir sind jetzt nur noch Freunde. Du hattest recht, er steckt da in ein paar Sachen drin, mit denen ich lieber nichts zu tun haben will. Außerdem bin ich nicht sicher, ob da nicht immer noch was zwischen ihm und seiner Exfreundin läuft. Jedenfalls hat sie ihn ständig im Krankenhaus besucht...

Matilda las sich die Mail noch einmal durch. Ehe sie sie abschickte, löschte sie den Abschnitt, den sie unter PS geschrieben hatte. *Jungs müssen nicht alles wissen*, dachte sie. Dann rief sie Anna an, um ihr von ihrer Idee mit der Band zu erzählen.

Das Böse hat seine guten Seiten – Die Arena Thriller

Susanne Mischke

Auch als Hörbuch

Nixenjagd

Bei einem mitternächtlichen Badeausflug zum See kippt die ausgelassene Stimmung, als plötzlich eine aus der Clique fehlt: Katrin war hinausgeschwommen und nicht zurückgekehrt. Ein Badeunfall? Franziska, Katrins beste Freundin, kann das nicht glauben. Doch auf der Suche nach einer Erklärung gerät sie selbst in Gefahr und muss bald feststellen, dass sie niemandem trauen kann – nicht einmal sich selbst ...

200 Seiten. Klappenbroschur.
ISBN 978-3-401-06088-0
www.arena-thriller.de

Arena | Hörbuch
Sprecherin: Katja Amberger
3 CDs im Schuber
ISBN 978-3-401-26088-4

Das Böse hat seine guten Seiten – Die Arena Thriller

Susanne Mischke

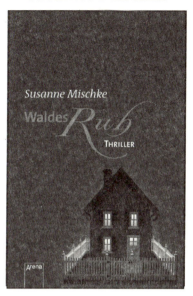

Waldesruh

Anderswo – so heißt das Häuschen, in dem Marie mit ihrer Großmutter wohnt. Doch als die Großmutter stirbt, fürchtet Marie, ins Heim zu müssen. Gemeinsam mit ihrer Freundin Emily schmiedet sie einen verzweifelten Plan: Was, wenn keiner vom Tod der alten Frau erfährt? Was als verrückte Idee begonnen hat, nimmt eine schreckliche und unerwartete Entwicklung.

208 Seiten. Klappenbroschur.
ISBN 978-3-401-06336-2
www.arena-thriller.de

Das Böse hat seine guten Seiten – Die Arena Thriller

Susanne Mischke

Zickenjagd

Josy ist schön, klug und beliebt. Gemeinsam mit ihren drei Freundinnen gibt sie in ihrer Schule den Ton an. Wen die Clique nicht leiden kann, der hat nichts zu lachen. Ines dagegen hasst ihr Leben. Ihr unscheinbares, plumpes Äußeres. Den täglichen Spießrutenlauf in der Schule. Aber als ein tragischer Unfall geschieht, ändern sich die Rollen. Und Ines wird klar, dass sie ohne Josy nicht mehr leben kann.

264 Seiten. Klappenbroschur.
ISBN 978-3-401-06414-7
www.arena-verlag.de